Jo Nesbø

De kakkerlak

Vertaald door Annelies de Vroom

CARGO

2013

DE BEZIGE BIJ

AMSTERDAM

Cargo is een imprint van Uitgeverij De Bezige Bij, Amsterdam

Eerste druk oktober 2012
Tweede druk oktober 2012
Derde druk november 2012
Vierde druk januari 2013
Vijfde druk juli 2013
Oorspronkelijke titel *Kakerlakkene*
Oorspronkelijke uitgever Aschehoug, Oslo
Omslagontwerp Marry van Baar
Omslagillustratie Dorling Kindersley/Getty Images
Foto auteur Håkon Eikesdal
Vormgeving binnenwerk Peter Verwey, Heemstede
Druk Koninklijke Wöhrmann, Zutphen
ISBN 978 90 234 7548 4
NUR 305

www.uitgeverijcargo.nl

Volgens een gerucht onder de in Thailand wonende Noren zou de Noorse ambassadeur die begin jaren zestig omkwam bij een auto-ongeluk, in werkelijkheid onder zeer mysterieuze omstandigheden zijn vermoord. Dat gerucht wordt niet door het ministerie van Buitenlandse Zaken bevestigd en het stoffelijk overschot werd al de dag na het ongeluk gecremeerd zonder dat er obductie had plaatsgevonden.

Personen noch gebeurtenissen in dit boek moeten worden verwisseld met echte personen en gebeurtenissen. Daarvoor is de realiteit te weinig geloofwaardig.

Bangkok, 23 februari 1998

HOOFDSTUK 1

Het licht sprong op groen en het gebrul van de auto's, de motorfietsen en de tuktuks zwol aan tot Dim de ruiten van Robertson Department Store zag trillen. Toen reden ze weer en de etalage met de lange, rode zijden jurk verdween achter hen in de duisternis van de avond.

Ze had een taxi genomen. Geen overvolle bus of een totaal verroeste tuktuk, maar een taxi met airconditioning en een chauffeur die zijn mond hield. Ze legde haar hoofd tegen de neksteun en probeerde ervan te genieten. Geen probleem. Een brommer scheurde voorbij en het meisje dat achterop zat klampte zich vast aan een rood T-shirt met vizierhelm en wierp hun een lege blik toe. Hou je goed vast, dacht Dim.

Op Rama IV kwam de chauffeur achter een vrachtwagen te zitten die zoveel dikke, zwarte dieseldampen uitstootte dat ze het nummerbord niet kon zien. Nadat de uitlaatgassen door het airconditioningsysteem waren gegaan, waren ze afgekoeld en bijna reukvrij. Bijna. Ze zwaaide discreet met haar hand om aan te geven wat ze dacht en de chauffeur keek in zijn spiegeltje en haalde in. Geen probleem.

Zo was het niet altijd geweest. In het hutje waar ze was opgegroeid waren ze met zes meisjes geweest. Zes te veel, volgens vader. Ze was zeven jaar toen ze hoestend in het gele stof naar haar oudste zus hadden staan zwaaien die op een kar over het weggetje langs het bruine kanaal wegreed. Haar zus had schone kleren, een treinkaartje naar Bangkok en een adres in Patpong op de achterkant van een visitekaartje meegekregen. Ze had vreselijk gehuild en Dim had zo hard gezwaaid dat ze het gevoel had gekregen dat haar hand eraf zou vallen. Moeder had Dim over haar hoofd geaaid en gezegd dat het niet makkelijk was, maar ook niet zo heel erg. Haar zus hoefde tenminste niet als *kwai* van hutje naar hutje te gaan, zoals haar moeder voor ze trouwde. Bovendien had Miss Wong beloofd goed voor haar zus te zijn. Vader had geknikt, betel tussen zijn zwarte tanden door uitgespuugd en gezegd dat de *farangs* in de bars goed betaalden voor verse meisjes.

Dim had dat met die *kwai* niet begrepen, maar ze wilde het niet vragen. Natuurlijk wist ze dat een *kwai* een os was. Zoals de meeste boeren hadden ze geen geld voor een eigen os, dus huurden ze een van de rondreizende ossen als de rijstakkers geploegd moesten worden. Pas later hoorde ze dat het meisje dat met de os meereisde ook een *kwai* werd genoemd omdat haar diensten bij de verhuur van de os waren inbegrepen. Zo was de traditie, men hoopte dat ze voor ze te oud werd een boer zou ontmoeten die haar wilde hebben.

Toen ze vijftien jaar was, had vader haar geroepen terwijl hij wadend door het water op de rijstvelden met de zon in zijn rug en zijn hoed in de hand naar haar toe kwam gelopen. Ze had niet direct geantwoord en eerst goed naar de groene velden rond de kleine boerderij gekeken, haar ogen dichtgedaan en geluisterd naar het geluid van de trompetvogel tussen het gebladerte en de geur van de eucalyptus- en rubberbomen opgesnoven. Ze had geweten dat het haar beurt was.

Het eerste jaar hadden ze met vier meisjes op een kamer gewoond waar ze alles deelden: bed, eten en kleren. Vooral dat laatste was erg belangrijk, want zonder mooie kleren kreeg je niet de beste klanten. Ze had leren dansen en glimlachen, ze had geleerd in te schatten wanneer een klant alleen maar iets wilde drinken en wanneer hij seks wilde kopen. Vader had met Miss Wong afgesproken dat het geld naar huis werd gestuurd, dus ze zag er de eerste jaren niet veel van, maar Miss Wong was tevreden en langzamerhand hield ze meer achter voor Dim.

Miss Wong had reden om tevreden te zijn over Dim. Ze werkte hard en de klanten kochten drankjes. Miss Wong mocht blij zijn dat ze er nog steeds was, want een paar maal had het erom gespannen. Een Japanner had met Dim willen trouwen, maar hij had zich teruggetrokken toen ze geld voor het vliegticket vroeg. En een Amerikaan had haar meegenomen naar Phuket, zijn terugreis uitgesteld en een ring met een diamant voor haar gekocht. Ze was woedend geweest op de dag dat hij alleen vertrok.

Sommige mannen betaalden slecht en als ze protesteerde, zeiden ze dat Dim naar de hel kon lopen, anderen klaagden bij Miss Wong als ze niet alles wilde doen wat zij van haar verlangden. Ze begrepen niet dat Miss Wong haar deel al had ontvangen als ze haar hadden vrijgekocht in de bar en dat Dim dan haar eigen baas was. Haar eigen baas. Ze dacht aan de rode jurk in de etalage. Moeder had gelijk gehad: het was niet makkelijk, maar ook niet zo erg.

En het was haar gelukt die onschuldige glimlach en die vrolijke lach te behouden. Daar hielden de mannen van. Misschien was ze daarom gevraagd voor de baan waarmee Wang Lee had geadverteerd in *Thai Rath* onder de kop G.R.O. of *Guest Relation Officer.* Wang Lee was een kleine, bijna zwarte Chinees, die een motel runde aan Sukhumvit Road en zijn klanten waren vooral buitenlanders met speciale wensen, maar niet zo speciaal dat zij het niet wilde doen. Eerlijk gezegd vond ze het werk dat ze daar deed leuker dan urenlang dansen in de bar. Bovendien betaalde Wang Lee goed. Het enige nadeel was dat het zo lang duurde voor ze van haar flat in Banglaphu in het motel was.

Dat verdomde verkeer! Het stond weer vast, en ze zei tegen de chauffeur dat ze uitstapte, hoewel dat betekende dat ze door zes rijen verkeer moest om bij het motel aan de andere kant van de weg te komen. De lucht viel als een warme, natte handdoek op haar toen ze de taxi verliet. Ze zocht naar een opening tussen de auto's terwijl ze haar hand voor haar mond hield, ze wist dat het niet hielp, er was in Bangkok geen andere lucht om in te ademen, maar nu rook ze tenminste niets.

Ze gleed tussen de auto's door, moest een vrachtwagen met een laadbak vol fluitende jongens ontwijken en verloor bijna haar hakken door een op hol geslagen Toyota. Toen was ze aan de overkant.

Wang Lee keek op toen ze de lege receptie binnen stapte.

'Rustig vanavond?' vroeg ze.

Hij knikte geïrriteerd. Dat was het laatste jaar vaker voorgekomen.

'Heb je al gegeten?'

'Ja,' loog ze. Hij meende het goed, maar ze had geen zin in de waterige noedels die hij in het kamertje achter de receptie klaarmaakte.

'Je moet even wachten,' zei hij. 'De *farang* wilde eerst slapen, hij belt als hij wakker is.'

Ze kreunde.

'Je weet heel goed dat ik voor middernacht terug moet zijn in de bar, Lee.'

Hij keek op de klok.

'Geef hem een uur.'

Ze trok haar schouders op en ging zitten. Als dit een jaar geleden was gebeurd, had hij haar waarschijnlijk ontslagen omdat ze zo'n toon tegen hem aansloeg, maar nu had hij alle omzet nodig die hij kon krijgen. Ze kon natuurlijk weggaan, maar dan was de hele reis voor niets geweest. Bovendien was ze Lee wel wat verschuldigd, je kon slechtere pooiers treffen.

Nadat ze haar derde sigaret had uitgedrukt, spoelde ze haar mond met Lees bittere Chinese thee en stond op om voor de laatste keer haar make-up te checken in de spiegel boven de balie.

'Ik ga hem wakker maken,' zei ze.

'Hm. Heb je de schaatsen?'

Ze tilde haar tas op.

Haar hakken kraakten in het grind van de lege binnenplaats tussen de kleine motelkamers. Kamer 120 lag helemaal achterin, ze zag geen auto staan, maar er brandde licht. Misschien was hij toch wakker geworden. Een briesje tilde haar korte rokje op, maar gaf geen verkoeling. Ze verlangde naar de moesson, naar de regen. Net zoals ze na een paar weken overstromingen, modderige straten en schimmel op het wasgoed weer verlangde naar de droge, windstille maanden.

Ze klopte zacht op de deur, trok haar gezicht in een verlegen lachje en de vraag *'what's your name?'* lag al op het puntje van haar tong. Geen reactie. Ze klopte nogmaals en keek op haar horloge. Ze kon vast een paar honderd baht korting krijgen op die jurk, zelfs bij Robertson. Ze duwde de deurklink naar beneden en ontdekte tot haar verbazing dat de deur open was.

Hij lag op zijn buik op bed en eerst dacht ze dat hij sliep. Toen zag ze het blauwe glas van het heft van het mes dat uit zijn felgele colbert stak. Het was moeilijk te zeggen welke gedachte als eerste door haar hoofd schoot, maar een ervan was zonder twijfel dat de rit uit Banglaphu toch verspilde tijd was geweest. Eindelijk zag ze kans haar stembanden aan te spannen. Haar gil verdronk echter in het schallende getoeter van een vrachtwagen die een onoplettende tuktuk op Sukhumvit Road inhaalde.

HOOFDSTUK 2

'Nationaltheatret,' meldde een nasale, slaapdronken stem door de luidspreker vóór de tramdeuren openklapten en Dagfinn Torhus de ijzig koude en nog schemerdonkere winterochtend in stapte. De lucht beet in zijn pas geschoren wangen en in de weerschijn van Oslo's spaarzame neonverlichting kon hij zijn gecondenseerde adem zien.

Het was de eerste week van januari en hij wist dat het later in de winter beter werd, wanneer er ijs op de fjord lag en de lucht droger was. Hij liep over de Drammensvei in de richting van het ministerie van Buitenlandse Zaken. Een paar eenzame taxi's reden voorbij, verder waren de straten leeg. De klok die op het gebouw voor hem rood oplichtte tegen de donkere winterhemel, wees ook pas zes uur aan.

Voor de deur trok hij zijn toegangspasje tevoorschijn. 'Functie: chef de bureau' stond er boven een foto van een tien jaar jongere Dagfinn Torhus die met vooruitgestoken kin en doelbewuste blik achter een stalen brilmontuur de camera in keek. Hij trok het pasje door de lezer, toetste de code in en duwde de zware glazen deur van Victoria Terrasse open.

Niet alle deuren waren zo makkelijk opengegaan toen hij hier bijna dertig jaar geleden als vijfentwintigjarige kwam. In het diplomatenklasje, de opleiding van BuZa, had hij met zijn duidelijk hoorbare Østerdalse dialect en zijn boerse gewoonten, zoals een van die stadse jongens het had uitgedrukt, niet zonder problemen zijn intrede gedaan in het milieu. De andere kandidaten waren politicoloog, econoom of jurist en hoorden al bij de BuZa-adel. Hij was een boerenzoon met een diploma van de Landbouwhogeschool in Ås. Niet dat het hem veel kon schelen, maar hij wist dat de juiste vrienden belangrijk waren voor zijn verdere carrière. En terwijl Dagfinn Torhus de sociale codes probeerde te leren, compenseerde hij zijn tekortkomingen door hard te werken. Ondanks de onderlinge verschillen hadden ze gemeen dat ze een onduidelijk beeld hadden van wat ze met hun leven wilden. Maar ze wisten wel welke kant ze op wilden: omhoog.

Torhus zuchtte en knikte naar de Securitas-bewaker die zijn kranten en een envelop onder het glazen raam naar hem toe schoof.

'Al iemand...?'

De bewaker schudde zijn hoofd.

'Zoals gewoonlijk de eerste, Torhus. Deze envelop komt van de inlichtingendienst, hij is vannacht bezorgd.'

Torhus keek naar de cijfers van de etages terwijl de lift hem omhoog tilde in het gebouw. Hij had bedacht dat iedere etage een bepaalde periode in zijn carrière symboliseerde, dus iedere ochtend passeerde die de revue.

Op de begane grond had hij twee jaar lang in het diplomatenklasje gezeten, waar ze lange, onbeduidende discussies hadden gevoerd over politiek en geschiedenis en waar hij had zitten zweten tijdens de lessen Frans.

Op de eerste etage zat het detacheringsbureau. De eerste twee jaar had hij Canberra gekregen, daarna Mexico City voor drie jaar. Op zich fijne steden, ja, hij mocht niet klagen. Hij had weliswaar Londen en New York als eerste keus opgegeven, maar zulke posities met veel prestige waren ook gewild bij de anderen, dus hij had besloten dat hij zijn benoemingen niet moest zien als nederlagen.

Op de tweede etage was hij weer terug in Noorwegen, zonder de riante buitenlandtoeslagen en woonfaciliteiten waardoor hij een leven in overvloed had kunnen leiden. Hij had Berit ontmoet, ze was zwanger geworden en toen het tijd werd om een nieuwe post in het buitenland te gaan bekleden, was nummer twee al onderweg. Berit kwam uit dezelfde streek als hij en ze belde haar moeder iedere dag. Hij had besloten nog even te wachten en in plaats daarvan als een bezetene te werken, hij had kilometerslange verhandelingen geschreven over bilaterale handel met ontwikkelingslanden, toespraken voor de minister van Buitenlandse Zaken gemaakt en erkenning gekregen op verschillende etages. Nergens anders in het staatsapparaat is de concurrentie zo moordend als op BuZa, waar de hiërarchie zo strak geregeld is. Dagfinn Torhus was iedere dag naar zijn werk gegaan als een soldaat naar het front. Hij hield zijn hoofd laag, zorgde voor rugdekking en vuurde als hij iemand in het vizier had. Hier en daar had hij schouderklopjes ontvangen, hij wist dat hij 'was opgevallen' en hij had geprobeerd aan Berit uit te leggen dat hij waarschijnlijk Parijs of Londen zou kunnen krijgen. Maar voor de eerste keer in hun verder probleemloze huwelijk had ze haar hakken in het zand gezet. Hij had erin berust.

Toen was het de derde verdieping geworden en nog meer verhandelingen, hij was secretaris geworden met een iets beter salaris en kort daarna was hij overgeplaatst naar de personeelsafdeling op de eerste etage.

Een baan krijgen op de personeelsafdeling van BuZa was overigens iets bijzonders, het was meestal het signaal dat de weg naar boven openlag. Maar er was iets gebeurd. In samenwerking met het detacheringsbureau bepaalde hij welke sollicitanten naar de verschillende buitenlandse posten gingen, het was een baan die direct van invloed was op het carrièreverloop van anderen. Misschien dat hij zijn handtekening had gezet onder een verkeerde detachering, had hij iemand de trap af gestuurd die het later toch had gered. En nu zat die persoon boven hem aan de bijna onzichtbare touwtjes te trekken die Dagfinns leven en dat van anderen binnen BuZa stuurden.

Want de carrièremogelijkheden waren ineens opgedroogd en op een ochtend zag hij een chef de bureau in de badkamerspiegel, een bureaucraat met een beetje invloed die het nooit zou lukken een sprong te maken naar de vierde etage, niet nu hij nog maar een decennium van zijn pensioen af zat. Tenzij hij een opvallende prestatie leverde natuurlijk. Maar een dergelijke prestatie had vaak als nadeel dat die tot bevordering maar ook tot ontslag kon leiden.

Toch ging hij door zoals hij altijd gedaan had, hij probeerde een straatlengte voor te blijven op de anderen. Was iedere ochtend als eerste op kantoor, zodat hij rustig alle kranten en faxen kon lezen en zijn conclusies al klaar had vóór zijn collega's, terwijl zij de slaap uit hun ogen wreven en aanschoven bij de ochtendmeeting. Het leek of de eerzucht in zijn bloed was gekropen.

Hij draaide de deur van zijn kantoor van het slot en aarzelde een ogenblik voor hij het licht aandeed. Ook dat had een voorgeschiedenis, het verhaal van de lantaarn. Helaas was het uitgelekt en hij wist dat het in het BuZa-milieu een klassieker was geworden. Vele jaren geleden was de toenmalige ambassadeur van Amerika een aantal maanden in Oslo en op een ochtend had hij Torhus ontzettend vroeg gebeld en hem gevraagd wat hij vond van de uitspraken van president Carter die nacht. Torhus was net zijn kantoor binnengestapt, had de kranten en faxen nog niet gelezen en moest het antwoord schuldig blijven. Dat had natuurlijk zijn dag verpest. En het zou nog erger worden. De volgende ochtend had de ambassadeur gebeld op het moment dat hij de krant opensloeg en hij had Torhus gevraagd hoe de nachtelijke gebeurtenissen de situatie in het Midden-Oosten zouden beïnvloeden. De volgende morgen was er weer iets anders geweest. Torhus had een nietszeggend antwoord gestameld, doorspekt met voorbehouden en duidelijk blijk gevend van een gebrek aan kennis.

Hij was nog vroeger naar zijn werk gegaan, maar de ambassadeur leek wel een zevende zintuig te hebben, want iedere ochtend ging de telefoon op het moment dat hij ging zitten.

Pas toen hij toevallig hoorde dat de ambassadeur in het Aker Hotel verbleef, dat recht tegenover BuZa stond, begreep Torhus hoe het zat. De ambassadeur, van wie iedereen wist dat hij zelf graag vroeg opstond, had uiteraard gemerkt dat het licht in Torhus' kantoor eerder aanging dan bij de andere medewerkers en hij besloot deze overijverige werknemer op de hak te nemen. Torhus had vervolgens een hoofdlantaarn aangeschaft en de volgende ochtend had hij alle kranten en faxen gelezen voor hij het licht aandeed. Zo was het drie weken doorgegaan, toen had de ambassadeur zich gewonnen gegeven.

Inmiddels had Dagfinn Torhus lak aan die zogenaamd geestige ambassadeur. Hij opende de envelop van de inlichtingendienst en op de kopie van de ontcijferde tekst stond 'Strikt Geheim' gestempeld. Het bericht schokte hem zo dat hij koffie knoeide op de landnotities die over zijn bureau verspreid lagen. De korte tekst liet veel aan de fantasie over, maar de essentie was: de Noorse ambassadeur in Thailand, Atle Molnes, was met een mes in zijn rug gevonden in een bordeel in Bangkok.

Torhus las het bericht nogmaals door voor hij het weglegde.

Atle Molnes, de voormalige politicus van de Kristelig Folkeparti, de voormalige voorman van de financiële commissie, was nu op alle fronten voormalig geworden. Het was zo ongelooflijk dat hij onwillekeurig naar het Aker Hotel keek om te zien of er iets bewoog achter de gordijnen, al was de afzender de Noorse ambassade in Bangkok. Torhus vloekte. Waarom moest dit nu gebeuren, uitgerekend in Bangkok? Moest hij Askildsen eerst waarschuwen? Nee, die zou het vroeg genoeg te weten komen. Torhus wierp een blik op de klok en pakte de telefoon om de minister van Buitenlandse Zaken te bellen.

Bjarne Møller klopte voorzichtig op de deur en deed hem open. De stemmen in de kamer verstomden en de hoofden draaiden zich naar hem om.

'Daar hebben we Bjarne Møller, de politieafdelingschef van de afdeling Geweld,' zei de hoofdcommissaris en ze gebaarde dat Møller moest gaan zitten.

'Møller, dit is staatssecretaris Bjørn Askildsen van Algemene Zaken en dit chef de bureau Dagfinn Torhus van Buitenlandse Zaken.'

Møller knikte, trok een stoel naar zich toe en probeerde zijn ongelooflijk lange benen te verstoppen onder de grote, ovale eiken tafel. Hij dacht dat hij het jonge, gladde gezicht van Askildsen al eens op televisie had gezien. Staatssecretaris? Dan ging het om een kwestie van gigaformaat.

'Fijn dat u zo snel kon komen,' zei de staatssecretaris op geaffecteerde toon. Hij trommelde met zijn vingers op tafel. 'Hanne, geef even een korte samenvatting van waar we het hier over hebben.'

Twintig minuten geleden had Møller een telefoontje gehad van de hoofdcommissaris, ze had hem zonder verdere uitleg een kwartier gegeven om naar BuZa te komen.

'Atle Molnes is in Bangkok dood aangetroffen, waarschijnlijk vermoord,' begon de hoofdcommissaris.

Møller zag dat de chef de bureau met het stalen brilmontuur zijn ogen ten hemel sloeg en nadat hij de rest van het verhaal had gehoord, begreep hij de reactie. Je moest kennelijk bij de politie zijn om te zeggen dat een man die met een mes in zijn rug was gevonden dat links van de ruggengraat omhoogstak en de linkerlong en vervolgens het hart had doorboord, 'waarschijnlijk' was vermoord.

'Hij is op een hotelkamer gevonden door een vrouw...'

'In een bordeel,' onderbrak de man met de stalen bril haar. 'Door een hoer.'

'Ik heb met mijn collega in Bangkok gesproken,' zei de hoofdcommissaris. 'Een verstandige man. Hij heeft beloofd dat hij de zaak voorlopig geheim zal houden.'

Møllers eerste ingeving was om te vragen waarom men moest wachten met de officiële bekendmaking van de moord, vaak hielp een snelle berichtgeving in de media de politie bij de ontvangst van tips omdat de mensen zich nog details herinnerden en de sporen nog vers waren. Maar iets zei hem dat die vraag als zeer naïef zou worden opgevat. In plaats daarvan vroeg hij hoe lang ze dachten de zaak in de doofpot te kunnen houden.

'Hopelijk lang genoeg om een aanvaardbaar verhaal in elkaar te kunnen draaien,' zei Askildsen. 'Het huidige voldoet daar namelijk niet aan.'

Het huidige? Møller glimlachte even. De juiste versie was kennelijk beoordeeld en afgekeurd. Als relatief nieuwe PAC – politieafdelingschef – was Møller tot nog toe verschoond gebleven van al te veel politieke sores, maar hij wist dat hoe hoger je in het korps kwam, hoe moeilijker het werd daaraan te ontkomen.

'Ik begrijp dat de huidige versie onverkwikkelijk is, maar wat bedoelt u met "voldoet daar namelijk niet aan"?'

De hoofdcommissaris keek Møller waarschuwend aan. De staatssecretaris lachte even.

'We hebben weinig tijd, Møller, maar laat ik u toch even een spoedcursus politiek in de praktijk geven. Alles wat ik zeg, is strikt vertrouwelijk.'

Automatisch trok hij zijn stropdas recht, een beweging die Møller dacht te herkennen van zijn televisieoptredens.

'Goed. Voor het eerst sinds de oorlog hebben we een centrumregering met een zekere overlevingskans. Niet omdat de parlementaire basis zo stevig is, maar omdat de premier toevallig op weg is een van de minst impopulaire politici te worden.'

De hoofdcommissaris en de chef de bureau moesten even lachen.

'Die populariteit rust overigens op hetzelfde kwetsbare fundament waarop het kapitaal van alle politici is gebouwd: vertrouwen. Het belangrijkste is niet charisma of een sympathieke uitstraling, het belangrijkste is dat de politicus vertrouwen heeft. Weet u waarom Gro Harlem Brundtland zo populair werd, Møller?'

Møller had geen idee.

'Niet omdat ze zo charmant was, maar omdat de mensen erop vertrouwden dat ze degene was voor wie ze zich uitgaf. Vertrouwen, dat is het sleutelwoord.'

Rond de tafel werd geknikt. Verplichte stof, kennelijk.

'Atle Molnes en de premier hadden een nauwe band, zowel door hun vriendschap als door hun politieke loopbanen. Ze hebben samen gestudeerd, klommen samen op in de partij, streden gezamenlijk voor modernisering van de jongerenafdeling binnen de partij en deelden zelfs een appartement toen ze beiden al jong in het Storting werden gekozen. Molnes deed vrijwillig een stap terug toen beiden binnen de partij als kroonprinsen werden aangemerkt. Hij gaf de premier zijn volledige steun en zo werd een machtsstrijd binnen de partij voorkomen. Dat heeft er natuurlijk toe geleid dat de premier in het krijt stond bij Molnes.'

Askildsen bevochtigde zijn lippen en keek uit het raam.

'Laat ik het zo zeggen: Molnes heeft niet in het diplomatenklasje van BuZa gezeten en was zeer waarschijnlijk niet in Bangkok terechtgekomen als de premier niet aan de touwtjes had getrokken. Dat riekt misschien naar vriendjespolitiek, maar het is een geaccepteerde vorm van kameraadschap, ingevoerd door de Arbeiderparti en algemeen bekend. Reiulf Steen had ook geen BuZa-achtergrond toen hij de ambassadeurspost in Chili kreeg.'

Zijn blik ging terug naar Møller, hij leek geamuseerd.

'Ik hoef niet uit te leggen dat het de premier zou schaden als uitlekt dat een vriend en partijgenoot, die hij een post in het buitenland heeft gegeven, onder compromitterende omstandigheden vermoord is aangetroffen.'

Met een handgebaar gaf de staatssecretaris het woord aan de hoofdcommissaris, maar Møller kon zich niet bedwingen: 'Wie heeft geen vriend die in een bordeel is geweest?'

Askildsens glimlach verstijfde en de chef de bureau met de stalen bril schraapte zijn keel en zei: 'U hebt gehoord wat u moet weten, Møller. Laat het beoordelen maar aan ons over, alstublieft. Wat we nodig hebben, is iemand die ervoor zorgt dat het onderzoek in deze zaak geen... ongelukkige wending krijgt. We willen natuurlijk allemaal dat de moordenaar of moordenaars worden gegrepen, maar de omstandigheden rond de moord dienen voorlopig geheim te worden gehouden. Begrijpt u?'

Møller keek naar zijn handen. Voor het belang van het land. Houd je mond. Ze waren in zijn familie nooit erg goed geweest in zaken in de doofpot stoppen. Zijn vader was daarom ook nooit verder gekomen dan agent.

'De ervaring leert dat de waarheid vaak moeilijk te verbergen is, chef de bureau.'

'Helemaal waar. Uit naam van BuZa draag ik de verantwoordelijkheid voor deze operatie. Zoals u begrijpt, is het een erg delicate kwestie die vereist dat de Thaise politie met ons samenwerkt. Aangezien de ambassade erbij is betrokken, hebben we een zekere speelruimte, diplomatieke immuniteit en zo, maar er zal goed op ons worden gelet. We willen daarom iemand sturen met grote competentie op het gebied van recherchewerk en ervaring met internationaal politieonderzoek, iemand die al resultaten heeft geboekt.'

Hij zweeg en keek Møller aan, die zich afvroeg waarom hij instinctief een afkeer had van deze bureaucraat met zijn agressieve kin.

'We kunnen een team formeren...'

'Geen team, Møller. Hoe minder stof er opwaait, hoe beter. Bovendien heeft uw hoofdcommissaris ons uitgelegd dat het de samenwerking met de plaatselijke politie niet ten goede zal komen als we met een heel team aankomen. Eén man.'

'Eén man?'

'De hoofdcommissaris heeft ons al iemand voorgesteld en wij vonden het een goed idee. Hij valt onder uw verantwoordelijkheid en we hebben u uitgenodigd om te horen wat uw ervaringen met hem zijn. Volgens het gesprek dat de hoofdcommissaris had met haar collega in Sydney, heeft hij vorig jaar in Australië bij de oplossing van de moord op Inger Holter bijzonder goed werk verricht.'

'Ik heb het vorige winter in de kranten gelezen,' zei Askildsen. 'Imponerend. Volgens mij is hij onze man.'

Bjarne Møller slikte. De hoofdcommissaris had dus voorgesteld Harry Hole naar Bangkok te sturen. En ze had hem gevraagd te komen om iedereen ervan te overtuigen dat Harry Hole de beste man was die het korps te bieden had voor deze klus.

Hij keek de tafel rond. Politiek, macht en invloed. Het was een spel waar hij geen snars van begreep, maar hij snapte dat het op de een of andere manier ook van invloed was op hem. Hij besefte ineens dat wat hij nu zei en deed ook consequenties had voor zijn verdere carrière. De hoofdcommissaris had haar nek uitgestoken door een naam te noemen. Waarschijnlijk had een van de anderen voorgesteld om de kwalificaties van Hole te laten bevestigen door zijn leidinggevende chef. Hij keek naar de hoofdcommissaris en probeerde haar blik te interpreteren. Natuurlijk kon het goed gaan met Hole. En zou het de hoofdcommissaris niet in verlegenheid brengen als hij hun zou afraden Hole te sturen? En in dat geval zou hem worden gevraagd een ander te noemen en dan zou alleen zijn hoofd op het hakblok komen te liggen als die persoon er een knoeiboel van maakte.

Møller keek naar het schilderij dat boven de hoofdcommissaris hing waarop Trygve Lie, secretaris-generaal van de Verenigde Naties, hem gebiedend aankeek. Ook een politicus. Buiten zag hij de huizendaken in het bleke winterlicht, Akerhusfestning en de weerhaan van Hotel Continental die beefde in de ijzig koude wind.

Bjarne Møller wist dat hij een uitstekende politieman was, maar dit was iets anders, hij kende de regels van dit spel niet. Wat zou zijn vader hem hierin hebben geraden? Tja, hij had nooit politiek stelling hoeven nemen, agent Møller. Maar hij had wel begrepen waar het om draaide als je mee wilde tellen. Hij had zijn zoon verboden naar de politieacademie te gaan voor hij rechten had gestudeerd. Bjarne had gedaan wat zijn vader hem had opgedragen en nadat hij zijn bul had gehaald had vader zijn keel geschraapt en zijn zoon steeds op zijn schouder geslagen tot Bjarne hem moest vragen daarmee op te houden.

'Een goed voorstel,' hoorde Bjarne Møller zichzelf met heldere, luide stem zeggen.

'Mooi,' zei Torhus. 'De reden dat we snel uw mening wilden horen is uiteraard dat we haast hebben. Hij moet onmiddellijk stoppen met waar hij mee bezig is. Hij vertrekt morgen.'

Nou ja, misschien is dit nu net een zaak die Hole nodig heeft, zei Møller bemoedigend bij zichzelf.

'Het spijt ons dat we beslag moeten leggen op zo'n belangrijke man binnen uw team,' zei Askildsen.

Politieafdelingschef Bjarne Møller moest zijn best doen om niet in lachen uit te barsten.

HOOFDSTUK 3

Ze vonden hem in Restaurant Schrøder in de Waldemar Thranes gate, een oude, respectabele kroeg die op het kruispunt lag waar het chique deel en het minder chique deel van Oslo elkaar ontmoeten. Eerder oud dan respectabel, om eerlijk te zijn. Het respectabele zat vooral in het feit dat de stadsplanoloog het gebouw met zijn bruine, doorrookte ruimtes te mooi vond om af te breken. Respect kon je niet echt hebben voor de cliëntèle, een opgejaagde en met uitsterven bedreigde soort: oude alcoholisten, eeuwige studenten en afgetakelde charmeurs die allang over hun houdbaarheidsdatum heen waren.

Toen de tocht van de geopende deur een kortstondige opening veroorzaakte in de rookwalm zagen de twee politiemannen de lange gedaante zitten onder een oud schilderij van de Aker kirke. Het blonde haar was zo kort geknipt dat de stoppeltjes rechtovereind stonden en de drie dagen oude baard op het magere, markante gezicht leek een grijs waas te hebben, hoewel hij toch nauwelijks ouder dan halverwege de dertig kon zijn. Hij zat alleen en kaarsrecht op zijn stoel, hij had zijn caban nog aan, alsof hij ieder moment kon opstappen. Het leek of het drinken van de halve liter bier niet iets was waarop hij zich verheugde, maar eerder een klus die hij moest klaren.

'Ze zeiden al dat we je hier zouden vinden,' zei de oudste van de twee en hij ging op de stoel tegenover hem zitten. 'Ik ben Waaler, politie Oslo.'

'Zien jullie die man daar bij het hoektafeltje?' zei Hole zonder op te kijken.

Waaler draaide zich om en zag een oude, graatmagere man voor een glas rode wijn zitten, terwijl hij heen en weer wiegde. Het leek wel of hij het koud had.

'Ze noemen hem de laatste der Mohikanen.'

Hole keek naar hen op en lachte breed. Zijn ogen leken op blauwe knikkers in een net van rode adertjes en zijn blik bleef hangen ergens halverwege Waalers overhemd.

'Tijdens de oorlog bij de marine,' zei hij keurig articulerend. 'Een aantal jaren geleden waren er hier vast nog meer, maar er zijn er niet veel meer over. Hij is tijdens de oorlog twee keer getorpedeerd. Hij gelooft dat hij onsterfelijk is. Vorige week heb ik hem na sluitingstijd in de Glückstadgate gevonden, slapend op een berg sneeuw. Er was geen mens te zien, het was aardedonker en het vroor achttien graden. Toen ik hem weer tot leven had geschud, zei hij dat ik moest oprotten.'

Hij lachte luid.

'Luister, Hole...'

'Ik ben vanavond naar zijn tafeltje gelopen en heb gevraagd of hij zich nog kon herinneren wat er was gebeurd, ik bedoel, ik had toch voorkomen dat die kerel doodvroor. Weten jullie wat hij antwoordde?'

'Møller wil je graag spreken, Hole.'

'Hij zei dat hij onsterfelijk is. "Ik kan ermee leven dat ik een ongewenste matroos ben in dit kloteland," zei hij. "Maar het is toch klote dat zelfs Petrus niets met mij te maken wil hebben." Horen jullie dat? Zelfs Petrus...'

'We hebben opdracht om je mee te nemen naar het bureau.'

Een nieuwe halve liter werd met een klap voor Harry op tafel gezet.

'We houden ermee op, Vera,' zei hij.

'Tweehonderdtachtig kronen,' antwoordde ze zonder op de rekening te hoeven kijken.

'Mijn god,' mompelde de jongste agent.

'Het is goed zo, Vera.'

'Jezus, nou, bedankt.' En weg was ze.

'De beste service van de stad,' legde Harry uit. 'Het komt voor dat ze je al zien voor je met je hand hebt gezwaaid.'

De huid op Waalers gezicht stond inmiddels zo strak dat een ader als een blauwe, kronkelige worm over zijn voorhoofd liep.

'We hebben geen tijd om naar jouw dronkenmansverhalen te luisteren, Hole. Ik stel voor dat je die laatste laat st...'

Hole had het glas al voorzichtig tegen zijn lippen gezet en dronk.

Waaler leunde over de tafel en probeerde zacht te praten: 'Ik heb over je gehoord, Hole. En ik mag je niet. Ik vind dat je al lang geleden uit het korps getrapt had moeten worden. Types als jij zorgen ervoor dat mensen hun respect voor de politie verliezen. Maar daarvoor zijn we hier nu niet. We komen je halen. Onze PAC is een aardige man, misschien geeft hij je nog een kans.'

Hole boerde en Waaler schoot naar achteren op zijn stoel.

'Kans waarop?'

'Om te laten zien waarvoor je deugt,' zei de jongste agent en hij probeerde te lachen.

'Hier laat ik zien waarvoor ik deug,' lachte Hole, hij zette het glas aan zijn mond en legde zijn hoofd in zijn nek.

'Wel verdomme, Hole!' Waaler werd rood terwijl ze observeerden hoe de adamsappel van Hole op en neer bewoog in zijn ongeschoren hals.

'Tevreden?' vroeg Hole en hij zette het lege glas voor zich neer.

'Onze opdracht was...'

'...dat kan me niet verdommen.' Hole knoopte zijn caban dicht. 'Als Møller iets van me wil, kan hij me bellen of wachten tot ik morgen weer op het werk verschijn. Nu wil ik naar huis en ik hoop dat ik de komende twaalf uur die tronies van jullie niet hoef te zien. Mijne heren...'

Harry bracht zijn honderdnegentig centimeters omhoog en moest, bijna onmerkbaar, even steun zoeken.

'Jij arrogante hufter,' zei Waaler en hij wipte achterover op zijn stoel. 'Verrekte loser. Als die krantenjongens die over die zaak in Australië hebben geschreven nu eens zouden zien hoe weinig ballen je hebt...'

'Wanneer heb je ballen, Waaler?' Hole lachte nog steeds. 'Als je dronken zestienjarigen een pak slaag geeft in hun cel omdat ze een hanenkam hebben?'

De jongste politieman keek Waaler snel aan. Er gingen vorig jaar geruchten op de politieacademie dat een paar jonge relschoppers die waren opgepakt wegens openbare dronkenschap in hun cel waren afgeranseld met sinaasappels verpakt in natte handdoeken.

'Korpsgeest is iets wat jij nooit hebt begrepen, Hole,' zei Waaler. 'Je denkt alleen maar aan jezelf. Iedereen weet wie in die auto bij Vinderen achter het stuur zat en waarom de schedel van een goede politieman gespleten werd. Dat was omdat jij alcoholist bent en dronken achter het stuur zat, Hole. Je mag wel verdomd blij zijn dat het korps de feiten onder het tapijt heeft geveegd, als het niet om respect voor de familie en de eer van het korps ging dan...'

De jongste politieman was nieuw en leerde iedere dag nieuwe dingen bij. Vanmiddag leerde hij bijvoorbeeld dat het erg dom was om op een stoel te wippen terwijl je iemand hebt beledigd, omdat je totaal weerloos bent als de beledigde partij plotseling een stap naar voren doet en een rechtse tussen je ogen plaatst. Aangezien mensen in Schrøder wel vaker achterover klappen, was het slechts een paar seconden stil voor het geroezemoes weer verderging.

De jongste politieman hielp zijn collega op de been terwijl hij Hole door de deur zag verdwijnen.

'Jezus, niet slecht na acht biertjes, toch?' zei hij, maar hij hield snel zijn mond toen hij Waalers blik zag.

Harry liep zonder ergens acht op te slaan over de spekgladde Dovregate. Zijn knokkels voelde hij niet, maar pijn of spijt kon op z'n vroegst morgenochtend op bezoek komen.

Hij dronk niet in werktijd. Nog niet. Hoewel hij dat eerder wel had gedaan en dokter Aune zei dat elke terugval begint waar de vorige eindigde.

De witharige, bijzonder dikke Peter Ustinov-kloon had zo gelachen dat zijn dubbele onderkinnen schudden toen Harry hem had verteld dat hij zich verre hield van zijn oude vriend

Jim Beam en alleen maar bier dronk. Omdat hij niet zo van bier hield.

'Je hebt in de goot gelegen en op het moment dat je een fles opent, lig je er weer in. Er is geen middenweg, Harry.'

Nou, hij kwam op twee benen thuis, kreeg meestal zijn kleren uit en ging naar zijn werk. Zo was het niet altijd geweest. Harry noemde het een middenweg. Hij had alleen een beetje verdoving nodig om te kunnen slapen, dat was alles.

Een meisje groette hem vanonder een zwarte bontmuts. Was dat iemand die hij kende? Vorig jaar werd hij vaak gegroet, vooral na zijn televisie-interview in *Redaksjon* 21, waarin Anne Grosvold hem had gevraagd hoe het voelde om een seriemoordenaar dood te schieten.

'Nou, beter dan hier zitten en antwoord geven op zulke vragen,' had hij met een scheef lachje geantwoord en dat was de topic van de lente geweest en de meest geciteerde uitspraak.

Harry stak zijn sleutel in de toegangsdeur. De Sofies gate. Waarom hij hier in de herfst naartoe was verhuisd, was hem niet meer helemaal duidelijk. Misschien omdat de buren op Tøyen hem vreemd begonnen aan te kijken, hem op een afstand hielden. Hij had in het begin gedacht dat het kwam omdat ze respect voor hem hadden.

Misschien ook niet, maar hier lieten zijn buren hem tenminste met rust, soms kwamen ze even naar buiten om te kijken of het goed met hem ging als hij een tree miste en ruggelings de trap af rolde.

Dat ruggelings de trap af rollen was pas in oktober begonnen, toen hij tegen een muur op was gelopen in verband met die zaak van Søs. Toen was er iets in hem geknapt en waren de dromen weer teruggekomen. En hij kende maar één manier om de dromen weg te houden.

Hij had geprobeerd zich te vermannen en had Søs meegenomen naar hun zomerhuisje in Rauland, maar ze was stil sinds die afschuwelijke verkrachting en ze lachte niet meer. Hij had vader een paar keer gebeld, maar lang hadden ze niet gepraat.

Wel lang genoeg om te begrijpen dat vader met rust gelaten wenste te worden.

Harry deed de deur van zijn appartement achter zich dicht, riep dat hij thuis was en knikte tevreden toen hij geen antwoord kreeg. De monsters kwamen in allerlei gedaantes, maar zolang ze hem niet op stonden te wachten in de keuken als hij thuiskwam, was het nog steeds mogelijk dat hij vannacht rustig sliep.

HOOFDSTUK 4

De kou kwam zo plotseling toen Harry de deur uit stapte dat hij even naar adem snakte. Hij keek op naar de lichtrode lucht tussen de gebouwen en opende zijn mond om de smaak van gal en Colgate kwijt te raken.

Op Holbergs plass kon hij nog net de tram pakken die uit de Welhavensgate kwam. Hij vond een plek om te zitten en vouwde *Aftenposten* open. Weer een pedofiliezaak. Dat was de derde al in een paar maanden, allemaal Noren die op heterdaad in Thailand waren betrapt.

In het hoofdartikel herinnerde men de premier aan zijn verkiezingsbelofte dat hij het onderzoek naar seksuele misdrijven, ook als ze in het buitenland hadden plaatsgevonden, zou intensiveren, en men vroeg zich af wanneer de eerste resultaten zichtbaar werden.

In een commentaar zei de staatssecretaris van Algemene Zaken, Bjørn Askildsen, dat men nog steeds werkte aan een overeenkomst met Thailand betreffende onderzoek ter plaatse naar Noorse pedofielen en dat men hoopte dat er, zodra de overeenkomst was gesloten, snel resultaten werden geboekt.

'Het heeft haast!' concludeerde de redacteur van *Aftenposten*. 'De mensen verwachten dat er iets gebeurt. Een christelijke premier kan niet toestaan dat dergelijke smeerlapperij maar voortduurt.'

'Binnen!'

Harry deed de deur open en keek recht in de gapende mond van Bjarne Møller, die zich uitrekte in zijn stoel, waardoor zijn lange benen onder zijn bureau uitstaken.

'Kijk eens aan. Ik had je gisteren verwacht, Harry.'

'Ik heb de boodschap gekregen.' Harry ging zitten. 'Ik ga niet naar het werk als ik dronken ben. En omgekeerd. Een principe waar ik niet graag van afwijk.' Het was de bedoeling dat het een beetje ironisch klonk.

'Een politieman is vierentwintig uur per dag politieman, Harry, nuchter of dronken. Ik heb Waaler ertoe moeten overhalen geen klacht tegen je in te dienen, begrijp je?'

Harry haalde zijn schouders op om aan te geven dat hij gezegd had wat er te zeggen viel over deze kwestie.

'Oké, Harry, we hebben het er niet meer over. Ik heb werk voor je. Werk dat je volgens mij niet verdient, maar dat ik toch van plan ben je te geven.'

'Kan ik je blij maken door te zeggen dat ik het niet wil hebben?' vroeg Harry.

'Stop met die Marlowe-act, Harry, het past niet bij je,' zei Møller kwaad. Harry grijnsde. Hij wist dat de afdelingschef hem wel mocht.

'Ik heb nog niet eens gezegd waar het om gaat.'

'In aanmerking genomen dat je een auto stuurt om me in mijn vrije tijd op te halen, neem ik aan dat het niet gaat om het regelen van het verkeer.'

'Precies, dus waarom wil je me dan niet laten uitpraten?'

Harry liet een kort, droog lachje horen en boog zich naar voren.

'Kunnen we fris van de lever praten, PAC?'

Welke lever, wilde Møller vragen, maar hij knikte slechts.

'Ik ben op het moment geen man voor grote opdrachten, chef. Ik neem aan dat je zelf hebt gezien hoe het de laatste tijd gaat. Hoe het niet gaat. Of maar net gaat. Ik doe mijn werk, de routineklussen, probeer anderen niet in de weg te lopen en check nuchter in en uit. Ik zou deze klus aan een van de andere jongens geven als ik jou was.'

Møller zuchtte, trok zijn knieën moeizaam naar zich toe en stond op.

'Fris van de lever, Harry? Als het aan mij had gelegen dan had iemand anders de opdracht gekregen. Maar ze wilden jou hebben. Daarom zou je me bijzonder helpen, Harry, als je...'

Harry keek oplettend op. Bjarne Møller had hem het laatste jaar zo vaak uit de brand geholpen dat er een tijd moest komen dat hij hem die schuld moest terugbetalen.

'Stop! Wie zijn zé?'

'Mensen op belangrijke posities. Mensen die me veel ellende kunnen bezorgen als ze niet krijgen wat ze willen.'

'En wat krijg ik als ik doe wat ze willen?'

Møller fronste zo goed als hij kon zijn wenkbrauwen, maar hij had er altijd problemen mee gehad om met zijn open jongensgezicht streng te kijken.

'Wat jij krijgt? Je krijgt je salaris. Zo lang als het duurt. Wat jij kríjgt, wel verdomme!'

'Ik begin de zaak een beetje te begrijpen, chef. De mensen over wie je het hebt zijn van mening dat die meneer Hole, die vorig jaar in Sydney schoon schip heeft gemaakt, een geweldige kerel moet zijn en het is jouw taak om die kerel weer in stelling te brengen. Zie ik het verkeerd?'

'Harry, ga niet te ver, alsjeblieft.'

'Ik vergis me niet. Ik heb me gisteren ook niet vergist toen ik die tronie van Waaler zag. Daarom heb ik er al een nachtje over kunnen slapen en dit is mijn voorstel. Ik ben een brave jongen, ik zal de klus op me nemen en als ik klaar ben, geef jij me voor twee maanden twee fulltime rechercheurs en toegang tot alle data.'

'Waar heb je het over?'

'Je weet waar ik het over heb.'

'Als het nog steeds over die verkrachting van je zus gaat, Harry, dan moet ik je teleurstellen. Ik neem aan dat je nog weet dat het onderzoek in die zaak voor eens en altijd is gestopt.'

'Ik herinner me dat, chef. Ik herinner me het rapport waarin staat dat ze het syndroom van Down heeft en dat het daarom niet ondenkbaar is dat ze de verkrachting heeft verzonnen om het feit te verhullen dat ze zwanger is geworden van iemand die ze toevallig kende. Ja bedankt, ik herinner het me.'

'Er waren geen technische bewijzen...'

'Ze was van plan het geheim te houden. Mijn god, man, ik was in haar flat in Sogn en zag toevallig haar beha die doortrokken was van bloed bij de vuile was liggen. Ik moest haar dwingen me haar borst te laten zien. Hij had de tepel afgesneden en ze had meer dan een week gebloed. Ze denkt dat iedereen is zoals zij, dus toen die keurige jongen in pak haar eerst op een diner had getrakteerd en toen had gevraagd of ze meeging naar zijn hotelkamer om een film te kijken, dacht ze dat hij gewoon ontzettend aardig was. En als ze het kamernummer al had onthouden, dan was er allang schoongemaakt en gestofzuigd en was het beddengoed al twintig keer vervangen sinds het was gebeurd. Dan zijn er moeilijk technische sporen te vinden.'

'Niemand kan zich bloederige lakens herinneren.'

'Ik heb in een hotel gewerkt, Møller. Het zou je verbazen hoe vaak per week je bloederige lakens moet verschonen. De mensen lijken niets anders te doen dan bloeden.'

Møller schudde heftig zijn hoofd.

'Sorry, je hebt de kans gehad het te bewijzen, Harry.'

'Niet genoeg, chef. Het was niet genoeg.'

'Het is nooit genoeg. Maar ergens moet je een streep zetten. Met onze middelen...'

'Geef me in elk geval de vrije hand. Eén maand.'

Møller tilde ineens zijn hoofd op en kneep een oog dicht. Harry wist dat hij was ontmaskerd.

'Jij geslepen duivel, je had de hele tijd al zin in deze opdracht, of niet? Je wilde alleen eerst een beetje onderhandelen.'

Harry stak zijn onderlip naar voren en wiegde zijn hoofd heen en weer. Møller keek uit het raam. Toen zuchtte hij.

'Oké, Harry. Ik zal je zeggen wat ik voor je kan doen. Maar als je een puinhoop maakt van deze opdracht, zie ik me genoodzaakt maatregelen te nemen waarvan mensen in het korps menen dat ik die allang had moeten nemen. Je weet wat dat betekent?'

'Bij kop en kont eruit, chef,' grijnsde Harry. 'Wat is de opdracht?'

'Ik hoop dat je zomerkostuum schoon is en dat je weet waar je paspoort ligt. Je vliegtuig gaat over twaalf uur en je gaat ver weg.'

'Hoe verder, hoe beter, PAC.'

Harry zat op een stoel bij de deur van het kleine appartement van Begeleid Wonen in Sogn. Zijn zus zat voor het raam te kijken naar de sneeuwvlokken die dansten in het licht van de lantaarn buiten. Ze haalde een paar keer haar neus op. Omdat ze met haar rug naar hem toe zat, wist Harry niet of het door het afscheid of door haar verkoudheid kwam. Ze woonde hier nu twee jaar en redde zich naar omstandigheden goed. Kort na de verkrachting en de abortus had Harry wat kleren en toiletspullen ingepakt en was hij bij haar gaan logeren, maar na een paar dagen had ze gezegd dat het genoeg was. Ze was al een grote meid.

'Ik ben gauw weer terug, Søs.'

'Wanneer dan?'

Ze zat zo dicht bij de ruit dat er iedere keer een bloem van condens uit haar mond ontsnapte als ze sprak.

Harry ging achter haar zitten en legde een hand op haar rug. Hij voelde aan het zachte schudden dat ze bijna begon te huilen.

'Als ik de slechte mensen heb gepakt. Dan kom ik direct naar huis.'

'Ga je...'

'Nee, ik ga hem niet pakken. Die zal ik daarna grijpen. Heb je vandaag al met papa gesproken?'

Ze schudde haar hoofd en Harry zuchtte.

'Als hij jou niet belt, dan wil ik dat jij hem belt. Kun je dat voor me doen, Søs?'

'Papa zegt nooit wat,' fluisterde ze.

'Papa is verdrietig omdat mama dood is, Søs.'

'Maar dat is al lang geleden.'

'Daarom wordt het tijd dat we hem weer aan het praten krijgen, Søs, en daar moet jij me bij helpen. Wil je dat? Wil je dat, Søs?'

Ze draaide zich zonder een woord te zeggen naar hem om, sloeg haar armen om zijn nek en begroef haar hoofd onder zijn kin.

Hij streelde haar over haar haren en voelde dat de boord van zijn overhemd nat werd.

Zijn koffer was gepakt. Harry had Aune gebeld en hem verteld dat hij voor een dienstreis naar Bangkok moest. Hij had verder niet veel meer te vertellen en Harry vroeg zich af waarom hij eigenlijk belde. Omdat het prettig was iemand te bellen die zich misschien afvroeg waar hij was? Harry vond niet dat hij het bedienend personeel van Schrøder ook moest bellen.

'Neem je vitamine B-injecties ook mee,' zei Aune.

'Waarom?'

'Dat maakt de zaken makkelijker voor het geval je zin hebt om nuchter te blijven. Andere omgeving, Harry, dat kan een goede aanleiding zijn, snap je.'

'Ik zal eraan denken.'

'Denken is niet genoeg, Harry.'

'Ik weet het. Daarom hoef ik die injecties ook niet mee te nemen.'

Aune bromde. Dat was zijn versie van lachen.

'Je had komiek moeten worden, Harry.'

'Ik ben al aardig op weg.'

Een van de jongens van het hospice verderop in de straat stond huiverend in zijn dunne spijkerjack tegen de gevel geleund terwijl hij flink stond te trekken aan een peuk, toen Harry zijn koffer in de kofferbak van de taxi tilde.

'Op reis?' vroeg hij.

'Jazeker.'

'Naar het zuiden of zo?'

'Bangkok.'

'Alleen?'

'Yep.'

'*Say no more…*'

Hij stak zijn duim op en knipoogde naar Harry.

Harry nam het ticket aan van de dame achter de incheckbalie en draaide zich om.

'Harry Hole?' De man droeg een stalen bril en keek hem met een droevige blik aan.

‘En u bent?’

‘Dagfinn Torhus van BuZa. We willen u even succes wensen. En ons er tegelijk van verzekeren dat u de... delicate aard van de kwestie hebt begrepen. Het is immers allemaal nogal snel gegaan.’

‘Hartelijk dank voor de goede zorgen. Ik heb begrepen dat het mijn taak is de moordenaar te vinden zonder te veel in het water te spatten, ja. Møller heeft me geïnstrueerd.’

‘Mooi. Discretie is belangrijk. Vertrouw niemand. Niet eens mensen die zeggen dat ze bij BuZa werken. Die kunnen wel bij, tja, bijvoorbeeld *Dagbladet* werken.’

Torhus opende zijn mond alsof hij wilde lachen, maar Harry begreep dat hij het serieus meende.

‘Journalisten van *Dagbladet* lopen niet rond met een speldje van BuZa op hun revers, meneer Torhus. Of in januari in een trenchcoat. Ik heb trouwens in mijn papieren gezien dat u mijn contactpersoon bent op het departement.’

Torhus knikte, het meest tegen zichzelf leek het wel. Toen duwde hij zijn kin naar voren en liet zijn stem een halve octaaf zakken.

‘Uw vlucht gaat bijna, dus ik zal u niet lang ophouden. Luister alleen even naar wat ik u te zeggen heb.’

Hij haalde zijn handen uit zijn jaszakken en vouwde ze voor zijn buik.

‘Hoe oud bent u, meneer Hole? Drieëndertig? Vierendertig? U hebt nog kans op een carrière. Ik heb namelijk wat rondgevraagd over u. U bent talentvol en er zijn duidelijk mensen hoger in de hiërarchie die u wel mogen. En u beschermen. Dat zal zo blijven zolang de zaken goed gaan. Maar er zijn geen enorme fouten voor nodig om u op uw kont bergafwaarts te laten glijden en dan zult u uw vriend meenemen in uw val. Op dat moment zult u ontdekken dat uw zogenaamde vrienden met de noorderzon zijn vertrokken. Dus probeer vooral op de been te blijven, meneer Hole. Hoe dan ook. Dit is een welgemeende raad van een oude rot.’

Hij lachte met zijn mond, terwijl zijn ogen Harry onderzoekend opnamen.

'Weet je, Hole, ik krijg altijd zo'n deprimerend gevoel als ik op Fornebu ben. We krijgen weliswaar een nieuw vliegveld, maar deze afbraak en destructie stemt me somber.'

'Is dat zo?' zei Harry en hij vroeg zich af of hij een biertje kon drinken in de bar voor de *gate* sloot. 'Nou, af en toe kan het goed zijn. Vernieuwing, bedoel ik.'

'Laten we het hopen,' zei Torhus. 'Laten we het hopen.'

HOOFDSTUK 5

Harry Hole zette zijn zonnebril recht terwijl hij naar de rij taxi's keek die voor Don Muang International Airport stond. Hij had het gevoel of hij in een badkamer was gestapt waar iemand zojuist een gloeiend hete douche had uitgedraaid. Hij wist dat het geheim van het verdragen van de hoge luchtvochtigheid was: je er niets van aan trekken. Gewoon het zweet laten lopen en aan iets anders denken. Maar erger was het met het licht. Dat stak door zijn goedkope, getinte zonnebrilglazen, recht in zijn door alcohol aangetaste ogen en gaf een nieuwe impuls aan de hoofdpijn die tot nog toe alleen maar vaag aanwezig was geweest rond zijn kloppende slapen.

'250 baht or metel taxi, sil?'

Harry probeerde zich te concentreren op wat de taxichauffeur tegen hem zei. De vliegreis was een hel geweest. De boekwinkel in Frankfurt verkocht alleen Duitse boeken en in het vliegtuig hadden ze *Free Willy 2* laten zien.

'Taximeter is goed,' zei Harry.

Een praatgrage Deen die in het vliegtuig naast hem zat had ervoor gekozen het feit te negeren dat Harry aangeschoten was en had hem overladen met adviezen over hoe je oplichting in Thailand moest voorkomen. Kennelijk was dat een onuitputtelijk thema. Hij was klaarblijkelijk van mening dat Noren charmante naïeve mensen waren en dat het de vanzelfsprekende plicht was van iedere Deen om hen te redden van boerenbedrog.

'Je moet altijd afdingen,' had hij gezegd. 'Dat is de bedoeling, begrijp je?'

'En wat als ik dat niet doe?'

'Dan verpest je het voor de anderen.'

'Wat bedoel je?'

'Dan zorg je ervoor dat de prijzen omhooggaan, dan maak je Thailand duurder voor de volgende die er komt.'

Harry had de man beter aangekeken. Hij droeg een beige

Marlboro-shirt en nieuwe leren sandalen. Hij moest nog meer drinken.

'Surasak Road 111,' zei Harry en de chauffeur lachte, hij tilde de koffer in de bagageruimte en hield het portier voor Harry open, die met moeite instapte en constateerde dat het stuur aan de rechterkant zat.

'In Noorwegen klagen we er altijd over dat de Engelsen nog steeds links rijden,' zei hij terwijl ze de snelweg op reden. 'Maar onlangs hoorde ik dat meer mensen ter wereld links dan rechts rijden. Weet je hoe dat komt?'

De chauffeur keek in zijn spiegel en lachte nog breder.

'Surasak Road, yes?'

'Omdat er in China links wordt gereden,' mompelde Harry en hij was blij dat de snelweg als een rechte, grijze pijl door het mistige wolkenkrabberlandschap sneed. Hij voelde dat een paar flinke bochten voldoende konden zijn om de omelet van Swissair op de achterbank te laten belanden.

'Waarom staat de taximeter niet aan?'

'Surasak Road, 500 baht, yes?'

Harry zakte achterover op de bank en keek naar de lucht. Dat wil zeggen, hij keek omhoog, waar geen lucht te zien was, alleen maar een mistige koepel verlicht door een zon die hij ook niet kon zien. Bangkok, stad van de engelen. De engelen moesten een mondkapje dragen en de lucht in plakken snijden en proberen zich te herinneren wat voor kleur de hemel vroeger had.

Hij moest hebben geslapen, want toen hij zijn ogen opendeed, stonden ze stil. Hij ging rechtop zitten en zag dat ze omgeven waren door auto's. Kleine, open winkeltjes en werkplaatsen stonden dicht bij het trottoir, waarop het krioelde van de mensen die allemaal leken te weten waar ze heen wilden. En dat ze moesten opschieten om er op tijd te zijn. De chauffeur had het raam opengedraaid en een kakofonie van stadsgeluiden vermengde zich met de klanken uit de radio. Het stonk naar uitlaatgassen en zweet in de waanzinnig hete auto.

'Verkeersinfarct?'

De chauffeur schudde lachend zijn hoofd.

Er kraakte iets tussen Harry's tanden. Wat had hij ook weer gelezen, dat al het lood dat je tijdens je leven inademt vroeg of laat in je hersenen terechtkomt? En dat je daar vergeetachtig van wordt. Of was het psychotisch?

Als door een wonder was er ineens weer beweging in het verkeer en motoren en scooters zwermden als boze insecten om hen heen en stortten zich met ware doodsverachting in het verkeer op de kruispunten. Harry telde vier bijna-ongelukken.

'Ongelooflijk dat het niet fout gaat,' zei Harry om iets te zeggen.

De chauffeur keek breed lachend in de spiegel. 'Het gaat fout. Heel vaak.'

Toen ze eindelijk voor het politiebureau in Surasak Road stonden, had Harry zijn mening al gevormd: hij hield niet van deze stad. Hij zou zijn adem inhouden, zijn werk doen en zorgen dat hij op het eerste, niet noodzakelijkerwijs het beste, vliegtuig richting Oslo kwam.

'Welkom in Bangkok, Hally.'

De commissaris was klein, had overal zwart donshaar en had zich duidelijk voorgenomen dat hij zou laten zien dat men in Thailand ook een westerse begroeting kende. Hij hield Harry's hand stevig vast en schudde hem enthousiast, waarbij hij breed lachte.

'Het spijt me dat we je niet van het vliegveld konden halen, maar het verkeer in Bangkok...' Hij gebaarde met zijn hand naar het raam. 'Hemelsbreed is het niet ver, maar...'

'Ik weet wat u bedoelt, sir,' zei Harry. 'Ze zeiden hetzelfde op de ambassade.'

Ze bleven tegenover elkaar staan zonder nog iets te zeggen. De commissaris lachte. Er werd op de deur geklopt.

'Binnen!'

Een gladgeschoren hoofd stak om de hoek.

'Kom binnen, Crumley. De Noorse rechercheur is gearriveerd.'

'Aha, de rechercheur.'

Het hoofd kreeg een lichaam en Harry moest twee keer met zijn ogen knipperen om zich ervan te verzekeren dat hij het goed zag. Crumley had brede schouders en was bijna net zo groot als Harry, het haarloze hoofd had markante kaakspieren en een paar intens blauwe ogen boven een rechte, smalle mond. Lichtblauwe uniformblouse, een paar stevige Nike-joggingschoenen en een rok.

'Liz Crumley, inspecteur moordafdeling,' zei de commissaris.

'Ze zeggen dat je verrekte goed bent in moordonderzoek, Harry,' zei ze met een vet Amerikaans accent en ze ging tegenover hem staan met haar handen in de zij.

'Nou, ik weet niet of ik echt...'

'Niet? Er moet toch een reden voor zijn dat ze je over de halve wereldbol hebben laten vliegen, denk je niet?'

'Zeker.'

Harry deed zijn ogen half dicht. Daar had hij nu wel het minst behoefte aan: een overijverig vrouwmens.

'Ik ben hier om te helpen. *Als* ik kan helpen.' Hij dwong zichzelf te lachen.

'Dan wordt het eerst tijd dat je nuchter wordt, Harry.'

De commissaris lachte fijntjes achter haar rug.

'Zo zijn ze,' zei ze, luid en duidelijk alsof de commissaris er niet was. 'Ze doen wat ze kunnen om niemand gezichtsverlies te laten lijden. Op het moment is het jouw gezicht dat hij probeert te redden. Door te doen alsof ik een grapje maak. Maar ik maak geen grapje. Ik heb de verantwoordelijkheid over de moordafdeling en als er iets is wat me niet aanstaat zeg ik dat. Dat laatste wordt in dit land gezien als onbeleefd maar ik doe het al tien jaar zo.'

Harry sloot zijn ogen helemaal.

'Ik zie aan de rode kleur van je gezicht dat je het pijnlijk vindt, Harry, maar ik heb niets aan dronken rechercheurs, dat begrijp je vast. Kom morgen weer terug. Ik zal iemand zoeken die je naar je logeeradres kan brengen.'

Harry schudde zijn hoofd en schraapte zijn keel. 'Vliegangst.'

'Wat zeg je?'

'Ik heb vliegangst. Gin-tonic helpt. En mijn gezicht is rood omdat die door mijn poriën heen begint te verdampen.'

Liz Crumley keek hem aandachtig aan. Toen krabde ze zich over haar kale hoofd.

'Vervelend voor je, rechercheur. Hoe zit het met je jetlag?'

'Klaarwakker.'

'Mooi. We rijden op weg naar de plaats delict langs je flat.'

De flat die hij van de ambassade mocht gebruiken, bevond zich in een modern appartementencomplex recht tegenover het Shangri-La Hotel. De flat was piepklein en spartaans ingericht, maar hij had een badkamer, een ventilator bij het bed en uitzicht over de Chao Praya-rivier, die bruin en indrukwekkend voorbij stroomde. Harry ging bij het raam staan. Lange, smalle houten boten voeren kriskras door elkaar en deden vuil rivierwater opspatten achter hun propellers, die aan lange stangen zaten. Aan de andere kant van de rivier torenden pas gebouwde hotels en bedrijfsgebouwen hoog uit boven een onvoorstelbare massa witstenen huizen. Het was moeilijk een overzicht te krijgen van de omvang van de stad omdat die verdween in een geelbruine mist als je verder dan een paar huizenblokken probeerde te kijken, maar Harry nam aan dat de stad groot was. De watten in zijn oren van de vliegreis waren in de lift verdwenen en nu pas hoorde hij hoe oorverdovend het lawaai van de stad was. Hij kon het voertuig van Crumley zien als een autootje van Matchbox dat ver beneden bij de trottoirrand stond. Hij opende een lauw blikje bier dat hij uit het vliegtuig had meegenomen en constateerde tevreden dat Singha net zo slecht smaakt als Noors bier. De rest van de dag leek al minder onoverkomelijk.

De inspecteur van politie lag letterlijk op de toeter. Ze duwde haar borsten tegen het stuur van de stevige Toyota-jeep en de toeter huilde.

'Niet echt Thais,' zei ze lachend. 'Bovendien heeft het geen zin. Als je toetert, laten ze je in elk geval niet voorgaan. Dat heeft iets met boeddhisme te maken. Maar ik kan het niet laten. Verdomme, ik kom uit Texas, ik ben niet zoals zij.'

Ze ging weer op het stuur liggen, terwijl de automobilisten om hen heen demonstratief de andere kant op keken.

'Dus hij ligt nog steeds op die hotelkamer?' vroeg Harry en hij smoorde een geeuw.

'Opdracht van hogerhand. Meestal doen we direct obductie en wordt het lijk de volgende dag al gecremeerd. Maar ze wilden dat je eerst een kijkje nam. Vraag me niet waarom.'

'Ik ben een verdomd goede moordrechercheur of ben je dat vergeten?'

Ze keek hem vanuit een ooghoek aan voor ze de auto in een opening rechts van hen perste en gas gaf.

'Word niet té braaf, idioot. Het is niet, zoals je misschien denkt, dat de Thailanders je een verdomd goeie kerel vinden omdat je *farang* bent, eerder het tegenovergestelde.'

'*Farang*?'

'Een blanke. Gringo. Half denigrerend, half neutraal, het is maar net hoe je het ziet. Als je er maar aan denkt dat er niets aan de hand is met het zelfbewustzijn van de Thailanders, zelfs niet als ze je beleefd behandelen. Gelukkig voor jou heb ik daar vandaag twee jonge agenten staan – die zul je zeker wel kunnen imponeren. Voor jou hoop ik dat in ieder geval. Als je het verkloot kun je grote problemen krijgen met de verdere samenwerking op de afdeling.'

'Jezus, ik had toch haast de indruk dat jij degene was die hier de touwtjes in handen had.'

'Dat bedoel ik ook.'

Ze waren op de snelweg gekomen en ze trapte resoluut het gaspedaal helemaal naar beneden zonder acht te slaan op de protesten van de motor. Het begon al donker te worden en in het westen ging een kersenrode zon onder in de mist tussen de wolkenkrabbers.

'De luchtverontreiniging zorgt wel voor mooie zonsondergangen,' zei Crumley als antwoord op zijn gedachten.

'Vertel me eens over het sekstoerisme hier,' zei Harry.

'Dat is ongeveer net zo druk als het verkeer.'

'Dat heb ik begrepen. Maar waar hebben we het over, hoe zit die wereld in elkaar? Gaat het om traditionele straatprostitutie met pooiers, vaste bordelen met madammen of zijn de hoeren freelancers? Bezoeken ze de bars, strippen ze, adverteren ze in kranten of pikken ze hun klanten op in winkelcentra?'

'Dat allemaal en nog een beetje meer. Wat in Bangkok nog niet is geprobeerd, is nog nooit geprobeerd. Maar de meesten werken in gogobars, waar ze dansen en de gasten drankjes laten kopen omdat zij een paar procent van de winst krijgen. De bareigenaars dragen geen verantwoordelijkheid voor hen, behalve dan dat zij een plaats beschikbaar stellen waar ze zich aan de markt kunnen aanbieden, terwijl de meisjes verplicht zijn tot sluitingstijd in de bar te blijven. Als een klant een van de meisjes mee wil hebben, moet hij haar voor de rest van de avond vrijkopen. Dat geld krijgt de bareigenaar, maar het meisje is meestal blij dat ze niet meer de hele avond op het podium hoeft te staan heupwiegen.'

'Dat klinkt als een goede deal voor de bareigenaar.'

'Wat het meisje krijgt nadat ze is vrijgekocht verdwijnt rechtstreeks in haar zak.'

'Het meisje dat onze man heeft gevonden, kwam zij uit zo'n bar?'

'Yep. Ze werkt in een van de King Crown-bars in Patpong. We weten ook dat de moteleigenaar een soort callgirlkring heeft opgebouwd voor buitenlanders met speciale wensen. Maar het is niet eenvoudig om haar aan het praten te krijgen, want in Thailand is het eigenlijk net zo strafbaar om hoer te zijn als pooier. Tot nu toe heeft ze slechts gezegd dat ze in het motel logeert en per ongeluk de verkeerde deur heeft genomen.'

Ze legde uit dat Atle Molnes de vrouw waarschijnlijk bij aankomst in het motel had besteld, maar dat de receptionist, die tevens de eigenaar is, hardnekkig weigert te erkennen dat hij iets met de zaak te maken heeft, behalve dan dat hij de kamer heeft verhuurd.

'We zijn er.'

Ze parkeerde de auto voor een wit, stenen gebouwtje.

'De beste hoerenkasten in Bangkok lijken een zwak te hebben voor Griekse namen,' zei ze sarcastisch, terwijl ze uitstapte. Harry keek op naar een neonverlicht naambord dat meldde dat het motel Olympussy heette. De m knipperde onophoudelijk en de l was er definitief mee opgehouden, waardoor de plek er troosteloos uitzag en Harry deed denken aan de Noorse grillbars in de buitenwijken.

Het motel leek verdacht veel op zijn Amerikaanse variant met tweepersoonskamers rond een patio en een parkeerplaats voor iedere kamer. Voor elke gevel was een kleine veranda waar de gasten in grauwe, kapotte rieten stoelen konden zitten.

'Gezellige plek.'

'Je gelooft het misschien niet, maar tijdens de Vietnamoorlog was dit een van de wildste plaatsen van de stad. Gebouwd voor de geile soldaten op *R & R*.'

'*R & R?*'

'*Rest and Rehabilitation*. In de volksmond *I & I* genoemd: *Intercourse and Intoxication*. Ze vlogen hier vanuit Saigon naartoe met een verlofpas voor twee dagen. De seksindustrie in dit land was er niet geweest zonder de U.S. Army. Een van de straten heeft zelfs de officiële naam Soi Cowboy gekregen.'

'Maar waarom bleven ze niet in de stad? Dit is bijna een dorp.'

'Soldaten met heimwee willen het liefst neuken op de Amerikaanse manier, dat wil zeggen in een auto of een motelkamer. Daarom hebben ze dit hier gebouwd. In het centrum waren Amerikaanse auto's te huur, en in de minibars op de kamers hier hadden ze zelfs alleen maar Amerikaans bier.'

'Jezus, hoe weet je dit allemaal?'

'Mijn moeder heeft het me verteld.'

Harry draaide zich naar haar om, maar hoewel de nog werkende letters in Olympussy een blauwig neonlicht op haar schedel wierpen, was het te donker om haar gezichtsuitdrukking te zien. Ze trok haar pet verder over haar voorhoofd voor ze de receptie binnenstapten.

De motelkamer was simpel gemeubileerd, maar droeg nog sporen van betere dagen met zijn smoezelige zijden behang. Harry huiverde. Niet door het gele kostuum dat identificatie overbodig maakte, Harry wist dat alleen rechtse mensen vrijwillig zo'n pak aantrokken. Het kwam ook niet door het mes met oriëntaalse ornamenten dat het pak had vastgeprikt aan de rug, waardoor het colbert een onelegante bult boven de schouders had gekregen. De reden was misschien heel eenvoudig dat het ijskoud was in de kamer. Crumley had uitgelegd dat de houdbaarheidsdatum van een lijk in dit klimaat snel was verlopen en aangezien ze bijna twee dagen moesten wachten voor de Noorse rechercheur arriveerde, hadden ze de airconditioning voluit gezet zodat het slechts tien graden was.

Toch hadden de vliegen het er wel naar hun zin en er steeg een zwerm omhoog toen de twee Thaise agenten het lijk voorzichtig op zijn rug draaiden. Atle Molnes' gebroken ogen staarden langs zijn neus naar beneden alsof hij de punten van zijn Ecco-schoenen wilde zien. De jongensachtige kuif maakte de ambassadeur jonger dan tweeënvijftig jaar. Het haar was door de zon gebleekt en wipte op en neer alsof er nog steeds leven in zat.

'Vrouw en een tienerdochter,' zei Harry. 'En niemand is hier geweest om naar hem te kijken?'

'Nee, we hebben de Noorse ambassade ingelicht, die de familie zou inlichten. Tot nu toe hebben we alleen te horen gekregen dat we hier niemand binnen mogen laten.'

'Is hier niemand van de Noorse ambassade geweest?'

'De ambassaderaad. Ik herinner me niet hoe ze heette.'

'Tonje Wiig?'

'Inderdaad. Ze keek heel stoer, tot we hem omdraaiden zodat ze hem kon identificeren.'

Harry nam de ambassadeur aandachtig op. Was hij een knappe man geweest? Een man die, als je dat angstaanjagende pak en die zwembandjes rond zijn middel even vergat, het hart van een jonge, vrouwelijke ambassaderaad sneller kon doen kloppen? De zongebruinde huid had een vale tint gekregen en de blauwe tong probeerde zich tussen de tanden naar buiten te persen.

Harry ging in de stoel zitten en keek rond. Het uiterlijk van een mens verandert snel als hij sterft en hij had te veel doden gezien om te weten dat hij niet veel wijzer werd door ernaar te staren. De geheimen van zijn persoonlijkheid had Atle Molnes allang meegenomen. Er was slechts een leeg, verlaten omhulsel over.

Harry schoof de stoel dichter bij het bed. De twee jonge agenten leunden over hem heen.

'Wat zie je?' vroeg Crumley.

'Ik zie een Noorse hoerenloper die toevallig ambassadeur was, en met het oog op de koning en het vaderland moet zijn naam worden beschermd.'

Ze keek verrast op en keek hem onderzoekend aan.

'Hoe goed de airconditioning ook mag zijn, deze stank kun je niet kwijtraken,' zei hij. 'Maar dat is niet mijn probleem. Als het om die kerel hier gaat…'

Harry trok aan de kaak van de dode ambassadeur.

'Rigor mortis. Hij is stijf, maar de stijfheid begint al af te nemen, wat normaal is na twee dagen. Hij heeft een blauwe tong, maar het mes duidt erop dat hij niet is gewurgd. Dat moet worden nagekeken.'

'Dat ís al nagekeken,' zei Crumley. 'De ambassadeur had rode wijn gedronken.'

Harry mompelde iets.
'Onze arts zegt dat de dood ergens tussen 16.00 uur en 22.00 uur is ingetreden,' ging ze verder. 'De ambassadeur heeft om halfnegen 's morgens de ambassade verlaten en toen de vrouw hem vond was het bijna elf uur 's avonds, dus over dat tijdsbestek hebben we het.'
'Tussen 16.00 uur en 22.00 uur? Dat is zes uur!'
'Goed uitgerekend, rechercheur.' Crumley sloeg haar armen over elkaar.
'Nou.' Harry keek op naar haar. 'Als we in Oslo iemand vinden die al een paar uur dood is stellen we het tijdstip van overlijden vast met een marge van twintig minuten.'
'Dat komt omdat jullie op de Noordpool wonen. Bij vijfentwintig graden daalt de temperatuur van het lichaam niet zo snel. Het tijdstip is gebaseerd op de rigor mortis en dan wordt het een ruwe schatting.'
'Hoe zit het met de doodsvlekken? Die verschijnen toch na een uur of drie?'
'Sorry, zoals je kunt zien hield de ambassadeur van zonnebaden, dus ze zijn niet te zien.'
Harry ging met zijn wijsvinger over de stof van het pak waar het mes naar binnen was gegaan. Op zijn nagel verzamelde zich een grijze, wasachtige stof.
'Wat is dit?'
'Het wapen was duidelijk met vet ingesmeerd. Resten ervan zijn ter analyse opgestuurd.'
Harry ging snel door de zakken van het kostuum en viste een versleten, bruine portemonnee op. Er zat een biljet van vijfhonderd baht in, een ID-kaart van BuZa en een foto van een lachend meisje in iets wat op een ziekenhuisbed leek.
'Hebben jullie nog iets anders bij hem gevonden?'
'Niks.' Crumley had haar pet afgenomen en wapperde er de vliegen mee weg. 'We hebben gecontroleerd wat hij bij zich had en hebben alles hier gelaten.'
Harry maakte de riem van het lijk los, trok zijn broek naar

beneden en draaide hem weer op zijn buik. Toen trok hij het colbertje en zijn overhemd omhoog. 'Kijk, er is wat bloed over zijn rug gelopen.'

Hij trok de strik van zijn Dovre-onderbroek los.

'Tot over zijn ballen. Ergo: hij kan bijna niet liggend op bed zijn neergestoken, maar hij moet hebben gestaan. Door het punt te meten waarop het mes de rug in is gegaan, kunnen we iets zeggen over de lengte van de moordenaar.'

'Als we ervan uitgaan dat de moordenaar op dezelfde hoogte stond als het slachtoffer toen hij of zij stak,' voegde Crumley eraan toe. 'De vermoorde ambassadeur kan ook op de grond hebben gelegen toen hij werd gestoken en dan is het bloed naar beneden gelopen op het moment dat hij op het bed werd getild.'

'Dan had er bloed op het tapijt gezeten,' zei Harry. Hij trok de broek weer omhoog, maakte de riem vast, draaide zich om en keek haar recht in de ogen.

'Bovendien hoefde je daar niet over te speculeren. De technisch rechercheurs hadden gegarandeerd vezels van het tapijt op zijn kleding gevonden, of niet?'

Haar blik week niet, maar Harry begreep dat hij haar testje had ontmaskerd. Ze knikte even en hij draaide zich om naar het lijk: 'En we hebben nog een victimologisch bewijs dat hij damesbezoek verwachtte.'

'O ja?'

'Zien jullie die riem? Die zat twee gaatjes voorbij het versleten gaatje toen ik hem losmaakte. Mannen van middelbare leeftijd met een toenemende buikomvang trekken hun riem graag wat strakker aan als ze een jongere vrouw treffen.'

Het was moeilijk te zeggen of ze geïmponeerd waren. De Thailanders brachten hun gewicht over van hun linker- naar hun rechtervoet en de jonge, versteende gezichten verraadden niets. Crumley beet een nagel af en spuugde die tussen samengeknepen lippen op de grond.

'En dan hebben we hier de minibar.' Harry opende de deur van het kleine koelkastje. Singha, Johnnie Walker en Canadian

Club in miniatuur en een flesje witte wijn. Er leek niets aangeraakt.

'Wat hebben we nog meer?' Harry wendde zich tot de twee Thaise mannen.

Ze wisselden een blik voor de ene naar de parkeerplaats wees.

'De auto.'

Ze liepen naar buiten, waar een donkerblauwe Mercedes stond, het was een nieuw model met een nummerbord waarop CD stond. De ene politieman deed het portier aan de chauffeurskant open.

'De sleutel?' vroeg Harry.

'Die zat in de jaszak van...' De politieman knikte naar de motelkamer.

'Vingerafdrukken?'

De Thailander keek een beetje somber naar zijn chef. Ze schraapte haar keel en zei: 'Uiteraard hebben we de sleutel op vingerafdrukken gecontroleerd, Hole.'

'Ik vroeg me niet af óf jullie de sleutel op vingerafdrukken hebben gecheckt, maar wat jullie hebben gevonden.'

'Zijn eigen. Als dat niet het geval was, hadden we je dat direct verteld.'

Harry hield een scherp antwoord binnen.

De stoelen en de vloer van de Mercedes lagen bezaaid met afval. Harry zag tijdschriften, cassettebandjes, lege sigarettenpakjes, een blikje cola en een paar sandalen.

'Wat hebben jullie verder nog gevonden?'

De ene agent pakte een lijst en las voor. Zei hij niet dat hij Nho heette? Vreemde namen hadden de neiging slecht te beklijven. Misschien was dat voor hen wel net zo bij zijn naam. Nho had een slank, bijna meisjesachtig lichaam, kortgeknipt haar en een vriendelijk, open gezicht. Harry wist dat die gezichtsuitdrukking over een paar jaar zou veranderen.

'Stop,' zei Harry. 'Kun je dat laatste herhalen?'

'Totoformulieren van de paardenraces, sir.'

'De ambassadeur ging kennelijk naar de paardenraces,' zei

Crumley. 'Populaire sport in Thailand.'

'En wat is dit?'

Harry had zich over de chauffeursstoel gebogen en een plastic ampul gepakt die vastzat tussen de stoel en de vloermat.

De politieman keek de lijst door, maar moest het antwoord schuldig blijven.

'Vloeibare xtc zit soms in dergelijke ampullen,' zei Crumley, die dichterbij was gekomen om te kijken.

'Xtc?' Harry schudde zijn hoofd. 'Christendemocraten van middelbare leeftijd neuken misschien rond, maar gebruiken géén xtc.'

'We zullen het meenemen en checken,' zei Crumley. Harry kon aan haar zien dat ze ervan baalde dat ze de ampul over het hoofd had gezien.

'Laten we even achterin kijken,' zei hij.

De kofferbak was net zo opgeruimd en netjes als het in de auto rommelig en vuil was geweest.

'Een man die van orde houdt,' zei Harry. 'In de auto zijn de vrouwen in het gezin duidelijk de baas, maar hier mochten ze niet komen.'

Een gereedschapskist die zeer goed voorzien was glom hun in het licht van de lantaarn tegemoet. Alles was blinkend schoon, alleen een beetje kalk op de punt van een schroevendraaier verraadde dat die was gebruikt.

'Nog een beetje victimologie, mensen. Ik gok dat Molnes geen klusser was. Dit gereedschap heeft nooit contact gemaakt met een automotor. En de schroevendraaier is hoogstens gebruikt om thuis een familiefoto aan de muur te hangen.'

Een mug applaudisseerde bij zijn oor. Harry sloeg en voelde dat de natte huid koud was tegen zijn hand. De hitte was niet minder geworden, hoewel de zon onder was, het was daarentegen windstil zodat het leek of de vochtigheid onder hun voeten uit de grond kwam en verdampte in de lucht, die nu bijna zo zwaar was dat ze ervan konden drinken.

Naast het reservewiel lag de krik, ook die leek ongebruikt, en een platte, bruinleren koffer van het type dat je verwacht in de auto van een diplomaat.

'Wat zit er in de koffer?' vroeg Harry.

'Die zit op slot,' zei Crumley. 'Aangezien de auto formeel terrein van de ambassade is en daarom niet onder onze jurisdictie valt, hebben we geen poging gedaan hem open te maken. Maar aangezien we nu een vertegenwoordiger hebben van Noorwegen, kunnen we misschien...'

'Het spijt me, ik heb geen diplomatieke status,' zei Harry, hij tilde de koffer uit de kofferbak en zette hem op de patio. 'Maar ik kan nu vaststellen dat hij zich niet langer op Noors grondgebied bevindt, dus ik stel voor dat jullie hem openmaken terwijl ik een praatje ga maken met de eigenaar van het motel.'

Harry liep met langzame passen over de patio. Zijn voeten waren door de vliegreis dik geworden, een zweetdruppel liep kietelend aan de binnenkant van zijn overhemd over zijn rug en Harry moest iets drinken. Maar afgezien daarvan voelde het goed om weer gewoon te werken. Dat was een poos geleden. Hij stelde vast dat de m was uitgegaan.

HOOFDSTUK 7

WANG LEE, MANAGER, stond er op het visitekaartje dat de man achter de balie aan Harry had overhandigd. Kennelijk was het een hint dat hij beter een andere dag kon terugkomen. De knokige man in het gebloemde overhemd had een aantal huidplooien bij zijn ooghoeken en zag eruit alsof hij absoluut niets met Harry te maken wilde hebben. Hij zat te bladeren in een stapel papieren en gromde toen hij opkeek en zag dat Harry er nog steeds stond.

'Ik zie dat je een drukbezet man bent,' zei Harry. 'Daarom stel ik voor om het zo kort mogelijk te houden. Het belangrijkste is dat we elkaar begrijpen. Ik ben weliswaar een buitenlander en jij bent Thais...'

'Niet Thais. Chinees,' zei hij opnieuw grommend.

'Goed, dan ben jij ook een buitenlander. Het punt is dat...'

Er kwamen een paar hikken achter de balie vandaan die wellicht honend gelach moesten voorstellen. De moteleigenaar had in elk geval zijn mond geopend en liet een verzameling willekeurig verspreide, bruingevlekte tanden zien.

'Geen buitenlander. Chinees. Wij zorgen ervoor dat Thailand draait. Geen Chinezen, geen zaken.'

'Goed. Je bent een zakenman, Wang. Laat ik daarom met een zakelijk voorstel komen. Jij runt hier een hoerenkast en je kunt nog zoveel in je papieren bladeren, dat blijft zo.'

De Chinees schudde beslist zijn hoofd.

'Geen hoeren. Motel. Kamerverhuur.'

'Rustig maar, ik ben alleen maar geïnteresseerd in de moord, het is niet mijn taak om een pooier op te laten sluiten. Tenzij ik het tot mijn taak maak. Daarom heb ik zoals gezegd een zakelijk voorstel. Hier in Thailand wordt er niet zo kritisch gekeken naar mensen zoals jij, er zijn er gewoon te veel van. Een gewone aangifte is ook niet genoeg, misschien betaal jij een paar baht in een bruine envelop zodat je niet wordt lastiggevallen met dergelijke zaken. Daarom ben je ook niet echt bang voor ons.'

De moteleigenaar hervatte het schudden van zijn hoofd.

'Geen geld. Verboden.'

Harry glimlachte.

'De laatste keer dat ik keek stond Thailand op de derde plaats als het om corruptie gaat. Alsjeblieft, behandel me niet als een idioot.'

Harry zorgde ervoor dat hij zacht bleef praten. Dreigementen hadden meestal het meeste effect als ze op een gedempte toon werden geuit.

'Jouw probleem, en het mijne, is toevallig dat de man die vermoord is aangetroffen in deze motelkamer, diplomaat is in mijn vaderland. Als ik moet rapporteren dat we het vermoeden hebben dat hij in een bordeel is gestorven wordt het ineens een politieke kwestie en jouw vrienden bij de politie kunnen je dan niet helpen. De overheid zal zich genoodzaakt zien dit motel te sluiten en Wang Lee achter de tralies te zetten, toch?'

Het was onmogelijk op te maken uit het uitdrukkingsloze Aziatische gezicht of hij de spijker op de kop had geslagen.

'Aan de andere kant kan ik ook rapporteren dat de vrouw had afgesproken die man hier te ontmoeten en dat het motel toevallig was gekozen.'

De Chinees keek Harry aan. Hij kneep beide ogen dicht alsof hij er stof in had gekregen. Toen draaide hij zich om, trok een gordijn aan de kant dat een deuropening verborg en gebaarde Harry mee te komen. Achter het gordijn was een kamertje met een tafel en twee stoelen en de Chinees wees naar een stoel waarop Harry moest gaan zitten. Hij zette een kopje voor Harry neer en schonk thee uit een pot in. De thee rook zo sterk naar pepermunt dat het pijn deed aan je ogen.

'Geen van de meisjes durft hier te werken zolang het lijk daar nog ligt,' zei Wang. 'Hoe snel kunnen jullie het weghalen?'

Over de hele wereld zijn zakenmannen zakenmannen, dacht Harry en hij stak een sigaret op.

'Dat ligt eraan hoe snel we duidelijkheid hebben over wat er hier is voorgevallen.'

'De man is rond negen uur 's avonds gekomen en hij wilde een kamer. Hij nam het menu door en zei dat hij Dim wilde hebben, maar eerst even wilde rusten. Hij zou bellen en zeggen wanneer ze kon komen. Ik zei dat hij toch de uurprijs voor de kamer moest betalen. Hij zei dat het goed was en ik gaf hem de sleutel.'

'Het menu?'

De Chinees gaf hem iets wat inderdaad erg op een menukaart leek. Harry bladerde hem door. Er stonden foto's in van jonge Thaise meisjes in verpleegstersuniformen, netkousen, strak zittende korsetten van lakleer met een zweepje, schooluniformen compleet met vlechtjes, en zelfs meisjes in politie-uniformen. Onder de foto's, onder het kopje *Vital Information*, stonden leeftijd, prijs en achtergrond. Het viel Harry op dat ze allemaal tussen de achttien en tweeëntwintig jaar waren. De prijs varieerde van duizend tot drieduizend baht en bijna alle meisjes zouden taalonderwijs volgen en als verpleegster hebben gewerkt.

'Was hij alleen?' vroeg Harry.

'Ja.'

'Ook niemand anders in de auto?'

Wang schudde zijn hoofd.

'Hoe kun je dat zo zeker weten? De Mercedes heeft donkere ramen en jij zat binnen.'

'Ik loop altijd naar buiten en controleer het. Het komt wel voor dat iemand een vriend meeneemt. Als ze met hun tweeën zijn, moeten ze voor een tweepersoonskamer betalen.'

'Ik begrijp het. Dubbele kamer, dubbele prijs?'

'Niet de dubbele prijs.' Wang liet zijn tandenkerkhof weer zien. 'Het is goedkoper om te delen.'

'En wat gebeurde er toen?'

'Ik weet het niet. De man reed zijn auto naar nummer 120, waar hij nu ligt. Die kamer ligt hier zo ver vandaan dat ik in het donker niets kan zien. Ik belde Dim en ze kwam hierheen en ging zitten wachten. Toen het te lang duurde, heb ik haar naar hem toe gestuurd.'

'En Dim, hoe was zij gekleed? Als tramconductrice?'

'Nee, nee.' Wang bladerde naar de achterste bladzijde van het menu en liet met trots een foto zien van een jong Thais meisje in een kort jurkje met zilveren pailletten, witte schaatsen en een stralende lach. Ze stond met haar ene voet achter de andere, knikte licht door haar knieën en hield haar armen gespreid alsof ze zojuist een geslaagde vrije kür had afgelegd. Op haar bruine gezicht waren grote, rode sproeten getekend.

'En dit moet zijn...' zei Harry vol ongeloof en hij las de naam onder de foto.

'Precies, ja, ja, Tonya Harding. Zij liet die andere Amerikaanse aanpakken, die knappe. Dim kan haar ook doen als jij wilt...'

'Nee, bedankt,' zei Harry.

'Ontzettend populair. Vooral onder de Amerikanen. Ze huilt als je wilt.' Wang ging met zijn wijsvingers over zijn wangen.

'Ze vond hem met een mes in zijn rug in de kamer. Wat is er toen gebeurd?'

'Dim kwam hier gillend aangerend.'

'Met haar schaatsen aan?'

Wang keek Harry verwijtend aan.

'De schaatsen gaan niet aan voor het broekje uit is.'

Harry zag daar het praktische van in en gebaarde hem verder te gaan.

'Meer is er niet, politieman. We gingen terug naar de kamer en keken nog een keer, toen heb ik de kamer op slot gedraaid en de politie gebeld.'

'Volgens Dim was de deur open toen ze daar kwam. Heeft ze gezegd of de deur op een kier stond of zei ze alleen maar dat hij niet op slot was?'

Wang haalde zijn schouders op. 'De deur was dicht, maar niet op slot. Is dat belangrijk?'

'Dat kun je niet weten. Hebben jullie die avond andere mensen in de buurt van de kamer gezien?'

Wang schudde zijn hoofd.

'En waar heb je je gastenboek?' zei Harry. Hij werd moe.

De Chinees keek snel op. 'Geen gastenboek.'

Harry keek hem zwijgend aan.

'Geen gastenboek,' herhaalde Wang. 'Waarvoor hebben we dat nodig? Er zou hier niemand komen als ze hun volledige naam en adres moesten geven.'

'Ik ben niet dom, Wang. Iedereen denkt dat hij niet wordt geregistreerd, maar je hebt zelf wel een overzicht. Voor de zekerheid. Er komen hier vast veel bekende personen en een gastenboek kan handig zijn om mee te wapperen als je eens in de problemen komt, of niet?'

De moteleigenaar knipperde als een kikker.

'Doe nu niet zo moeilijk, Wang. Niemand die niets met de moord te maken heeft, heeft iets te vrezen. Vooral de publieke personen niet. Erewoord. Het boek graag, dank je.'

Het boek was een kladblokje en Harry keek snel naar de dicht beschreven velletjes met onbegrijpelijke Thaise tekens.

'Een van de andere politiemensen zal er een kopie van komen maken,' zei hij.

De andere drie stonden bij de Mercedes te wachten. De autolampen waren aan en in het licht lag de koffer op de patio met het deksel geopend.

'Hebben jullie iets gevonden?'

'Het ziet ernaar uit dat de ambassadeur afwijkende seksuele interesses had.'

'Ik weet het. Tonya Harding, dát noem ik kinky.'

Harry bleef met een schok staan voor de koffer. In het gele licht van de autolampen sprongen de details van de zwart-witfoto's duidelijk in het oog. De rillingen liepen over zijn rug. Hij had er uiteraard over gehoord, had er ook rapporten over gelezen en er met collega's van de afdeling Zedendelicten over gesproken, maar dit was de eerste keer dat Harry zág dat een kind werd geneukt door een volwassene.

Ze reden over Sukhumvit Road, waar driesterrenhotels, luxueuze villa's en krotten van schroot en planken naast elkaar stonden. Harry zag er niets van, zijn blik leek gevestigd op een punt recht voor hen.

'Het gaat nu beter met het verkeer.'

'Ja, nou.'

Ze glimlachte zonder haar tanden te laten zien.

'Sorry, in Bangkok praten we over het verkeer zoals men het in andere steden over het weer heeft. Je hoeft hier niet lang te wonen om te begrijpen waarom. Het weer is tot mei hetzelfde. Afhankelijk van de moesson begint het ergens in de zomer te regenen. En dan hoost het drie maanden lang. Meer valt er niet te zeggen over het weer. Behalve dan dat het warm is. Dat zeggen we het hele jaar tegen elkaar maar daar komen geen lange gesprekken van. Luister je wel?'

'Hm.'

'Het verkeer daarentegen. Dat bepaalt het dagelijks leven van de inwoners van Bangkok meer dan die paar vreselijke tyfoons. Ik weet nooit hoe lang ik erover zal doen naar mijn werk wanneer ik 's morgens in mijn auto ga zitten, het kan variëren van veertig minuten tot vier uur. Tien jaar geleden had ik vijfentwintig minuten nodig.'

'Wat is er dan gebeurd?'

'Groei, dat is wat er is gebeurd. De laatste twintig jaar heeft er een economische explosie plaatsgevonden en Bangkok is het koekoeksjong van Thailand geworden. Hier zijn de banen waardoor de mensen verhuizen van hun dorpen naar de stad. Veel mensen moeten 's morgens naar hun werk, vele monden moeten worden gevoed en talloze personen vervoerd. Het aantal auto's is geëxplodeerd, maar de politici beloven ons alleen maar nieuwe wegen en wrijven zich in hun handen vanwege de goede tijden.'

'Er is toch niets mis met goede tijden?'

'Het is niet zo dat ik de mensen geen kleurentelevisie gun in hun bamboehutten, maar het is zo verdomde snel gegaan. En als je het mij vraagt, is groei puur om de groei de logica van een kankercel. Af en toe ben ik bijna blij dat we vorig jaar met onze kop tegen de muur zijn gelopen. Na de devaluatie lijkt het of iemand de hele economie in de koelkast heeft gezet en dat is al aan het verkeer te merken.'

'Bedoel je dat het erger dan dit is geweest?'

'Jazeker, kijk daar eens.'

Crumley wees naar een gigantisch parkeerterrein waar honderden vrachtwagens met betonmolens stonden geparkeerd.

'Een jaar geleden was dit parkeerterrein bijna leeg, maar nu bouwt er bijna niemand meer, dus de hele bouwvloot ligt stil. En de mensen gaan alleen naar de winkelcentra omdat daar airconditioning is, ze kopen niet meer.'

Ze reden een poosje zwijgend verder.

'Wie zit er volgens jou achter die vuiligheid?' vroeg Harry.

'De valutaspeculanten.'

Hij keek haar niet-begrijpend aan. 'Ik heb het over die foto's.'

'O.' Ze keek hem even snel aan. 'Die vond je vreselijk, hè?'

Hij haalde zijn schouders op. 'Ik ben een intolerant mens. Het komt voor dat ik vind dat we de doodstraf maar weer moeten invoeren.'

De inspecteur keek op haar horloge. 'We komen langs een restaurant op weg naar jouw flat. Wat dacht je van een spoedcursus in traditioneel Thais eten?'

'Graag, maar je hebt geen antwoord gegeven op mijn vraag.'

'Wie er achter die foto's zit? Harry, Thailand heeft waarschijnlijk de grootste dichtheid van perverse mensen in de hele wereld, mensen die alleen maar hierheen komen omdat we een seksindustrie hebben die in alle behoeftes voorziet. En dan bedoel ik ook álle behoeftes. Hoe moet ik in godsnaam weten wie er achter een paar slechte kinderpornofoto's zit?'

Harry grijnsde en keek haar aan.

'Ik vraag het alleen maar. Was er een paar jaar geleden geen schandaal rond een kerel van de ambassade die pedofiel bleek te zijn?'

'Het klopt dat we een pedofielennetwerk hebben opgerold met onder anderen werknemers van de ambassade, maar ook de Australische ambassadeur. Een enorm pijnlijke zaak.'

'Maar toch niet voor de politie?'

'Ben je gek? Voor ons was het alsof we tegelijk het WK voetbal en een Oscar wonnen. De premier stuurde een felicitatietelegram, de minister van Toerisme was in extase en het regende medailles. Zoiets is goed voor de geloofwaardigheid van de politie, snap je.'

'Dus waarom zouden we daar niet beginnen te zoeken?'

'Ik weet het niet. Ten eerste is iedereen die te maken had met dat netwerk achter de tralies gezet of teruggestuurd naar zijn vaderland. En ten tweede ben ik er helemaal niet van overtuigd dat de foto's iets te maken hebben met de moord.'

Crumley draaide een parkeerterrein op, waar een bewaker naar een onmogelijk plaatsje tussen twee auto's wees. Ze drukte op een knop en de twee grote zijramen van de jeep gleden zoemend naar beneden. Toen zette ze de auto in de achteruit en gaf gas.

'Ik geloof niet...' begon Harry, maar de inspecteur had al geparkeerd. De zijspiegels van de auto's aan weerszijden stonden nog na te trillen.

'Hoe komen we eruit?' vroeg hij.

'Het is niet goed om je zoveel zorgen te maken, rechercheur.'

Met een dubbele onderarmgreep slingerde ze zich uit het grote zijraam, zette haar voet op de wielkast en sprong voor de jeep. Met heel wat meer moeite lukte het Harry om dezelfde procedure te herhalen.

'Na een poosje leer je het wel,' zei ze al lopend. 'Bangkok heeft weinig plaats.'

'En hoe zit het met de radio?' Harry keek om naar de uitnodigende open ramen. 'Je gaat ervan uit dat die er nog in zit als we terugkomen?'

Ze wapperde met haar politie-insigne onder de neus van de bewaker, die van schrik rechtop ging staan.

'Geen vingerafdrukken op het mes,' zei Crumley tevreden smakkend. Som-tam, een soort groene papajasalade, smaakte niet zo vreemd als Harry had gedacht. Eigenlijk was het best lekker. En pittig.

Ze slurpte luidruchtig het schuim van haar bier naar binnen. Hij keek naar de andere gasten, maar niemand scheen het op te vallen, waarschijnlijk omdat ze werd overstemd door een strijkorkest dat op het podium een polka speelde en op zijn beurt werd overstemd door het verkeer buiten. Harry besloot twee biertjes te nemen. En dan te stoppen. Hij kon op weg naar zijn flat nog een sixpack kopen.

'De versieringen op het heft, valt daar nog iets uit op te maken?'

'Nho dacht dat het mes afkomstig kan zijn uit het noorden, van de bergstammen in de ChiangRai-provincie of daar in de buurt. Dat heeft te maken met het feit dat het versierd is met ingelegd glas. Hij wist het niet zeker, maar het is in elk geval geen gewoon mes dat je hier in de winkels kunt kopen, dus we sturen het morgen naar een professor in de kunstgeschiedenis in het Benchamabophit-museum. Hij weet alles wat er te weten valt over messen.'

Liz gebaarde en de ober kwam een dampende kokosmelksoep uit een terrine opscheppen.

'Pas op met die kleine witte. En die kleine rode: je verbrandt vanbinnen,' zei ze wijzend met haar lepel. 'En met die groene trouwens ook.'

Harry staarde sceptisch naar de troebele substantie die in zijn kom zat.

'Is er iets wat ik wél kan eten?'

'De galangawortels zijn oké.'

'Hebben jullie een theorie?' Harry vroeg het met luide stem om haar geslurp te overstemmen.

'Over wie de moordenaar kan zijn geweest? Jazeker. Heel veel theorieën. Ten eerste kan het de prostituee zijn geweest. Of de moteleigenaar. Of alle twee. Dat is mijn hypothese.'

'En welk motief moeten zij hebben gehad?'

'Geld.'

'Er zat nog vijfhonderd baht in de portemonnee van Molnes.'

'Als hij bij de receptie zijn portemonnee heeft getrokken en onze vriend Wang heeft gezien dat hij een beetje te veel geld had, wat helemaal niet zo onwaarschijnlijk is, dan kan de verleiding te groot zijn geweest. Wang kon immers niet weten dat die man diplomaat was en dat er zoveel kabaal zou worden gemaakt.'

'En hoe moet dat dan zijn gegaan?'

Crumley hield haar vork omhoog en leunde enthousiast naar voren.

'Ze wachten tot de ambassadeur naar zijn kamer is gegaan, kloppen aan en steken een mes in hem op het moment dat hij hun de rug toekeert. Hij valt voorover op bed, ze roven zijn portemonnee leeg, maar laten vijfhonderd baht achter zodat het er niet uitziet als een overval. Dan wachten ze drie uur en bellen de politie. En Wang heeft vast een of ander vriendje in ons korps dat ervoor kan zorgen dat het soepeltjes verloopt. Geen motief, geen verdachten en iedereen wil een zaak waarbij een prostituee is betrokken zo snel mogelijk onder het tapijt vegen. Klaar is Kees.'

Harry's ogen begonnen zijn hoofd uit te puilen. Snel pakte hij zijn bierglas en zette het tegen zijn mond.

Crumley lachte: 'Een van die rode?'

Hij kwam weer op adem.

'Geen slechte theorie, inspecteur, maar ik geloof dat je je vergist,' zei hij met schorre stem.

Ze fronste haar voorhoofd.

'Waarom dan?'

'Ten eerste: zijn we het erover eens dat de vrouw niet zonder hulp van Wang de moord kan hebben gepleegd?'

Crumley dacht na.

'Eens kijken. Als Wang er niet bij betrokken was, moeten we ervan uitgaan dat hij niet liegt. Dus ze kan hem niet hebben vermoord voor ze om halftwaalf alleen naar hem toe ging. En de arts heeft vastgesteld dat de moord op zijn laatst om tien uur heeft plaatsgevonden. Ik ben het met je eens, Hole, dit kan geen soloactie van haar zijn geweest.'

Het paar naast hen staarde niet langer naar Crumley.

'Mooi. Ten tweede ga jij ervan uit dat Wang op het tijdstip van de moord niet wist dat Molnes bij de ambassade werkte, want in dat geval zou hij het niet hebben gedaan omdat het tot veel meer opwinding zou leiden dan als het om een gewone toerist ging, of niet?'

'Klopt...'

'Het punt is dat die kerel een privégastenboek bijhoudt, vast doorspekt met namen van politici en hoge ambtenaren. Bij ieder bezoek staan de datum en het tijdstip. Het dient als chantagemiddel voor het geval iemand problemen maakt over zijn etablissement. Als er iemand komt van wie hij het gezicht niet herkent, kan hij niet vragen om identiteitspapieren. Dus wat hij doet, is mee naar buiten lopen onder het voorwendsel dat hij controleert of er geen andere mensen in de auto zitten. Zo komt hij erachter wie de gast is.'

'Nu volg ik je even niet.'

'Hij schrijft het kentekennummer van hun auto op, snap je? Naderhand kijkt hij in het autoregister. Toen hij het blauwe nummerbord zag van de Mercedes, wist hij direct dat hij met een diplomaat te maken had.'

Crumley nam hem nadenkend op. Toen draaide ze zich met wijd opengesperde ogen om naar het tafeltje naast hen. Het stel schoot overeind op hun stoel en kreeg het ineens heel druk met hun eten.

Met de vork krabde ze op haar been.

'Het heeft al drie maanden niet geregend,' zei ze.

'Pardon?'

Ze gebaarde dat ze de rekening wilde.

'Wat heeft dat met de zaak te maken?' vroeg Harry.

'Niet veel,' zei ze.

Het was bijna drie uur 's nachts. Het lawaai van de stad werd gedempt door het gelijkmatige gezoem van de ventilator op het nachtkastje. Toch kon Harry horen hoe een zware vrachtwagen over de Taksinbrug reed en een eenzame rivierboot luid toeterde toen hij bij een pier op de Chao Phraya aanlegde.

Toen hij zijn flat binnen kwam, had hij een rood lampje zien knipperen op het telefoonapparaat en na op wat knoppen te hebben gedrukt kon hij twee berichten afluisteren. Het eerste kwam van de Noorse ambassade. Tonje Wiig vroeg Harry met nasale stem om de volgende dag om tien uur naar de ambassade te komen, maar veranderde het tijdstip in de loop van het bericht in twaalf uur omdat ze ontdekte dat ze om tien uur een vergadering had.

Het tweede bericht kwam van Bjarne Møller. Hij wenste Harry succes, dat was alles. Hij klonk alsof hij er niet van hield tegen een telefoonbeantwoorder te praten.

Harry lag in het donker te knipperen met zijn ogen. Hij had dat sixpack toch niet gekocht. En de vitamine B12-injectie zat in zijn koffer. Na de periode van heftig drinken in Sydney was hij op bed komen te liggen zonder dat hij nog gevoel had in zijn benen, maar één zo'n spuit en hij was als Lazarus opgestaan. Hij zuchtte. Wanneer had hij eigenlijk het besluit genomen? Toen hij bericht had gekregen over deze klus in Bangkok? Nee, het was daarvoor geweest, hij had al weken eerder een datum geprikt waarop hij zou stoppen: op de verjaardag van Søs. God mag weten waarom hij die dag had genomen. Hij baalde er misschien van als hij er niet bij kon zijn. De dagen kwamen en gingen zonder dat het hem iets uitmaakte. Hij had geen zin in die oude vraag waarom hij nu niet dronk. Want het was gewoon een feit dat als Harry een besluit had genomen, het dan vaststond en niets het meer kon veranderen. Geen compromissen, geen uitstel. 'Ik kan vandaag stoppen.' Hoe vaak had hij die jongens in Schrøder dat niet horen zeggen om zichzelf ervan te overtuigen dat ze geen volbloed alcoholist waren. Hij was ook een volbloed alcoholist maar hij was de enige die hij kende die kans zag te stoppen wanneer hij wilde. De verjaardag was pas over negen dagen, maar aangezien Aune deze reis wel een goed idee had gevonden, had hij de datum naar voren geschoven. Harry kreunde en draaide zich op zijn zij.

Hij vroeg zich af wat Søs deed, of ze vanavond naar buiten had durven gaan. Of ze vader had gebeld zoals ze had beloofd. En als dat het geval was, of hij dan meer had gezegd dan ja en nee.

Het was al drie uur geweest en hoewel het pas negen uur was in Noorwegen, had hij al anderhalve dag niet geslapen en zou hij nu geen moeite moeten hebben met in slaap vallen. Maar iedere keer als hij zijn ogen dichtdeed zag hij het beeld van een klein, naakt Thais jongetje voor zich, dus hij gaf er de voorkeur aan om ze een poosje open te houden. Misschien had hij dat sixpack toch moeten kopen. Toen hij eindelijk sliep, was de ochtendspits over de Taksinbrug al begonnen.

HOOFDSTUK 9

Nho liep door de hoofdingang van het politiebureau, maar bleef staan toen hij de lange, blonde politieman zag die op luide toon met de lachende bewaker probeerde te communiceren.

'Goedemorgen, mister Hole, kan ik u helpen?'

Harry draaide zich om. Zijn ogen waren klein en bloeddoorlopen.

'Ja, je kunt me helpen voorbij deze koppige kerel te komen.'

Nho knikte naar de bewaker, die een stap opzij deed en hen voorbij liet gaan.

'Hij beweerde dat hij me niet herkende van gisteren,' zei Harry toen ze voor de lift stonden. 'Verdomme, hij moet zich me een dag later toch nog kunnen herinneren?'

'Ik weet het niet. Weet je zeker dat hij daar gisteren ook stond?'

'Hij leek er in elk geval wel op.'

Nho haalde zijn schouders op.

'Jij vindt misschien dat alle Thailanders op elkaar lijken?'

Harry wilde antwoorden maar toen zag hij een klein, zuinig lachje rond Nho's lippen.

'Juist, je probeert me te zeggen dat al die blanken er voor jullie allemaal hetzelfde uitzien?'

'Nee hoor, wij zien het verschil tussen Arnold Schwarzenegger en Pamela Anderson.'

Harry grijnsde. Hij mocht die jonge politieman wel.

'Goed, ik begrijp het. 1-0 voor jou, Nho.'

'Nho.'

'Nho, ja. Zei ik dat niet?'

Nho schudde lachend zijn hoofd.

De lift was overvol en stonk, het was alsof je je in een volle zak met vuile trainingskleding perste. Harry stak twee koppen uit boven de anderen. Sommigen keken op naar de lange Noor en lachten geïmponeerd. Een van hen vroeg Nho iets en riep: '*Ah, Norway... that's... that's... I can't remember his name... please help me.*'

Harry lachte en probeerde verontschuldigend zijn armen op te tillen, maar het was te krap.

'*Yes, yes, very famous!*' drong de man aan.

'Ibsen?' stelde Harry voor. 'Nansen?'

'*No, no, more famous!*'

'Hamsun? Grieg?'

'*No, no.*'

De man keek hen somber aan toen ze op de vierde verdieping uitstapten.

'Dit is jouw bureau,' zei Crumley en ze wees.

'Maar daar zit al iemand,' zei Harry.

'Daar niet. Daar.'

'Daar?'

Hij kreeg een stoel in het oog die tussen twee andere stoelen was geperst aan een rechthoekige tafel waaraan mensen zij aan zij zaten. Op de tafel was net voldoende ruimte voor een notitieblok en een telefoon.

'Ik zal kijken of ik iets anders kan vinden als je hier langer moet blijven.'

'Dat hoop ik werkelijk niet,' mompelde Harry.

De inspecteur verzamelde op haar kantoor de troepen voor de ochtendbijeenkomst. Die bestonden uit Nho en Sunthorn, de twee agenten die Harry de avond daarvoor al had ontmoet, en Rangsan, de oudste rechercheur van de afdeling.

Rangsan leek verdiept in zijn krant, maar gaf af en toe commentaar in het Thai, dat Crumley zorgvuldig noteerde in haar kleine, zwarte boekje.

'Oké,' zei Crumley en ze klapte haar boekje dicht. 'Wij vijven moeten dus proberen deze zaak op te lossen. Aangezien we een Noorse collega hebben, zal alle conversatie vanaf nu in het Engels gaan. We beginnen met het doornemen van de technische sporen. Rangsan hier heeft contact met de jongen van de technische recherche. Ga je gang.'

Rangsan vouwde zijn krant zorgvuldig op en schraapte zijn

keel. Hij had dun haar, een bril die balanceerde op het puntje van zijn neus en hij deed Harry denken aan een leraar die zijn omgeving met een wat laatdunkende, sarcastische blik opnam.

'Ik heb met Supawadee van de technische recherche gesproken. Ze vonden niet geheel verrassend een hele hoop vingerafdrukken in de hotelkamer, maar geen ervan was van de dode.'

De andere vingerafdrukken waren niet geïdentificeerd.

'En dat zal ook niet zo makkelijk gaan,' zei Rangsan. 'Zelfs nu Olympussy slecht wordt bezocht, zullen er minstens van honderd personen vingerafdrukken zijn in die kamer.'

'Hebben jullie vingerafdrukken op de deurklink?' vroeg Harry.

'Veel te veel, helaas. En geen hele.'

Crumley zette haar Nike-schoenen op tafel.

'Bij binnenkomst is Molnes kennelijk direct op bed gaan liggen, hij had geen reden om rond te walsen en overal vingerafdrukken achter te laten. Er zijn minstens twee personen die na de moord de deurklink hebben vastgepakt, Dim en Wang.'

Ze knikte naar Rangsan, die zijn krant weer oppakte.

'De obductie heeft uitgewezen wat we al vermoedden, namelijk dat Molnes werd gedood door de messteek. Het mes heeft de linkerlong geraakt voordat het hartzakje werd doorboord en het volliep met bloed.'

'Tamponnering,' zei Harry.

'Wat zeg je?'

'Zo wordt dat genoemd. Het is net als katoen in een bel proppen, het hart kan niet slaan, het verdrinkt in zijn eigen bloed.'

Crumley trok een grimas.

'Oké, we laten de technische bewijzen voorlopig voor wat ze zijn en gaan terug naar het totaalbeeld. Onze Noorse collega heeft trouwens al argumenten gegeven waarom het motief van de moord geen beroving kan zijn. Misschien kun je ons vertellen aan wat voor moord jij denkt, Harry?'

De anderen draaiden zich naar hem om. Harry schudde zijn hoofd.

‘Ik denk nog helemaal niets. Er vallen me alleen een paar merkwaardige dingetjes op.’

‘We zijn een en al oor, rechercheur.’

‘Nou, hiv komt relatief vaak voor in Thailand, of niet?’

Het werd stil. Rangsan keek over de rand van zijn krant: ‘Volgens de officiële statistieken hebben we een half miljoen besmette personen. Men gaat ervan uit dat er in de komende vijf jaar drie miljoen nieuwe besmette personen bij komen.’

‘Bedankt. Molnes had geen condooms bij zich. Wie hier zou seks willen hebben met een prostituee uit Bangkok zonder een condoom te gebruiken?’

Niemand gaf antwoord. Rangsan mompelde iets in het Thai en de anderen lachten hard.

‘Meer dan je zou denken,’ vertaalde Crumley.

‘Nog maar een paar jaar geleden wisten de meeste prostituees niet eens wat hiv was,’ zei Nho. ‘Maar nu nemen ze over het algemeen zelf condooms mee.’

‘Oké, maar als ik zoals Molnes een familieman was, dan geloof ik toch dat ik voor de zekerheid mijn eigen zou meenemen.’

Sunthorn zei snuivend: ‘Als ik een familieman was, dan zou ik niet naar een *sõphenii* gaan.’

‘Een hoer,’ zei Crumley.

‘Uiteraard niet,’ zei Harry en hij tikte met een pen op de armleuning.

‘Zijn er nog meer merkwaardige dingetjes, Hole?’

‘Ja, het geld.’

‘Het geld?’

‘Hij had slechts vijfhonderd baht bij zich, dus ongeveer tien Amerikaanse dollars. Maar de vrouw die hij had uitgekozen kostte vijftienhonderd baht.’

Het werd een ogenblik stil.

‘Goed punt,’ zei Crumley. ‘Maar misschien heeft ze zich het honorarium toegeëigend voor ze alarm sloeg?’

‘Hem beroofd, bedoel je?’

'Beroofd, beroofd. Zij had zich gehouden aan haar deel van de afspraak.'

Harry knikte aarzelend.

'Misschien. Wanneer kunnen we met haar praten?'

'Vanmiddag.' Crumley hing achterover in haar stoel. 'Als er verder niemand iets heeft stel ik voor dat jullie op pad gaan.'

Niemand had verder iets.

Op advies van Nho trok Harry drie kwartier uit voor zijn rit naar de ambassade. In het gedrang in de lift hoorde hij een stem die hij herkende zeggen: '*I know now, I know now!* Solskjær! Solskjær!'

Harry draaide lachend zijn hoofd om.

Dus dat was de beroemdste Noor. Een voetballer die tweede keus was als spits in een Engelse industriestad, met dank aan al onze ontdekkingsreizigers, schilders en schrijvers. Bij nader inzien besloot Harry dat de man waarschijnlijk gelijk had.

HOOFDSTUK 10

Op de zeventiende etage, achter een eikenhouten deur en twee beveiligingssluizen, vond Harry een metalen bordje met de Noorse leeuw erop. De receptioniste, een jong, schattig Thais meisje met een klein mondje, een nog kleinere neus en twee reebruine ogen in een rond gezichtje, kreeg een diepe rimpel in haar voorhoofd toen ze zijn ID-kaart bestudeerde. Maar ze pakte de telefoon, fluisterde drie lettergrepen en hing weer op.

'Het kantoor van mevrouw Wiig is de tweede deur rechts, sir,' zei ze met zo'n stralende lach dat Harry even overwoog ter plekke verliefd te worden.

'Binnen,' werd er geroepen toen Harry aanklopte. Tonje Wiig zat achter een groot teakhouten bureau druk te schrijven. Ze keek op, lachte even, zwaaide haar lange, tengere lichaam in een witte zijden jurk uit haar stoel en kwam met uitgestrekte hand op hem af.

Tonje Wiig was totaal het tegenovergestelde van de receptioniste. In een langwerpig gezicht vochten de neus, mond en ogen om een plaatsje en het leek erop dat de neus had gewonnen. Hij leek op een soort platgedrukte rode vrucht, maar zorgde er in elk geval wel voor dat er maar weinig ruimte zat tussen de zwaar opgemaakte ogen. Tonje Wiig was niet lelijk, sommige mannen zouden zelfs zeggen dat haar gezicht een zekere klassieke schoonheid bezat.

'Wat fijn dat u er eindelijk bent, rechercheur. Alleen jammer dat de aanleiding zo droevig is.'

Harry kon net haar knokige vingers beroeren voor ze haar hand weer terugtrok.

Ze vroeg of alles naar wens was in de ambassadeflat die hij gebruikte en zei dat hij het moest zeggen als er iets was waarmee zij of iemand anders op de ambassade hem van dienst kon zijn.

'We willen de zaak uiteraard zo snel mogelijk achter de rug

hebben,' zei ze voorzichtig over haar neusvleugel wrijvend zonder haar make-up te raken.

'Dat begrijp ik.'

'Het zijn zware dagen voor ons, en het klinkt misschien hard maar de wereld draait door en wij ook. Sommige mensen denken dat vertegenwoordigers van de ambassades alleen maar naar cocktailparty's gaan en plezier hebben, maar verder bezijden de waarheid kan dat nauwelijks zijn, zal ik u vertellen. Op het moment heb ik acht Noren in het ziekenhuis liggen en zes zitten in de gevangenis, vier van hen vanwege het bezit van drugs. Een van hen, een vrouw, blijkt bovendien zwanger te zijn. De pers belt iedere dag. En de laatste maand is er een Noor gestorven in Pattaya, na een val uit een raam. Al de tweede dit jaar. Veel gedoe.'

Ze schudde wanhopig haar hoofd.

'Dronken zeelieden en heroïnesmokkelaars. Hebt u de gevangenissen hier gezien? Vreselijk. En als iemand zijn paspoort kwijtraakt, denkt u dan dat ze een reisverzekering hebben of voldoende geld voor een ticket naar huis? Nee hoor, daar moeten wij allemaal voor zorgen. Dus u begrijpt dat het belangrijk is dat we zo snel mogelijk weer aan het werk kunnen.'

'Ik heb begrepen dat u automatisch de verantwoordelijkheid krijgt als de ambassadeur doodgaat?'

'Ik ben de chargé d'affaires, ja.'

'Hoe lang duurt het voor er een nieuwe ambassadeur is benoemd?'

'Niet zo lang, hoop ik. Normaal gesproken duurt het een maand of twee.'

'U vindt het maar niks om de volledige verantwoordelijkheid te dragen?'

Tonje Wiig lachte zuinig.

'Dat bedoelde ik niet. Ik heb hier eigenlijk een halfjaar voor Molnes werd benoemd ook al als chargé d'affaires gefungeerd. Ik zeg alleen dat ik hoop dat de zaak zo snel mogelijk wordt geregeld.'

‘Dus u rekent erop dat u zelf de ambassadepost krijgt?’

‘Nou.’ Ze trok haar mondhoeken op. ‘Dat zou niet vreemd zijn. Maar je weet het nooit met het departement van Buitenlandse Zaken, ben ik bang.’

Er kwam een schaduw binnengegleden en ineens stond er een kopje voor Harry.

‘Drinkt u *chaa ráwn*?’ vroeg mevrouw Wiig.

‘Dat weet ik niet.’

‘Neem me niet kwalijk,’ lachte ze. ‘Ik vergeet zo makkelijk dat andere mensen nieuw zijn. Thaise zwarte thee. Ik gebruik hier namelijk altijd *high tea*, begrijpt u. Hoewel het eigenlijk volgens de Engelse traditie na tweeën behoort te zijn.’

Harry zei ja en het volgende moment dat hij naar beneden keek had iemand thee in zijn kopje geschonken.

‘Ik dacht dat dergelijke tradities met de kolonisten verdwenen waren.’

‘Thailand is nooit een kolonie geweest,’ zei ze glimlachend. ‘Niet van Engeland en niet van Frankrijk, zoals de buurlanden. De Thaise bevolking is daar trots op. Een beetje te trots, als u het mij vraagt. Een beetje Engelse invloed heeft niemand kwaad gedaan.’

Harry pakte zijn notitieblok en vroeg of de ambassadeur misschien betrokken was geweest bij dubieuze zaken.

‘Dubieus, rechercheur?’

Hij legde uit wat hij met dubieus bedoelde, dat in zeventig procent van de moordzaken het slachtoffer betrokken was bij iets illegaals.

‘Illegaal? Molnes?’ Ze schudde fanatiek haar hoofd. ‘Zo’n... type was hij niet.’

‘Weet u of hij vijanden had?’

‘Kan ik me niet voorstellen. Waarom vraagt u daarnaar? Dit kan toch geen aanslag zijn geweest?’

‘Daar kunnen we nu nog maar weinig over zeggen, dus we houden alle mogelijkheden open.’

Mevrouw Wiig vertelde dat Molnes op de maandag dat hij

stierf direct na de lunch naar een vergadering was gegaan. Hij had niet gezegd waarheen, maar dat was niet ongebruikelijk.

'Hij had altijd zijn mobiele telefoon bij zich, dus we konden hem spreken als er iets aan de hand was.'

Harry vroeg of hij zijn kantoor mocht zien. Mevrouw Wiig moest twee afzonderlijke deuren van het slot draaien om hen binnen te laten. 'Uit veiligheidsoverwegingen.' In de kamer was niets aangeraakt, precies zoals Harry had gevraagd voor hij vertrok uit Oslo. Overal lagen papieren, mappen en souvenirs die nog niet in een kast waren gezet of aan de muur opgehangen.

Boven de prullenbak keek het Noorse koningspaar hen majesteitelijk aan en vanuit het raam had men uitzicht over The Queen's Regent Park, kon Tonje Wiig vertellen.

Harry vond een agenda, maar er stonden weinig notities in. Hij controleerde de dag van de moord, maar het enige wat er stond was: Man U, een veelgebruikte afkorting voor Manchester United als hij zich niet vergiste. Misschien een voetbalwedstrijd op televisie die hij niet wilde missen, dacht Harry en hij trok plichtsgetrouw een paar lades open, maar hij begreep al snel dat het voor één man een hopeloze opdracht was dit hele kantoor te doorzoeken zonder te weten waarnaar gezocht moest worden.

'Ik zie zijn mobiele telefoon niet,' zei Harry.

'Zoals gezegd, die had hij altijd bij zich.'

'We hebben op de plaats delict geen mobieltje gevonden. Ik geloof niet dat de moordenaar een dief was.'

Mevrouw Wiig haalde haar schouders op.

'Misschien heeft een Thaise collega hem "in beslag genomen"?'

Harry besloot hier niet op te reageren, en vroeg in plaats daarvan of iemand van de ambassade hem die bewuste dag had gebeld. Dat betwijfelde ze, maar ze beloofde het na te vragen. Harry keek voor de laatste keer rond in de kamer.

'Wie op de ambassade heeft Molnes voor het laatst gezien?'

Ze dacht na.

'Dat moet Sanphet zijn geweest, de chauffeur. De ambassadeur en hij zijn goede vrienden geworden. Hij heeft het er erg moeilijk mee, dus ik heb hem een paar dagen vrij gegeven.'

'Waarom heeft hij de ambassadeur op de dag van de moord niet gereden, als hij zijn chauffeur was?'

Ze haalde haar schouders op.

'Dat heb ik me ook afgevraagd. De ambassadeur hield er niet van alleen door het verkeer van Bangkok te rijden.'

'Hm. Wat kunt u me vertellen over de chauffeur?'

'Sanphet? Hij is hier al zo lang als iedereen zich kan herinneren. Hij is nog nooit in Noorwegen geweest, maar kan alle steden opnoemen. En alle koningen. Ja, en hij houdt van Grieg. Ik weet niet of hij thuis een platenspeler heeft, maar ik geloof dat hij alle platen heeft. Hij is een lieve, oude Thai.'

Ze hield haar hoofd scheef en lachte zodat haar tandvlees bloot kwam.

Harry vroeg of ze wist waar hij Hilde Molnes kon treffen.

'Ze is thuis. Totaal verslagen, ben ik bang. Ik zou u willen aanraden nog even te wachten met haar te bezoeken.'

'Bedankt voor de raad, mevrouw Wiig, maar wachten is een luxe waar we geen tijd voor hebben. Zou u zo vriendelijk willen zijn haar te bellen om mijn komst aan te kondigen?'

'Ik begrijp het. Neem me niet kwalijk.'

Hij draaide zich naar haar om.

'Waar komt u vandaan, mevrouw Wiig?'

Tonje Wiig keek hem verbaasd aan. Toen lachte ze een beetje gespannen: 'Is dit een verhoor, rechercheur?'

Harry gaf geen antwoord.

'Als u het per se wilt weten: ik ben opgegroeid in Fredrikstad.'

'Ik dacht al dat ik dat hoorde,' zei hij en hij knipoogde naar haar.

Het tengere meisje bij de receptie lag achterover in haar stoel en hield een flesje spray tegen haar neusje. Ze schrok toen Harry discreet kuchte en lachte betrapt met haar ogen vol water.

'Neem me niet kwalijk, de lucht in Bangkok is zo slecht,' legde ze uit.

'Ik heb het gemerkt. Kunt u me helpen aan het telefoonnummer van de chauffeur?'

Ze schudde haar hoofd en zei snotterend: 'Hij heeft geen telefoon.'

'Juist. Heeft hij een plek om te wonen?'

Het was als grapje bedoeld, maar hij zag aan haar dat ze het niet leuk vond. Ze schreef het adres voor hem op en gaf hem een heel klein lachje ten afscheid.

HOOFDSTUK 11

Er stond al een bediende in de deuropening toen Harry door de gang liep naar de ambassadeurswoning. Hij nam Harry mee door twee grote kamers, smaakvol ingericht met rotan en teak, naar de terrasdeur die toegang gaf tot de tuin achter het huis. Gele en blauwe orchideeën sprongen onmiddellijk in het oog en onder grote, schaduwrijke stakerige bomen fladderden vlinders als gekleurd papier voorbij. Bij een zandlopervormig zwembad vonden ze de vrouw van de ambassadeur, Hilde Molnes. Ze zat in een rieten stoel, gekleed in een roze badjas, had een bijpassend drankje naast zich en een zonnebril op die haar halve gezicht bedekte.

'U moet inspecteur Hole zijn,' zei ze in het Noors. 'Tonje heeft me gebeld en gezegd dat u onderweg was. Iets drinken, inspecteur?'

'Nee, dank u.'

'Jawel, het is belangrijk om met deze warmte te drinken, weet u. Denk aan uw vochtbalans, zelfs als u geen dorst hebt. Je droogt hier namelijk snel uit zonder dat je het in de gaten hebt.'

Ze deed haar zonnebril af en ze had bruine ogen, zoals Harry al had vermoed gezien haar ravenzwarte haar en getinte huid. Ze had levendige ogen die roodomrand waren. Van verdriet of alcoholische consumpties, dacht Harry. Of allebei.

Hij gokte dat ze halverwege de veertig was, maar ze zag er nog goed uit. Een vrouw van middelbare leeftijd uit de hogere middenklasse met een ietwat vervagende schoonheid. Hij had het type eerder gezien.

Hij ging in de andere rieten stoel zitten, die hem in ontvangst nam alsof hij wist dat Harry zou komen.

'In dat geval neem ik een glas water, mevrouw Molnes.'

Ze instrueerde de bediende en gebaarde hem weg te gaan.

'Hebt u bericht gekregen dat u uw man nu kunt zien?'

'Ja, dank u,' zei ze. Harry hoorde een geïrriteerde ondertoon.

'Ik mag hem nu pas zien. Een man met wie ik twintig jaar getrouwd ben geweest.'

De bruine ogen waren zwart geworden en Harry bedacht dat het waar was wat er altijd werd gezegd: dat er vele Portugese en Spaanse schipbreukelingen op de Noorse kust waren aangespoeld.

'Ik moet u helaas een paar vragen stellen,' zei hij.

'Dan moet u dat nu doen, nu ik nog onder invloed van de gin ben.'

Ze sloeg een slank, gebruind en waarschijnlijk pas geschoren been over de andere knie.

Harry pakte zijn notitieboekje. Niet omdat hij de aantekeningen nodig zou hebben, maar omdat hij dan niet naar haar hoefde te kijken als ze antwoordde. Meestal was dat voor de betreffende persoon makkelijker.

Ze vertelde dat haar man 's morgens van huis was vertrokken en dat hij niet had gezegd dat hij laat zou zijn, maar dat het niet ongebruikelijk was dat er iets tussenkwam. Toen het tien uur 's avonds was en ze nog steeds niets van hem had gehoord, had ze geprobeerd hem te bellen, maar noch op kantoor, noch via zijn mobieltje had ze hem te pakken kunnen krijgen. Toch was ze niet ongerust geweest. Kort na middernacht had Tonje Wiig gebeld om haar te vertellen dat haar man dood was aangetroffen in een motelkamer.

Harry bestudeerde het gezicht van Hilde Molnes. Ze vertelde met vaste stem en zonder dramatische feiten.

Tonje Wiig had Hilde Molnes de indruk gegeven dat ze nog niet wisten wat de doodsoorzaak was. De volgende dag had de ambassaderaad haar op de hoogte gebracht van het feit dat haar man was vermoord, maar dat de instructie van Oslo was dat ze absolute zwijgplicht hadden betreffende de doodsoorzaak, want alle Noorse staatsburgers kunnen zwijgplicht opgelegd krijgen als het 'in belang van het rijk' is. Dat laatste zei ze met een bitter sarcasme, waarna ze haar glas optilde en proostte.

Harry knikte slechts en noteerde. Hij vroeg of ze er zeker van was dat hij zijn mobiele telefoon niet thuis had laten liggen en dat bevestigde ze. Als bij ingeving vroeg hij of ze wist wat voor mobieltje hij had en ze antwoordde dat ze er niet helemaal zeker van was, maar dat ze dacht dat het van een Fins merk was.

Ze kon hem niet helpen aan namen van personen die volgens haar een motief konden hebben om de ambassadeur van het leven te beroven.

Hij trommelde met zijn pen op het notitieboekje.

'Hield uw man van kinderen?'

'O ja, ontzettend!' klonk het spontaan uit de mond van Hilde Molnes en voor het eerst hoorde hij iets trillen in haar stem.

'Atle was de liefste vader van de wereld, als u dat maar weet.'

Harry moest weer naar zijn notitieboekje kijken. Er was niets in haar blik geweest wat erop duidde dat ze de dubbele bodem in zijn vraag begreep. Hij was er bijna zeker van dat ze niets wist, maar hij wist ook dat het zijn werk was om de volgende stap te zetten en haar recht op de man af te vragen of ze wist dat haar man kinderporno in zijn bezit had.

Hij ging met zijn hand over zijn gezicht. Hij voelde zich als een chirurg met een scalpel in zijn hand, die niet in staat is de eerste snee te maken. Verdomme, dat hij nog niet van die aarzeling af was als het ging om het aan de kaak stellen van onverkwikkelijke kwesties. De geliefde dode werd ontmaskerd, onschuldige mensen kregen details te horen waar ze niet om hadden gevraagd en die ze niet hadden verdiend.

Hilde Molnes was hem voor.

'Hij hield zo van kinderen dat we zelfs overwogen een jong meisje te adopteren.' Ze had nu tranen in haar ogen gekregen.

'Een arme, kleine vluchtelinge uit Birma. Ja, op de ambassade zeggen ze Myanmar om niemand voor het hoofd te stoten, maar ik ben zo oud dat ik Birma zeg.'

Ze lachte even door haar tranen heen, maar kreeg zich weer onder controle. Harry keek weg. Een rode kolibrie hing, als een helikopter, stil in de lucht voor een orchidee.

Het is een feit, besloot hij. Ze weet niets. Als het later relevant voor de zaak bleek, zou hij het haar vertellen. En als dat niet het geval was, zou hij haar sparen.

Harry vroeg hoe lang ze elkaar al kenden en zonder dat ze verdere aansporing nodig had vertelde ze dat ze elkaar hadden ontmoet toen Atle als jongeman en pas afgestudeerde in de kerstvakantie thuis in Ørsta was. De familie Molnes was steenrijk, bezat twee meubelfabrieken, en de jonge erfgenaam zou voor ieder jong meisje in het dorp een goede partij zijn, dus er was geen gebrek aan concurrentie.

'Ik was slechts Hilde Melle van Mellegården, maar ik was wel de knapste,' zei ze met een droge lach. Ze kreeg ineens een pijnlijke blik in haar ogen en snel zette ze het glas tegen haar lippen.

Harry had er geen probleem mee de weduwe voor zich te zien als een jonge schoonheid.

Vooral niet omdat het beeld zich op dat moment materialiseerde in de schuifdeur bij het terras.

'Runa, liefje, daar ben je! Deze jongeman heet Harry Hole. Hij is een Noorse rechercheur en hij zal helpen bij het onderzoek naar wat er met papa is gebeurd.'

De dochter keurde hen net een blik waardig voor ze naar de zwembadrand aan de andere kant liep. Ze had het donkere haar en de getinte huid van haar moeder en Harry vermoedde dat het lange, slanke lichaam in het strak zittende badpak ongeveer zeventien jaar moest zijn. Hij had het kunnen weten want het stond in het rapport dat hij had gekregen voor hij hierheen ging.

Ze zou, net als haar moeder, een absolute schoonheid zijn geweest als er dat detail niet was geweest waar het rapport geen gewag van had gemaakt. Toen ze om het zwembad heen was gelopen en met drie langzame, gracieuze stappen de duikplank had beklommen voor ze haar benen keurig naast elkaar zette en naar de lucht steeg, had Harry al een knoop in zijn maag. Uit haar rechterschouder stak een armstompje dat haar lichaam in een salto met schroef een wonderlijke asymmetrie gaf, als een aangeschoten vliegtuig. Een kleine plons was het enige wat ze hoorden toen ze het groene oppervlak brak en verdween. Een heleboel luchtbellen borrelden naar boven.

'Runa doet aan schoonspringen,' zei Hilde Molnes tamelijk overbodig.

Hij had zijn ogen nog steeds gericht op de plaats waar ze in het water verdween toen een gedaante aan de overkant bij de trap opdook. Ze beklom de treden en hij keek naar haar gespierde rug, de zon die weerkaatste in de waterdruppels op haar huid en die haar natte, zwarte haar deed glinsteren. Het armstompje hing als een kippenvleugeltje naar beneden. Haar aftocht was net zo geruisloos als haar sprong en entree, ze verdween zonder een woord te zeggen door de terrasdeur.

'Ze wist denk ik niet dat u er was,' zei Hilde Molnes verontschuldigend. 'Ze vindt het niet prettig dat vreemden haar zonder prothese zien, begrijpt u.'

'Ik begrijp het, hoe neemt ze de gebeurtenis op?'

'Tja, zeg het eens.' Hilde Molnes keek nadenkend. 'Ze is op een leeftijd dat ik niets van haar te horen krijg. Andere mensen overigens ook niet.'

Ze tilde haar glas op. 'Runa is een beetje een speciaal meisje, ben ik bang.'

Harry stond op, bedankte voor de informatie en zei dat hij nog wel contact op zou nemen. Hilde Molnes wees hem erop dat hij niet van zijn water had gedronken en hij boog even en zei dat ze het maar voor de volgende keer moest bewaren. Hij bedacht dat dat laatste misschien een beetje onbeleefd was, maar ze lachte en tilde haar glas op ten afscheid.

Toen hij naar de poort liep, reed er een open, rode Porsche voorbij. Hij zag nog net een blonde kuif boven een Ray Banzonnebril en een grijs Armanipak voor de auto in de schaduw van het huis verdween.

Inspecteur Crumley was er niet toen Harry terugkwam op het bureau, maar Nho stak zijn duim op en zei 'Roger' toen Harry hem vroeg contact op te nemen met de telefoonmaatschappij van het mobieltje van de ambassadeur om alle in- en uitgaande gesprekken te controleren.

Het was al bijna vijf uur toen Harry eindelijk de inspecteur te pakken kreeg. Omdat het al laat was, stelde ze voor dat ze afspraken op een boot om een rondvaart door de grachten te maken 'en de sightseeing maar achter de rug te hebben', zoals ze zei.

Op de River Pier werd hun een van de grotere boten voor zeshonderd baht aangeboden, maar de prijs zakte onmiddellijk naar driehonderd nadat Crumley wat in het Thai had gesist.

Ze zakten een stukje de Chao Phraya af voor ze een van de smalle grachtjes in voeren. Houten hutjes die eruitzagen of ze elk moment konden instorten, klampten zich krampachtig vast aan houten palen in het water, de stank van het riool en benzine vermengd met etensgeuren dreef in wolken voorbij. Harry had het idee dat hij door de kamers van de bewoners voer. Alleen rijen van groene planten in potten verhinderden dat je helemaal door kon kijken, maar niemand leek er last van te hebben, men zwaaide zelfs vriendelijk naar hen.

Op een steiger zaten drie jongens in een korte broek hen na te roepen, ze kwamen net uit het bruine water en waren nog nat. Crumley balde lachend haar vuist naar hen en de stuurman lachte.

'Wat riepen ze?' vroeg Harry.

Ze wees naar haar hoofd: '"*Mâe chii*". Dat betekent moeder-overste of non. De nonnen in Thailand scheren hun hoofd. Als ik daarentegen een witte kap had opgehad was ik met meer respect behandeld,' lachte ze.

'O ja? Het lijkt me dat je heel wat respect afdwingt. Jouw mensen...'

'Dat is omdat ik respect voor hen heb,' onderbrak ze hem. 'En omdat ik goed ben in mijn werk.'

Ze schraapte haar keel en spuugde over de rand. 'Maar misschien verbaast het je omdat ik een vrouw ben?'

'Dat heb ik niet gezegd.'

'Veel buitenlanders zijn verbaasd als ze ontdekken dat het voor vrouwen mogelijk is in dit land carrière te maken. De machocultuur is hier niet zo wijdverbreid, eigenlijk is het feit dat ik een buitenlandse ben een groter probleem.'

Een licht briesje gaf wat verkoeling in de drukkende warmte, uit een bosje klonk het geluid van sprinkhanen en ze staarden naar dezelfde bloedrode zon als de avond tevoren.

'Waarom ben je hierheen verhuisd?'

Harry realiseerde zich dat hij misschien over een onzichtbare grens was gegaan, maar hij trok zich er niets van aan.

'Mijn moeder is een Thaise,' zei ze na een stilte. 'Mijn vader was tijdens de Vietnamoorlog gestationeerd in Saigon en in 1967 heeft hij haar in Bangkok ontmoet.'

Ze lachte en duwde een kussen achter haar rug.

'Moeder beweert dat ze in de eerste nacht al zwanger is geworden.'

'Van jou?'

Ze knikte.

'Na de capitulatie heeft hij ons meegenomen naar Amerika, naar Fort Lauderdale, waar hij dienstdeed als luitenant-kolonel. Toen we daar aankwamen, ontdekte mijn moeder dat hij al getrouwd was. Toen hij hoorde dat mijn moeder zwanger was, had hij naar huis geschreven en gemeld dat hij wilde scheiden.'

Ze schudde haar hoofd.

'Als hij gewild had, had hij in Bangkok alle kans om ervandoor te gaan. Misschien wilde hij dat diep vanbinnen ook wel, wie zal het zeggen.'

'Heb je het hem niet gevraagd?'

'Je wilt daar niet per se een eerlijk antwoord op, toch? Bovendien zou ik nooit een goed antwoord hebben gekregen, hij was gewoon zo.'

'Was?'

'Ja, hij is dood.'

Ze draaide zich naar hem om.

'Vind je het vervelend als ik over mijn familie praat?'

Harry beet in het filter van zijn sigaret.

'Helemaal niet.'

'Het is nooit een reële optie geweest voor mijn vader om ervandoor te gaan, hij had iets met verantwoordelijkheid. Toen ik elf jaar was, wilde ik in Fort Lauderdale een poesje uitzoeken uit een nestje bij de buren. Na veel gezeur zei vader ja, onder de voorwaarde dat ik goed voor het katje zou zorgen. Na twee weken had ik er genoeg van en ik vroeg vader of ik het katje terug mocht geven. Toen nam vader mij en het katje mee naar de garage. "Je kunt niet weglopen voor je verantwoordelijkheden," zei hij. "Zo gaan beschavingen kapot." Toen pakte hij zijn dienstgeweer en schoot een 12 mm-kogel door het kattenkopje. Daarna moest ik water en zeep halen en de garagevloer schoonmaken. Zo was hij. Daarom kon hij...'

Ze deed haar zonnebril af, nam een punt van haar blouse, poetste de bril ermee en kneep haar ogen half dicht tegen de ondergaande zon.

'Daarom heeft hij nooit kunnen accepteren dat ze zich terugtrokken uit Vietnam. Moeder en ik zijn hierheen verhuisd toen ik achttien was.'

Harry knikte.

'Ik kan me voorstellen dat het niet eenvoudig was voor je moeder om met een Aziatisch uiterlijk op een militaire basis in Amerika te gaan wonen.'

'Op de basis was het niet zo erg. De andere Amerikanen daarentegen, die er niet woonden, maar misschien een zoon of een geliefde hadden verloren in Vietnam, zij haatten ons. Voor hen was iedereen met spleetogen Charlie.'

Een man in pak zat een sigaar te roken voor een vrijwel afgebrande bouwval.

'En toen ben je naar de politieschool gegaan en rechercheur

geworden en heb je je haren afgeschoren?'

'Niet in die volgorde. En ik heb mijn haren niet afgeschoren. Die zijn in de loop van een week allemaal uitgevallen toen ik zeventien jaar was. Een zeldzame vorm van alopecia totalis. Maar wel praktisch in dit klimaat.'

Ze ging met haar hand over haar schedel en glimlachte vermoeid. Het viel Harry nu pas op dat ze ook geen wenkbrauwen en geen wimpers had. Ze had helemaal geen haargroei.

Een boot kwam langszij. Hij was volgeladen met gele strohoeden en een oude vrouw wees naar hun hoofden en daarna naar de hoeden. Crumley lachte beleefd en zei een paar woorden. Voor de vrouw weer afduwde, leunde ze naar Harry over en gaf hem een witte bloem. Ze wees naar Crumley en lachte.

'Wat is bedankt in het Thai?'

'*Khàwp khun khráp*,' zei Crumley.

'Precies, zeg dat maar.'

Ze voeren langs een tempel, een *wat*, die aan het water stond en door de open deur konden ze het gezang van de monniken horen. Mensen zaten met gevouwen handen op de trappen voor het gebouw te bidden.

'Waar bidden ze om?' vroeg hij.

'Ik weet het niet. Vrede. Liefde. Een beter leven, nu of in het volgende. Dezelfde dingen die alle mensen ter wereld willen.'

'Ik geloof niet dat Atle Molnes op een hoer wachtte. Ik geloof dat hij op iemand anders wachtte.'

Ze gleden verder en het gezang van de monniken stierf weg.

'Op wie?'

'Ik weet het niet.'

'Waarom denk je dat dan?'

'Hij had alleen geld voor de kamerhuur, dus ik wil er heel wat onder verwedden dat hij niet van plan was een hoer te betalen. Maar hij had niets in het motel te zoeken als hij er niet met iemand had afgesproken, toch? De deur was volgens Wang niet op slot toen ze hem vonden. Is dat niet vreemd? Als je een deur in een motel dichtdoet valt hij automatisch in het slot. Hij moet bewust de knop op de deurklink hebben ingedrukt zodat de deur opengeduwd kon worden. Er was geen reden waarom de moordenaar die knop heeft ingedrukt, hij of zij was er kennelijk niet van op de hoogte dat de deur niet in het slot viel. Dus waarom heeft Molnes dat gedaan? De meeste mensen die zich in een dergelijk etablissement bevinden geven er de voorkeur aan om de deur op slot te doen als ze slapen, of niet?'

Ze schudde haar hoofd.

'Misschien is hij gaan liggen en was hij bang dat hij het kloppen op de deur niet zou horen als hij sliep?'

'Precies, maar er was geen reden om de deur niet op slot te doen want Tonya Harding zou volgens de receptie eerst bellen. Mee eens?'

In zijn enthousiasme was Harry aan de ene kant van de boot gaan zitten en de stuurman riep dat hij in het midden moest gaan zitten zodat ze in evenwicht bleven.

'Ik geloof dat hij het geheim wilde houden wie er bij hem op bezoek kwam. Waarschijnlijk heeft hij met opzet een motel aan de rand van de stad uitgekozen. Een geschikte plek voor een geheime ontmoeting, een plek waar geen officieel gastenboek wordt bijgehouden.'

'Hm. Denk je aan de foto's?'

'Het is bijna onmogelijk om dat niet te doen.'

'Dergelijke foto's kun je op allerlei plaatsen in Bangkok kopen.'

'Misschien is hij een stap verder gegaan. Misschien hebben we het over kinderprostitutie.'

'Misschien. Ga verder.'

'Zijn mobiele telefoon. Die was verdwenen toen we Molnes vonden, en hij ligt niet in zijn kantoor of thuis.'

'De moordenaar kan hem hebben gestolen.'

'Ja, maar waarom? Als hij een dief was, waarom heeft hij dan niet zijn geld en zijn auto genomen?'

Crumley krabde zich achter haar oor.

'Sporen,' zei Harry. 'De moordenaar is erg precies geweest met het uitwissen van zijn sporen. Misschien heeft hij de telefoon meegenomen omdat er belangrijke aanwijzingen in staan?'

'Zoals?'

'Wat doet een gebruiker van een mobiele telefoon als hij in een motel op iemand zit te wachten, iemand die misschien ook een mobieltje heeft en onderweg is naar het motel door het onvoorspelbare verkeer van Bangkok?'

'Hij belt om te vragen of die persoon nog ver moet rijden.' Crumley leek nog steeds niet te begrijpen waar hij heen wilde.

'Molnes had een Nokia-telefoon, net als ik.'

Harry pakte zijn mobieltje.

'Zoals de meeste telefoons slaat het mobieltje de laatste tien nummers op die je hebt gebeld. Misschien hebben Molnes en de moordenaar kort voor ze elkaar ontmoetten met elkaar gebeld en wist de moordenaar dat we hem konden identificeren als we die telefoon te pakken konden krijgen.'

'Hm,' zei ze duidelijk niet geïmponeerd. 'Hij kon toch gewoon de nummers verwijderen en de telefoon laten liggen? Nu heeft hij ons een indirect spoor gegeven. Dat hij iemand is die Molnes kent.'

'Maar als de telefoon was uitgeschakeld? Hilde Molnes heeft verklaard dat ze heeft geprobeerd haar man te bellen, maar dat ze geen contact kreeg. Zonder pincode van de telefoon kan de moordenaar de nummers niet wissen.'

'Oké. Maar nu hoeven we slechts contact op te nemen met de telefoonmaatschappij en een overzicht te vragen van de nummers die Molnes die avond heeft gebeld. Degene die ons altijd helpt met dergelijke zaken is nu al naar huis, maar ik zal hem morgenvroeg bellen.'

Harry krabde op zijn kin.

'Dat is niet nodig. Ik heb al met Nho gesproken en hij is nu met die kwestie bezig.'

'Juist ja,' zei ze. 'Een speciale reden dat je dat niet via mij hebt gedaan?'

Hij hoorde geen irritatie, geen uitdaging in haar stem. Ze

vroeg het omdat Nho haar ondergeschikte was en Harry tegen de regels had gehandeld. Het ging niet om chef en niet-chef, maar om het effectief leiden van het onderzoek. En dat was haar verantwoordelijkheid.

'Je was er niet, Crumley. Het spijt me als ik een beetje overhaast heb gehandeld.'

'Je hoeft geen spijt te hebben, Harry. Je zei het zelf: ik was er niet en je kunt me Liz noemen.'

Ze waren al een eind de rivier op gevaren. De inspecteur wees naar een huis waar een grote tuin voor lag.

'Daar woont een landgenoot van jou,' zei ze.

'Hoe weet je dat?'

'Er is veel in de kranten over geschreven toen het huis hier werd gebouwd. Zoals je ziet, lijkt het op een tempel. De boeddhisten stoorden zich eraan dat een heiden die liet bouwen, ze vonden het blasfemie. Bovendien is het gebouwd met materialen van een Birmese tempel die in een omstreden grensgebied met Thailand heeft gestaan. In die tijd hing er een gespannen sfeer, met wat schietincidenten enzovoorts, de mensen die daar woonden zijn vertrokken. De Noor heeft de tempel voor een zacht prijsje gekocht en aangezien alles in Noord-Birmese tempels van teakhout is, kon hij alles laten demonteren en vervoeren naar Bangkok.'

'Bijzonder,' zei Harry. 'Hoe heet hij?'

'Ove Klipra. Hij is in Bangkok een van de grootste bouwondernemers. Ik vermoed dat je wel meer over hem zult horen als je hier wat langer bent.'

Ze gaf de stuurman opdracht om te keren.

'Nho zal die lijst wel vrij snel hebben. Hou je van *take-away*?'

De lijst was er. En die schopte Harry's theorie effectief onderuit.

'Laatst geregistreerde gesprek was om 17.55 uur,' verklaarde Nho. 'Hij heeft met andere woorden niemand gebeld sinds hij in het motel was aangekomen.'

Harry keek naar zijn plastic kom met noedelsoep. De witte

sliertjes zagen eruit als een smalle vorm van spaghetti en hij schrok als ze op onverwachte plaatsen in zijn soep bewogen als hij er met zijn eetstokjes noedels uit haalde.

'Toch kan het zo zijn dat de moordenaar op deze lijst staat,' zei Liz met een mond vol rijst. 'Waarom heeft hij anders de telefoon meegenomen?'

Rangsan kwam binnen en meldde dat ze Tonya Harding op het bureau hadden voor het afnemen van vingerafdrukken.

'Jullie kunnen nu met haar praten als jullie willen. En nog iets anders: Supawadee zei dat ze nu die plastic ampullen aan het checken zijn, het resultaat is er morgen. Ze hebben het de hoogste prioriteit gegeven.'

'Doe hem de groeten en zeg kop kon krap,' zei Harry.

'Wat moet ik zeggen?'

'Zeg bedankt.'

Harry lachte schaapachtig en Liz kreeg een hoestbui waardoor de rijst in de rondte vloog.

HOOFDSTUK 13

Harry wist niet hoe vaak hij al op deze manier tegenover een hoer in een verhoorkamer had gezeten, maar het moest vaak zijn geweest. Ze leken net zo onvermijdelijk in een moordzaak op te duiken als vliegen op een koeienvlaai. Niet omdat ze er altijd in verwikkeld waren, maar omdat ze bijna altijd iets te vertellen hadden.

Hij had ze horen lachen, vloeken en huilen, hij was met ze bevriend geraakt, had vijanden gemaakt, had deals gesloten, beloftes gebroken, was bespuugd en geslagen. Toch was er iets met deze vrouwen, de omstandigheden die hen hadden gevormd: die leek hij te herkennen en te begrijpen. Wat hij niet kon begrijpen, was hun onverwoestbare optimisme, dat ze ondanks het feit dat ze de diepste menselijke afgronden hadden gezien nooit hun geloof waren kwijtgeraakt dat er ook goede mensen bestonden. Hij had genoeg politiemensen gezien die dat niet lukte.

Daarom klopte Harry Dim op haar schouder en gaf haar een sigaret voor ze begonnen. Niet omdat hij dacht dat hij dan iets zou bereiken, maar omdat ze eruitzag alsof ze het nodig had.

Ze had een harde blik en een vastberaden trek op haar gezicht die erop duidden dat ze niet snel schrok, maar nu zat ze op een stoel achter een klein kunststof tafeltje en wrong nerveus met haar handen in haar schoot en ze leek elk moment in snikken uit te kunnen barsten.

'*Pen yangai?*' vroeg hij. Hoe gaat het? Liz had hem die twee woorden Thai geleerd voor hij de verhoorkamer binnenging.

Nho vertaalde haar antwoord. Ze sliep 's nachts slecht en wilde niet meer in het motel werken.

Harry ging tegenover haar zitten, legde zijn armen op tafel en probeerde haar blik te vangen. Haar schouders zakten een beetje, maar ze zat nog steeds met haar armen over elkaar van hem afgekeerd.

Punt voor punt namen ze door wat er was gebeurd, maar ze

had niet veel nieuws toe te voegen. Ze bevestigde dat de deur van het motel niet op slot was. Ze had geen mobiele telefoon gezien. En geen mensen die niet in het motel werkten, noch toen ze aankwam, noch toen ze vertrok.

Toen Harry de Mercedes noemde, of ze gemerkt had dat de auto een diplomatennummerbord had, schudde ze slechts haar hoofd. Ze had geen auto gezien. Ze kwamen niet veel verder en ten slotte stak Harry een sigaret op en vroeg bijna nonchalant wie zij dacht die dit gedaan kon hebben. Nho vertaalde en hij zag aan haar gezicht dat hij de spijker op de kop had geslagen.

'Wat zegt ze?'

'Ze zegt dat het mes van Khun Sa was.'

'Wat bedoelt ze?'

'Heb je nog nooit gehoord van Khun Sa?' Nho keek hem ongelovig aan.

Harry schudde zijn hoofd.

'Khun Sa is de machtigste leverancier uit de geschiedenis van de heroïne. Samen met de regeringen van Indochina en de CIA heeft hij sinds de jaren vijftig het opiumverkeer in de gouden driehoek geregeld. Op die manier kregen de Amerikanen geld voor hun acties in deze regio. Die kerel had zijn eigen leger in de jungle.'

Harry meende iets gehoord te hebben over een Aziatische Escobar.

'Twee jaar geleden heeft Khun Sa zich overgegeven aan de Birmese autoriteiten en hij is in een gevangenis gezet, wel eentje van het wat luxere soort. Er wordt gezegd dat hij de nieuwe toeristenhotels in Birma financiert en sommigen menen dat hij nog steeds de drugsmaffia in het noorden leidt. Khun Sa betekent dat ze denkt dat het de maffia is. Daarom is ze zo bang.'

Harry keek haar nadenkend aan voor hij naar Nho knikte.

'We laten haar gaan,' zei hij.

Nho vertaalde het en Dim leek verbaasd. Ze draaide zich om en keek Harry aan voor ze haar handen op de hoogte van haar gezicht vouwde en boog. Harry begreep dat ze dacht dat ze zou worden opgepakt voor prostitutie.

Harry lachte terug. Ze leunde over de tafel.

'*You like ice-skating, sil?*'

'Khun Sa? CIA?'

De telefoonlijn uit Oslo kraakte en door de echo hoorde Harry zichzelf nog praten terwijl Torhus antwoord gaf.

'Het spijt me, inspecteur Hole, maar heb je een zonnesteek? Er is een man gevonden met een mes in zijn rug dat vast overal in Noord-Thailand gekocht kan zijn, we vragen je om stil te werk te gaan en jij vertelt me nu dat je van plan bent de georganiseerde misdaad in Zuidoost-Azië aan te pakken?'

'Nee.' Harry legde zijn benen op het bureau. 'Ik ben helemaal niet van plan er iets mee te doen, Torhus. Ik zeg alleen dat een deskundige uit een of ander museum heeft verteld dat het een zeldzaam mes is, dat het waarschijnlijk heeft toebehoord aan het Shan-volk en dat je dergelijke antieke messen niet in gewone winkels kunt kopen. De politie hier zegt dat het een boodschap kan zijn van de drugsmaffia en dat we ons afzijdig moeten houden, maar ik geloof dat niet. Als de maffia ons iets wil vertellen, zijn er makkelijkere manieren om dat te doen dan via een antiek mes.'

'Dus wat zit je dan te bazelen?'

'Ik zeg alleen dat dat de richting is waarin de sporen nu wijzen. Maar de politiechef ging helemaal uit zijn dak toen ik het woord opium in mijn mond nam. Op dat gebied heerst hier nu een complete chaos. Hij vertelde me dat de regering tot voor kort een zekere controle had, dat ze incentiveprogramma's hadden gestart voor de armste papaverboeren, zodat ze niet te veel geld verloren als ze overgingen op het verbouwen van andere gewassen, en dat ze ook een bepaald percentage opium mochten hebben voor eigen gebruik.'

'Voor eigen gebruik?'

'Ja, ja, de bergstammen hebben daarvoor toestemming. Ze

roken het al generaties lang en het heeft kennelijk geen zin om te proberen dat te veranderen. Het probleem is dat de opiumimport uit Laos en Myanmar is ingestort en dat de prijzen explosief zijn gestegen, dus om aan de vraag te kunnen voldoen is de productie in Thailand bijna verdubbeld. Er gaat veel geld in om, veel nieuwe mensen willen meeprofiteren en daardoor is het overzicht volledig zoek. De chef had geen zin om zijn hand in dat wespennest te steken, om het zo maar uit te drukken. Daarom ben ik van plan een aantal mogelijkheden te gaan uitsluiten. Bijvoorbeeld dat de ambassadeur zelf verwikkeld was in criminele activiteiten. In kinderpornografie, bijvoorbeeld.'

Het werd stil aan de andere kant van de lijn.

'We hebben geen reden om aan te nemen dat...' begon Torhus, maar de rest verdween in geruis.

'Kun je dat even herhalen?'

'We hebben geen reden om aan te nemen dat de ambassadeur pedofiel was, als je daarop doelt.'

'Hè? We hebben geen reden om aan te nemen? Je hebt het niet tegen de pers, Torhus. Ik moet op de hoogte zijn van dergelijke zaken als we verder willen komen.'

Het werd weer stil en een ogenblik dacht Harry dat de verbinding was verbroken. Toen hoorde hij Torhus' stem weer en hoewel de lijn slecht was, hoorde Harry de kilte in zijn stem.

'Ik zal je alles vertellen wat je nodig hebt, Hole. Alles wat je moet weten, is dat je een moordenaar moet vinden, dat het ons allemaal worst zal wezen wie het is, dat het me worst zal wezen waarin de ambassadeur allemaal was verwikkeld, dat hij voor mijn part zowel heroïnesmokkelaar als pederast is geweest, zolang de pers, of wie dan ook, er maar geen lucht van krijgt. Elk schandaal, waar het ook om draait, zal ik als een catastrofe zien en ik zal er jou persoonlijk voor verantwoordelijk houden. Ben ik duidelijk geweest, Hole, of moet je nog meer weten?'

Torhus had niet één keer ademgehaald.

Harry schopte tegen het bureau zodat de telefoon en zijn collega's naast hem opsprongen.

'Ik hoor je luid en duidelijk,' zei Harry met zijn tanden op elkaar. 'Maar luister even naar mij.' Harry wachtte even terwijl hij diep ademhaalde. Een biertje, één biertje maar. Hij stak een sigaret tussen zijn lippen en probeerde die gedachte uit zijn hoofd te zetten.

'Als Molnes in iets was verwikkeld, dan zal hij vast niet de enige Noor zijn geweest. Ik betwijfel of hij in die korte tijd dat hij hier was al belangrijke contacten heeft kunnen opbouwen in de Thaise onderwereld, bovendien ben ik te weten gekomen dat hij in Bangkok voornamelijk omging met mensen uit het Noorse milieu. Er is geen reden om eraan te twijfelen dat de meesten van hen brave burgers zijn, maar ze hebben allemaal redenen gehad om uit het vaderland te vertrekken, en sommige redenen zijn beter dan andere. Problemen met de politie zijn vaak een heel goede reden voor een snelle emigratie naar een land met een prettig klimaat en zonder uitleveringsverdrag met Noorwegen. Heb je gelezen over die Noor in Pattaya die op heterdaad is betrapt in een hotelkamer samen met een paar jongens? Voorpaginanieuws in VG en *Dagbladet*. De politie hier houdt daar wel van. Veel aandacht van de media, en het is makkelijker om pedofielen in hun kraag te vatten dan de heroïneliga aan te pakken. Stel je voor dat de Thaise politie nu al een vette vangst vermoedt, maar dat ze wachten met verder onderzoek tot de zaak formeel is afgesloten en ik naar huis ben gegaan. En dat ze dan na een paar maanden een kinderpornografienetwerk oprollen waarbij ook Noren zijn betrokken. Wat denk je dan dat er gebeurt? De Noorse kranten zullen een kudde journalisten hierheen sturen en voor je het weet duikt de naam van de ambassadeur op. Als we die jongens nu kunnen pakken terwijl we contact hebben met de Thaise politie, die er begrip voor heeft dat dit niet aan de grote klok gehangen moet worden, dan kunnen we misschien een schandaal voorkomen.'

Harry kon horen dat de chef de bureau de situatie begreep.

'Wat wil je?'

'Ik wil weten wat je me niet vertelt. Wat jullie weten van Molnes, waar hij in verwikkeld was.'

'Je weet wat je moet weten. Meer is er niet, is dat zo moeilijk te begrijpen?' Torhus kreunde. 'Wat wil je eigenlijk bereiken, Hole? Ik dacht dat je het net als wij zo snel mogelijk achter de rug wilde hebben.'

'Ik ben politieman, ik probeer alleen mijn werk te doen, Torhus.'

Torhus grinnikte. 'Roerend, Hole. Maar vergeet niet dat ik een paar dingen over je weet die maken dat ik niet trap in die act van ik-ben-alleen-maar-een-eerlijke-politieman.'

Harry hoestte in de hoorn en hoorde de echo's als gedempte pistoolschoten terugkomen. Hij mompelde iets.

'Wat?'

'Ik zei dat de verbinding slecht is. Denk er nog even over, Torhus, en bel me als je me iets te vertellen hebt.'

Harry werd met een ruk wakker, hij draaide zich om in zijn bed en kon nog net in de badkamer komen om over te geven. Hij ging op de wc-bril zitten; het kwam er nu aan beide kanten uit. Het zweet droop van zijn lijf hoewel het koud was in de kamer.

Vorige keer was het erger, zei hij tegen zichzelf. Het wordt beter. Veel beter, hoopte hij.

Hij had een spuit met vitamine B in zijn bil gezet voor hij naar bed ging en het was behoorlijk pijnlijk geweest. Hij hield niet van spuiten, hij werd er altijd duizelig van. Hij moest aan Vera denken, een van de hoeren in Oslo, die al vijftien jaar heroïne gebruikte. Ze had hem een keer verteld dat ze nog steeds duizelig werd als ze spoot.

Hij zag iets bewegen in het halfdonker, bij de wastafel, een paar voelsprieten die heen en weer gingen. Een kakkerlak. Hij was zo groot als zijn duim en had een oranje streep over zijn rug. Zo eentje had hij nog nooit eerder gezien, maar dat was misschien niet zo vreemd – hij had gelezen dat er drieduizend verschillende soorten kakkerlakken bestaan. Hij had ook gelezen dat ze zich verstoppen als ze de vibraties voelen van voetstappen van mensen. Dat er voor iedere kakkerlak die je ziet tien zijn die zich hebben kunnen verstoppen. Dat betekende dat ze overal waren. Hoeveel weegt een kakkerlak? Tien gram? Als er meer dan honderd waren verstopt in spleten en achter planken, dan wilde dat zeggen dat er meer dan een kilo kakkerlakken in deze kamer was. Hij huiverde. Het was nauwelijks een troost te weten dat ze banger waren dan hij. Af en toe had hij het gevoel dat alcohol meer vóór hem deed dan tegen hem. Hij sloot zijn ogen en probeerde niet na te denken.

Eindelijk had ze een parkeerplaats gevonden en ze begonnen te voet te zoeken naar het adres. Nho had geprobeerd het krankzinnige adressysteem in Bangkok aan Harry uit te leggen en hij had begrepen dat het om een stratenplan met hoofdstraten en genummerde zijstraten ging – *soi*. Het probleem was dat de huizen niet in een oplopende cijfervolgorde stonden omdat nieuwe huizen het volgende vrije nummer kregen, waar in de straat het huis ook stond.

Ze liepen door smalle stegen met trottoirs die fungeerden als ontmoetingsplaatsen waar de mensen de krant lazen, naaiden met een trapnaaimachine, eten bereidden en een middagdutje deden. Een paar meisjes in schooluniform riepen hen na en giechelden en Nho wees naar Harry en zei wat. De meisjes huilden van het lachen en bedekten hun mond met hun handen.

Nho sprak met een vrouw achter een naaimachine en ze wees naar een deur. Ze klopten aan en na een poosje werd er opengedaan door een Thaise man. Hij droeg een korte broek en een openstaand overhemd. Harry schatte dat hij in de zestig moest zijn, maar alleen zijn ogen en rimpels verraadden zijn leeftijd. Er was nauwelijks een grijs haartje te zien in zijn zwarte, gladde haar en zijn magere gespierde lichaam kon dat van een dertigjarige zijn.

Nho zei een paar woorden en de man knikte terwijl hij naar Harry keek. Toen verontschuldigde hij zich, en liep weer naar binnen. Na een minuut kwam hij terug, nu droeg hij een wit overhemd met korte mouwen met een vouw en een lange broek.

Hij had twee stoelen bij zich, die hij op het trottoir zette. In verrassend goed Engels bood hij Harry de ene stoel aan, terwijl hijzelf op de andere ging zitten. Nho bleef naast hen staan en hij schudde bijna onmerkbaar zijn hoofd toen Harry gebaarde dat hij wel op de trap kon zitten.

'Mijn naam is Harry Hole, ik ben van de Noorse politie, meneer Sanphet. Ik zou u graag een paar vragen willen stellen betreffende Molnes.'

'U bedoelt ambassadeur Molnes.'

Harry keek naar de oudere man. Hij zat kaarsrecht op zijn stoel, zijn bruine, sproetige handen gevouwen in zijn schoot.

'Uiteraard. Ambassadeur Molnes. U bent, zo heb ik begrepen, al bijna dertig jaar chauffeur bij de Noorse ambassade?'

Met gesloten ogen knikte Sanphet bevestigend.

'En mocht u de ambassadeur?'

'Ambassadeur Molnes was een groot mens. Een groot mens met een groot hart. En hersenen.'

Hij tikte met zijn vinger tegen zijn hoofd en keek Harry waarschuwend aan.

Harry rilde toen er een druppel zweet via zijn ruggengraat in zijn onderbroek verdween. Hij keek rond of hij schaduw zag waarheen de stoelen verhuisd konden worden, maar de zon stond hoog en de huizen waren laag in deze straat.

'We komen bij u omdat u het best bekend bent met de gewoontes van de ambassadeur, u weet waar hij kwam en met wie hij sprak. En omdat u het kennelijk persoonlijk ook goed met hem kon vinden. Wat gebeurde er op de dag dat hij overleed?'

Zonder zich te bewegen vertelde Sanphet hoe de ambassadeur vertrokken was voor een lunchafspraak zonder te zeggen waar hij heen ging en dat hij zelf wilde rijden, wat zeer ongebruikelijk was onder werktijd omdat de chauffeur geen andere verplichtingen had. Hij had tot vijf uur op de ambassade gezeten en was toen naar huis gegaan.

'Woont u alleen?'

'Mijn vrouw is veertien jaar geleden omgekomen bij een verkeersongeluk.'

Iets zei Harry dat hij ook precies het aantal maanden en dagen zou kunnen noemen. Ze hadden geen kinderen.

'Waarheen reed u de ambassadeur?'

'De andere ambassades. Vergaderingen. Visites bij andere Noren.'

'Welke Noren?'

'Allerlei. Mensen van Statoil, Hydro, Jotun en Statskonsult.'

Hij sprak de namen in perfect Noors uit.

'Kent u een paar van deze namen?' vroeg Harry en hij gaf hem een lijst. 'Dit zijn de personen met wie de ambassadeur via zijn mobiele telefoon contact had op de dag dat hij overleed. We hebben de lijst van de telefoonmaatschappij.'

Sanphet pakte een bril, maar moest het papier toch nog een armlengte van zich vandaan houden terwijl hij hardop las: '11.10 uur. Bangkok Betting Service.'

Hij keek over zijn bril.

'De ambassadeur hield van een beetje gokken bij de paardenraces.' En met een lachje voegde hij daaraan toe: 'Het kwam wel voor dat hij won.'

Nho wisselde van standbeen.

'11.34 uur. Dokter Sigmund Johansen.'

'Wie is dat?'

'Een erg rijke man. Zo rijk dat hij een paar jaar geleden een lordtitel kon kopen in Engeland. Persoonlijke vriend van de koninklijke familie in Thailand. Wat is Worachak Road?'

'Een binnenkomend gesprek via een telefooncel. Gaat u alstublieft verder.'

'11.55 uur. De Noorse ambassade.'

'Het vreemde is dat we vanmorgen de ambassade hebben gebeld en dat niemand zich kan herinneren dat hij die dag telefonisch contact heeft gehad met de ambassadeur, zelfs de receptioniste niet.'

Sanphet haalde zijn schouders op en Harry gebaarde hem verder te gaan.

'12.50 uur. Ove Klipra. U hebt zeker wel over hem gehoord?'

'Misschien.'

'Hij is een van de rijkste mannen in Bangkok. Ik las in de krant dat hij zojuist een waterkrachtcentrale in Laos heeft verkocht. Hij woont in een tempel.' Sanphet gromde. 'Hij en de ambassadeur kennen elkaar van vroeger, ze komen uit dezelfde streek. Hebt u wel eens van Ålesund gehoord? De ambassadeur nodigde...'

Hij gebaarde met zijn armen. Dat was niet iets om het nu over te hebben. Hij tilde de lijst weer op.

'13.15 uur. Jens Brekke. Onbekend. 17.55 uur, Mangkon Road?'

'Opnieuw vanuit een telefooncel.'

Meer namen stonden er niet op de lijst. Harry vloekte in zichzelf. Hij wist niet precies wat hij had verwacht, maar de chauffeur had hem niets verteld wat hij al niet wist na het telefoontje een uur geleden met Tonje Wiig.

'Hebt u last van astma, meneer Sanphet?'

'Astma? Nee, hoezo?'

'We hebben een bijna lege, plastic ampul in de auto gevonden. We hebben het laboratorium gevraagd die te controleren op drugs. Ja, u moet niet schrikken, dat is routine als we zoiets vinden. Het bleek slechts om een astmamedicijn te gaan. Maar niemand in het gezin Molnes lijdt aan astma. Weet u van wie die ampul kan zijn?'

Sanphet schudde zijn hoofd.

Harry trok zijn stoel dichter naar Sanphet toe. Hij was het niet gewend een verhoor af te nemen op straat en hij had het gevoel dat iedereen in het smalle straatje meeluisterde. Hij liet zijn stem zakken: 'Met alle respect, u liegt. Ik heb met mijn eigen ogen gezien dat de receptioniste op de ambassade een medicijn voor astma nam, meneer Sanphet. U zit halve dagen op de ambassade, werkt daar al bijna dertig jaar en waarschijnlijk kan er nog geen wc-rol worden verwisseld zonder dat u het weet. En nu wilt u beweren dat u niemand kent die astma heeft?'

Sanphet keek hem aan met rustige, koude ogen.

'Ik zeg alleen dat ik niet weet wie een astma-ampul in de auto heeft achtergelaten, sir. Erg veel mensen in Bangkok hebben astma, en sommigen van hen hebben vast in de auto van de ambassadeur gezeten. Mejuffrouw Ao is, voor zover ik weet, niet een van hen.'

Harry keek hem aan. Hoe kon hij zonder een zweetdruppel

op zijn voorhoofd in de zon zitten terwijl die als een messing cimbaal aan de hemel stond? Harry keek op zijn notitieblokje alsof daarop de volgende vraag geschreven stond.

'Hoe zit het met kinderen?'

'Pardon?'

'Hebben jullie wel eens kinderen opgepikt, naar de kleuterschool gebracht of zoiets dergelijks? Begrijpt u?'

Sanphet vertrok geen spier, maar zijn rug werd nog iets rechter.

'Ik begrijp het. De ambassadeur was zo niet,' zei hij.

'Hoe weet u dat?'

Een man keek op van zijn krant en Harry merkte dat hij harder was gaan praten. Sanphet boog zijn hoofd.

Harry voelde zich dom. Dom, ellendig en bezweet. In die volgorde.

'Het spijt me,' zei hij. 'Ik wilde u niet beledigen.'

De oude chauffeur keek langs hem heen en deed alsof hij niets hoorde. Harry stond op.

'We gaan. Ik hoorde dat u van Grieg houdt, dus ik heb dit voor u meegenomen.' Hij stak hem een cassettebandje toe. 'Het is de symfonie in C-mineur van Grieg. Pas voor het eerst in 1981 opgevoerd, dus ik dacht dat u die misschien nog niet had. Iedereen die van Grieg houdt, moet hem hebben. Alstublieft.'

Sanphet stond op, nam het bandje verbaasd in ontvangst en bleef ernaar kijken.

'Tot ziens,' zei Harry en hij maakte een klungelige, maar goedbedoelde *wai*-groet en gebaarde Nho dat ze gingen.

'Wacht,' zei de chauffeur. Zijn blik was nog steeds gericht op het bandje. 'De ambassadeur was een goede man. Maar hij was niet gelukkig. Hij had één zwakte. Ik wil niet dat die zijn nagedachtenis bezoedelt, maar ik ben bang dat hij meer verloor dan won bij de paardenraces.'

'Dat doen de meeste mensen,' zei Harry.

'Geen vijf miljoen baht.'

Harry probeerde uit te rekenen hoeveel dat was. Nho schoot hem te hulp.

‘Honderdduizend dollar.’

Harry floot. ‘Poeh, had hij zoveel geld om...’

‘Hij had geen geld,’ zei Sanphet. ‘Hij leende geld van een paar woekeraars in Bangkok. Ze belden hem de laatste weken meerdere keren.’ Hij keek Harry aan. Het was moeilijk om de blik in die Aziatische ogen te interpreteren. ‘Persoonlijk ben ik van mening dat je een speelschuld moet afbetalen, maar als iemand hem heeft vermoord om het geld moet hij worden gestraft, vind ik.’

‘Dus de ambassadeur was geen gelukkig man?’

‘Hij had geen eenvoudig leven.’

Er schoot Harry ineens wat te binnen: ‘Zegt Man U u iets?’

De oude man keek hem vragend aan.

‘Dat stond in de agenda van de ambassadeur bij de datum van de moord. Ik heb het gecheckt, maar op die dag was Manchester United niet op televisie.’

‘O, Manchester United,’ lachte Sanphet. ‘Dat is Klipra. De ambassadeur noemde hem Mister Man U. Hij vliegt naar Engeland om het team te zien spelen en hij heeft flink wat aandelen in de club. Een erg vreemde man.’

‘We zullen het zien, ik zal eens met hem gaan praten.’

‘Als u hem te pakken kunt krijgen.’

‘Hoe bedoelt u?’

‘Je krijgt Klipra niet te pakken. Hij krijgt jou te pakken.’

Dat ontbrak er nog maar aan. Een stripfiguur.

‘Dat met die speelschuld verandert de zaak radicaal,’ zei Nho toen ze weer in de auto gingen zitten.

‘Misschien,’ zei Harry. ‘Honderdduizend dollar is veel geld, maar is het genoeg?’

‘Mensen in Bangkok worden voor minder vermoord,’ zei Nho. ‘Veel minder. Geloof me.’

‘Ik heb het niet over de woekeraars, maar over Atle Molnes. De man komt immers uit een steenrijke familie. Hij had het kunnen betalen, in elk geval als het om leven en dood ging. Er klopt hier iets niet. Wat vond jij van meneer Sanphet?'

'Hij loog toen hij het had over de receptioniste, juffrouw Ao.'

'O? Waarom zeg je dat?'

Nho gaf geen antwoord, hij glimlachte geheimzinnig en wees naar zijn hoofd.

'Wat probeer je me nu te vertellen, Nho? Dat je het weet wanneer mensen liegen?'

'Ik heb het van mijn moeder geleerd. Tijdens de Vietnamoorlog leefde ze van het spelen van poker op de eerste verdieping van Soi Cowboy.'

'Onzin. Ik ken politiemensen die hun hele leven mensen hebben verhoord en ze zeggen allemaal hetzelfde: je leert nooit een goede leugenaar te doorzien.'

'Het gaat erom ogen in je hoofd te hebben. Je kunt het aan kleine dingen zien. Bijvoorbeeld dat je je mond maar half opendeed toen je zei dat alle mensen die van Grieg houden een exemplaar van die cassette moesten hebben.'

Harry voelde dat hij bloosde. 'Die cassette zat toevallig in mijn walkman. Een Australische politieman heeft me verteld over de symfonie in C-mineur van Grieg. Ik heb de cassette gekocht als een soort herinnering aan hem.'

'Het werkte in elk geval wel.'

Nho kon nog net een vrachtwagen ontwijken die recht op hen af kwam gedenderd.

'Verdomme!' zei Harry. 'Hij zat op de verkeerde rijbaan!'

Nho haalde zijn schouders op. 'Hij was groter dan ik.'

Harry keek op zijn horloge. 'We moeten langs het bureau en ik moet opschieten voor de begrafenis.' Met afschuw dacht hij aan het warme colbertje dat in de kast op het bureau hing.

'Ik hoop dat er airconditioning is in de kerk. Waarom moesten we op straat zitten in de blakerende zon? Waarom nodigde de chauffeur ons niet uit om binnen te gaan zitten.'

'Trots,' zei Nho.

'Trots?'

'Hij woont in een kamertje dat in schril contrast staat met de auto waarin hij rijdt en de plaats waar hij werkt. Hij wilde ons niet binnen uitnodigen omdat het ongemakkelijk kon zijn, niet alleen voor hem, maar ook voor ons.'

'Vreemde man.'

'Dit is Thailand,' zei Nho. 'Ik had je ook niet bij me thuis uitgenodigd. Ik had je thee geserveerd op de trap.'

Hij sloeg plotseling rechts af en een paar driewielige tuktuks ontweken hem geschrokken. Harry hief automatisch zijn armen.

'Ik ben...'

'...groter dan zij. Bedankt, Nho, ik heb het principe nu begrepen.'

'Daar gaat hij op in rook,' zei Harry's buurman en hij sloeg een kruis. Het was een grote kerel, bruinverbrand en met lichtblauwe ogen en Harry moest denken aan gebeitst hout en verwassen jeans. Het bovenste knoopje van het zijden overhemd stond open en om zijn nek hing een gouden ketting die zwaar en mat blonk in de zon. Zijn neus was bedekt met een fijn netwerk van dunne adertjes en zijn bruine schedel glom als een biljartbal onder het terugtrekkende haar. Roald Bork had levendige ogen waardoor hij er van dichtbij jonger uitzag dan zijn zeventig jaar.

Hij praatte luid en ogenschijnlijk niet gehinderd door het feit dat ze op een begrafenis waren. Zijn Noors zong onder het kerkgewelf maar niemand draaide zich bestraffend om.

Toen ze het crematorium uit liepen, had Harry zich voorgesteld.

'Nee maar, dus ik heb de hele tijd naast een politieman gestaan zonder het te weten. Maar goed dat ik niets heb gezegd, dat had me nog een boete kunnen opleveren.'

Hij lachte schallend en hij stak een droge, rimpelige oudemannenhand naar hem uit.

'Roald Bork, AOW'er.' De ironie was niet in zijn ogen te zien.

'Tonje Wiig vertelde me dat u een soort geestelijk leider bent in het Noorse milieu hier.'

'Dan moet ik u teleurstellen. Zoals u ziet, ben ik een oude, krakkemikkige man, ik ben geen leider. Bovendien ben ik naar de periferie verhuisd, zowel letterlijk als figuurlijk.'

'O ja?'

'Naar de poel van verderf, Thailands Sodom.'

'Pattaya?'

'Precies. Er wonen daar nog een paar Noren die ik een beetje in de gaten probeer te houden.'

'Laat ik het recht op de man af vragen, meneer Bork. We hebben zojuist geprobeerd Ove Klipra te bellen, maar alles wat we hebben bereikt is dat we van een medewerker hebben gehoord dat hij niet weet waar Klipra is en ook niet hoe we hem te pakken kunnen krijgen.'

Bork gromde. 'Dat klinkt naar Klipra, ja.'

'Ik heb begrepen dat hij er de voorkeur aan geeft zelf contact op te nemen, maar we zitten midden in een moordonderzoek en ik heb weinig tijd. Ik heb begrepen dat u een naaste vriend bent van Klipra, een soort verbinding naar de buitenwereld.'

Bork hield zijn hoofd scheef. 'Ik ben geen adjudant, als u dat soms bedoelt. Maar het klopt dat ik soms bemiddel bij het maken van contact. Klipra praat niet graag met mensen die hij niet kent.'

'Hebt u het contact tussen Klipra en de ambassadeur tot stand gebracht?'

'De eerste keer. Maar Klipra mocht de ambassadeur wel, dus ze hadden daarna af en toe contact. De ambassadeur kwam immers uit dezelfde streek, hoewel hij uit een gehuchtje kwam en Klipra uit Ålesund.'

'Vreemd dat hij hier vandaag niet is, hè?'

'Klipra is altijd onderweg. Hij heeft al een paar dagen zijn telefoon niet opgenomen, dus ik neem aan dat hij zijn projecten in Vietnam of Laos bezoekt en niet eens weet dat de ambassadeur dood is. Deze zaak heeft immers niet veel media-aandacht gehad.'

'Dat is vaak zo als je aan een hartaanval overlijdt,' zei Harry.

'Dus daarom is de Noorse politie gekomen?' vroeg Bork en hij droogde met een grote, witte zakdoek het zweet af in zijn nek.

'Pure routine als een ambassadeur in het buitenland overlijdt,' zei Harry en hij noteerde het telefoonnummer van het politiebureau op de achterkant van het visitekaartje.

'Hier hebt u het nummer dat u kunt bellen als Klipra opduikt.'

Bork bestudeerde het kaartje, leek iets te willen zeggen, maar bedacht zich, stak het kaartje in zijn zak en knikte.

'Ik heb in elk geval uw nummer,' zei hij, hij groette en liep naar een oude Landrover. Achter hem, half op het trottoir, blonk pas gepoetste, rode lak. Het was dezelfde Porsche die Harry voor het huis van Molnes had gezien.

Tonje Wiig kwam naar hem toe gelopen. 'Ik hoop dat Bork je heeft kunnen helpen.'

'Nu nog niet.'

'Wat zei hij over Klipra? Wist hij waar hij was?'

'Hij wist niets.'

Ze bleef staan en Harry kreeg het onbestemde gevoel dat ze wachtte op meer. In een moment van paranoia zag hij de felle blik van Torhus voor zich op vliegveld Fornebu – 'geen schandalen, begrepen?' Zou het kunnen zijn dat ze opdracht had gekregen hem in de gaten te houden en het te melden als hij te ver ging? Hij keek haar aan en verwierp die gedachte onmiddellijk.

'Van wie is die rode Porsche?'

'Porsche?'

'Die daar. Ik dacht dat rijke meisjes voor hun zestiende alle automerken wel kenden?'

Tonje Wiig negeerde zijn opmerking en zette haar zonnebril op. 'Dat is de auto van Jens.'

'Wie is Jens?'

'Jens Brekke. Valutahandelaar. Hij is een paar jaar geleden van De Noorse Bank overgestapt naar Barclays Thailand. Hij staat daar.'

Harry draaide zich om. Boven aan de trap stond Hilde Molnes, gekleed in een dramatisch zijden gewaad, met naast haar een ernstig kijkende Sanphet in een donker pak. Achter hen stond een blonde, jongere man. Hij was Harry in de kerk al opgevallen. Hij droeg een gilet onder zijn colbert, hoewel de thermometer vijfendertig graden aanwees. Zijn ogen zaten verstopt achter een duur uitziende zonnebril en hij sprak zacht met een vrouw die ook in het zwart was gekleed. Harry staarde naar haar en alsof ze zijn blik fysiek voelde, draaide ze zich naar hem om. Hij had Runa Molnes niet direct herkend en nu zag hij waarom. Die merkwaardige asymmetrie was weg. Ze was langer dan de anderen boven aan de trap. Ze keek maar heel even naar hem en haar blik liet geen enkele emotie zien: geen gevoelens van verdriet, alleen verveling.

Harry verontschuldigde zich, liep de trap op en condoleerde Hilde Molnes. Haar hand was slap en willoos in de zijne. Ze keek hem met een omfloerste blik aan en de geur van een zwaar parfum kon haar gin-adem niet verhullen.

Toen draaide hij zich om naar Runa. Ze hield haar hand voor haar ogen tegen de zon en keek naar hem op alsof ze hem nog nooit eerder had gezien.

'Hallo,' zei ze. 'Eindelijk iemand die langer is dan ik in dit pygmeeënland. Ben jij niet die rechercheur die bij ons is geweest?'

Haar stem had een agressieve ondertoon, de geforceerde zelfverzekerdheid van een tiener. Haar handdruk was stevig en hard. Harry's blik gleed automatisch naar haar andere hand. Een wasachtige prothese stak uit de zwarte mouw.

'Rechercheur?'

Het was Jens Brekke die sprak.

Hij deed zijn zonnebril af en kneep zijn ogen half dicht tegen de zon. Hij had een open, jongensachtig gezicht en de slordige blonde kuif viel voor zijn bijna doorzichtige lichtblauwe ogen. Zijn ronde gezicht leek nog steeds babyvet te hebben, maar de rimpels bij zijn ogen duidden erop dat hij de dertig inmiddels was gepasseerd. Zijn kostuum van Armani was verwisseld voor een klassiek kostuum van Del Georgios en de handgemaakte schoenen van Bally glommen als een zwarte spiegel, maar er was iets met zijn uiterlijk wat Harry deed denken aan een twaalfjarige die zich kleedt als een volwassene. Hij stelde zich voor.

'Ik ben hier namens de Noorse politie om wat routineonderzoek te doen.'

'O ja? Is dat gebruikelijk?'

'U hebt met de ambassadeur gesproken op de dag dat hij overleed, klopt dat?'

Brekke keek hem lichtelijk verbaasd aan.

'Dat klopt. Hoe wist u dat?'

'We hebben zijn mobieltje gevonden. Uw nummer behoorde tot de vijf laatste die hij heeft gebeld.'

Harry nam hem aandachtig op, maar zijn gezicht liet geen geveinsde verwondering of verwarring zien, slechts oprechte verbazing.

'Kunnen we ergens praten?' vroeg Harry.

'Komt u maar langs,' zei Brekke en hij had onmerkbaar een visitekaartje tevoorschijn getoverd dat hij tussen wijs- en middelvinger hield.

'Thuis of op het werk?'

'Thuis slaap ik.'

Het was onmogelijk om het lachje te zíén dat rond zijn mond speelde, maar Harry voelde het wel. Alsof Brekke het alleen maar interessant vond om met een rechercheur te praten, alsof het iets onfatsoenlijks was.

'Kunnen jullie me verontschuldigen?'

Brekke fluisterde iets in het oor van Runa, knikte naar Hilde Molnes en verdween joggend naar zijn Porsche. De meeste mensen waren al weg en Sanphet begeleidde Hilde Molnes naar de auto van de ambassade. Harry bleef alleen achter met Runa naast zich.

'Er is een bijeenkomst op de ambassade,' zei hij.

'Ik weet het. Moeder had geen zin om daarheen te gaan.'

'Ik begrijp het. Hebben jullie familie op bezoek?'

'Nee,' zei ze slechts.

Harry zag dat Sanphet het portier aan de kant van Hilde Molnes sloot en om de auto heen liep.

'Nou, je kunt samen met mij een taxi nemen als je zin hebt.'

Harry voelde zijn oorlelletjes warm worden toen hij hoorde hoe onhandig het klonk. Hij wilde zeggen: 'als jij zin hebt om daarheen te gaan'.

Ze keek naar hem op. Haar ogen waren zwart en hij wist niet wat hij zag.

‘Ik heb geen zin.’ Ze liep in de richting van de auto van de ambassade.

De stemming was bedrukt en er werd weinig gezegd. Tonje Wiig had Harry zelf gevraagd te komen en nu stonden ze samen in een hoek en draaiden hun drankjes rond in hun hand. Tonje was halverwege haar tweede martini. Harry had om water gevraagd, maar in plaats daarvan een zoet, kleverig sinaasappeldrankje gekregen.

'Heb jij thuis nog wat familie?'

'Wel wat,' zei Harry, onzeker over de plotselinge verandering van onderwerp en de aanspreekvorm.

'Ik ook,' zei ze. 'Ouders en broers en zussen. Een paar tantes en ooms, geen grootouders. Dat is het. En jij?'

'Ook zoiets.'

Juffrouw Ao draaide om hen heen met een blad vol drankjes. Ze droeg een eenvoudige, traditionele Thaise jurk met een lang split opzij. Hij volgde haar met zijn ogen. Het was niet moeilijk voor te stellen dat de ambassadeur voor die verleiding was gezwicht.

Aan de andere kant van de kamer, voor een grote wereldkaart, stond een man wijdbeens heen en weer te wippen. Hij was alleen, hij had een rechte rug en brede schouders en zijn zilvergrijze haar was net zo kort geknipt als dat van Harry. Zijn ogen lagen diep in de kassen, de bewegende kaakspieren waren duidelijk onder de huid te zien en hij hield zijn handen op zijn rug. Van verre was te zien dat het om een militair ging.

'Wie is dat?'

'Ivar Løken. De ambassadeur noemde hem slechts LM.'

'Løken? Wat vreemd. Hij stond niet op de lijst van werknemers die ik van Oslo heb meegekregen. Wat doet hij?'

'Goeie vraag.' Ze grinnikte even en nam een slok. 'Neem me niet kwalijk, Harry. Is het goed dat ik Harry zeg? Ik doe misschien een beetje raar, maar ik had de laatste dagen veel werk en weinig slaap. Hij is vorig jaar kort na Molnes gekomen. Om het een beetje gechargeerd te zeggen: hij is onderdeel van dat deel van de diplomatieke dienst dat nergens meer naar op weg is.'

'Wat bedoel je daarmee?'

'Dat zijn loopbaan op een zijspoor zit. Hij kwam uit een of andere baan bij Defensie, maar op een bepaald moment kwamen er kennelijk te veel "maren" bij zijn naam te staan.'

'Maren?'

'Heb je bij BuZa de mensen niet over elkaar horen praten? Hij is een goede diplomaat, máár hij drinkt, máár hij houdt van de vrouwtjes enzovoorts. Wat er achter het "maar" komt is veel belangrijker dan wat ervoor staat, want dat bepaalt hoe ver je komt binnen het departement. Daarom zit er zoveel brave middelmatigheid in de leiding.'

'En wat is het "maar" waardoor hij hier is?'

'Eerlijk gezegd weet ik dat niet. Ik zie dat hij vergaderingen heeft en rapporten schrijft die naar Oslo gaan, maar verder zien we hem niet veel. Ik geloof dat hij het liefst alleen is. Af en toe gaat hij met zijn tent, malariapillen en een rugzak vol met fotoapparatuur op reis naar Vietnam, Laos en Cambodja. Moederziel alleen, je kent het type zeker wel?'

'Misschien. Wat voor rapporten schrijft hij?'

'Ik weet het niet. De ambassadeur besliste daarover.'

'Dat weet je niet? Er werken hier niet zoveel mensen op de ambassade. Is hij niet van de inlichtingendienst?'

'Wat bedoel je?'

'Nou ja, Bangkok is immers een knooppunt voor heel Azië.'

Ze keek hem aan en lachte plagerig. 'Stel je voor, we houden ons hier met echt spannende zaken bezig. Maar ik geloof dat BuZa hem hierheen heeft gestuurd als dank voor een lange en trouwe dienst voor koning en vaderland. Bovendien heb ik zwijgplicht.'

Ze grinnikte weer en legde haar hand op de arm van Harry: 'Zullen we over iets anders praten?'

Harry sprak over iets anders en ging toen iets te drinken halen. Het menselijk lichaam bestaat voor zestig procent uit water en hij had het gevoel dat het grootste deel van hem in de loop van de dag opgestegen was als damp naar de blauwgrijze hemel buiten.

Hij vond juffrouw Ao samen met Sanphet aan de andere kant van de zaal. Sanphet knikte gereserveerd.

'Water?' vroeg Harry.

Ao gaf hem een glas.

'Waar staat LM voor?'

Sanphet tilde een wenkbrauw op.

'Bedoelt u meneer Løken?'

'Inderdaad.'

'Waarom vraagt u het hem niet zelf?'

'Voor het geval men hem achter zijn rug anders noemt.'

Sanphet glimlachte even. 'L staat voor *Living* en M voor morfine. Dat is een bijnaam die hij heeft gekregen toen hij aan het eind van de oorlog voor de VN in Vietnam werkte.'

'Vietnam?'

Sanphet maakte een bijna onmerkbaar gebaar met zijn hoofd en Ao verdween. 'Løken zat in 1975 bij een Vietnamese eenheid in een landingszone en wachtte na een aanval van de Vietcong op evacuatie per helikopter. Het was een bloedbad geweest en Løken behoorde tot de gewonden, hij had een kogel dwars door zijn nekspier gekregen. De Amerikanen hadden allang hun soldaten uit Vietnam teruggetrokken, maar er waren nog wel hospikken. Zij liepen door het olifantsgras van soldaat naar soldaat en gaven eerste hulp. Ze gebruikten een stukje krijt waarmee ze op de helmen van de gewonden schreven, als een soort eerste diagnose. Als ze D schreven, betekende het dat de betreffende persoon dood was, dus als men met een brancard kwam hoefde men geen tijd te verspillen aan een medisch onderzoek. L betekende dat ze in leven waren en als ze M schreven dan betekende dat ze hun morfine hadden gegeven. Dat deden ze om te voorkomen dat iemand de gewonde nog een spuit zou geven en het slachtoffer aan een overdosis kon sterven.'

Sanphet knikte in de richting van Løken.

'Toen ze hem vonden, was hij al bewusteloos, dus ze gaven hem geen morfine, schreven slechts L op zijn helm en droegen hem samen met anderen naar de helikopter. Toen hij wakker werd van zijn eigen geschreeuw begreep hij eerst niet waar hij was. Maar toen ze de dode wegduwden die op hem lag en hij de man met de witte armband zag die bezig was een spuit aan een van de anderen te geven, begreep hij het en schreeuwde hij om morfine. Een van de hospikken keek op zijn helm en zei: "Sorry, buddy, jij hebt je shot al gehad." Løken kon het niet geloven en trok zijn helm naar zich toe, daarop stond inderdaad L en M. Alleen was het zijn helm niet. Hij keek opnieuw naar de soldaat die net een spuit in zijn arm kreeg, hij herkende onmiddellijk het opgerolde pakje sigaretten onder de riem en het VN-teken en hij begreep wat er was gebeurd. De arme kerel had hun helmen omgewisseld om nog een shot morfine te krijgen. Hij schreeuwde het uit, maar omdat ze vertrokken verdronk het geschreeuw in het gebrul van de motoren. Løken lag een halfuur te schreeuwen voor ze bij de golfbaan kwamen.'

'De golfbaan?'

'Het kamp. Zo noemden we het.'

'Dus jij was daar ook?'

Sanphet knikte.

'Daarom ken je het verhaal zo goed.'

'Ik werkte als vrijwilliger en nam de gewonden in ontvangst.'

'Hoe is het afgelopen?'

'Løken staat daar. Die andere is nooit meer wakker geworden.'

'Overdosis?'

'Hij is niet doodgegaan aan zijn buikverwonding.'

Harry schudde zijn hoofd. 'En nu werken Løken en jij op dezelfde plek.'

'Toeval.'

'Hoe groot is de kans?'

'Het is een kleine wereld,' zei Sanphet.

'LM,' zei Harry voor hij zijn glas leegdronk, hij mompelde dat hij meer vocht nodig had en ging op zoek naar Ao.

'Mis je de ambassadeur?' vroeg hij toen hij haar in de keuken vond. Ze vouwde servetten rond glazen en maakte ze vast met een elastiekje.

Ze keek hem verbaasd aan en knikte.

Harry hield zijn lege glas in zijn handen.

'Hoe lang zijn jullie minnaars geweest?'

Hij zag hoe haar kleine, mooie mondje zich opende, een antwoord vormde waarop de hersenen zich niet hadden voorbereid, zich weer sloot als de bek van een goudvis. Toen de woede haar ogen had bereikt en hij half een klap verwachtte, doofde die weer. In plaats daarvan schoten haar ogen vol tranen.

'Het spijt me,' zei Harry zonder spijt in zijn stem.

'Jij...'

'Het spijt me, maar we moeten dergelijke dingen vragen.'

'Maar ik...'

Ze schraapte haar keel en tilde haar schouders op en liet ze weer zakken, alsof ze een slechte gedachte van zich af wilde werpen.

'De ambassadeur was getrouwd. En ik...'

'Jij bent ook getrouwd?'

'Nee, maar...'

Harry pakte haar zacht onder haar arm en leidde haar naar de keukendeur. Ze draaide zich naar hem om, de woede was weer terug in haar ogen.

'Luister, Ao, de ambassadeur is dood aangetroffen in een motel. Je weet wat dat betekent. Dat betekent dat jij niet de enige was die hij neukte.' Hij keek naar haar om te zien wat voor effect deze woorden hadden.

Ze jammerde en hij merkte dat hij aan haar arm had geschud. Hij liet los. Ze keek hem aan. Haar pupillen waren groot en zwart.

'Ben je bang, is dat het?'

Haar borsten gingen omhoog en weer naar beneden.

'Helpt het als ik zeg dat niets hiervan hoeft uit te komen tenzij het iets met de moord te maken heeft?'

'We waren geen minnaars!'

Harry keek haar aan, maar het enige wat hij zag waren twee zwarte pupillen. Hij wenste dat Nho hier was.

'Oké. Wat doet een jong meisje dan in de auto van de ambassadeur? Behalve haar astmamedicijn innemen?'

Harry zette zijn lege glas op het dienblad en liep weg. De plastic ampul lag erin. Het was een idioot gebaar, maar Harry was bereid idiote dingen te doen om een reactie uit te lokken. Wat dan ook.

HOOFDSTUK 17

Elizabeth Dorothea Crumley was in een slecht humeur.

'Verdomme! Een buitenlander in een motel met een mes in zijn rug, geen vingerafdrukken en geen verdachte, geen enkel verrekt spoor. Alleen maar maffia, receptionistes, Tonya Harding, moteleigenaar. Ben ik iets vergeten?'

'Woekeraars,' zei Rangsan van achter de *Bangkok Post.*

'Dat is de maffia,' zei de inspecteur.

'Niet de woekeraar die Molnes onder druk zette,' zei Rangsan.

'Wat bedoel je?'

Rangsan legde zijn krant neer.

'Harry, jij vertelde dat de chauffeur dacht dat Molnes geld schuldig was aan een paar woekeraars. Wat doet een woekeraar als de debiteur dood is? Hij probeert de schuld te verhalen op de familieleden, of niet?'

Liz keek sceptisch.

'Waarom? Speelschulden zijn een persoonlijke kwestie, die gaan de familie niet aan.'

'Er zijn nog steeds mensen die zich druk maken over zaken als de eer van de familie en woekeraars zijn zakenlui, ze proberen uiteraard hun geld terug te krijgen.'

'Dat klinkt wel erg vergezocht,' zei Liz, terwijl ze haar neus optrok.

Rangsan pakte zijn krant weer.

'Toch stond de laatste drie dagen drie keer het nummer van Thai Indo Travellers op de lijst van binnenkomende gesprekken van de familie Molnes.'

Liz floot zacht en er werd geknikt rond de tafel.

'Wat?' zei Harry, die begreep dat hij iets niet meekreeg.

'Thai Indo Travellers is aan de buitenkant een reisbureau,' legde Liz uit. 'Op de eerste verdieping van de zaak vinden de werkelijke bezigheden plaats, namelijk geld uitlenen aan mensen die nergens anders geld kunnen lenen. Ze vragen hoge rentes en hebben een efficiënt en brutaal invorderingssysteem. We houden ze al een tijdje in het oog.'

'Nog niets concreets kunnen vinden?'

'Dat hadden we wel kunnen vinden als we het hard genoeg hadden geprobeerd. Maar we denken dat de concurrenten nog erger zijn, zij zullen de markt van Thai Indo overnemen als wij deze zaak sluiten. Het is hun gelukt om onafhankelijk van de maffia te opereren, voor zover we weten betalen ze niet eens een percentage aan de maffiabazen. Als een van de mensen van Thai Indo de ambassadeur heeft vermoord dan is dat voor zover wij weten de eerste keer dat ze iemand van het leven beroven.'

'Misschien werd het tijd om een voorbeeld te stellen,' zei Nho.

'Eerst een man vermoorden en dan zijn familie bellen om het geld op te eisen. Dat lijkt toch een beetje de verkeerde volgorde?' zei Harry.

'Waarom? Degenen die de boodschap moeten ontvangen over wat er gebeurt met wanbetalers zullen die hebben begrepen,' zei Rangsan en hij sloeg zachtjes de pagina om. 'Als ze bovendien nog hun geld terugkrijgen is dat mooi meegenomen.'

'Goed,' zei Liz. 'Nho en Harry, jullie gaan daar een beleefdheidsbezoekje afleggen. En dan nog iets anders: ik heb zojuist met iemand van de technische recherche gesproken. Ze begrijpen niets van het vet dat we rond de messteek hebben gevonden op het pak van Molnes. Ze zeggen dat het organisch is, dat het van een of ander dier moet zijn. Oké, dat was alles en nu allemaal wegwezen.'

Rangsan liep naar Harry en Nho, die op weg waren naar de lift.

'Wees voorzichtig, deze types zijn bikkelhard. Ik heb gehoord dat ze de propeller gebruiken bij wanbetalers.'

'De propeller?'

'Ze nemen ze mee in hun boot, binden ze in de rivier vast aan een paal, zetten de motor in de achteruit en tillen de stang van de propeller uit het water terwijl ze langzaam achteruit varen. Zie je het voor je?'

Harry zag het voor zich.

'Een paar jaar geleden hebben we een vent gevonden die overleden was aan een hartaanval. Zijn gezicht lag aan flarden, letterlijk. Het was kennelijk de bedoeling dat hij door de stad zou lopen om andere schuldenaars te waarschuwen en hun schrik aan te jagen. Maar het was blijkbaar een te sterke belasting voor het hart toen hij de motor hoorde ronken en de propeller zag komen.'

Nho knikte: 'Niet best. Hij had beter kunnen betalen.'

Amazing Thailand stond er met grote letters boven de kleurrijke foto van Thaise danseressen. De poster hing in het piepkleine reisbureau in Sampeng Lane in Chinatown. Afgezien van Harry en Nho en een man en een vrouw die elk achter een bureau zaten, was de spartaans ingerichte ruimte leeg. De man had een bril op met glazen zo dik dat het leek of hij hen vanuit een goudvissenkom aankeek.

Nho had hem zojuist zijn politie-insigne laten zien.

'Wat zegt hij?'

'Dat politie altijd welkom is, dat we een speciale prijs krijgen voor hun reizen.'

'Vraag om een gratis tochtje naar de eerste verdieping.'

Nho zei een paar woorden en de goudvissenkom tilde de telefoonhoorn op.

'Meneer Sorensen wil alleen eerst even zijn thee opdrinken,' zei hij in het Engels.

Harry wilde nog iets zeggen, maar een waarschuwende blik van Nho was voldoende om zich te bedenken. Ze gingen in een stoel zitten wachten. Na een paar minuten wees Harry naar de werkloze ventilator aan het plafond. De goudvissenkom schudde lachend zijn hoofd.

'*Kaputt.*'

Harry voelde dat zijn hoofdhuid begon te kriebelen. Na een paar minuten ging de telefoon van de goudvissenkom en hij vroeg hun hem te volgen. Onder aan de trap gebaarde hij hun

hun schoenen uit te doen. Harry dacht aan zijn kapotte tennissokken die nat waren van het zweet en meende dat het voor alle partijen beter was als hij zijn schoenen aanhield, maar Nho schudde even zijn hoofd. Zachtjes vloekend trok Harry zijn schoenen uit en stampte de trap op.

De goudvissenkom klopte op de deur, die werd opengerukt, en Harry deed van schrik twee stappen achteruit. Een berg van vlees en spieren vulde de deuropening volledig. De berg had twee streepjes als ogen, een zwarte hangsnor en afgezien van een dunne sliert haar aan één kant van zijn hoofd was de schedel kaalgeschoren. Zijn hoofd zag eruit als een misvormde bowlingbal, het lichaam had geen hals en schouders, slechts een brede nek die startte bij zijn oren en overging in armen zo dik dat het leek of ze aan het lijf waren geschroefd. Nog nooit van zijn leven had Harry zo'n groot mens gezien.

De man liet de deur openstaan en waggelde voor hen uit de kamer in.

'Hij heet Woo,' fluisterde Nho. 'Freelance gorilla. Erg slechte naam.'

'Mijn god, hij lijkt op een slechte karikatuur van een schurk uit Hollywood.'

'Chinees uit Mantsjoerije. Ze staan erom bekend dat ze erg...'

De luiken voor het raam waren dicht en in de schemerige kamer zag Harry de omtrekken van een man achter een groot bureau. Een ventilator zoemde aan het plafond en vanaf de muur hapte een opgezette tijgerkop naar hen. Doordat de deur naar het balkon openstond, leek het of het verkeer dwars door de kamer reed en bij de deuropening zat een derde persoon. Woo perste zich in de laatst overgebleven stoel in de kamer. Harry en Nho bleven midden in de kamer staan.

'Waarmee kan ik de heren van dienst zijn?'

'Nou, we zijn van de politie, meneer Sorensen...'

'Dat weet ik.'

'Jullie hebben geld geleend aan ambassadeur Atle Molnes. Hij is dood en jullie hebben geprobeerd zijn weduwe te bellen om van haar het geld te krijgen dat hij jullie schuldig was.'

'We hebben geen schuld uitstaan bij een ambassadeur. Bovendien doen wij niet aan dergelijke leningen, meneer...?'

'Hole. U liegt, meneer Sorensen.'

'Wat zei u, meneer Hole?' Meneer Sorensen had zich voorovergebogen. Zijn gelaatstrekken waren Thais, maar zijn huid en haar waren wit als sneeuw en zijn ogen waren doorzichtig blauw.

Nho greep Harry's arm, maar hij trok zich weer los en keek Sorensen strak aan. Hij wist dat hij veel te grof en uitdagend was geweest en dat de spelregels zeiden dat meneer Sorensen gezichtsverlies zou leiden als hij nu iets zou toegeven. Maar Harry stond op zijn sokken, zweette als een otter en had schoon genoeg van tact, diplomatie en gezichten.

'U bent nu in Chinatown, meneer Hole, niet in *farang*-land. Ik heb geen onenigheid met de commissaris in Bangkok. Ik stel voor dat u met hem gaat praten voor jullie meer zeggen, dan beloof ik dat we dit pijnlijke optreden vergeten.'

'Normaal gesproken is het de politie die de Miranda-Escobedo voor de schurk opleest, niet omgekeerd.'

Meneer Sorensens tanden lichtten wit op tussen zijn vochtige, rode lippen.

'O ja. *You have the right to remain silent* enzovoorts. Nou, deze keer is het andersom. Woo zal jullie naar buiten begeleiden, mijne heren.'

'Waar jullie mee bezig zijn, kan het daglicht niet verdragen en kennelijk kunt u dat ook niet, meneer Sorensen. Als ik u was dan kocht ik snel zonnebrandcrème in met een hoge beschermingsfactor. Zoiets verkopen ze niet op de luchtplaats van de gevangenis.'

Sorensens stem klonk iets zwaarder.

'Daag me niet uit, meneer Hole. Ik ben bang dat mijn verblijf in het buitenland ervoor heeft gezorgd dat ik mijn Thaise geduld ben kwijtgeraakt.'

'Na een paar jaar achter de tralies bent u daar vast weer goed in getraind.'

'Breng meneer Hole naar buiten, Woo.'

Het grote lichaam bewoog zich verrassend snel. Harry rook de zure lucht van kerrie en nog voor hij zijn armen had kunnen bewegen, werd hij opgetild en als een teddybeer die gewonnen was op de kermis in elkaar gedrukt. Harry probeerde zich los te wringen, maar de ijzeren greep werd bij iedere uitademing steviger, net als bij een wurgslang die de luchttoevoer van zijn slachtoffer afklemt. Het werd zwart voor zijn ogen, maar hij hoorde het verkeer beter. Ineens was hij los en zweefde door de lucht. Toen hij zijn ogen weer opende, wist hij dat hij even weg was geweest, alsof hij een seconde had gedroomd. Hij zag een bord met Chinese tekens, een bundel draden tussen twee telefoonpalen, een grauwwitte hemel en een gezicht dat naar hem keek. De geluiden kwamen weer terug en hij hoorde de vloeken uit de mond van het gezicht rollen. Hij wees naar het balkon en het dak van de tuktuk dat een lelijke deuk had gekregen.

'Hoe gaat het, Harry?' Nho duwde de tuktukchauffeur weg.

Harry bekeek zichzelf. Zijn rug deed pijn en die half afgezakte, witte tennissokken zagen er ongelooflijk triest uit op het grijze asfalt.

'Goed. Ik ben ook wel eens geweigerd in Schrøder. Heb je mijn schoenen meegenomen?'

Harry zou zweren dat Nho zich moest bedwingen om niet te lachen.

'Sorensen vroeg me de volgende keer een arrestatiebevel mee te nemen,' zei Nho toen ze weer in de auto gingen zitten. 'Nu hebben we hen in elk geval voor het gebruik van geweld tegen een ambtenaar in functie.'

Harry ging met zijn vinger langs de scheur in zijn broekspijp. 'We hebben hén niet, we hebben de vleesberg. Maar misschien kan hij ons iets vertellen. Hoe zit dat trouwens met die Thailanders en hoogtes? Volgens Tonje Wiig ben ik in korte tijd de derde Noor die uit een huis is gegooid.'

'Een oude maffiamethode, ze geven daar de voorkeur aan boven mensen vol lood te pompen. De politie kan niet uitsluiten dat het om een ongeluk gaat als ze een man onder een raam vinden. Er wisselt wat geld van eigenaar, de zaak wordt geseponeerd zonder dat iemand aangepakt kan worden en iedereen is tevreden. Kogelgaten maken de zaken alleen maar gecompliceerder.'

Ze stopten voor rood. Een oude, rimpelige Chinese vrouw zat op een stukje tapijt op het trottoir en grijnsde met verrotte tanden naar hen. Haar gezicht zwom in de blauwe, trillende lucht.

HOOFDSTUK 18

Hij kreeg Aunes vrouw aan de telefoon.

'Het is al laat,' zei ze slaapdronken.

'Het is vroeg,' corrigeerde Harry haar. 'Het spijt me dat ik ongelegen bel, maar ik wil Ståle graag spreken voor hij naar zijn werk gaat.'

'We wilden net opstaan, Harry. Een ogenblik, dan zal ik je hem geven.'

'Harry? Wat wil je van me?'

'Ik heb een beetje hulp nodig. Wat is een pedofiel?'

Harry hoorde Ståle grommen en zich omdraaiden in bed.

'Een pedofiel? Dat is verdomme een leuk begin van een dag. De verkorte versie is dat het een persoon is die zich seksueel aangetrokken voelt tot minderjarigen.'

'En de wat uitgebreide versie?'

'Er is veel wat we niet weten, maar als je een seksuoloog belt zal hij waarschijnlijk onderscheid maken tussen preferentiële en situationele pedofielen. De klassieke dader met een snoepzak in een park is een preferentiële pedofiel. Zijn pedofiele interesses begonnen in zijn puberteit, niet per se met duidelijke conflicten. Hij identificeert zich met het kind, past zijn gedrag aan de leeftijd van het kind aan en neemt soms de rol aan van pseudo-ouder. De seksuele handeling is vooraf meestal zorgvuldig gepland en voor hem een poging om zijn levensprobleem op te lossen. Zeg, word ik hiervoor eigenlijk betaald?'

'En de situationele pedofiel?'

'Dat is een diffusere groep. Ze zijn primair seksueel geïnteresseerd in andere volwassenen en het kind is vaak een substituut voor iemand met wie de pedofiel een conflict heeft. Terwijl de klassieke pedofiel vaak een pederast is, dat wil zeggen dat hij interesse heeft voor jonge jongens, is het andere type meer geïnteresseerd in meisjes. In die groep komt veel incest voor.'

'Vertel me nog wat over die snoepgoedman. Hoe denkt hij?'

'Net als jij en ik, Harry, alleen met een paar voorbehouden minder.'

'En dat zijn?'

'Ten eerste kun je eigenlijk niet generaliseren, we hebben het over mensen. Ten tweede is dit niet mijn specialisatie, Harry.'

'Jij weet meer dan ik.'

'Oké. Pedofielen hebben meestal een slecht zelfbeeld en een verknipte seksualiteit. Dat wil zeggen dat ze onzeker zijn en niet in staat tot een volwassen seksuele relatie, maar ze hebben ook het gevoel dat ze iets te kort komen. Alleen in gezelschap van kinderen hebben ze het gevoel dat ze de situatie kunnen controleren en hun lusten kunnen uitleven.'

'En dat zijn?'

'Dat is net zo divers als bij andere mensen. Van fysiek onschuldige liefkozingen tot verkrachting en moord. Dat hangt er helemaal van af.'

'En alles is de schuld van opvoeding en milieu?'

'Het is niet ongewoon dat de daders vaak als kind seksueel werden misbruikt, ja. We zien hetzelfde met kinderen die thuis zijn geslagen en later zelf gewelddadig worden tegenover hun partner en kinderen. Ze herhalen het patroon van hun eigen jeugd.'

'Waarom?'

'Het klinkt idioot, maar het heeft waarschijnlijk te maken met volwassen rolmodellen en veiligheid, dat ze daaraan zijn gewend.'

'Hoe herken je het?'

'Wat bedoel je?'

'Op welke kenmerken moet ik letten?'

Aune bromde.

'Het spijt me, Harry, maar ik geloof niet dat ze erg opvallen. Het gaat vaak om alleenstaande mannen met een slecht sociaal netwerk. Maar zelfs als ze een gestoorde seksualiteit hebben, kunnen ze op andere gebieden heel goed functioneren. Waarschijnlijk kun je ze overal tegenkomen.'

'Overal? Hoeveel zijn er in Noorwegen, denk je?'

'Het is volkomen onmogelijk om daar antwoord op te geven. Het draait onder andere om de grenzen die worden gesteld. In Spanje is de leeftijdsgrens voor seks bijvoorbeeld twaalf jaar, dus hoe noem je dan een opgewonden man die alleen zijn tanden wil zetten in pubermeisjes? Of een man die zich niet druk maakt om de leeftijd zolang de seksuele tegenpartij maar over kinderlijke eigenschappen beschikt, zoals een haarloos lichaam en een zachte huid?'

'Ik snap het. Ze zijn er in allerlei gedaantes, het zijn er veel en ze komen overal voor.'

'Schaamte zorgt voor geraffineerde maskers. De meesten hebben een levenslange training in het geheimhouden van hun geaardheid voor anderen, dus het enige wat ik kan zeggen is dat er veel meer zijn dan de politie oppakt.'

'Tien voor elke die je ziet.'

'Wat zei je?'

'Niets. Hartelijk dank, Ståle. Ik heb trouwens nog steeds de kurk op de fles gehouden.'

'Aha. Hoe lang al?'

'Tachtig uur.'

'Moeilijk?'

'Nou, de monsters verstoppen zich in elk geval onder het bed. Ik dacht dat het erger zou zijn.'

'Je bent tenminste begonnen, bedenk dat er nog slechte dagen komen.'

'Zijn er ook andere?'

Het was avond en de taxichauffeur gaf hem een foldertje toen hij vroeg of hij hem naar Patpong wilde rijden.

'Massage, *sil*? Goede massage. Ik u brengen.'

In het spaarzame licht zag hij foto's van Thaise meisjes die naar hem glimlachten, net zo onschuldig als de meisjes in de Thai Air-reclame.

'Nee, bedankt, ik wil alleen éten.' Harry gaf de folder terug, hoewel de murw geslagen rug het wel een geweldig idee vond. Toen Harry uit nieuwsgierigheid vroeg om wat voor massage het ging, maakte de taxichauffeur het internationale teken waarbij men met de duim en wijsvinger een gat maakt en met de andere wijsvinger erin gaat.

Liz had Le Boucheron in Patpong aanbevolen en het eten zag er goed uit, maar Harry had geen honger. Hij lachte verontschuldigend naar de serveerster die het bord ophaalde en gaf een royale fooi zodat ze begrepen dat hij niet ontevreden was. Toen stortte hij zich in het hysterische straatleven van Patpong. Soi 1 was afgesloten voor verkeer, maar was des te voller met mensen die als een kolkende rivier op en neer langs de winkeltjes en bars stroomden. Uit iedere opening denderde harde muziek, bezwete mannen en vrouwen haastten zich over de trottoirs en de luchtjes van mensen, het riool en voedsel vochten om aandacht. Terwijl hij voorbijliep, werd er een gordijn opzij getrokken en hij zag een podium waarop meisjes in obligate tanga's en op hoge hakken dansten.

'Geen *cover-charge*, negentig baht voor de drankjes,' riep iemand in zijn oor. Hij liep door, maar het leek of hij stilstond, want in de hele overbevolkte straat herhaalde zich dit tafereel.

Hij voelde zijn hart kloppen in zijn buik maar kon niet uitmaken of het de muziek was, zijn eigen hart of het doffe dreunen van een heimachine die het hele etmaal palen sloeg voor een nieuwe snelweg over Silom Road.

In een buitenbar kreeg een meisje in een schreeuwend rode zijden jurk hem in het oog en ze gebaarde naar de stoel naast zich. Harry liep verder, hij kreeg haast het gevoel aangeschoten te zijn. Hij hoorde een schreeuw uit een andere buitenbar, waar in een hoek een televisie hing waarop een voetbalteam zojuist duidelijk had gescoord. '*Blowing bubbles…*' zongen twee Engelse mannen met rode nekken en ze proostten.

'Kom binnen, *blondie*.'

Een lange, slanke vrouw knipperde met haar lange wimpers naar hem, ze duwde een paar grote, stevige borsten naar voren en sloeg haar benen over elkaar zodat de strak zittende broek niets aan de fantasie overliet.

'Ze is *katoey*,' zei een andere stem in het Noors tegen hem en Harry draaide zich om.

Het was Jens Brekke. Een klein Thais vrouwtje in een strak leren rokje hing aan zijn arm.

'Eigenlijk fantastisch, alles is er: de rondingen, de borsten en een vagina. Sommige mannen geven zelfs de voorkeur aan een *katoey* boven echte waar. En waarom niet?' Brekke liet zijn witte tanden in zijn bruine kindergezicht gezien.

'Het enige probleem is uiteraard dat de aangebrachte vagina niet zelfreinigend is zoals bij echte vrouwen. Op de dag dat ze dat voor elkaar krijgen, wil ik zelf een *katoey* proberen. Hoe is dat voor jou, politieman?'

Harry wierp een blik op de lange vrouw die hen met duidelijke minachting de rug had toegekeerd toen ze het woord *katoey* hoorde.

'Nou, ik had niet eens gedacht dat sommige vrouwen die hier zijn, geen echte vrouwen zijn.'

'Een ongetraind oog is makkelijk voor de gek te houden, maar je kunt het zien aan de adamsappel, die kunnen ze meestal niet weghalen. Bovendien zijn ze altijd een kop groter, een beetje te opzichtig gekleed en een beetje te agressief in het flirten. En te knap. Dat laatste ontmaskert hen meestal. Ze kunnen zich niet beheersen, moeten altijd overdrijven.'

Hij liet de zin in de lucht hangen, alsof hij een hint gaf, maar Harry kon hem niet volgen.

'À propos, heb jij ook iets overdreven? Ik zie dat je moeilijk loopt.'

'Overdreven geloof in westerse conversatietechnieken. Het gaat over.'

'Welke van de twee? Het geloof of de blessure?'

Brekke keek met hetzelfde haast onzichtbare lachje als na de begrafenis naar Harry. Alsof hij een spel met Harry wilde spelen, maar Harry was niet in de stemming om te spelen.

'Allebei, hoop ik. Ik was op weg naar mijn hotel.'

'Nu al?' Het neonlicht weerkaatste op Brekkes bezwete voorhoofd. 'Dan ga ik ervan uit dat ik je morgen in goede gezondheid aantref, inspecteur.'

Op Surawong Road nam Harry een taxi.

'Massage, *sil*?'

HOOFDSTUK 19

Toen Nho Harry voor River Garden oppikte, was de zon net opgegaan en die scheen genadig tussen de lage huizen op hem.

Ze arriveerden voor acht uur bij Barclays Thailand en een glimlachende parkeerwachter met een Jimi Hendrix-kapsel en een walkman in zijn oren liet hen binnen in de garage onder het gebouw. Nho vond na enig gezoek een gastenplaats vlak bij de liften, tussen de BMW's en Mercedessen.

Nho wilde liever in de auto wachten omdat zijn Noorse woordenkennis zich beperkte tot '*takk*', dat Harry hem in de koffiepauze had geleerd. Liz had half lachend gezegd dat '*takk*' altijd het eerste woord was dat een blanke man aan een autochtoon leerde.

Nho hield trouwens niet van deze buurt, al die dure voertuigen trokken autodieven aan. En hoewel de garage bewaakt werd met camera's vertrouwde hij parkeerwachters niet die de maat tikten van onhoorbare muziek en ondertussen de slagbomen ophaalden, zei hij.

Harry nam de lift naar de negende etage en arriveerde in de receptie van Barclays Thailand. Hij stelde zich voor terwijl hij op de klok keek. Hij had half verwacht dat hij even moest wachten op Brekke, maar de dame bracht hem weer terug naar de lift, trok een kaart door een lezer en drukte op P, wat Penthouse betekende, legde ze uit. Ze stapte weer uit de lift en Harry steeg verder omhoog naar de hemel.

Toen de liftdeuren open gleden, zag hij Brekke tegen een grote mahoniehouten tafel leunen met een telefoon tegen zijn oor gedrukt en een andere tussen zijn schouder en wang geperst. De rest van de kamer was van glas. De muren, het plafond, de salontafel, zelfs de stoelen.

'We spreken elkaar nog, Tom. Voorzichtig, laat je niet opeten vandaag. En zoals gezegd, blijf weg van de roepia's.'

Hij lachte verontschuldigend naar Harry, pakte de andere telefoon, keek naar de tickertape op het datascherm, zei 'ja' en hing op.

'Wat was dat?' vroeg Harry.

'Dat was mijn werk.'

'En dat is?'

'Nu was het het verhelpen van de dollarschuld van een klant.'

'Gaat het om grote bedragen?' Harry keek uit over Bangkok, dat half verscholen lag in de mist onder hen.

'Het hangt ervan af waarmee je het vergelijkt. Een doorsneebudget van een Noorse gemeente, denk ik.'

Een van de telefoons zoemde en Brekke drukte op een knop van de intercom: 'Neem de boodschappen op, Shena, ik ben bezet.' Hij liet de knop los zonder op een bevestiging te wachten.

'Druk?'

Brekke lachte.

'Lees je geen kranten? De koersen in heel Azië gaan naar de bliksem. Iedereen piest bijna in zijn broek en vlucht halsoverkop naar de dollar. Iedere dag gaan banken en makelaars failliet en er springen al mensen uit het raam.'

'Maar jij niet?' zei Harry en hij wreef zonder erbij na te denken over zijn ruggengraat.

'Ik? Ik ben beurshandelaar, familie van de gieren.'

Hij zwaaide een paar keer met zijn armen en liet zijn tanden zien. 'Wij verdienen toch wel geld, zolang er actie is en mensen handelen. *Showtime is good time* en op het moment is het vierentwintig uur per dag *showtime*.'

'Dus jij bent de croupier in het spel?'

'Yes! Goed gezegd, die zal ik onthouden. En de andere idioten zijn de gokkers.'

'Idioten?'

'Jazeker.'

'Ik dacht dat handelaren slimme jongens waren.'

'Slim, ja, maar toch ook idioten. Het is een eeuwige paradox, maar hoe slimmer ze worden, hoe gretiger ze zijn in het speculeren op de valutamarkt. Ze zouden beter dan wie ook moeten weten dat het op de lange duur onmogelijk is om geld te verdienen in deze roulette. Ik ben zelf relatief dom, maar dat heb ik in elk geval wel begrepen.'

'Dus jij neemt zelf geen deel aan de roulette, Brekke?'

'Het komt voor dat ik wed.'

'Maakt dat je niet een van die idioten?'

Brekke hield een doos sigaren voor Harry, maar hij bedankte.

'Verstandig. Ze smaken walgelijk. Ik rook ze alleen omdat ik vind dat ik moet. Omdat ik het geld ervoor heb.' Hij schudde zijn hoofd en stak een sigaar tussen zijn lippen. 'Heb je *Casino* gezien, agent? Die film met Robert De Niro en Sharon Stone?'

Harry knikte.

'Herinner je je die scène waarin Joe Pesci vertelt over die kerel die systematisch geld verdient met gokken? De enige persoon, voor zover hij weet. Maar hij houdt zich niet bezig met gokken, maar met wedden. Paardenraces, basketbalwedstrijden en zo. Dat is iets heel anders dan roulette.'

Brekke trok een glazen stoel voor Harry bij en ging tegenover hem zitten. 'Spelen gaat over geluk, maar dat is bij wedden niet het geval. Wedden gaat over twee zaken: psychologie en informatie. De slimste wint. Neem nou die kerel in *Casino*. Hij gebruikt al zijn tijd voor het verzamelen van informatie: over de stambomen van paarden, hoe ze het eerder die week hebben gedaan tijdens de training, wat voor voer ze hebben gehad, hoeveel de jockey die ochtend woog – allerlei informatie die anderen niet te pakken kunnen of willen krijgen. Die voegt hij samen, zo krijgt hij een idee hoe groot de kansen van een paard zouden moeten zijn en hij kijkt wat de andere spelers doen. Als een paard veel kans heeft, wedt hij erop, of hij nu gelooft dat het paard zal winnen of niet. Op de lange duur verdient hij geld. En de anderen verliezen.'

'Is het zo simpel?'

Brekke hield zijn hand omhoog en keek op zijn horloge.

'Ik wist dat een Japanse investeerder van de Asahi Bank gisteravond naar Patpong kwam. Ik heb hem uiteindelijk op Soi 4 gevonden. Ik heb hem tot drie uur vannacht drankjes en informatie gegeven, daarna heb ik hem overgelaten aan mijn vrouwtje en ben naar huis gegaan. Ik ben vandaag om zes uur op mijn werk gekomen en heb sindsdien bahts gekocht. Hij komt zo meteen op zijn werk en dan wil hij voor vier miljard kronen aan bahts hebben. Dan zal ik weer verkopen.'

'Dat klinkt als veel geld, maar ook als iets illegaals.'

'Bijna, Harry. Het scheelt niet veel.' Brekke was enthousiast geworden en klonk als een jongetje dat zijn nieuwe speelgoed laat zien. 'Het is geen kwestie van moraal. Als je in de spits wilt spelen, moet je je de hele tijd op de rand van buitenspel bewegen. De regels zijn er alleen maar om ze op te rekken.'

'En degene die de regels het verst oprekt wint?'

'Toen Maradona met zijn hand tegen Engeland scoorde, accepteerden de mensen het als onderdeel van het spel dat alles wat de scheidrechter niet ziet, wordt goedgekeurd.'

Brekke hield een vinger omhoog.

'Maar hoe dan ook, je ontkomt niet aan het feit dat het allemaal draait om kansen. Je verliest soms, maar als je speelt als de kansen goed zijn dan zul je op de lange duur winnen.'

Brekke drukte met een grijns zijn sigaar uit.

'Vandaag is het de Japanner die bepaalt wat ik doe, maar weet je wat het beste is? Dat is wanneer je zelf het spel stuurt. Je kunt bijvoorbeeld vlak voor de inflatiecijfers van Amerika bekend worden gemaakt een gerucht verspreiden dat Greenspan in een privébijeenkomst heeft gezegd dat de rente omhoog moet. Zo breng je je tegenstanders in verwarring. Op die manier zuig je de grootste winsten op. Dat is verdomme beter dan seks.'

Brekke lachte en stampte enthousiast op de vloer.

'De valutamarkt is de moeder van alle markten, Harry, het is de formule 1. Het is net zo verslavend als gevaarlijk. Ik weet dat het pervers is, maar ik ben een van die controlfreaks die het prettig vinden om te weten dat het hun eigen schuld is als ze zich te pletter rijden.'

Harry keek rond. Een gestoorde professor in een glazen kamer.

'En als je gepakt wordt tijdens een snelheidscontrole?'

'Zolang ik geld heb en binnen mijn eigen grenzen blijf, is iedereen happy. Bovendien verdien ik het meest voor de firma. Zie je dit kantoor? Eerst zat hier de directeur van Barclays Thailand. Je vraagt je misschien af waarom een eenvoudige beurshandelaar als ik hier zit? Omdat in de beurshandel maar één ding telt: hoeveel geld je verdient. De anderen zijn slechts figuranten. De directeuren ook, zij zijn gewoon administrateurs die afhankelijk zijn van ons – degenen die actief zijn in de markt en hun loon verdienen. Mijn directeur is nu verhuisd naar een aangenaam kantoor een verdieping lager omdat ik had gedreigd naar de concurrent te gaan met medeneming van al mijn klanten als ik geen betere bonusregeling kreeg. En dit kantoor.'

Hij knoopte zijn vest open en hing het over een van de glazen stoelen.

'Genoeg over mij. Waarmee kan ik je helpen, Harry?'

'Ik vraag me af waar de ambassadeur en jij het via de telefoon over hadden op de dag dat hij stierf.'

'Hij belde om onze afspraak bevestigd te krijgen. En dat heb ik gedaan.'

'En toen?'

'Hij kwam hier zoals afgesproken om vier uur 's middags. Vijf over misschien. Shena van de receptie heeft het exacte tijdstip, hij heeft zich daar eerst gemeld en ingeschreven.'

'Waar hebben jullie over gesproken?'

'Geld. Hij had wat geld dat hij wilde beleggen.'

Geen spier in zijn gezicht verraadde dat hij loog. 'We hebben hier tot vijf uur gezeten. Toen ben ik met hem meegelopen naar de garage waar hij zijn auto had geparkeerd.'

'Hij stond waar wij nu staan?'

'Als je op een parkeerplaats voor gasten staat: ja.'

'En dat is de laatste keer geweest dat je hem hebt gezien?'

'Klopt.'

'Bedankt, dat was het.'

'Jezus, dat was een lange reis voor weinig informatie.'

'Zoals ik al zei, is het slechts een routineonderzoek.'

'O ja, hij is gestorven aan een hartaanval, of niet?' Er speelde een lachje rond Jens Brekkes lippen.

'Daar ziet het naar uit,' zei Harry.

'Ik ben een vriend van de familie,' zei Jens. 'Niemand zegt iets, maar ik snap waar het om gaat. Ik zeg het maar even.'

Terwijl Harry opstond, gleed de liftdeur open en de receptioniste kwam binnen met glazen en twee flesjes.

'Een beetje water voor je vertrekt, Harry? Ik laat het eens per maand invliegen.'

Hij schonk de glazen vol met Farriswater uit Larvik.

'Trouwens, Harry, het tijdstip van het telefoongesprek dat je gisteren noemde klopt niet.'

Hij opende een kastdeur in de muur en Harry zag iets wat leek op een paneel van een pinautomaat. Brekke toetste een paar getallen in.

'Het tijdstip was 13.13 en niet 13.15. Het heeft misschien niets te betekenen, maar ik dacht dat jullie het misschien precies wilden weten.'

'Wij hebben het tijdstip van de telefoonmaatschappij. Waarom denk je dat jouw tijdstip het juiste is?'

'Het mijne ís het juiste.' Een glimp van de witte tanden. 'Deze opnameapparatuur neemt al mijn telefoongesprekken op. Ze kost een half miljoen kronen en heeft een satellietgestuurde klok. Geloof me: die loopt goed.'

Harry trok zijn wenkbrauwen op. 'Wie betaalt in hemelsnaam een half miljoen voor opnameapparatuur?'

'Meer mensen dan je denkt. De meeste valutahandelaren bijvoorbeeld. Als je onenigheid hebt met een klant of er door de telefoon koop of verkoop is gezegd wordt een half miljoen al snel weinig geld. De apparatuur voegt automatisch een digitale tijdscode toe op deze speciale band.'

Hij hield een band omhoog die leek op een VHS-cassette.

'De tijdscode kan niet worden gemanipuleerd en als een gesprek eenmaal is opgenomen, kun je de opnamen niet veranderen zonder de tijdscode te vernietigen. Het enige wat je kunt doen is de band verstoppen, maar dan zullen anderen ontdekken dat er een band ontbreekt van dat bewuste tijdstip. De reden dat het zo grondig is gedaan, is dat de band als geldig bewijsmateriaal kan dienen bij een eventuele rechtszaak.'

'Wil dat zeggen dat je een opname hebt van het gesprek van jou met Molnes?'

'Jazeker.'

'Kunnen we...'

'Een ogenblik.'

Het was vreemd om de levende stem te horen van een dode die je hebt gezien met een mes in zijn rug.

'Om vier uur, dus,' zei de ambassadeur.

Hij zei het toonloos, bijna treurig. Toen hing hij op.

HOOFDSTUK 20

'Hoe gaat het met je rug?' vroeg Liz bezorgd toen Harry strompelend het kantoor binnen kwam voor de ochtendbijeenkomst.

'Beter,' loog hij terwijl hij schuin op de stoel ging zitten.

Nho gaf hem een sigaret, maar Rangsan kuchte achter zijn krant, dus Harry stak hem niet op.

'Ik heb nieuws dat je misschien in een beter humeur brengt,' zei Liz.

'Ik bén in een goed humeur.'

'Ten eerste hebben we besloten Woo op te pakken. We zullen eens kijken wat we uit hem kunnen krijgen als we hem onder druk zetten met het schrikbeeld van drie jaar voor het aanvallen van een politieman in functie. Meneer Sorensen beweert dat ze Woo al een paar dagen niet hebben gezien, dat hij slechts een freelancer is. We hebben geen adres van hem, maar we weten dat hij altijd eet in een restaurant naast het Ratchadamnoenboksstadion. Er wordt daar voor grote bedragen gewed en de krediethaaien hangen er graag rond op zoek naar nieuwe klanten en tevens kunnen ze hun klanten in de gaten houden die hun nog geld schuldig zijn. Het tweede goede nieuwtje is dat Sunthorn rond heeft gevraagd in hotels waarvan wij het vermoeden hebben dat ze prostituees aanbieden. De ambassadeur scheen in een ervan vaak te komen, ze herinnerden zich de auto door het diplomatennummerbord. Ze zeggen dat hij een vrouw bij zich had.'

'Mooi.'

Liz leek wat teleurgesteld door de lauwe reactie van Harry.

'Mooi?'

'Hij nam juffrouw Ao mee naar een hotel om een potje te neuken. En wat dan nog? Kennelijk wilde ze hem niet thuis uitnodigen. Volgens mij levert dat alleen een motief op voor Hilde Molnes om haar man om te brengen of voor de vriend van juffrouw Ao, als ze die al heeft.'

'En juffrouw Ao kan een motief hebben als Molnes van plan was haar te droppen,' zei Nho.

'Veel mogelijkheden,' zei Liz. 'Waar zullen we beginnen?'

'Alibi's checken,' klonk het achter de krant.

In de vergaderzaal van de ambassade keek juffrouw Ao Harry en Nho aan met rode ogen van het huilen. Ze had de hotelbezoeken met grote stelligheid ontkend en verteld dat ze met haar moeder en zus samenwoonde, maar op de avond van de moord was ze niet thuis geweest. Ze was niemand tegengekomen die ze kende, zei ze, en was pas na middernacht thuisgekomen. Toen Nho haar vroeg waar ze was geweest, begon ze te huilen.

'Het is beter dat je het ons nu vertelt, Ao,' zei Harry terwijl hij de jaloezieën voor het raam van de gang dichtdeed. 'Je hebt al een keer tegen ons gelogen. Nu is het ernst. Je zegt dat je op de avond van de moord niet thuis was, maar je hebt niemand gezien die kan bevestigen waar je was.'

'Mijn moeder en zus...'

'Die kunnen getuigen dat je na middernacht thuiskwam. Dat helpt je niet, Ao.'

De tranen stroomden over haar poppengezichtje. Harry zuchtte.

'We moeten je meenemen,' zei hij. 'Als je niet van gedachten verandert en ons vertelt waar je bent geweest.'

Ze schudde haar hoofd en Harry en Nho keken elkaar aan. Nho haalde zijn schouders op en pakte haar voorzichtig bij haar arm, maar ze duwde haar hoofd snikkend tegen de tafel. Op dat moment werd er zacht op de deur geklopt. Harry opende hem op een kier. Het was Sanphet.

'Sanphet, we...'

De chauffeur legde een vinger tegen zijn lippen. 'Ik weet het,' fluisterde hij en hij gebaarde Harry naar buiten te komen.

Harry deed de deur achter zich dicht. 'Ja?'

'Jullie willen juffrouw Ao verhoren. Jullie vragen je af waar ze op het tijdstip van de moord was.'

Harry gaf geen antwoord. Sanphet rechtte zijn rug en schraapte zijn keel.

'Ik heb gelogen. Juffrouw Ao is wel in de ambassadeursauto geweest.'

'O ja?' zei Harry lichtelijk verbaasd.

'Meerdere keren.'

'Dus jij wist van haar en de ambassadeur?'

'Niet de ambassadeur.'

Het duurde een paar seconden voor het tot Harry doordrong en hij staarde de oude man argwanend aan.

'Jij, Sanphet? Jij en juffrouw Ao?'

'Het is een lang verhaal en ik ben bang dat u het niet echt zult begrijpen.' Hij keek Harry onderzoekend aan. 'Juffrouw Ao was bij mij op de avond dat de ambassadeur stierf. Ze zou het nooit zeggen omdat het ons beiden onze baan zou kunnen kosten. Contact tussen werknemers is niet toegestaan.'

Harry ging met zijn hand heen en weer over zijn korte haar.

'Juist. Tja, ik ben bang dat ik het niet helemaal begrijp, Sanphet.'

Sanphet glimlachte even.

'Haar moeder en ik waren lang geleden geliefden. Lang, lang voor ze Ao kreeg. In Thailand bestaat er iets wat men *phîi* noemt. Je zou het misschien met senioriteit kunnen vertalen, dat een oudere persoon boven een jongere persoon staat. Maar het betekent meer. Het betekent ook dat de oudere de verantwoordelijkheid draagt voor de jongere. Juffrouw Ao heeft haar baan aan de ambassade gekregen op mijn voorspraak. En ze is een warme en dankbare vrouw.'

'Dankbaar?' liet Harry zich ontvallen. 'Hoe oud was ze...' Hij hield zich in. 'Wat zegt haar moeder ervan?'

Sanphet glimlachte treurig.

'Ze is net als ik oud en ze begrijpt het. Ik heb juffrouw Ao maar een korte tijd te leen. Tot ze een man vindt met wie ze een gezin gaat stichten. Het is niet ongebruikelijk...'

Harry ademde met een kreun uit. 'Dus dat is haar alibi? En jij weet dat de ambassadeur niet juffrouw Ao bij zich had als hij het hotel bezocht?'

'Als de ambassadeur met iemand naar een hotel ging dan was het niet met Ao.'

Harry stak een vinger omhoog.

'Je hebt al een keer gelogen en ik had je kunnen oppakken voor tegenwerking van de politie in een moordzaak. Als je me nog meer te vertellen hebt, doe het dan nu.'

De oude, bruine ogen keken Harry aan zonder te knipperen. 'Ik mocht meneer Molnes. Hij was een vriend. Ik hoop dat degene die hem heeft vermoord wordt gestraft. En niemand anders.'

Harry wilde nog iets zeggen, maar bedacht zich.

HOOFDSTUK 21

De zon was bordeauxrood geworden met oranje strepen. Hij balanceerde ver weg op de grauwe skyline van Bangkok als een nieuwe planeet die onaangekondigd opdook aan het hemelgewelf.

'Dit is dus het Ratchadamnoen-boksstadion,' zei Liz toen de Toyota met Harry, Nho en Sunthorn afsloeg bij een grijs stenen gebouw. De gezichten van een paar melancholieke zwarthandelaren lichtten op, maar Liz gebaarde ze weg te gaan. 'Het ziet er misschien niet zo imposant uit, maar dit is Bangkoks versie van een droomtheater. Hier krijgt iedereen de kans God te worden, als je maar snelle voeten en handen hebt. Hoi, Ricki!'

Een van de bewakers bij de poort kwam naar de auto gelopen en Liz flirtte met hem op een manier die Harry niet van haar had verwacht. Na een vlot babbeltje en veel gelach draaide ze zich lachend om naar de anderen: 'Laten we Woo snel oppakken. Ik heb namelijk zojuist twee tickets voor de ring voor mezelf en onze toerist geregeld. Ivan bokst vanavond zijn zevende wedstrijd, dat kan leuk worden.'

Het restaurant was heel eenvoudig: plastic tafeltjes en vliegen, en een eenzame ventilator blies de etensgeuren uit de keuken de rest van het restaurant in. Foto's van de Thaise koninklijke familie hingen boven de bar.

Aan een paar tafeltjes zaten mensen, maar Woo was nergens te zien. Nho en Sunthorn gingen elk aan een tafeltje bij de deur zitten terwijl Harry en Liz verderop in het restaurant plaatsnamen. Harry bestelde een Thaise loempia en, voor de zekerheid, een desinfecterende cola.

'Rick was mijn trainer toen ik aan Thais boksen deed,' legde Liz uit. 'Ik woog minstens twee keer zoveel als mijn sparringpartners, was drie koppen groter en werd toch iedere keer afgedroogd. Ze krijgen hier Thais boksen met de paplepel ingegoten. Maar ze vonden het niet prettig om een vrouw te slaan, zeiden ze. Zonder dat ik kan zeggen dat ik dat merkte.'

'Hoe zit het met die foto's van de koninklijke familie? Ik heb het idee dat ik die kerel overal zie hangen.'

'Tja, een natie heeft helden nodig. Het koninklijk huis nam tot de Tweede Wereldoorlog geen grote plaats in de harten van de Thailanders in, maar de koning zag tijdens de oorlog kans een verbond te sluiten met de Japanners en aan het eind van de oorlog met de Amerikanen. Daarmee heeft hij zijn land waarschijnlijk een bloedbad bespaard.'

Harry tilde zijn glas cola op naar de koning. 'Hij lijkt me een geslepen kerel.'

'Je moet begrijpen, Harry, dat er twee dingen zijn in Thailand waarover je geen grapjes maakt...'

'De koninklijke familie en Boeddha. Ik heb het gehoord.'

De deur ging open.

'Nee, maar,' fluisterde Liz en ze trok haar haarloze wenkbrauwen op. 'Meestal lijken ze in het echt kleiner.'

Harry draaide zich niet om. Het plan was te wachten tot Woo aan zijn eten was begonnen. Een man met eetstokjes in zijn hand heeft meer tijd nodig om een eventueel wapen te trekken.

'Hij is gaan zitten,' zei Liz. 'Mijn god, je zou hem alleen al om zijn uiterlijk achter slot en grendel zetten. Maar waarschijnlijk mogen we blij zijn dat we tijd genoeg hebben om hem een paar vragen kunnen stellen.'

'Wat bedoel je? Die kerel heeft toch een politieman uit een raam op de eerste verdieping gegooid?'

'Ik weet het, maar ik wil je toch waarschuwen voor te hoge verwachtingen. Deze "kok" Woo is niet zomaar iemand. Hij werkt voor een van de rijke families en die hebben goede advocaten. We gaan ervan uit dat hij minstens twaalf mensen heeft omgebracht en er tien keer zoveel heeft mishandeld, maar toch heeft hij nog geen vliegenscheet op zijn strafblad.'

'De kok?' Harry wierp een blik op de dampend warme loempia die voor hem op tafel was gezet.

'Een paar jaar geleden heeft hij die bijnaam gekregen. We hadden een van Woos slachtoffers binnengekregen, ik kreeg de zaak en was ter plaatse toen de obductie begon. Het lijk had een paar dagen buiten gelegen en was zo opgezwollen dat het leek op een blauwzwarte ballon. De lijkschouwer legde uit dat het gas giftig was, stuurde ons de kamer uit en zette zelf een gasmasker op voor hij gaten in het lijk prikte. Ik stond bij het raam en keek toe. De huid van de buik scheurde toen hij het lijk opende en je kon de groene damp zien toen het gas ontsnapte.'

Harry legde de loempia met een gekwelde blik weer terug op zijn bord, maar Liz merkte niets.

'Maar de grootste schok was dat het inwendig krioelde van het leven. De lijkschouwer deinsde achteruit toen zwarte insecten naar buiten kropen en snel in allerlei hoeken verdwenen.'

Ze maakte met haar wijsvingers twee hoorns op haar voorhoofd. 'Stinkende kortschildkevers.'

'Kevers?' zei Harry en hij trok een grimas. 'Ik dacht dat die niet in lijken zaten?'

'De dode had een plastic buis in zijn keel toen we hem vonden.'

'Hij...'

'In Chinatown zijn gegrilde kevers een delicatesse. Woo had de stakker gedwongen ze op te eten.'

'En het grillen had hij overgeslagen?'

Harry schoof zijn bord weg.

'Geweldige schepsels, die insecten,' zei Liz. 'Snap je nou dat ze in de maag konden overleven met dat giftige gas en zo?'

'Nee, en ik wil er ook niet over nadenken.'

'Te pittig?'

Het duurde een paar seconden voor Harry doorhad dat ze het over zijn eten had. Hij duwde zijn bord helemaal naar de rand van de tafel.

'Je went er wel aan, Harry, je moet het langzaam opbouwen. Wist je dat er meer dan driehonderd traditionele Thaise gerechten bestaan? Neem een paar recepten mee naar huis om je vriendin te imponeren met je kookkunsten.'

Harry hoestte.

'Of je moeder,' zei Liz.

Harry schudde zijn hoofd. 'Het spijt me, die heb ik ook niet.'

'Het spijt mij,' zei ze en stopte toen abrupt met praten. Het eten van Woo was op weg naar zijn mond.

Ze trok haar dienstpistool uit de holster en ontgrendelde het.

'Smith & Wesson 650,' zei Harry. 'Zwaar ding.'

'Blijf achter me,' zei Liz en ze stond op.

Woo vertrok geen spier toen hij zijn hoofd optilde en recht in de pistoolloop van de inspecteur staarde. Hij hield de eetstokjes in zijn linkerhand, zijn rechterhand lag op zijn schoot. Liz schreeuwde iets in het Thai naar hem, maar hij deed of hij het niet hoorde. Zonder zijn hoofd te bewegen liet hij zijn blik door het restaurant gaan, hij registreerde Nho en Sunthorn voor hij zijn ogen liet rusten op Harry. Een zwakke glimlach speelde rond zijn lippen.

Liz riep nogmaals iets en Harry voelde zijn nekharen overeind komen. De haan van het pistool kwam omhoog en Woos rechterhand kwam naar de tafelrand. Leeg. Harry hoorde Liz' adem tussen haar tanden door sissen. Woos blik bleef op Harry rusten, terwijl Nho en Sunthorn de handboeien omdeden. Toen ze hem naar buiten brachten, leek het wel een circusoptocht met een spierbundel en twee dwergen.

Liz stopte het pistool terug in de holster. 'Ik geloof dat hij je niet mag,' zei ze terwijl ze naar de eetstokjes wees, die rechtop in een rijstbolletje waren gestoken.

'O?'

'Het is een oud Thais teken dat je iemand dood wenst.'

'Dan moet hij in de rij gaan staan.' Harry bedacht dat hij niet moest vergeten om een pistool te vragen.

'Laten we eens kijken of we nog wat actie kunnen beleven voor we gaan slapen,' zei Liz.

Terwijl ze de bokshal in liepen, kwamen het geschreeuw van een extatische menigte en het gejank en gegil van een driemansorkest, dat wel een schoolorkest leek dat aan de acid was, hen al tegemoet.

Twee boksers met kleurige hoofdbanden en om beide armen een stoffen band waren net de ring binnen gestapt.

'Die in die blauwe broek is onze man Ivan,' zei Liz. Buiten de hal had ze Harry alle biljetten die hij bij zich had afgetroggeld en het hele bedrag ingezet bij een van de bookmakers.

Ze vonden hun stoel op de eerste rij achter de scheidsrechter en Liz smakte tevreden. Ze wisselde een paar woorden met de man naast haar.

'Zoals ik al dacht,' zei ze. 'We hebben niets gemist. Als je echt goede wedstrijden wilt zien, moet je op dinsdag komen. Of op donderdag in Lumpini. Verder zijn het maar... Nou, je begrijpt het wel.'

'Soepparen.'

'Wat zeg je?'

'Soepparen. Dat zeggen we in Noorwegen als twee slechte langebaanschaatsers tegen elkaar moeten.'

'Soep?'

'Tijdens die rit kun je soep gaan kopen.'

Liz' ogen werden twee smalle, glinsterende streepjes terwijl ze lachte. Harry had gemerkt dat hij het eigenlijk wel leuk vond om de inspecteur te zien en horen lachen.

De twee boksers hadden hun hoofdbanden afgedaan, liepen rond in de ring en voerden een soort ritueel uit waarbij ze hun hoofd tegen de hoekkussens duwden, door hun knieën zakten en een paar simpele danspasjes maakten.

'Dat wordt *ram muay* genoemd,' zei Liz. 'De bokser danst voor zijn persoonlijke *khruu*, de goeroe en de beschermengel van het thaiboksen.'

De muziek stopte en Ivan ging naar zijn hoek, waar de trainer en hij hun hoofden naar elkaar bogen en hun handen tegen elkaar zetten.

'Ze bidden,' zei Liz.

'Heeft hij dat nodig?' vroeg Harry bezorgd. Wat hij in zijn

broekzak had gehad vond hij een flinke som geld.

'Niet als hij zijn naam eer aandoet.'

'Ivan?'

'Alle boksers mogen hun eigen naam kiezen. Ivan heeft zichzelf vernoemd naar Ivan Hippolyte, een Nederlander die in 1995 in het Lumpini-stadion een wedstrijd heeft gewonnen.'

'Maar één wedstrijd?'

'Hij is de enige buitenlander die ooit in het Lumpini heeft gewonnen.'

Harry keek haar aan om te zien of ze een grapje maakte, maar op dat moment klonk de gong en de wedstrijd ging beginnen.

De boksers naderden elkaar omzichtig, ze hielden afstand en cirkelden om elkaar heen. Een zwaaiende slag werd eenvoudig gepareerd en een schoppende beweging verdween in het luchtledige. De muziek werd langzaam harder en hetzelfde was het geval met de aanmoedigingen van het publiek.

'Ze moeten eerst warmdraaien,' riep Liz.

Toen stortten ze zich op elkaar. Razendsnel en in een wirwar van armen en benen. Het ging zo snel dat Harry niet veel zag, maar Liz kreunde. Ivan bloedde al uit zijn neus.

'Hij heeft een elleboog gekregen,' zei ze.

'Een elleboog? Zag de scheidsrechter dat niet?'

Liz glimlachte.

'Het is niet verboden uit te halen met je elleboog. Integendeel zelfs. Klappen met handen en voeten leveren punten op, maar ellebogen en knieën zorgen meestal voor een knock-out.'

'Dat komt zeker omdat ze niet beschikken over zulke goede traptechnieken als mensen die aan karate doen.'

'Ik zou een beetje voorzichtig zijn met die bewering, Harry. Een paar jaar geleden heeft Hongkong vijf van zijn beste kungfuvechters naar Bangkok gestuurd om te onderzoeken welke stijl het effectiefst is. Het opwarmen en de ceremonies duurden meer dan een uur, maar de vijf wedstrijden duurden bij elkaar opgeteld zesenhalve minuut. Toen waren er vijf ambulances op weg naar het ziekenhuis. Raad eens wie erin lagen?'

'Nou, vanavond lopen we dat gevaar niet.' Harry gaapte demonstratief. 'Dit is toch... Wel verdomme!'

Ivan had de nek van zijn tegenstander te pakken gekregen en met een razendsnelle beweging duwde hij zijn hoofd naar beneden terwijl zijn rechterknie als een katapult omhoogschoot. De tegenstander viel achterover, maar zijn armen bleven in de touwen haken, waardoor hij vlak voor Liz en Harry bleef hangen. Het bloed spoot naar buiten alsof er ergens een gat in een buis zat en het spatte op het canvas. Harry hoorde de mensen achter hem protesten roepen en hij merkte dat hij was gaan staan. Liz trok hem weer op zijn stoel.

'Mooi!' riep ze. 'Zag je hoe snel Ivan was? Ik zei toch dat hij leuk was, of niet?'

Het hoofd van de bokser in de rode broek was opzij gevallen en Harry zag hem en profil. Hij kon de huid rond zijn oog zien bewegen terwijl het gat zich weer vulde met bloed. Het leek op het oppompen van een luchtbed.

Harry kreeg een merkwaardig misselijkmakend déjà vu toen Ivan op zijn hulpeloze tegenstander af liep, die nauwelijks nog leek te beseffen dat hij in de boksring stond. Ivan nam de tijd, bestudeerde zijn tegenstander als een stuk vlees waarvan hij zich leek af te vragen of hij zou beginnen met de vleugel of de dij. Op de achtergrond, tussen de twee boksers in, kon Harry de scheidsrechter zien. Hij hield zijn hoofd iets schuin en zijn armen hingen recht naar beneden. Harry begreep dat hij niet van plan was iets te doen en hij voelde zijn hart tegen zijn ribben bonken. Het driemansorkest leek niet meer op een schoolorkest, het was buiten zinnen en blies en trommelde in extase.

Stop, dacht Harry en op dat moment hoorde hij zichzelf zeggen: 'Sla!'

Ivan sloeg.

Harry volgde het aftellen niet. Hij zag niet dat de scheidsrechter Ivans arm omhoogstak en evenmin de *wai* van de winnaar naar alle hoeken van de ring. Hij staarde naar de natte, gebarsten cementvloer voor zijn voeten waarop een klein insect zich probeerde te ontworstelen aan een rode bloeddruppel. Gevangen in een draaikolk van gebeurtenissen en toevalligheden, tot zijn knieën wadend in het bloed. Hij was terug in een ander land, een andere tijd, en werd pas weer wakker toen een hand hem tussen de schouderbladen trof.

'We hebben gewonnen!' gilde Liz in zijn oren.

Ze stonden in de rij voor de bookmaker om hun geld te incasseren toen Harry een bekende stem in het Noors hoorde zeggen: 'Iets zegt me dat de inspecteur slim heeft ingezet en dat het niet puur toeval was. Mijn gelukwensen.'

'Nou,' zei Harry, zich omdraaiend. 'Inspecteur Crumley beweert dat ze een expert is, dus misschien is dat niet ver bezijden de waarheid.'

Hij stelde de inspecteur voor aan Jens Brekke.

'En u hebt ook gewed?' vroeg Liz.

'Een vriend van me heeft me getipt dat de tegenstander van Ivan een beetje verkouden was. Vervelend kwaaltje. Vreemd hoeveel effect dat kan hebben, of niet, miss Crumley?' Breed lachend wendde hij zich tot Harry: 'Ik vraag me af of je me zou kunnen helpen met een probleempje, Hole. Ik heb de dochter van Molnes meegenomen en eigenlijk moet ik haar naar huis brengen, maar een van mijn belangrijkste klanten uit de VS belde me net op mijn mobieltje, dus ik moet naar kantoor. Het is een complete chaos, de dollar is door het plafond geschoten en hij moet nog een paar busladingen bahts kwijt zien te raken.'

Harry keek in de richting waarin Brekke had geknikt. Tegen een muur leunend, in een Adidas-shirt met lange mouwen en half verscholen achter mensen die zich uit het stadion haastten, stond daar Runa Molnes. Ze had haar armen over elkaar geslagen en keek de andere kant op.

'Toen ik je in het oog kreeg, schoot me te binnen dat Hilde Molnes had verteld dat jij in een flat van de ambassade logeert, vlak bij de rivier. Het is geen grote omweg als jullie samen een taxi nemen. Ik heb haar moeder beloofd om... Je snapt het wel.'

Brekke maakte een handgebaar om aan te geven dat dergelijke moederlijke zorgen natuurlijk overdreven waren, maar dat het toch beter was om zich aan de belofte te houden.

Harry keek op zijn horloge.

'Natuurlijk doet hij dat,' zei Liz. 'Arm meisje. En het is niet vreemd dat haar moeder op het moment wat angstig is.'

'Natuurlijk,' zei Harry en hij perste een lachje om zijn lippen.

'Mooi,' zei Brekke. 'O ja, nog iets. Kunnen jullie zo vriendelijk zijn om mijn winst ook te incasseren? Dat moet genoeg zijn voor de taxi. Als er nog wat overblijft is er vast wel een of ander politiefonds voor weduwen of zo.'

Hij gaf Liz een kwitantie en verdween. Haar ogen werden groot toen ze naar de getallen keek.

'Het is de vraag of er genoeg weduwen zijn,' zei ze.

Runa Molnes leek niet al te ingenomen met haar escorte naar huis. 'Bedankt, maar ik red me wel,' zei ze. 'Bangkok is ongeveer net zo gevaarlijk als het centrum van Ørsta op maandagochtend.'

Harry, die nog nooit op maandagochtend in Ørsta was geweest, hield een taxi aan en deed het portier voor haar open. Met tegenzin stapte ze in, mompelde het adres en staarde vervolgens uit het raam.

'Ik heb gezegd dat hij naar River Garden moet rijden,' zei ze na een poosje. 'Daar moeten we uitstappen, of niet?'

'Ik dacht dat de instructie was dat je naar huis moest, juffrouw.'

'Juffrouw?' Ze lachte en keek hem aan met de zwarte ogen van haar moeder. De wenkbrauwen die bijna aan elkaar waren gegroeid gaven haar het uiterlijk van een onweerstaanbare bosgeest.

'Je lijkt mijn tante wel. Hoe oud ben je eigenlijk?'

'Je bent niet ouder dan je je voelt,' zei Harry. 'Dus dan moet ik wel rond de zestig zijn.'

Ze keek hem nieuwsgierig aan.

Harry had het adres van Molnes opgeschreven in de agenda van Sparebanken Nor, het vaste kerstcadeau van vader, en probeerde contact te maken met de chauffeur.

'Vergeet dat maar,' zei ze. 'Ik zal blijven aandringen op River Garden en hij zal denken dat je me probeert te ontvoeren en me helpen. Wil je een scène?'

Harry tikte de chauffeur op zijn schouder en Runa begon te gillen, waardoor de chauffeur op de rem trapte en Harry zijn hoofd stootte tegen het dak van de auto. De chauffeur draaide zich om, Runa maakte aanstalten om weer te gaan gillen en Harry tilde afwerend zijn handen op.

'Oké, oké. Waarheen dan? Patpong ligt toch op de route?'

'Patpong?' Ze sloeg haar ogen ten hemel. 'Jij bent echt oud!

Daar zitten alleen maar smerige oudjes en toeristen. We gaan naar Siam Square.'

Ze wisselde een paar woorden met de chauffeur in iets wat Harry als onberispelijk Thai in de oren klonk.

'Heb je een vriendin?' vroeg ze toen ze, wederom onder het dreigement te gaan gillen, een pilsje had gekregen.

Ze zaten op het terras van een grote bar boven aan een brede, monumentale trap gevuld met jonge mensen, studenten nam Harry aan, die keken naar het traag stromende verkeer en naar elkaar. Ze wierp een argwanende blik op Harry's sinaasappelsap, maar kennelijk was ze, met haar achtergrond, gewend aan geheelonthouders. Of misschien ook niet. Harry had het vermoeden dat niet elke ongeschreven partyregel in huize Molnes werd nageleefd.

'Nee,' zei Harry en hij voegde daaraan toe: 'Waarom vraagt iedereen daar verdomme naar?'

'Verdomme nog wel?' Ze ging makkelijker zitten. 'Alleen meisjes vragen dat zeker?'

Hij bromde geamuseerd. 'Probeer je me verlegen te maken? Vertel me liever over jouw vriendjes.'

'Over welke?' Haar linkerhand lag verscholen in haar schoot en met de rechter tilde ze haar bierglas op. Met een lachje rond haar mond legde ze haar hoofd in haar nek terwijl ze hem aan bleef kijken.

'Ik ben geen maagd meer als je dat soms dacht.'

Harry spoot bijna zijn sinaasappelsap over tafel.

'Waarom zou ik?' zei ze, het glas naar haar mond brengend.

Nee, waarom zou ze, dacht Harry en hij zag de huid over haar strottenhoofd bewegen terwijl ze slikte. Hij bedacht wat Jens Brekke had gezegd over de adamsappel, dat die meestal niet weggehaald kon worden.

'Ben je geschokt?' Ze zette het bierglas neer en keek ineens ernstig.

'Waarom zou ik?' Het klonk als een echo en hij haastte zich te zeggen: 'Ik debuteerde ook op jouw leeftijd.'

'Ja, maar je was geen dertien,' zei ze.

Harry hapte naar adem, dacht goed na en liet de lucht tussen zijn tanden ontsnappen. Hij kon het onderwerp nu verder laten rusten.

'O ja? En hoe oud was hij dan?'

'Dat is een geheim.' Ze had die plagerige uitdrukking op haar gezicht weer terug. 'Vertel me liever waarom je geen vriendin hebt.'

Hij was een moment van plan het te zeggen, misschien om haar ook een shockbehandeling te geven. Om haar te vertellen dat de twee vrouwen van wie hij met zijn hand op zijn hart kon zeggen dat hij van hen hield, allebei dood waren. De ene had zelf een eind aan haar leven gemaakt, bij de ander had een moordenaar dat gedaan.

'Dat is een lang verhaal,' zei hij. 'Ik ben ze kwijtgeraakt.'

'Ze? Meervoud? Wellicht hebben ze het daarom uitgemaakt, je had het te bont gemaakt, of niet?'

Harry hoorde de kinderlijke ijver en de lach in haar stem. Hij durfde haar niet te vragen hoe haar relatie met Jens Brekke was.

'Nee,' zei hij. 'Ik heb gewoon niet goed opgepast.'

'Nu zie je er serieus uit.'

'Dat spijt me.'

Ze zaten een poosje zwijgend bij elkaar. Ze peuterde aan het etiket van het bierflesje. Keek op naar Harry. Ze leek over iets na te denken. Het etiket kwam los.

'Kom,' zei ze, zijn hand pakkend. 'Ik wil je iets laten zien.'

Ze liepen de trap af, tussen de studenten door, over het trottoir en een smalle loopbrug die over een brede avenue ging. Midden op de brug bleven ze staan.

'Kijk,' zei ze. 'Is dit niet mooi?'

Harry keek naar het verkeer dat op hen af kwam gereden en weer van hen vandaan reed. De weg strekte zich uit tot zover zijn oog reikte en de lampen van de auto's, motoren en tuktuks leken een rivier van lava te vormen die zich in de verte verdikte tot een gele streep.

'Het lijkt op een kronkelende slang met een oplichtend patroon op zijn rug, zie je dat?'

Ze leunde over het hek. 'Weet je wat vreemd is? Ik weet dat er mensen in deze stad zijn die moorden voor het beetje geld dat ik nu in mijn zak heb. En toch ben ik hier nooit bang geweest. In Noorwegen gingen we in het weekend altijd naar ons huisje in de bergen, ik ken de weg daarheen op mijn duimpje. En iedere vakantie gingen we naar Ørsta, waar iedereen elkaar kent en winkeldiefstal de volgende dag breed uitgemeten in de plaatselijke krant kwam. Maar toch voel ik me hier het veiligst. Hier waar zoveel mensen zijn en ik helemaal niemand ken. Is dat niet vreemd?'

Harry wist niet wat hij moest zeggen.

'Als ik kon kiezen dan zou ik mijn hele leven hier blijven wonen. En dan zou ik minstens één keer per week hierheen gaan om gewoon te kijken.'

'Naar het verkeer kijken?'

'Naar het verkeer. Ik hou van verkeer.' Ze draaide zich ineens naar hem om. Haar ogen schitterden. 'Jij niet?'

Harry schudde zijn hoofd. Ze draaide haar hoofd weer naar het verkeer.

'Jammer. Raad eens hoeveel auto's er op het moment in Bangkok rijden. Drie miljoen. En iedere dag komen er duizend bij. Een automobilist in Bangkok brengt gemiddeld zo'n drie uur per dag door in zijn auto. Heb je wel eens gehoord van Comfort 100? Je kunt het bij de benzinepompen kopen, dat zijn van die zakken waarin je kunt piesen als je in de file staat. Denk je dat de Eskimo's een woord hebben voor verkeer? Of de Maori's?'

Harry haalde zijn schouders op.

'Denk eens aan alles wat ze missen,' zei ze. 'Mensen die op plekken wonen waar ze niet in mensenmassa's kunnen baden zoals hier. Doe je hand eens omhoog...'

Ze greep zijn hand en tilde hem op.

'Voel je het? Dat het vibreert? Dat is de energie van iedereen om ons heen. Die hangt in de lucht. Als je bezig bent dood te gaan en je denkt dat niemand je kan redden, ga dan naar buiten, steek je arm in de lucht en neem wat van die energie. Die kun je krijgen. Echt waar!'

Haar ogen straalden, haar hele gezicht straalde en ze legde Harry's hand tegen haar wang.

'Ik kan voelen dat je lang zult leven. Heel lang. Nog langer dan ik.'

'Zeg zoiets niet,' zei Harry. Haar huid gloeide tegen zijn handpalm. 'Dat brengt ongeluk.'

'Beter ongeluk dan helemaal geen geluk. Dat zei papa altijd.'

Hij trok zijn hand terug.

'Wil jij geen eeuwig leven?' fluisterde ze.

Hij knipperde met zijn ogen en hij voelde dat zijn hersenen op dat moment een foto van hen maakten, op deze loopbrug met mensen die aan weerszijden gehaast voorbijliepen en die lichtgevende lintworm onder hen. Net zoals je foto's maakt van plaatsen waarvan je weet dat je er niet lang zult blijven. Hij had het eerder gedaan, op een nacht zwevend boven het water in het Frognerbad, een andere nacht in Sydney toen rode haren in de wind naar achteren werden geblazen en op een koude februarimiddag op vliegveld Fornebu toen Søs midden tussen flitsende fototoestellen van de pers hem stond op te wachten. Hij wist dat hij, wat er ook zou gebeuren, die beelden altijd op zou kunnen roepen, ze zouden nooit verbleken, maar met de jaren juist aan inhoud en scherpte winnen.

Op hetzelfde ogenblik voelde hij een druppel op zijn gezicht. En toen nog een. Hij keek verbaasd omhoog.

'Iemand heeft me verteld dat het hier voor mei niet regent,' zei hij.

'Mangobuien,' zei Runa omhoogkijkend. 'Soms hebben we die. Dat betekent dat de mango's rijp zijn. Zo meteen gaat het hozen. Kom.'

Harry viel bijna in slaap. De geluiden waren niet meer zo opdringerig. Bovendien was het hem opgevallen dat er een soort ritme in het verkeersgeluid zat, een soort voorspelbaarheid. De eerste nacht was hij wakker geworden van plotseling getoeter. Over een paar nachten zou hij waarschijnlijk wakker worden als er niet getoeterd werd. Het geknal van een kapotte uitlaat dook niet ineens op, het had een plaats in de ogenschijnlijke chaos. Het duurde alleen even voor je eraan gewend was, zoals het wennen aan de golfslag aan boord van een boot.

Hij had afgesproken de volgende dag met Runa een kopje koffie te gaan drinken op de universiteit. Hij wilde haar nog wat vragen stellen over haar vader. Er was nog steeds water uit haar haren gedrupt toen ze uit de taxi stapte.

Voor het eerst in lange tijd had hij gedroomd over Birgitta. Haar haren die plakten aan haar bleke huid. Maar ze lachte en leefde.

Het kostte de advocaat vier uur om Woo uit voorlopige hechtenis te krijgen.

'Dr. Ling, hij werkt voor Sorensen,' zei Liz met een zucht tijdens de ochtendbijeenkomst. 'Nho heeft nog net kunnen vragen waar Woo op de dag van de moord was.'

'En wat kon de wandelende leugendetector uit dat antwoord opmaken?' vroeg Harry.

'Niets,' zei Nho. 'Hij was niet van plan ons ook maar iets te vertellen.'

'Niets? Verdomme, ik dacht dat jullie hier zo goed waren in martelpraktijken en elektroshocks?'

'Kan iemand zo vriendelijk zijn om me goed nieuws vertellen?' vroeg Liz.

Geritsel van krantenpapier.

'Ik heb weer met het Maradiz Hotel gebeld. De eerste persoon met wie ik heb gesproken kon slechts melden dat het om een *farang* ging die samen met een vrouw uit een ambassadeauto stapte. De persoon met wie ik vandaag sprak kon me vertellen dat de vrouw blank was en dat ze met elkaar spraken in een taal die volgens hem Duits of Nederlands kon zijn.'

'Noors,' zei Harry.

'Ik heb geprobeerd een beschrijving van die twee te krijgen, maar je weet hoe dat gaat...'

Nho en Sunthorn grinnikten en keken naar de grond. Niemand zei iets.

'Hoe dan?' vroeg Harry gretig.

'We lijken allemaal op elkaar,' verzuchtte Liz. 'Sunthorn, ga er met een paar foto's heen en kijk of hij de ambassadeur en zijn vrouw kan identificeren.'

Harry keek bedenkelijk.

'Een man en zijn vrouw die voor tweehonderd dollar een paar kilometer van hun huis vandaan een liefdesnestje hebben? Is dat niet een beetje pervers?'

'Volgens de man met wie ik heb gesproken hebben ze daar de weekenden doorgebracht,' zei Rangsan. 'Ik heb een paar data gekregen.'

'Ik verwed de winst van gisteren erom dat het niet om zijn vrouw ging,' zei Harry.

'Misschien niet,' zei Liz. 'Het is trouwens toch al niet waarschijnlijk dat het ons verder zal helpen.'

Ze hief de vergadering op door te zeggen dat ze de dag moesten gebruiken om het papierwerk dat door de moord op de ambassadeur was blijven liggen af te maken. Nadat de anderen waren vertrokken, bleef Harry nog over.

'Dus we hebben de kaart getrokken met daarop "ga terug naar AF"?' vroeg hij.

'Strikt gesproken, staan we daar al de hele tijd,' zei Liz. 'Misschien is dat precies wat jullie willen?'

'Wat we willen?'

'Ik heb vanmorgen met de commissaris gesproken. Hij had

gisteren met ene meneer Torhus gesproken, die zich afvroeg hoe lang we nog aan de zaak bleven werken. De Noorse overheid wenst dat we de zaak in de loop van de week afsluiten als we nog niets concreets hebben. De commissaris heeft hem gezegd dat de zaak een Thaise aangelegenheid is en dat we niet zomaar een moordonderzoek kunnen afsluiten. Maar daarna hebben we een telefoontje van ons eigen ministerie van Justitie gekregen. Het is maar goed dat we al wat aan sightseeing hebben gedaan, Harry, want het ziet ernaar uit dat je al aan de terugreis op vrijdag kunt gaan denken. Tenzij er dus iets concreets opduikt.'

'Harry!'

Tonje Wiig kwam hem bij de receptie tegemoet gelopen, haar wangen waren rood van opwinding en haar lippen waren zo rood dat hij haar ervan verdacht net lippenstift te hebben opgebracht.

'We moeten theedrinken,' zei ze. 'Ao!'

Ao had hem stom van angst aangekeken toen hij arriveerde en hoewel hij haar had verzekerd dat het bezoek niets met haar te maken had, zag hij aan haar blik dat ze zich een antilope bij een drinkplaats voelde: altijd op haar hoede voor leeuwen. Ze draaide hen haar rug toe en liep weg.

'Mooi meisje,' zei Tonje en ze keek Harry onderzoekend aan.

'Lief en jong,' zei hij.

Tonje leek tevreden met het antwoord en ging hem voor naar haar kamer. 'Ik heb je gisteren nog geprobeerd te bellen,' zei ze. 'Maar kennelijk was je niet thuis.'

Harry zag dat ze wachtte tot hij zou vragen waarom ze had gebeld, maar dat deed hij niet. Ao kwam met de thee en hij wachtte tot ze weg was.

'Ik heb wat informatie nodig,' zei hij.

'O ja?'

'Aangezien jij chargé d'affaires bent als de ambassadeur weg is, ga ik ervan uit dat jij een overzicht hebt van wanneer hij op reis was.'

'Uiteraard.'

Hij las vier data op die ze checkte in haar eigen agenda. De ambassadeur was op die dagen inderdaad op reis. Drie keer naar Chiang Mai en een keer naar Vietnam. Harry nam de tijd om die gegevens te noteren terwijl hij zich schrap zette voor het vervolg.

'Kende de ambassadeur behalve zijn vrouw andere Noorse vrouwen in Bangkok?'

'Nee...' zei Tonje. 'Voor zover ik weet niet. Ja, afgezien van mezelf dan.'

Harry wachtte tot ze haar kopje thee had neergezet voor hij vroeg: 'Wat zeg jij als ik zeg dat ik denk dat jij een verhouding had met de ambassadeur?'

Tonje Wiigs mond viel open. Ze was een voorbeeld voor de Noorse tandverzorging.

'Och, hemeltje!' riep ze uit. Er klonk geen spoortje ironie in door en Harry kon slechts constateren dat er echt nog vrouwen waren die 'hemeltje' zeiden als ze in opperste verwarring waren. Harry schraapte zijn keel.

'Ik denk dat de ambassadeur en jij de dagen die we zojuist hebben doorgenomen doorbrachten in het Maradiz Hotel en als dat inderdaad het geval is zou ik je willen vragen me alles te vertellen over die verhouding en ook zou ik graag weten waar je op de dag van zijn dood was.'

Het was verrassend om te zien hoe een persoon met zo'n witte huid als Tonje Wiig nog witter kon worden.

'Mag ik met een advocaat praten?' zei ze ten slotte.

'Niet nodig als je niks te verbergen hebt.'

Hij zag dat zich in haar ooghoek een traan had gevormd.

'Ik heb niets te verbergen,' zei ze.

'Dan kun je met me praten.'

Ze drukte voorzichtig een zakdoekje tegen haar ooghoek zodat haar mascara niet uitliep.

'Ik had zin om hem te vermoorden, snapt u.'

Harry stelde vast dat ze de u-vorm weer gebruikte en wachtte geduldig af.

'Zoveel zin dat ik bijna blij was om te horen dat hij dood was.'

Harry hoorde dat de woorden naar buiten wilden. Nu ging het erom geen domme vragen te stellen die de stroom konden stoppen, een bekentenis komt zelden alleen.

'Omdat hij zijn vrouw niet wilde verlaten?'

'Nee!' Ze schudde haar hoofd. 'U begrijpt het niet. Omdat hij alles voor me had kapotgemaakt! Alles wat...'

De eerste snik klonk zo vreemd dat Harry begreep dat hij op iets was gestoten. Ze beheerste zich, depte beide ogen en kuchte: 'Het was een politieke benoeming, hij was absoluut niet gekwalificeerd voor deze baan. Ik had al signalen gekregen dat ik hoge ogen gooide als kandidaat voor de ambassadeurspost. Maar toen kreeg ik het bericht. Ze stuurden hem halsoverkop hierheen. Alsof ze hem niet snel genoeg Noorwegen uit konden krijgen. Ik moest mijn sleutels van het kantoor van de ambassadeur afgeven aan iemand die niet eens het verschil wist tussen een ambassaderaad en een attaché. En we hebben geen verhouding gehad, dat is voor mij een absurde gedachte, begrijpt u dat niet?'

'Wat gebeurde er dan?'

'Toen mij gevraagd werd hem te identificeren, vergat ik ineens alles rond die benoeming en dat ik nu een nieuwe kans kreeg. Ik realiseerde me ineens wat een aardige, verstandige man hij was geweest. En dat was hij!'

Ze zei het op een manier alsof Harry haar had tegengesproken.

'Zelfs al deugde hij niet echt voor de post van ambassadeur, bedoel ik. En weet u, ik heb sindsdien veel nagedacht. Misschien heb ik in mijn leven niet de juiste prioriteiten gesteld, misschien zijn er dingen belangrijker dan een baan en een carrière. Misschien wil ik niet eens meer de nieuwe ambassadeur worden. We zullen zien. Ik heb veel om over na te denken. Ja of nee, ik ben nergens zeker van.'

Ze snikte nog een paar keer en leek zich weer onder controle te hebben. 'Het is erg ongebruikelijk dat een ambassaderaad aan dezelfde ambassade benoemd wordt tot ambassadeur, snapt u. Voor zover ik weet, is dat nog niet eerder gebeurd.'

Ze toverde een handspiegeltje tevoorschijn, controleerde of haar make-up nog in orde was en zei, bijna tegen zichzelf: 'Maar iemand moet de eerste zijn, nietwaar?'

Toen Harry in de taxi terug naar het politiebureau zat, besloot hij Tonje Wiig te schrappen van de lijst verdachten. Gedeeltelijk omdat ze hem had overtuigd, gedeeltelijk omdat ze hem had kunnen bewijzen dat ze ergens anders was geweest op de dagen die de ambassadeur had doorgebracht in het Maradiz Hotel. Tonje had ook bevestigd dat er niet veel Noorse vrouwen waren die permanent in Bangkok woonden waaruit hij had kunnen kiezen.

Daarom voelde het ook als een stomp in zijn maag toen hij ineens het ondenkbare dacht. Omdat het helemaal niet zo ondenkbaar was.

Het meisje dat de glazen deur van het Hard Rock Café opendeed was niet hetzelfde meisje als hij in de tuin en op de begrafenis had gezien, met die verlegen, afwerende lichaamstaal en die dwarse, chagrijnige gelaatsuitdrukking. Runa kreeg een stralende lach op haar gezicht toen ze hem zag zitten met een leeg colaflesje en een krant voor zich. Ze had een blauw gebloemde jurk aan met korte mouwen. Als een geoefende illusionist hield ze de prothese in een houding waardoor die nauwelijks opviel.

'Je hebt gewacht,' constateerde ze verrukt.

'Het is moeilijk om het verkeer in te schatten,' zei hij. 'Ik wilde niet te laat zijn.'

Ze ging zitten en bestelde ijsthee.

'Gisteren. Je moeder...'

'Ze sliep,' zei ze snel. Zo snel dat Harry begreep dat het een waarschuwing was. Maar hij had geen tijd om al die omwegen te bewandelen.

'Met andere woorden, ze was dronken,' zei Harry.

Ze keek naar hem op. De blijde lach werd somberder.
'Heb je vragen over mijn moeder?'
'Onder andere. Hoe was de relatie tussen je vader en je moeder?'
'Waarom vraag je dat mijn moeder niet?'
'Omdat ik denk dat jij slecht kan liegen,' antwoordde hij naar waarheid.
'O ja? In dat geval hadden ze het fantastisch.' Ze had die dwarse uitdrukking weer op haar gezicht.
'Zo slecht?'
Ze bewoog ongemakkelijk op haar stoel.
'Het spijt me, Runa, maar dit is mijn werk.'
Ze haalde haar schouders op. 'Mijn moeder en ik kunnen niet zo goed met elkaar overweg. Terwijl papa en ik de beste maatjes waren. Ik geloof dat ze jaloers was.'
'Op wie van jullie twee?'
'Op beiden. Op hem. Ik weet het niet.'
'Waarom op hem?'
'Hij had haar eigenlijk niet nodig. Ze was lucht voor hem...'
'Kwam het voor dat je vader je meenam naar een hotel, Runa? Het Maradiz Hotel bijvoorbeeld.'
Hij keek naar haar verbaasde gezichtsuitdrukking. 'Wat bedoel je? Waarom zou hij dat doen?'
Hij staarde naar de krant die op tafel lag, maar dwong zich om haar weer aan te kijken.
'Bah!' riep ze uit en ze gooide de citroenstamper weer terug in haar glas, waardoor de ijsthee omhoog spatte. 'Wat vraag jij rare dingen. Waar wil je heen?'
'Nou, Runa, ik begrijp dat dit moeilijk is, maar ik heb het idee dat je vader dingen heeft gedaan waarvan hij spijt had moeten hebben.'
'Papa? Papa had altijd van iets spijt. Hij had spijt, nam de schuld op zich, verontschuldigde zich maar... de heks wilde hem niet met rust laten. Ze vernederde hem de hele tijd, je bent dit niet, je bent dat niet en jij hebt me hiernaartoe gesleept enzo-

voorts. Ze dacht dat ik het niet hoorde, maar ik hoorde het wel. Ieder woord. Dat ze niet op de wereld was gekomen om te leven met een eunuch, dat ze een volbloed vrouw was. Ik zei dat hij moest weggaan, maar hij bleef. Voor mij. Hij zei het niet, maar ik wist dat het zo was.'

Harry had het idee dat hij de afgelopen twee dagen in een rivier van tranen had gezwommen, maar nu kwam er niks.

'Wat ik probeer te zeggen,' zei hij en hij keek naar beneden om haar blik te vangen, 'is dat je vader niet dezelfde seksuele verlangens had als de meeste andere mannen.'

'Ben je daarom zo verrekte gestrest? Omdat je dacht dat ik niet wist dat hij van de andere kant was?'

Harry weerstond de neiging om zijn mond open te laten vallen.

'Wat bedoel je precies met "van de andere kant"?'

'Homofiel, homo, flikker, nicht, kontneuker. Ik ben het resultaat van een van de weinige neukpartijtjes die de heks met mijn vader heeft gehad. Hij vond het verschrikkelijk.'

'Zei hij dat?'

'Hij was natuurlijk veel te zakelijk om dat te zeggen. Maar ik wist het. Ik was zijn beste vriendin. Dát zei hij. Soms leek het erop dat ik de enige was. Ik hou van jou en van paarden, zei hij een keer tegen me. Van mij en van paarden, die is goed niet? Ik had het gevoel dat hij tijdens zijn studie iemand had – een vriendje dus – voordat hij moeder tegenkwam. Maar dat vriendje is bij hem weggegaan, wilde niet dat hun relatie bekend werd. Maar dat wilde papa ook niet. Het is lang geleden, toen ging dat allemaal anders.'

Ze zei het met de zekerheid van een tiener. Harry draaide zijn colaflesje langzaam rond. Hij moest tijd winnen, dit was niet zo gegaan als hij had gedacht.

'Wil je weten wie in het Maradiz Hotel waren?' vroeg ze.

Hij knikte slechts.

'Moeder en haar minnaar.'

HOOFDSTUK 24

De wit bevroren takken reikten naar de bleke winterhemel boven het Slottspark. Dagfinn Torhus stond bij het raam te kijken naar een man die huiverend over de Haakon VII's gate liep terwijl hij trachtte zijn hoofd tussen zijn schouders te begraven. De telefoon ging over. Torhus zag op de klok dat het lunchtijd was. Hij volgde de man met zijn ogen tot hij bij de tunnel van de metro uit het zicht verdween, toen nam hij de hoorn op en zei zijn naam. Er klonk gekraak en geruis voor de stem hem bereikte.

'Ik geef je één kans, Torhus. Als je die niet pakt dan zal ik ervoor zorgen dat BuZa jou sneller kapotmaakt dan jij kunt zeggen: "Noorse politieman bewust om de tuin geleid door chef de bureau bij BuZa". Of: "Ambassadeur Molnes slachtoffer van homomoord?" Beide klinken ze als mooie koppen in de kranten, vind je ook niet?'

Torhus ging zitten.

'Waar ben je, Hole?' vroeg hij bij gebrek aan een betere vraag.

'Ik heb zojuist een lang gesprek gevoerd met Bjarne Møller. Ik heb hem op vijftien verschillende manieren gevraagd wat Atle Molnes in Bangkok deed. Het enige wat ik tot nu toe te weten ben gekomen is dat hij hier als ambassadeur helemaal niets te zoeken had. Ik heb Møller niets kunnen ontlokken, maar weet wel dat er iets te ontlokken valt. Hij heeft zwijgplicht opgelegd gekregen, begrijp ik, en hij heeft me verwezen naar jou. De vraag luidt nog steeds: wat weet ik niet wat jij wel weet? Nog even ter informatie: ik zit naast het faxapparaat en heb de nummers van VG, *Aftenposten* en *Dagbladet*.'

Torhus' stem bracht de winterkou helemaal naar Bangkok: 'Ze publiceren geen losse flodders van een bezopen politieman, Hole.'

'Maar als het om een bekende bezopen politieman gaat dan...'

Torhus gaf geen antwoord.

'Ja. Ik geloof dat *Sunnmørsposten* ook wel belangstelling zal hebben.'

'Je hebt zwijgplicht,' zei Torhus afgemeten. 'Je zult voor het gerecht gesleept worden.'

Hole lachte.

'Kiezen tussen twee kwaden, hè? Weten wat ik weet zonder er verder iets mee te doen is plichtsverzuim. Dat is ook strafbaar, weet je dat? Om de een of andere reden heb ik het gevoel dat ik minder te verliezen heb als ik mijn zwijgplicht verbreek dan jij.'

'Welke garantie...' begon Torhus, maar hij werd onderbroken door gekraak op de lijn. 'Hallo?'

'Ik ben er nog.'

'Welke garantie heb ik dat je je mond houdt over wat ik je zeg?'

'Geen enkele.' Door de echo klonk het alsof hij het drie keer met nadruk had gezegd.

Het werd stil.

'Vertrouw me,' zei Harry.

Torhus snoof. 'Waarom zou ik dat doen?'

'Omdat je geen andere keus hebt.'

De chef de bureau zag op de klok dat hij te laat zou zijn voor de lunch. De broodjes rosbief in de kantine waren waarschijnlijk al weg, maar dat hinderde niet, hij had geen honger meer.

'Dit mag niet naar buiten komen,' zei hij. 'Ik meen het serieus.'

'Het is geen doel op zich dat het naar buiten komt.'

'Oké, Hole, van hoeveel schandalen binnen de Christelijke Volkspartij heb jij gehoord?'

'Niet veel.'

'Precies. Jarenlang is die partij dat kleine, gezellige partijtje geweest waarover niemand zich erg druk maakte. Terwijl de pers zich stortte op de machtselite binnen de Arbeiderspartij en de vreemde snuiters in de Voortgangspartij, konden de vertegenwoordigers in het parlement van de Christelijke Volkspartij een tamelijk onopvallend leven leiden. Door de regeringswisseling is alles veranderd. Toen de opwinding daarover was gezakt, was het al snel duidelijk dat Atle Molnes, ondanks zijn onnavolgbare ijver en lange ervaring in het Storting, beslist geen minister kon worden. Als zijn privéleven binnenstebuiten werd gekeerd, zou dat een risico opleveren waarop een christelijke partij met allerlei normen en waarden in haar programma niet zat te wachten. Je kunt de benoeming van homoseksuele priesters niet tegenhouden als je zelf een homoseksuele minister hebt. Ik geloof zelfs dat Molnes dat besefte. Maar toen de namen van de nieuwe regering bekend werden gemaakt, reageerden verschillende journalisten. Waarom werd Atle Molnes niet benoemd? Aangezien hij indertijd een stapje terug had gedaan zodat de premier ook voorzitter van de partij kon worden, nam iedereen aan dat hij nummer twee, of in elk geval nummer drie of vier zou zijn. Men begon vragen te stellen en aan de geruchten over zijn homoseksualiteit, die het eerst waren opgedoken bij die kwestie van de partijvoorzitter, werd nieuw voedsel gegeven. Nu weten we wel dat er meerdere volksvertegenwoordigers homoseksueel zijn, dus waarom daarover zo'n drukte maken, zul je je afvragen. Nou, het interessante in dit geval, afgezien van het feit dat het om de Christelijke Volkspartij ging, was dat het om een goede vriend van de premier ging, dat ze samen hadden gestudeerd en een flat hadden gedeeld. En het was slechts een kwestie van tijd voor de pers daarachter kwam. Molnes zat niet in de regering, maar was hard op weg een persoonlijke last te worden voor de premier. Iedereen wist dat de premier en Molnes van het begin af elkaars politieke vertrouwelingen waren geweest en wie zou hem geloven als hij zei dat hij al die jaren niets had geweten van Molnes' homoseksualiteit? Hoe zat het dan met al die kiezers die de premier hadden gesteund in zijn duidelijke afkeuring van buitenechtelijke escapades en allerlei andere smeerlapperij? Als hij zelf een slang aan zijn borst koesterde, om die zegswijze maar eens te gebruiken. Wat zou dat betekenen voor het vertrouwen van de kiezer? De persoonlijke populariteit was tot dan toe een van de belangrijkste garanties geweest voor het minderheidskabinet, dus waar men absoluut niet op zat te wachten was een schandaal. Het was duidelijk dat Molnes zo snel mogelijk het land uit moest. Men besloot dat een ambassadeurspost in het buitenland de beste optie was, dan kon men de premier er later niet van beschuldigen dat hij een partijgenoot met een lange staat van dienst in de kou had laten staan. Op dat moment werd ik ingeschakeld. We handelden snel. De ambassadeurspost in Bangkok was nog niet formeel vergeven en daar zou hij ver genoeg van de pers zitten.'

Torhus zweeg.

'Herejezus,' zei Harry na een poosje.

'Mee eens,' zei Torhus.

'Wisten jullie dat zijn vrouw een verhouding heeft?'

Torhus grinnikte zacht.

'Nee, maar dat verbaast me absoluut niet.'

'Waarom niet?'

'Ten eerste omdat ik aanneem dat een homoseksuele echtgenoot dat door de vingers zou zien. En ten tweede omdat er iets in de cultuur van de diplomatieke dienst zit wat buitenechtelijke relaties schijnt aan te moedigen. Ja, soms trouwt men zelfs opnieuw. Hier bij BuZa kunnen mensen haast niet rondlopen zonder hun ex-geliefden of huidige bedgenoten tegen te komen. De dienst is berucht om zijn inteelt, wat dat betreft zijn we erger dan de Noorse televisiezender NRK.'

Torhus grinnikte weer.

'De minnaar zit niet bij BuZa,' zei Harry. 'Hij is Noors, maar echt ingeburgerd hier, een *big time* valutahandelaar. Jens Brekke. Ik dacht eerst dat hij wat had met de dochter, maar nu blijkt dat het om Hilde Molnes gaat. En ze kregen bijna direct wat met elkaar toen het gezin hierheen kwam. Volgens de dochter is het meer dan een bevlieging. Het lijkt tamelijk serieus en de dochter houdt er rekening mee dat ze vroeg of laat gaan samenwonen.'

'Dat is nieuw voor me.'

'Dat geeft zijn vrouw in elk geval een motief. En de minnaar ook.'

'Omdat Molnes hen in de weg stond?'

'Nee, integendeel. Volgens de dochter was het Hilde Molnes die al die jaren haar man niet wilde laten gaan. Ik neem aan dat zijn zogenaamde huwelijk niet zo belangrijk meer was toen zijn politieke aspiraties vervlogen waren. Zij gebruikte de zorgplicht voor hun dochter kennelijk als chantagemiddel. Maar dat gaat meestal zo, of niet? Nee, het motief is waarschijnlijk minder fraai. De familie Molnes bezit toch half Ørsta?'

'Inderdaad.'

'Ik heb Møller gevraagd te checken of er een testament bestaat en of Atle Molnes in het bezit was van familieaandelen en andere zaken.'

'Nou, dit is niet mijn vakgebied, Hole, maar maak je het niet een beetje te gecompliceerd? Het kan toch ook een gewoon een gek zijn geweest die bij de ambassadeur heeft aangeklopt en hem heeft neergestoken?'

'Misschien. Heb je er principiële problemen mee als die gek een Noor is, Torhus?'

'Wat bedoel je?'

'Pure lustmoordenaars steken niet zomaar een mes in hun slachtoffer en ruimen daarna alle sporen keurig op. De echte gekken laten iets achter zodat ze kat en muis kunnen spelen met de politie. In dit geval hebben we niets – nada. Geloof me, dit was een goed geplande moord, gepleegd door iemand die geen zin had in een spelletje, maar die gewoon de klus wilde klaren en hoopte dat de zaak wegens gebrek aan bewijs onopgelost zou blijven. Maar wie weet, misschien moet je wel net zo gek zijn om zo'n moord te plegen. En de enige gekken die ik tot nu toe in deze zaak ben tegengekomen spreken Noors.'

HOOFDSTUK 25

Harry vond uiteindelijk de ingang tussen twee stripbars aan Soi 1 in Patpong. Hij liep de trap op en kwam in een halfdonkere kamer waar een gigantische ventilator sloom zijn rondjes draaide. Harry bukte onwillekeurig onder de immense bladen door, het was hem al opgevallen dat de hoogte van de deuren en andere constructies in huis niet berekend waren op honderdnegentig centimeter.

Hilde Molnes zat achter in het restaurant aan een tafeltje. De zonnebril, waarschijnlijk bedoeld om haar anonimiteit te geven, maakte dat hij zeker wist dat iedereen haar had gezien.

'Ik hou eigenlijk niet van rijstbrandewijn,' zei ze, haar glas legend. 'Mekong is een uitzondering. Kan ik u een glas aanbieden, inspecteur?'

Harry schudde zijn hoofd. Ze knipte met haar vinger en haar glas werd bijgevuld.

'Ze kennen me hier,' zei ze. 'Ze stoppen met schenken als ze vinden dat ik genoeg heb gehad. En dan heb ik meestal ook genoeg gehad.' Ze lachte hees.

'Ik hoop dat het geen probleem is dat we hier hebben afgesproken, inspecteur. Thuis is het... een beetje triest nu. Wat is de achtergrond van deze consultatie, inspecteur?'

Ze sprak de woorden met een beetje te duidelijke dictie uit, wat kenmerkend is voor personen die uit gewoonte proberen te verbergen dat ze hebben gedronken.

'We hebben zojuist in het Maradiz Hotel bevestigd gekregen dat u en Jens Brekke regelmatig samen in het hotel verblijven.'

'Kijk eens aan!' zei Hilde Molnes. 'Eindelijk eens iemand die zijn werk doet. Als u met de ober gaat praten, zult u bevestigd krijgen dat de heer Brekke en ik hier ook regelmatig verblijven.' Ze spuugde de woorden eruit. 'Donker, anoniem, nooit Noren en bovendien serveren ze hier de beste *plaa lòt* van de stad. Houdt u van paling, meneer Hole? Zoutwaterpaling?'

Harry dacht aan de man die ze bij Drøbak aan land hadden gehaald. Hij had al een paar dagen in het water gelegen en zijn bleke lijkengezicht had hen aangekeken met een kinderlijke verbazing. Iets had zijn oogleden weggegeten. Maar waar de aandacht vooral naar was uitgegaan, was de paling. Zijn staart stak uit de mond van de man en zwiepte heen en weer als een zilveren zweepje. Harry kon nog steeds de zoute smaak op zijn lippen proeven, dus het moest een zoutwaterpaling zijn geweest.

'Mijn grootvader at bijna alleen maar paling,' zei ze. 'Van voor de oorlog tot aan zijn dood. Hij propte ze naar binnen, kon er geen genoeg van krijgen.'

'Ik heb ook inlichtingen ingewonnen over het testament.'

'Weet u waarom hij zoveel paling at? Ach nee, natuurlijk weet u dat niet. Hij was visser, maar het was vlak voor de oorlog en de mensen in Ørsta wilden geen paling hebben. Weet u waarom?'

Hij zag dezelfde sluier van pijn over haar gezicht trekken als toen bij haar in de tuin.

'Mevrouw Molnes...'

'Ik vroeg u of u weet waarom.'

Harry schudde zijn hoofd.

Hilde Molnes ging zachter praten en tikte bij elk woord met een lange, rode vingernagel op het tafelkleed: 'Nou, in de winter was er een schuit vergaan, het gebeurde tijdens stil weer en slechts een paar honderd meter uit de kust, maar het was zo koud dat geen van de negen opvarenden zich in veiligheid kon brengen. Op de plaats waar de boot verging loopt een vaargeul, maar geen van hen is gevonden. Daarna beweerden de mensen dat er zoveel paling in de fjord was. Ze zeggen dat palingen lijken eten, weet u dat? De meeste opvarenden hadden familie in Ørsta, dus de verkoop van paling daalde dramatisch. De mensen wilde niet eens gezien worden met paling in hun tas. Dus grootvader besloot dat hij beter de andere vis kon verkopen en de paling zelf moest opeten. Zuinigheid, weet u, een echte Sunnmører.'

Ze pakte het glas van de onderzetter en zette het op tafel. Een donkere kring verspreidde zich op het tafelkleed.

'Kennelijk kreeg hij de smaak te pakken. "Ze waren maar met hun negenen," zei grootvader. "Dat kan niet genoeg zijn voor zoveel. Misschien heb ik er een of twee gegeten die zich te goed hebben gedaan aan die stakkers, maar wat dan nog? Ik heb in elk geval geen verschil geproefd." Geen verschil! Die is goed, of niet?'

Het klonk als een echo van iets.

'Wat denkt u, Hole? Denkt u dat de paling van de mensen heeft gegeten?'

Harry krabde zich achter zijn oren. 'Nou, er wordt ook gezegd dat makrelen menseneters zijn. Ik weet het niet. Volgens mij nemen ze allemaal een hapje. De vissen dus.'

Hilde Molnes hief triomfantelijk haar glas. 'Weet u, dat denk ik dus ook! Ze nemen allemaal een hapje.'

Harry liet haar haar glas legen.

'Een collega van me in Oslo heeft zojuist met de advocaat van uw man gesproken, Bjørn Hardeid uit Ålesund. Zoals u misschien weet, kunnen advocaten hun zwijglicht opheffen als hun cliënt dood is en ze van mening zijn dat hun informatie de nagedachtenis niet bezoedelt.'

'Nee, dat wist ik niet.'

'Nou, Bjørn Hardeid wilde niets zeggen. Dus mijn collega heeft de broer van Atle gebeld, maar helaas wilde hij ook niet al te veel loslaten. Hij werd erg zwijgzaam toen mijn collega de theorie lanceerde dat Atle helemaal niet over zoveel familievermogen beschikte als velen misschien dachten.'

'Waarom denken jullie dat?'

'Een man die een speelschuld van zevenhonderdvijftigduizend kronen niet kan afbetalen hoeft nu niet direct arm te zijn, maar hij beschikt in elk geval niet over zijn broederlijke aandeel van het familievermogen van tweehonderd miljoen kronen.'

'Waar...'

'Mijn collega heeft bij het Brønnøysundregister de balans opgevraagd van Molnes Møbler AS. Het eigen kapitaal in de boeken is uiteraard minder, maar hij heeft ontdekt dat het om een beursgenoteerd bedrijf gaat, dus hij heeft een beurshandelaar gebeld en hem gevraagd de beurswaarde voor hem te berekenen. Het familiebedrijf Molnes Holding heeft vier aandeelhouders – drie broers en een zus. Ze zijn alle vier bestuurslid in Molnes Møbler AS, er zijn berichten over een aandelenverkoop en Molnes senior heeft al zijn aandelen overgedaan aan de holding. Dus tenzij uw man zijn aandelenpakket heeft verkocht aan de holding moet hij goed zijn voor minstens...'

Harry keek op zijn notitieblokje, waarop hij de belangrijkste gegevens uit het telefoongesprek had genoteerd.

'...vijftig miljoen kronen.'

'Jullie zijn grondig te werk gegaan, begrijp ik.'

'Ik begrijp de helft van wat ik zojuist zei niet, ik weet alleen dat dit betekent dat iemand het geld van uw man vasthoudt en ik wil graag weten waarom.'

Hilde keek hem aan. 'Wilt u dat echt weten?'

'Waarom niet?'

'Ik weet niet zeker of degenen die u hebben gestuurd de bedoeling hadden dat u zo diep in... het privéleven van de ambassadeur zou graven.'

'Wat dat betreft weet ik al te veel, mevrouw Molnes.'

'U weet dat...?'

'Ja.'

'Juist.'

Ze zweeg een poosje en leegde haar glas, de ober kwam met nieuwe mekong maar ze gebaarde afwerend.

'Als u dan maar weet dat de familie Molnes al generaties lang geld schenkt aan de missie en lid is van de Christelijke Volkspartij. De rest kunt u zich misschien wel indenken.'

'Misschien, maar ik zou het op prijs stellen als u het me vertelde.'

Ze huiverde alsof ze pas nu de bittere smaak van de rijstbrandewijn proefde.

'Atles vader heeft dat besloten. Toen de geruchten de kop opstaken bij de benoeming van de nieuwe partijleider, heeft Atle zijn vader verteld hoe de zaken ervoor stonden. Een week later had zijn vader zijn testament veranderd. Daarin staat dat Atles aandeel van het familievermogen op zijn naam blijft staan, maar dat het beschikkingsrecht wordt overgedragen aan Runa, die toen net was geboren. Het beschikkingsrecht treedt in werking als ze drieëntwintig jaar is.'

'En wie mag tot die tijd over het geld beschikken?'

'Niemand. Dat betekent dat het in het familiebedrijf blijft.'

'En wat nu, nu uw man dood is?'

'Nu,' zei Hilde Molnes en ze ging met haar vinger over de rand van het glas. 'Nu erft Runa al het geld. En het beschikkingsrecht wordt tot die tijd overgedragen aan degene die de zorgplicht over haar heeft tot ze drieëntwintig is geworden.'

'Als ik u goed begrijp, betekent dat dat het geld nu vrij is en dat u daarover kunt beschikken.'

'Daar lijkt het op, ja. Tot Runa drieëntwintig wordt.'

'Wat houdt zo'n beschikkingsrecht precies in?'

Hilde Molnes haalde haar schouders op. 'Daar heb ik me echt nog niet in verdiept. Ik weet het pas sinds een paar dagen. Van advocaat Hardeid.'

'Dus die clausule dat het beschikkingsrecht aan u wordt overgedragen, was u niet eerder bekend?'

'Misschien is die wel genoemd. Ik heb immers wat papieren moeten ondertekenen, maar het gaat hier om erg gecompliceerde zaken, vindt u niet? Ik heb me er indertijd niet echt mee beziggehouden.'

'Niet?' zei Harry luchtig. 'Ik dacht dat u net wat had gezegd over die zuinige mensen uit Sunnmøre.'

Ze glimlachte even. 'Ik ben nooit een echte Sunnmører geweest.'

Harry keek haar aan. Had ze gedaan alsof ze dronken was? Hij krabde in zijn nek.

'Hoe lang kennen Jens Brekke en u elkaar al?'

'Hoe lang we met elkaar neuken, bedoelt u?'

'Nou, dat ook.'

'Laten we het in de juiste volgorde doen. Even zien...' Hilde Molnes fronste haar wenkbrauwen en staarde naar het plafond. Ze probeerde haar kin op haar hand te laten steunen, maar de arm schoot weg. Toen begreep hij dat hij zich had vergist. Ze was zo dronken als een snip.

'We zijn elkaar voor het eerst tegengekomen tijdens het welkomstfeestje voor Atle, tien dagen na onze aankomst in Bangkok. Het begon om acht uur, de hele Noorse kolonie was uitgenodigd en het vond plaats in de tuin van de ambassadeurswoning. Hij heeft me in de garage geneukt, dat moet zo'n drie uur later zijn geweest, neem ik aan. Ik zei: *híj* neukte me want ik was al zo dronken dat hij nauwelijks mijn medewerking nodig had. Of toestemming. Maar die kreeg hij de keer daarop. Of de keer dáárna, dat herinner ik me niet meer. In elk geval, na een paar keer leerden we elkaar kennen, vroeg u daar niet naar? Tja, en sindsdien hebben we elkaar steeds beter leren kennen. We kennen elkaar nu tamelijk goed. Hebt u genoeg aan dit antwoord, inspecteur?'

Harry merkte dat ze geïrriteerd was. Misschien kwam het door haar eigen onverschilligheid en de zelfverachting die ze tentoonspreidde. Ze gaf hem geen reden zijn fluwelen handschoenen aan te houden.

'U hebt verklaard dat u thuis was op de dag dat uw man werd vermoord. Waar was u precies vanaf vijf uur 's middags tot het tijdstip waarop u te horen kreeg dat uw man dood was aangetroffen?'

'Dat herinner ik me niet!'

Ze krijste, het klonk als de schreeuw van een raaf in een ochtendstil bos en Harry zag dat ze de aandacht begonnen te trekken. Een ogenblik leek het erop dat ze van haar stoel zou rollen, maar ze hervond haar evenwicht.

'Kijk niet zo verschrikt, inspecteur. Ik heb namelijk een alibi, noemen ze dat niet zo? Jazeker, een prachtig alibi zal ik u vertellen. Mijn dochter zal bevestigen dat ik die avond niet in staat was me te bewegen. Ik herinner me dat ik na het eten een fles gin heb geopend en ik neem aan dat ik in slaap ben gevallen, weer wakker ben geworden, wat heb gedronken, weer in slaap ben gevallen, wakker ben geworden enzovoorts. U begrijpt het vast.'

Harry begreep het.

'Vroeg u zich nog meer af, inspecteur Hole?'

Ze maakte de vocalen in zijn naam lang, niet zo heel lang, maar lang genoeg om hem te provoceren.

'Alleen of u uw man hebt vermoord, mevrouw Molnes.'

Met een verbluffend snelle, soepele beweging greep ze haar glas en voor hij kans zag haar te stoppen, voelde hij iets langs zijn oor suizen en hoorde hij het kapotslaan tegen de muur. Ze grijnsde.

'U zult het misschien nu niet willen geloven, maar ik was in Ørsta bij de meisjes van veertien tot zestien topscorer.' Haar stem was rustig, alsof ze het incident alweer achter zich had gelaten. Harry keek naar de verschrikte gezichten die zich naar hen hadden omgedraaid.

'Zestien jaar, dat is heel lang geleden. Ik was het mooiste meisje in... ja, dat heb ik u vast al verteld. En ik had vormen, niet zoals nu. Een vriendin en ik gingen de kleedkamer van de scheidsrechter binnen met slechts een piepklein handdoekje om. We beweerden dan dat we ons op weg naar de douche vergist hadden in de deur. Alles voor het team, begrijpt u. Maar ik geloof niet dat het veel indruk maakte op de scheidsrechter. Hij vroeg zich waarschijnlijk af wat we voor de wedstrijd in de douche hadden te zoeken.'

Ineens stond ze op van tafel en schreeuwde: 'Ørstajongens hei, Ørstajongens hei, Ørstajongens hei, hei, hei!' Ze plofte weer op haar stoel. Het was doodstil geworden in het restaurant.

'Onze yell. Het ging niet met "meisjes", begrijpt u. Het ritme klopte niet. Nou ja, wie zal het zeggen, misschien vonden we het gewoon leuk om te roepen.'

Harry pakte haar onder haar arm en ondersteunde haar terwijl ze de trap af liepen. Hij gaf de taxichauffeur het adres, een vijfdollarbiljet en vroeg hem ervoor te zorgen dat ze thuiskwam. Hij verstond waarschijnlijk niet veel van wat Harry zei, maar leek te begrijpen wat hij bedoelde.

In een bar aan Soi 2, niet ver van het Silom Hotel, ging hij naar binnen. Er was bijna niemand en op het toneel stonden een paar gogogirls die nog niet gekocht waren voor die avond en ze hadden er duidelijk ook niet al te veel hoop op. Het leek eerder alsof ze bezig waren met de afwas toen ze plichtmatig hun benen schudden, terwijl hun borsten op en neer deinden op het ritme van 'When Susannah Cries'. Harry wist niet wat hij het treurigst vond.

Iemand zette een pilsje voor hem neer dat hij niet had besteld. Hij liet het onaangeroerd staan en belde het politiebureau vanuit de telefooncel naast de deur van de herentoiletten. Hij zag geen deur voor dames.

HOOFDSTUK 26

Een licht briesje streek door zijn korte haar. Harry stond op een muurtje aan de rand van het platte dak en keek uit over de stad. Wanneer hij zijn ogen samenkneep, veranderde het beeld in een ononderbroken lichttapijt dat blonk en glinsterde.

'Kom daar af,' zei een stem achter hem. 'Ik krijg de zenuwen van je.'

Liz zat op een klapstoel met een blikje bier in haar hand. Harry was teruggegaan naar het bureau en had haar begraven onder een stapel nog te lezen rapporten aangetroffen. Het was bijna middernacht en ze had ingezien dat het tijd werd om te stoppen. Ze had haar kamer op slot gedraaid, samen waren ze met de lift naar de elfde etage gegaan, daar constateerden ze dat de deur naar het terras op slot zat, waarop ze door een raam naar buiten waren geklauterd en via de brandtrap het terras hadden bereikt.

Ineens klonk de scheepshoorn van een boot boven het dikke geluidstapijt van het verkeer uit.

'Hoorde je dat?' vroeg Liz. 'Toen ik klein was, zei mijn vader altijd dat je in Bangkok de olifanten naar elkaar kon horen roepen als ze per rivierboot werden vervoerd. Ze kwamen uit Maleisië omdat de bossen op Borneo allemaal waren omgekapt. De beesten stonden aan elkaar vastgeketend op het dek en waren op weg naar Noord-Thailand. Toen ik hierheen verhuisde, heb ik lang gedacht dat dit geluid van de olifanten kwam.'

De echo stierf weg.

'Mevrouw Molnes had een motief, maar is dat genoeg?' vroeg Harry en hij sprong naar beneden. 'Zou jij iemand vermoorden om zes jaar lang over vijftig miljoen kronen te kunnen beschikken?'

'Het hangt ervan af wie ik zou moeten vermoorden,' zei Liz. 'Ik ken een paar mensen die ik voor minder naar gene zijde zou willen helpen.'

'Ik bedoel: zijn vijftig miljoen kronen in zes jaar hetzelfde als vijf miljoen in zestig jaar?'

'Nee.'

'Precies. Verdomme!'

'Zou je willen dat zij het was, mevrouw Molnes?'

'Ik hoop van niemand dat hij of zij het was. Ik wil alleen de moordenaar vinden zodat ik als de bliksem terug kan naar huis.'

Liz boerde indrukwekkend hard, knikte tevreden en zette het blikje neer. 'Die arme dochter, heet ze niet Runa? Stel je voor dat je moeder wordt veroordeeld omdat ze je vader heeft vermoord vanwege het geld.'

'Ik weet het. Gelukkig is ze een stoere meid.'

'Weet je dat wel zo zeker?'

Hij haalde zijn schouders op en strekte zijn arm uit naar de hemel.

'Wat ben je aan het doen?' vroeg ze.

'Ik denk.'

'Ik bedoel dat met je hand.'

'Energie. Ik verzamel de energie van alle mensen. Dat zou je het eeuwige leven geven. Geloof jij in zoiets?'

'Ik ben gestopt met geloven toen ik zestien was, Harry.'

Harry draaide zich om, maar hij kon haar gezicht in het donker niet zien.

'Je vader?' vroeg hij.

Hij zag de scherpe omtrek van haar hoofd knikken.

'Yep. Hij droeg de wereld op zijn schouders, mijn vader. Jammer alleen dat het zo zwaar was.'

'Hoe...' hij stopte.

Er klonk gekraak toen ze het blikje in elkaar drukte.

'Het is gewoon het trieste verhaal van een Vietnamveteraan, Harry. We hebben hem in de garage gevonden, volledig in uniform en met zijn dienstwapen naast zich. Hij had een lange brief geschreven, niet aan ons, maar aan de U.S. Army. Daarin stond dat hij het niet verdragen kon om voor zijn verantwoordelijkheid weg te lopen. Hij had dat al in 1973 ingezien toen hij in de deuropening van de helikopter stond die opsteeg van het dak van de Amerikaanse ambassade in Saigon. Hij had neergekeken op de wanhopige Zuid-Vietnamezen die de ambassade bestormden om bescherming te zoeken tegen de troepen die de stad binnendrongen. Hij schreef dat hij net zo verantwoordelijk was als de mannen van de militaire politie die hun geweerkolven gebruikten om hen buiten te houden. Hij schaamde zich tegenover alle mensen aan wie ze hadden beloofd dat ze de oorlog zouden winnen en dat de Vietnamezen een democratie zouden krijgen. Als officier voelde hij zich medeverantwoordelijk voor het feit dat het Amerikaanse leger voorrang gaf aan het evacueren van zijn eigen mensen ten koste van de Vietnamezen die met hen hadden gevochten. Vader droeg zijn militaire inzet op aan hen en het speet hem dat hij zich niet verantwoordelijker had gedragen. Ten slotte groette hij mijn moeder en mij en zei dat we hem zo snel mogelijk moesten vergeten.'

Harry voelde dat hij behoefte had aan een sigaret.

'Dat was wel erg veel verantwoordelijkheid om op je te nemen,' zei hij.

'Ja, maar af en toe denk ik dat het makkelijker is om de verantwoordelijkheid voor de doden op je te nemen dan voor de levenden. Wij moeten voor hen zorgen, Harry. Voor de levenden. Ondanks alles is het die verantwoordelijkheid die ons drijft.'

Verantwoordelijkheid. Als er iets was wat hij het laatste jaar had proberen te begraven dan was het verantwoordelijkheid geweest. Of het nu voor de levenden of voor de doden was geweest, voor zichzelf of voor de anderen. Het leidde altijd tot schuldgevoelens en beloond werd je nooit. Nee, hij kon niet zeggen dat verantwoordelijkheid hem dreef. Misschien had Torhus gelijk, misschien waren zijn motieven om het recht zijn loop te laten hebben inderdaad niet zo zuiver. Misschien was het gewoon stomme eerzucht wat hem verhinderde te accepteren dat de zaak niet verder moest worden uitgezocht. Eerzucht die maakte dat hij maar door bleef gaan om iemand te kunnen pakken die veroordeeld werd zodat de zaak als opgelost kon worden bestempeld. Hadden die krantenkoppen en schouderklopjes die hij had gekregen na zijn terugkeer uit Australië echt maar zo weinig betekend als hij zo graag wilde denken? Was het idee dat hij gewoon maar over iedereen heen kon walsen echt alleen maar ingegeven door het feit dat hij zo snel mogelijk naar huis wilde om aan de Søs-zaak te werken? Of was het omdat het zo verrekte belangrijk voor hem was om te slagen?

Een ogenblik was het bijna helemaal stil, het leek of Bangkok even ademhaalde. Toen sneed dezelfde scheepshoorn weer door de stilte. Een klagend geluid. Het klonk als een erg eenzame olifant, vond Harry. Toen begonnen de auto's weer te toeteren.

Er lag een briefje op zijn deurmat toen hij weer bij zijn appartement kwam. 'Ik ben in het zwembad. Runa.'

Het was Harry opgevallen dat op het paneel in de lift achter het cijfer 4 '*pool*' stond en toen hij op de vierde verdieping uitstapte rook hij inderdaad de geur van chloor. Om de hoek lag een zwembad onder de open hemel, omgeven door gevels met balkons. Het water schitterde zwak in de maneschijn. Hij ging op zijn hurken zitten en stak een hand in het water.

'Je voelt je wel thuis hier, of niet?'

Runa gaf geen antwoord, trappelde alleen wat met haar benen en gleed langs hem voor ze weer onder water dook. Haar kleren en prothese lagen op een hoop op een ligstoel.

'Weet je hoe laat het is?' vroeg hij.

Ze dook vlak onder hem op, greep hem bij zijn nek, trok haar knieën op en duwde zich met haar voeten zachtjes af. Hij was totaal onvoorbereid, verloor zijn evenwicht en zijn handen raakten gladde, naakte huid toen hij in het water gleed met haar onder zich. Ze maakten geen geluid, schoven slechts water aan de kant als een zware, warme deken en zakten erin weg. Het borrelde en kriebelde in zijn oren en Harry's hoofd leek op te zwellen. Ze kwamen bij de bodem en hij zette zich met beide benen af en bracht hen beiden naar de oppervlakte.

'Je bent gek!' zei hij proestend.

Ze lachte zacht en zwom met krachtige slagen van hem weg.

Hij lag met druipende kleren op de kant toen ze het zwembad uit kwam. Toen hij zijn ogen opendeed, was ze bezig met een schepnet een grote libelle te vangen die in het water spartelde.

'Dat is een wonder,' zei Harry. 'Ik was ervan overtuigd dat kakkerlakken de enige insecten zijn die hier in de stad overleven.'

'Een paar goede overleven altijd,' zei ze en ze tilde voorzichtig het net op. Ze maakte de libelle los van het net en met een laag brommend geluid zeilde het insect weg.

'Zijn kakkerlakken niet goed?'

'Bah, die zijn akelig!'

'Daarom hoeven ze toch niet slecht te zijn.'

'Misschien niet. Maar ik geloof ook niet dat ze goed zijn. Ze zíjn er gewoon.'

'Ze zijn er gewoon,' herhaalde Harry, niet sarcastisch, alleen verwonderd.

'Ze zijn zo geschapen. Zodat we zin krijgen om op ze te gaan staan. Anders waren het er nog veel meer geweest.'

'Interessante theorie.'

'Luister,' fluisterde ze. 'Iedereen slaapt.'

'Bangkok slaapt nooit.'

'Ja, luister. Dit zijn slaapgeluiden.'

Het net zat vast aan een holle aluminiumbuis waar ze doorheen blies. Het klonk als een didgeridoo. Hij luisterde. Ze had gelijk.

Ze ging mee naar boven om te douchen. Hij stond al in de gang en had op de knop van de lift gedrukt toen ze de badkamer uit kwam met een handdoek rond haar lichaam geknoopt.

'Je kleren liggen op bed,' zei hij en hij deed de deur dicht.

Kort daarna stonden ze in de gang op de lift te wachten. Een rood lampje boven de deur begon af te tellen.

'Wanneer vertrek je?' vroeg ze.

'Binnenkort. Als er niets meer opduikt.'

'Ik weet dat je eerder vanavond mijn moeder hebt gesproken.'

Harry stopte zijn handen in zijn broekzakken en keek naar

zijn teennagels. Ze had gezegd dat hij ze moest knippen. De liftdeuren gingen open en hij ging in de deuropening staan.

'Je moeder zegt dat ze thuis was toen je vader stierf en dat jij dat kunt bevestigen.'

Ze kreunde. 'Wees eens eerlijk, wil je dat ik daar antwoord op geef?'

'Misschien niet,' zei hij. Hij deed een stap terug en ze keken naar elkaar terwijl ze wachtten tot de liftdeuren dicht gleden.

'Wie denk jij dat het gedaan heeft?' vroeg hij ten slotte.

Ze keek hem nog steeds aan toen de deuren langzaam sloten.

HOOFDSTUK 27

Midden in Jimi's gitaarsolo in 'All Along The Watchtower' verdween ineens de muziek en Jim Love sprong op toen hij begreep dat iemand zijn koptelefoon had afgedaan.

Hij draaide zich om op zijn stoel en een lange, blonde man die beslist zijn zonnebrandcrème vergeten was torende boven hem uit in het krappe wachthuisje. Zijn ogen zaten verscholen achter een pilotenzonnebril van twijfelachtige kwaliteit. Jim had daar oog voor, zijn eigen bril had hem een weekloon gekost.

'Hallo,' zei de lange man. 'Ik heb nagevraagd of je Engels spreekt.'

De man had een onbestemd accent en Jim antwoordde in Brooklyn-slang: 'Beter dan Thai in elk geval. Waarmee kan ik je helpen? Welke firma wil je bezoeken?'

'Geen firma vandaag. Ik wil met jou praten.'

'Met mij? Toch geen controle van de beveiligingsdienst? Ik kan dat met de walkman uitleggen...'

'Niet van de beveiligingsdienst. Van de politie. Ik heet Hole. Mijn collega, Nho...'

Hij deed een stap opzij en achter hem, in de deuropening, stond een Thailander met de gebruikelijke crewcut en een pas gestreken wit overhemd aan. Door beide omstandigheden twijfelde Jim er geen moment aan dat het insigne dat de man voor hem hield echt was. Hij kneep een oog dicht.

'Politie, wat...? Vertel me eens, gaan jullie allemaal naar dezelfde kapper? Nog nooit gedacht aan iets nieuws? Zoiets bijvoorbeeld.' Jim wees naar zijn hoofd met haar en lachte luid.

De lange man glimlachte even. 'Het lijkt er nog niet op dat de jarentachtigretro op de politiebureaus is binnengedrongen, nee.'

'Jaren tachtig wat?'

'Laat maar. Heb je een vervanger en een plek waar we even kunnen praten?'

Jim legde uit dat hij vier jaar geleden met een paar vrienden naar Thailand was gekomen om vakantie te vieren. Ze hadden motorfietsen gehuurd en waren naar het noorden gereden en in een dorpje aan de Mekong bij de grens van Laos was een van hen zo dom geweest opium te kopen, die hij had meegenomen in zijn tas. Op de terugweg waren ze door de politie tegengehouden en de bagage was onderzocht. Op een stoffig landweggetje midden in Thailand beseften ze ineens dat hun vriend een ongelooflijk lang verblijf in de gevangenis te wachten stond.

'Volgens de wet kan men zelfs mensen liquideren die die rotzooi smokkelen, wist je dat? En wij die er niets mee te maken hadden dachten: verdomme, we komen ook in de problemen, we worden beschuldigd van medeplichtigheid. Als zwarte Amerikaan pas ik immers perfect in het plaatje van heroïnesmokkelaar. Pas na veel bidden en smeken hadden we het door: een van de politiemannen liet iets vallen over het betalen van een boete. Dus we gooiden alles wat we hadden op een hoop en zij legden beslag op de opium en lieten ons verder rijden. Verdomme, wat waren we blij! Het probleem was alleen dat we ook het geld hadden gegeven voor onze vliegticket naar de VS. Dus...'

Jim beschreef met veel woorden en nog meer feiten hoe het een had geleid tot het ander, dat hij een poosje had gewerkt als gids voor Amerikaanse toeristen, maar dat hij problemen had gekregen met zijn verblijfsvergunning, dat hij zich sindsdien gedeisd had gehouden, terwijl hij onderhouden werd door een Thais meisje dat hij had ontmoet. De anderen waren inmiddels teruggekeerd, maar hij had besloten te blijven. Na veel vijven en zessen had hij eindelijk een werkvergunning gekregen omdat hem een baan was aangeboden als parkeerwacht, waarvoor ze iemand nodig hadden die Engels sprak omdat het bedrijf voor allerlei internationale bedrijven werkte.

Jim ging maar door en Harry moest hem uiteindelijk een halt toe roepen.

'Verdomme, ik hoop niet dat jouw Thaise collega Engels spreekt,' zei Jim en hij knikte naar Nho. 'Die jongens die we in het noorden hebben betaald...'

'Rustig maar, Jim. We zijn hier om naar iets anders te vragen. Een donkerblauwe Mercedes met een diplomatennummerbord zou hier op 3 januari rond vier uur zijn geweest. Gaat er een belletje rinkelen?'

Jim schaterde van het lachen. 'Als je me nu had gevraagd naar welk Jimi Hendrix-nummer ik op dat moment luisterde dan had ik je misschien kunnen antwoorden, man. Maar de auto's die hier in- en uitrijden...' Hij maakte een wanhopig gebaar met zijn armen.

'Toen we hier arriveerden, kregen we een kaartje. Kun je in dat systeem niets checken, een registratienummer of zoiets?'

Jim schudde zijn hoofd. 'We zijn daar niet zo precies mee. Het grootste deel van de garage wordt met videocamera's bewaakt, dus als er iets gebeurt kunnen we het later bekijken.'

'Later? Bedoel je dat die opnames bewaard blijven?'

'Jazeker.'

'Ik heb geen monitoren gezien.'

'Dat is omdat er geen monitoren zijn. We hebben zes verdiepingen met parkeerplaatsen, dus we hebben niet de capaciteit om hier te gaan zitten kijken. Verdomme, de meeste dieven die een camera zien denken dat ze geobserveerd worden en maken dat ze wegkomen, toch? Daarmee hebben we al een heleboel bereikt. En als iemand zo stom is om toch een van de auto's te strippen of leeg te roven dan hebben we de hele boel kant-en-klaar op film.'

'Hoe lang bewaren jullie de opnames?'

'Tien dagen. De meeste mensen hebben binnen die termijn wel ontdekt dat ze iets missen in hun auto. Daarna gebruiken we de banden weer.'

'Dat wil dus zeggen dat jullie 3 januari van 16.00 uur tot 17.00 uur nog op video hebben?'

Jim keek op de kalender aan de muur.

'Tuurlijk.'

Ze liepen een trap af en kwamen in een vochtige, warme kelder, waar Jim een peertje aan het plafond aandeed en een van de ijzeren kasten die langs de muur stonden opende. De videobanden lagen keurig opgestapeld op de planken.

'Er zullen aardig wat opnames van de hele parkeergarage zijn die jullie moeten bekijken.'

'Die van de parkeerplaatsen voor gasten is genoeg,' zei Harry.

Jim zocht op de planken. Iedere camera had kennelijk zijn eigen plank en de data stonden met potlood geschreven op de ruggen van de cassettebanden. Jim pakte een cassette.

'Showtime.'

Hij deed een andere kast open, waar een videorecorder en een monitor stonden, duwde de cassette in de recorder en na een paar seconden kwam er een zwart-witbeeld op het scherm. Harry herkende direct de gastparkeerplaatsen, de opname was duidelijk gemaakt met dezelfde camera die hij de laatste keer dat hij hier was had gezien. Een code onder in de rechterhoek toonde de maand, de dag en het tijdstip. Ze spoelden door tot 15.50 uur. Er was geen ambassadeauto op de beelden te zien. Ze wachtten. Het leek of ze naar een stilstaand beeld keken, er gebeurde niets.

'We zetten hem op snel afspelen,' zei Jim.

Behalve het feit dat de klok onderin sneller ging, was er geen verschil te zien. Het werd zeventien uur vijftien. Er raasden een paar auto's voorbij en ze lieten natte sporen achter op het cement. Het werd zeventien uur veertig en ze konden de sporen langzaam zien opdrogen en verdwijnen, maar nog steeds geen teken van de Mercedes van de ambassadeur. Toen het zeventien uur vijftig werd, vroeg Harry Jim de recorder stop te zetten.

'Er had een auto van de ambassade op de parkeerplaats moeten staan,' zei Harry.

'Het spijt me,' zei Jim. 'Het lijkt erop dat jullie verkeerde informatie hebben gekregen.'

'Kan het zijn dat de auto ergens anders stond?'

'Uiteraard. Maar iedereen zonder vaste parkeerplaats wordt

langs die camera gedirigeerd, dus in dat geval moeten we de auto voorbij hebben zien rijden.'

'We willen graag een andere video zien.'

'Juist. Welke?'

Nho zocht in zijn zak. 'Weet je waar de auto met dit kentekennummer zijn parkeerplaats heeft?' vroeg hij en hij gaf een briefje aan de Amerikaan. Jim staarde hem wantrouwend aan.

'Verdomme, man, je spreekt wel Engels.'

'Het gaat om een rode Porsche.'

Jim gaf het briefje terug. 'Dat hoef ik niet na te kijken. Niemand met een vaste parkeerplaats heeft hier een rode Porsche.'

'*Faen!*' glipte uit de mond van Harry.

'Wat was dat?' vroeg Jim met een grote grijns op zijn gezicht.

'Iets Noors wat je vast niet wilt leren.'

Ze liepen de zon weer in.

'Ik kan een goede voor je regelen tegen een schappelijk prijsje,' zei Jim wijzend naar de zonnebril van Harry.

'Nee, bedankt.'

'Of iets anders waar je behoefte aan hebt.' Jim knipoogde en lachte. Hij was alweer begonnen met het knippen met zijn vingers. Kennelijk verheugde hij zich alweer op zijn walkman.

'Hé, agent!' riep hij hen na toen ze wegliepen. Harry draaide zich om. '*Fa-an!*'

Ze konden zijn lach horen tot ze bij de auto waren.

'Dus wat weten we?' vroeg Liz terwijl ze haar benen op het bureau legde.

'We weten dat Brekke liegt,' zei Harry. 'Hij zei dat hij na hun vergadering met de ambassadeur was meegegaan naar de garage waar zijn auto stond geparkeerd.'

'Waarom daarover liegen?'

'Aan de telefoon zegt de ambassadeur slechts dat hij wil bevestigen dat ze een afspraak hebben om 16.00 uur. Het is boven alle twijfel verheven dat de ambassadeur op kantoor is gearriveerd. We hebben met de dame bij de receptie gesproken en zij heeft dat bevestigd. Ze kan ook bevestigen dat ze samen het kantoor hebben verlaten want Brekke is nog bij haar geweest om iets door te geven. Ze herinnert zich dat omdat het rond vijf uur was en ze zelf op punt stond om naar huis te gaan.'

'Goed dat iemand zich nog iets herinnert.'

'Maar wat Brekke en de ambassadeur daarna hebben gedaan, weten we niet.'

'Waar was de auto? Het is onwaarschijnlijk dat hij in dat deel van Bangkok heeft geprobeerd op straat te parkeren,' zei Liz.

'Het kan zijn dat ze hadden afgesproken om ergens anders heen te gaan, en de ambassadeur iemand de opdracht heeft gegeven op de auto te passen terwijl hij naar boven ging om Brekke op te halen,' stelde Nho voor.

Rangsan kuchte even en sloeg een pagina om: 'Op een plek waar het wemelt van de gelegenheidsdiefjes?'

'Mee eens,' zei Liz. 'Het is hoe dan ook vreemd dat hij niet de garage in is gegaan, dat is het eenvoudigst en het veiligst. Dan kon hij immers zo'n beetje naast de lift parkeren.'

Haar vinger draaide rond in haar oor en ze kreeg een extatische uitdrukking op haar gezicht.

'Iets anders is dat ik me afvraag wat we eigenlijk willen met die informatie,' zei ze.

Harry maakte een wanhopig gebaar met zijn armen.

'Ik had gehoopt dat we aannemelijk konden maken dat Brekke om 17.00 uur samen met de ambassadeur het kantoor heeft verlaten en dat ze vertrokken zijn in de auto van de ambassade. Dat de video-opname een rode Porsche zou laten zien die er de hele nacht heeft gestaan. Maar ik had er niet aan gedacht dat hij niet met zijn auto naar zijn werk gaat.'

'Laten we die auto's voorlopig vergeten,' zei Liz. 'Wat we weten is dat Brekke liegt. En wat doen we dan?' Ze tikte tegen de krant van Rangsan.

'Checken van het alibi,' klonk het aan de andere kant.

HOOFDSTUK 28

Als mensen gearresteerd worden, zijn hun reacties net zo verschillend als onvoorspelbaar.

Harry meende dat hij de meeste varianten wel had gezien en daarom was hij niet verrast te zien dat het gebruinde gezicht van Jens Brekke een grauwsluier kreeg en dat zijn ogen heen en weer schoten als bij een opgejaagd dier. Zijn lichaamstaal veranderde en zelfs een op maat gemaakt Armani-kostuum zit dan niet meer zo goed. Brekke liep met opgeheven hoofd, maar het leek of hij kleiner was geworden.

Nu was Brekke niet gearresteerd, hij was alleen opgehaald voor verhoor, maar voor iemand die nog nooit was opgehaald door twee gewapende agenten zonder dat hem gevraagd was of het tijdstip hem schikte, was het verschil slechts puur academisch. Toen Harry Brekke in de verhoorkamer zag, leek de gedachte dat de man een koelbloedige moord met een mes had kunnen plegen absurd. Maar hij had dat eerder gedacht en zich vergist.

'We moeten dit verhoor in het Engels afnemen,' zei Harry en hij ging voor hem zitten. 'Het wordt opgenomen op band.' Hij wees naar de microfoon voor hen.

'Juist.' Brekke probeerde te glimlachen. Het leek of iemand met ijzeren haken aan zijn mondhoeken trok.

'Ik moest nogal moeite doen om je te mogen verhoren,' zei Harry. 'Aangezien het wordt opgenomen, moet het strikt genomen door iemand van de Thaise politie worden gedaan, maar omdat je een Noorse staatsburger bent zei de commissaris dat het goed was.'

'Bedankt.'

'Nou ja, ik weet niet of er reden is om me te bedanken. Is je verteld dat je het recht hebt om contact op te nemen met een advocaat?'

'Ja.'

Harry wilde vragen waarom hij van dat aanbod geen gebruik had gemaakt, maar liet het zitten. Er was geen reden om hem hier nog een keer over na te laten denken. Wat hij te weten was gekomen over het Thaise rechtsstelsel was dat het tamelijk identiek was aan het Noorse en er was dus geen reden om aan te nemen dat de advocaten erg verschilden. In dit geval zou dat betekenen dat de cliënt onmiddellijk de opdracht zou krijgen zijn mond te houden. Maar alles was volgens het boekje gegaan en nu was het een kwestie van beginnen.

'Klopt het dat je een verhouding hebt met Hilde Molnes, de echtgenote van de overleden Atle Molnes?'

'Wat?' Twee wilde wijd opengesperde ogen keken hem van de andere kant van de tafel aan.

'Ik heb met mevrouw Molnes gesproken. Ik stel voor dat je de waarheid vertelt.'

Er volgde een stilte.

'Ja.'

'Iets harder, alsjeblieft.'

'Ja!'

'Hoe lang duurt de verhouding al?'

'Ik weet het niet. Lang.'

'Sinds het welkomstfeest voor de ambassadeur anderhalf jaar geleden?'

'Nou...'

'Nou?'

'Ja, dat zou je wel kunnen zeggen.'

'Was je op de hoogte van het feit dat mevrouw Molnes de beschikking zou krijgen over een groot vermogen als haar man overleed?'

'Vermogen?'

'Ben ik moeilijk te verstaan?'

Brekke ademde uit op een manier die deed denken aan het sissen van een kapotte strandbal. 'Dat is nieuw voor me. Ik had de indruk dat het om een relatief beperkt kapitaal ging.'

'O ja? De laatste keer dat ik met je heb gesproken vertelde je me dat het gesprek dat Molnes en jij op 3 januari op jouw kantoor hadden over geld ging. We weten bovendien dat Molnes een grote schuld had. Ik kan dat niet met elkaar rijmen.'

Opnieuw een stilte. Brekke wilde iets zeggen, maar bedacht zich.

'Ik heb gelogen,' zei hij ten slotte.

'Je krijgt een nieuwe kans om de waarheid te vertellen.'

'Hij kwam naar me toe om het over mijn relatie met Hilde, zijn vrouw, te hebben. Hij wilde dat daar een eind aan kwam.'

'Niet direct een onredelijke eis, misschien?'

Brekke haalde zijn schouders op. 'Ik weet niet hoeveel jullie weten over Atle Molnes.'

'Ga ervan uit dat we niets weten.'

'Laat ik het zo zeggen: zijn seksuele voorliefde paste niet echt bij een huwelijk.'

Hij keek op. Harry knikte dat hij moest doorgaan.

'Het was niet uit jaloezie dat hij erop aandrong dat Hilde en ik elkaar niet langer zouden zien. Het was met het oog op geruchten die in Noorwegen de ronde deden. Hij zei dat het de geruchten nieuw leven zou inblazen als de verhouding bekend zou worden en dat het niet alleen hem schade zou berokkenen, maar ook andere mensen op belangrijke posities. Ik probeerde hem uit te horen, maar dat was het enige wat hij wilde zeggen.'

'Waar dreigde hij mee?'

'Dreigde? Wat bedoel je?'

'Hij heeft je toch niet alleen vriendelijk gevraagd de affaire te stoppen met de vrouw van wie je houdt?'

'Ja, ja, echt. Ik geloof zelfs dat hij dat woord ook gebruikte.'

'Welk woord?'

'Vriendelijk.' Brekke legde zijn handen op de tafel voor hem. 'Hij was een merkwaardige man. Vriendelijk.' Hij glimlachte witjes.

'Ja, ik neem aan dat je dat woord niet vaak hoort in jullie branche.'

'Misschien ook niet in de jouwe?'

Harry keek hem even aan, maar Brekke keek niet uitdagend.

'Waar zijn jullie het over eens geworden?'

'Niets. Ik zei dat ik erover na moest denken. Wat moest ik zeggen? De man leek bijna in tranen uit te barsten.'

'Heb je overwogen te stoppen met de relatie?'

Brekke fronste zijn wenkbrauwen, alsof het een nieuwe gedachte voor hem was.

'Nee, ik... ja, het zou me erg zwaar vallen om de relatie te beëindigen.'

'Je hebt me verteld dat je na het gesprek met de ambassadeur bent meegelopen naar de garage waar zijn auto stond geparkeerd. Wil je die verklaring nu nog wijzigen?'

'Nee...' Brekke keek hem verbaasd aan.

'We hebben de video-opnames van die betreffende dag tussen vijftien uur vijftig en zeventien uur vijftien gecheckt. De auto van de ambassadeur stond niet op de parkeerplaats voor gasten. Wil je je verklaring wijzigen?'

'Wijzigen?' Brekke keek hem argwanend aan. 'Nee, maar mijn god, we kwamen uit de lift en ik heb zijn auto zien staan. We moeten allebei op de opname te zien zijn. Ik herinner me zelfs nog dat we een paar woorden hebben gewisseld voor hij in de auto ging zitten, ik heb de ambassadeur beloofd dat ik niets tegen Hilde zou zeggen over het gesprek.'

'Wij kunnen dus bewijzen dat het niet zo was. Voor de laatste keer: wil je je verklaring wijzigen?'

'Nee!'

Harry hoorde een beslistheid in zijn stem die er niet was geweest bij het begin van het verhoor.

'Wat heb je gedaan nadat je, zoals je beweert, met de ambassadeur naar de parkeergarage was geweest?'

Brekke verklaarde dat hij weer naar zijn kantoor was gegaan en tot middernacht had gewerkt aan tussenrapportages en daarna een taxi had genomen naar huis. Harry vroeg of er nog iemand bij hem op kantoor was geweest of dat hij was gebeld, maar Brekke had uitgelegd dat niemand zonder een pasje het kantoor binnen kon komen en dat hij de telefoon had uitgeschakeld om rustig te kunnen werken. Dat deed hij altijd als hij aan rapporten werkte.

'Heb je niemand die je een alibi kan geven? Niemand die je bijvoorbeeld thuis heeft zien komen?'

'Ben, de portier waar ik woon. Misschien herinnert hij zich het. Het valt hem in elk geval vaak op als ik in pak laat thuiskom.'

'Een portier die je rond middernacht heeft zien thuiskomen, is dat alles?'

Brekke probeerde na te denken.

'Ik ben bang van wel.'

'Oké,' zei Harry. 'Anderen zullen het nu overnemen. Wil je iets te drinken hebben? Koffie, water?'

'Nee, bedankt.'

Harry stond op om weg te gaan.

'Harry?'

Hij draaide zich om. 'Het is beter dat je me Hole noemt. Of inspecteur.'

'Juist. Zit ik in de problemen?' Hij vroeg het in het Noors.

Harry kneep zijn ogen samen. Brekke zag er triest uit zoals hij daar zat, in elkaar gezakt als een zitzak.

'Ik geloof dat ik als ik jou was mijn advocaat zou bellen.'

'Ik begrijp het. Bedankt.'

Harry bleef bij de deur staan. 'Trouwens, hoe zit het met die belofte die je de ambassadeur in de garage hebt gedaan? Heb je die gehouden?'

Brekke wierp hem een verontschuldigende lach toe. 'Dat is tamelijk idioot. Ik was van plan het aan Hilde te vertellen, ik bedoel, ik moest wel. Maar toen ik te horen kreeg dat hij dood was, toen... ja, hij was zoals gezegd een merkwaardige man en ik vond dat ik me niet meer aan mijn belofte hoefde houden. Die had ook geen praktisch nut meer.'

'Een ogenblik, dan zet ik de luidspreker aan.'

'Hallo?'

'We kunnen je horen, Harry. Ga je gang.'

Bjarne Møller, Dagfinn Torhus en de commissaris luisterden zonder onderbrekingen naar de telefonische rapportage van Harry.

Daarna nam Torhus het woord.

'Dus we hebben een Noor in voorlopige hechtenis, verdacht van moord. De vraag is: hoe lang kunnen we dat verzwijgen?'

De commissaris kuchte en zei: 'Aangezien de moord tot nu toe niet bekend is bij de pers, staat de politie niet onder druk om de moordenaar te vinden. Ik zal hierna even bellen. Ik denk dat we nog een paar dagen hebben, vooral omdat we niet meer tegen die Brekke hebben dan een valse verklaring en een motief. Als we hem moeten vrijlaten, heeft het de voorkeur dat niemand iets van die arrestatie weet.'

'Harry, hoor je me?' Het was Møller die sprak. Er was wat sferisch geruis te horen dat hij opvatte als een bevestiging. 'Is die kerel schuldig, Harry? Heeft hij het gedaan?'

Er kwam meer geruis en Møller pakte de telefoonhoorn van het apparaat van de commissaris.

'Wat zei je, Harry? ...ies? O, precies. Nou, we overleggen hier en we houden contact.'

Hij hing op.

'Wat zei hij?'

'Dat hij het niet weet.'

Het was laat toen Harry thuiskwam. In Le Boucheron waren alle tafeltjes bezet, dus hij had in Soi 4 in Patpong gegeten, in de homostraat. Tijdens het hoofdgerecht was een man naar hem toe gekomen die hem beleefd had gevraagd of hij gepijpt wilde worden en zich onmiddellijk had teruggetrokken toen Harry zijn hoofd schudde.

Harry stapte op de vierde verdieping uit de lift. Er waren geen mensen en de lichten bij het zwembad waren uit. Hij trok zijn kleren uit en dook in het water. Het water gaf hem een verkoelende omarming. Hij zwom een paar baantjes, voelde de weerstand van het water. Runa had gezegd dat geen twee zwembaden gelijk zijn, dat elk water zijn eigenheid heeft, zijn speciale consistentie, geur en kleur. Dit zwembad was vanille, had ze gezegd. Zoet en een beetje taai. Hij ademde in, maar rook slechts chloor en Bangkok. Hij draaide zich op zijn rug en dreef met gesloten ogen. Het geluid van zijn eigen ademhaling gaf hem het gevoel opgesloten te zijn in een kamertje. Hij opende zijn ogen. In een van de flats werd het licht uitgedaan. Een satelliet bewoog langzaam tussen de sterren. Een motorfiets met een gat in zijn knalpot probeerde weg te rijden. Toen keek hij weer naar zijn flat. Hij telde de etages nogmaals. Hij slikte water in. Het was zijn flat geweest waar het licht uitging.

In slechts een paar seconden was Harry uit het water, hij trok zijn broek aan en keek vergeefs rond op zoek naar iets wat hij als wapen zou kunnen gebruiken. Hij greep het schepnet dat tegen de muur stond, rende de paar meter naar de lift en drukte op de liftknop. De liftdeuren gleden open, hij stapte naar binnen en rook vaag de geur van kerrie. Het leek of er een seconde van zijn leven werd weggesneden en toen hij weer tot zichzelf kwam, lag hij op zijn rug op de koude stenen vloer. Hij had slechts een klap tegen zijn hoofd gehad, maar een enorme gedaante torende boven Harry uit en hij begreep meteen dat zijn kansen niet goed waren. Hij haalde uit met het net en raakte de persoon net boven zijn knieën, maar het lichte aluminium had weinig effect. Harry zag kans de eerste trap te ontwijken en ging op zijn knieën zitten, maar de tweede trap trof zijn schouder en draaide hem half rond. Zijn rug deed pijn, maar de trap had de adrenalineproductie op gang gebracht en met een kreet van pijn kwam hij overeind. In het licht van de openstaande liftdeur zag hij een vlecht dansen rond een gladgeschoren schedel terwijl er een arm op hem afkwam die hem boven zijn oog trof en hem achterover richting zwembad deed wankelen. De gedaante kwam achter hem aan en Harry sloeg met zijn linkerhand in de lucht voor hij met zijn rechtervuist iets raakte wat een gezicht moest zijn. Het leek of hij tegen graniet sloeg en hij had het gevoel dat hij zichzelf meer pijn had gedaan dan de ander. Harry stapte naar achteren en bewoog zijn gezicht opzij, hij voelde de luchtverplaatsing van een stoot en de angst die bezit van hem nam. Hij tastte naar zijn riem, vond de handboeien, kreeg ze los en kon er drie vingers in krijgen. Hij wachtte tot de gedaante dichterbij kwam, gokte erop dat er geen uppercut kwam en dook. Toen sloeg hij, draaide zijn heup en daarna zijn schouder, gebruikte zijn hele lichaam en beukte met een razende wanhoop door het donker tot hij met zijn ijzeren knokkels vlees en bot raakte en er iets leek mee te geven. Hij sloeg weer en voelde dat het ijzer door huid ging. Het bloed liep warm en traag tussen zijn vingers door, hij wist niet of het van hem of van de ander was, maar hij tilde zijn vuist op om weer te slaan, met stijgende verbijstering zag hij dat de ander nog overeind stond. Toen hoorde hij een zachte, rochelende lach en een wagonlading beton trof zijn hoofd, alles werd nog zwarter en boven en beneden bestonden niet meer.

Harry kwam weer bij in het water, haalde automatisch adem en het volgende ogenblik werd hij naar beneden getrokken. Hij verzette zich, maar dat haalde niets uit. Het water versterkte het geluid van de metalen klik van iets wat op slot werd gedaan en de arm die hem vasthield liet ineens los. Hij opende zijn ogen, alles leek turquoise om hem heen en hij herkende de tegels onder zich. Hij zette zich af, maar een ruk aan zijn arm vertelde hem wat zijn hersenen al getracht hadden aan hem uit te leggen, maar wat hij had geweigerd te geloven. Dat hij zou verdrinken. Dat Woo hem met zijn eigen handboeien aan het putje op de bodem van het zwembad vast had gemaakt.

Hij keek omhoog. De maan scheen op hem door een filter van water. Hij strekte zijn vrije arm en die kwam uit het water. Verdomme, het zwembad was hier maar een meter diep! Harry trok zijn benen onder zich en probeerde overeind te komen, strekte zich zoveel mogelijk, de handboei sneed in zijn duimgewricht, maar het was nog steeds twintig centimeter voor zijn mond het wateroppervlak raakte. Hij registreerde dat de schaduw aan de zwembadrand verdween. Verdomme! Niet in paniek raken, dacht hij, paniek verbruikt veel zuurstof.

Hij liet zich zakken op de bodem, onderzocht het rooster met zijn vingers. Het was van staal en zat muurvast, er kwam geen beweging in, zelfs niet toen hij het met beide handen pakte en uit alle macht trok. Hoe lang kon hij zijn adem inhouden? Een minuut? Twee minuten? Zijn spieren deden al pijn, hij voelde tintelingen in zijn slapen en er dansten rode sterren voor zijn ogen. Hij probeerde zich weer los te rukken en besefte dat zijn fysieke inspanningen snel alle zuurstof verbruikten. Zijn mond was droog van angst, zijn hersenen begonnen beelden te maken waarvan hij wist dat het hallucinaties waren, te weinig brandstof, te weinig water. Een absurde gedachte kwam bij hem op – als hij zoveel dronk als hij maar kon, zou de waterstand misschien dermate zakken dat zijn hoofd boven het water uit kwam. Hij sloeg met zijn vrije hand op het wateroppervlak, maar wist dat niemand hem kon horen, want hoewel het onder water een stille wereld was, brulde Bangkok onaangedaan non-stop door en overstemde alle geluiden. En als iemand hem hoorde, wat dan? Het enige wat ze konden doen was hem gezelschap houden in de dood. Een brandende hitte pakte zich samen in zijn hoofd en hij bereidde zich voor op wat iemand vroeg of laat gaat doen als hij verdrinkt: water inademen. Zijn vrije hand stootte tegen iets van metaal. Het schepnet. Dat lag op de kant. Harry greep het en trok het naar zich toe. Runa had er didgeridoo mee gespeeld. Hol. Lucht. Hij sloot zijn mond rond het uiteinde van de buis. Hij kreeg water in zijn mond, slikte en verslikte zich bijna, voelde dode, droge insecten op zijn tong en beet in de buis terwijl hij vocht tegen de hoestreflex. Waarom heet het zuurstof? Het is niet zuur, maar zoet, zelfs hier in Bangkok is de lucht zoet als honing. Hij ademde afval in en aluminiumsplinters die vastkleefden aan het speeksel in zijn keel, maar hij sloeg er geen acht op. Hij ademde in en uit met een intensiteit alsof hij een marathon had gelopen.

Zijn hersenen begonnen weer te werken. Daarom wist hij ook dat het slechts uitstel van executie was. In zijn bloed werd de zuurstof tot kooldioxide omgevormd, de uitlaatgassen van zijn eigen lichaam, en de buis was zo lang dat het hem niet zou lukken dit dodelijke gas eruit te blazen. Hij zou de gerecyclede lucht steeds opnieuw inademen en het mengsel zou steeds minder zuurstof bevatten en steeds meer dodelijke kooldioxide. Dat wordt hypercapnie genoemd en hij zou er snel aan doodgaan. Het ergste was dat hij, doordat hij zo snel ademhaalde, het proces versnelde. Hij zou langzaam slaperig worden, de hersenen zouden de lust verliezen adem te halen, hij zou minder en minder lucht binnenkrijgen en ten slotte stoppen met ademhalen.

Wat eenzaam, dacht Harry. Vastgeketend. Als olifanten op een rivierboot. Olifanten. Hij blies in de buis zo hard hij kon.

Anne Verk woonde al drie jaar in Bangkok. Haar man was chef van Shell Thailand, ze hadden geen kinderen, waren doorsnee ongelukkig en zouden het nog wel een paar jaar met elkaar uithouden. Daarna zou ze terugkeren naar Nederland, haar studie afmaken en een andere man zoeken. Uit pure verveling had ze gesolliciteerd op een onbetaalde baan als lerares bij Empire en tot haar verbazing hadden ze haar aangenomen. Empire was een idealistisch project, opgezet voor jonge prostituees in Bangkok om hun Engels te leren. Anne Verk leerde de meisjes wat ze nodig hadden in de bars, daarvoor kwamen ze eigenlijk. Ze zaten in hun schoolbankjes, lachten en waren verlegen als Anne hun vroeg haar te na te doen. 'Zal ik die sigaret voor u aansteken, sir?' of: 'Ik ben nog maagd, u bent erg knap, sir. Wilt u iets te drinken kopen?'

Vandaag had een van de meisjes een nieuwe, rode jurk aan waarop ze duidelijk trots was en ze had de klas in haperend Engels verteld dat de jurk gekocht was bij Robertson Department Store. Af en toe was het moeilijk voor te stellen dat deze meisjes als hoer werkten in een van de slechte wijken van Bangkok.

Zoals de meeste Nederlanders sprak ze uitstekend Engels en een avond in de week gaf ze ook les aan de andere leraren. Ze stapte op de vierde verdieping uit de lift. Het was een extra vermoeiende avond geweest met veel discussie over de onderwijsmethodes en ze verlangde ernaar haar schoenen uit te schoppen in hun flat van tweehonderd vierkante meter toen ze wonderlijke hese klanken hoorde. Eerst dacht ze dat ze van de rivier kwamen, maar ineens besefte ze dat ze uit het zwembad kwamen. Ze vond het lichtknopje en ze had een paar seconden nodig om te begrijpen wat ze zag: een man onder water en de buis van het schepnet die boven water uitstak. Toen begon ze te rennen.

Harry zag het licht en de gedaante die aan de zwembadrand stond. Toen verdween die weer. Het had een vrouw geleken. Was ze in paniek geraakt? Harry voelde de eerste tekenen van hypercapnie al. In theorie moesten die heel prettig zijn, alsof je wegzakte in een narcose, maar hij voelde alleen de angst die als brandewijn door zijn aderen ging. Hij probeerde zich te concentreren, ademde rustig, niet te veel, niet te weinig, maar het werd steeds moeilijker.

Hij merkte daarom niet dat de waterstand begon te zakken en toen een vrouw in het water sprong en hem optilde, was hij ervan overtuigd dat ze een engel was die hem kwam halen.

De rest van de nacht had hij voornamelijk hoofdpijn. Hij zat in een stoel in zijn flat, er kwam een arts die een bloedproef afnam en hem vertelde dat hij geluk had gehad. Alsof hij iemand nodig had die hem dat vertelde. Later stond Liz naast hem en noteerde wat er was gebeurd.

'Wat wilde hij in je flat?' vroeg ze.

'Geen idee. Me bang maken, misschien.'

'Heeft hij iets meegenomen?'

Hij keek snel rond.

'Niet als mijn tandenborstel nog in de badkamer ligt.'

'Grapjas. Hoe voel je je?'

'Alsof ik een kater heb.'

'Ik zal direct een opsporingsbericht uit laten gaan.'

'Vergeet het nou maar. Ga naar huis en probeer zelf nog wat te slapen.'

'Wat ben je ineens onbaatzuchtig geworden.'

'Ik speel het goed, vind je niet?' Hij wreef met beide handen over zijn gezicht.

'Dit is niet iets om grapjes over te maken, Harry. Besef je dat je een kooldioxidevergiftiging hebt opgelopen?'

'Niet meer dan de gemiddelde inwoner van Bangkok, volgens de arts. Ik meen het, Liz. Ga naar huis, ik heb geen zin meer om met je te praten. Morgen ben ik weer helemaal fit.'

'Je hebt morgen vrij.'

'Zoals je wilt. Ga nu.'

Harry slikte de pillen die de arts aan hem had gegeven, sliep zonder te dromen en werd pas wakker toen Liz hem tegen twaalf uur belde om te vragen hoe het met hem ging. Hij gromde iets als antwoord.

'Ik wil je vandaag niet zien,' zei ze.

'Ik hou ook van jou,' zei hij, waarop hij ophing en uit bed stapte om zich aan te kleden.

Het was de warmste dag van het jaar en op het politiebureau kreunde iedereen om het hardst. Zelfs in Liz' kantoor kon de airconditioning het niet bolwerken. De neus van Harry begon te vervellen en hij zag eruit als een variant van Rudolf het rendier. Hij was halverwege zijn derde literfles water.

'Als dit het koude seizoen is, hoe zit het dan...'

'Alsjeblieft, Harry.' Liz was niet van mening dat de hitte draaglijker werd als je erover sprak.

'Hoe zit het met Woo, Nho? Al een spoor?'

'Niks. Ik heb een serieus gesprek gehad met meneer Sorensen van Thai-Indo Travellers. Hij zegt dat hij niet weet waar Woo is, hij beweert dat Woo niet meer voor het bedrijf werkt.'

Liz zuchtte. 'En we hebben geen idee wat hij in Harry's flat deed. Fijn. Hoe zit het met Brekke?'

Sunthorn had de portier van het gebouw waarin Brekke woonde te pakken kunnen krijgen. Hij herinnerde zich inderdaad dat Brekke op die bewuste avond midden in de nacht thuis was gekomen, maar hij kon niet precies zeggen hoe laat dat was.

Liz deelde mee dat de jongens van de technische recherche al bezig waren de flat en het kantoor van Brekke uit te kammen. Ze richtten zich vooral op de kleding en schoenen om te kijken of ze bloed, haar, vezels of wat voor sporen dan ook konden vinden die Brekke aan het slachtoffer of de plaats delict konden linken.

'In de tussentijd,' zei Rangsan, 'heb ik een paar dingen te zeggen over de foto's die we hebben gevonden in de koffer van Molnes.'

Hij prikte drie vergrote foto's vast aan een bord naast de deur. Hoewel de beelden lang genoeg in het hoofd van Harry hadden rondgespookt en ze iets van hun onmiddellijke shockeffect hadden verloren, voelde hij zijn maag weer samenkrimpen.

'We zijn hiermee naar de afdeling zedendelicten gegaan om te zien wat zij ervan konden zeggen. Het is hun niet gelukt de foto's in verband te brengen met bekende distributeurs van kinderporno.' Rangsan draaide een van de foto's om. 'Ten eerste zijn de foto's gedrukt op Duits papier dat in Thailand niet te krijgen is. Ten tweede zijn de foto's een beetje onscherp en doen ze denken aan amateurfoto's die niet bestemd zijn voor distributie. De technisch rechercheur heeft met een foto-expert gesproken die vaststelde dat ze van een grote afstand met een telelens zijn gemaakt en dat ze waarschijnlijk van buiten zijn genomen. Hij denkt dat dit een raamkozijn is.'

Rangsan wees op een grijze schaduw aan de rand van de foto. 'Dat de foto's toch tamelijk professioneel zijn, kan erop duiden dat het om een niche op de kinderpornomarkt gaat, die tegemoetkomt aan de wensen van gluurders.'

'Hoezo?'

'In de VS verdient de pornobranche grof geld aan zogenaamde amateuropnames, die eigenlijk door professionele acteurs en fotografen worden gemaakt, maar die er met opzet amateuristisch uitzien door het gebruik van eenvoudige apparatuur en niet al te opgedofte fotomodellen. Het is gebleken dat mensen meer willen betalen voor authentieke opnames uit de slaapkamer. Hetzelfde geldt voor foto's en video's waarvan wordt beweerd dat ze aan de andere kant van de straat zijn geschoten zonder dat de hoofdrolspelers zich daarvan bewust waren. Dat laatste appelleert aan de behoeftes van gluurders, mensen dus die geilen op het observeren van mensen. We denken dat deze foto's in die categorie vallen.'

'Of,' zei Harry, 'het kan ook zijn dat deze foto's zijn gemaakt voor afpersing en niet voor distributie.'

Rangsan schudde zijn hoofd. 'Daar hebben we aan gedacht, maar in dat geval zou er een volwassene op de foto moeten staan die te identificeren valt. Typerend voor kinderpornofoto's die verkocht worden is dat juist de gezichten van de daders niet zichtbaar zijn. Zoals op deze.'

Hij wees naar de drie foto's. Je kon het achterwerk en het lage deel van de rug van een persoon zien. Afgezien van een hemd met het onderste deel van de getallen twee en nul, was de persoon naakt.

'En als het toch om chantage gaat en de fotograaf heeft het gezicht er niet op kunnen krijgen?' zei Harry. 'Of hij heeft alleen afdrukken gestuurd waarop hij niet te identificeren valt?'

'Wacht even!' Liz zwaaide met haar hand. 'Wat wil je nu zeggen, Harry? Dat de man op de foto Molnes is?'

'Dat is een theorie. Dat hij werd afgeperst, maar niet kon betalen vanwege zijn speelschuld.'

'En dan?' vroeg Rangsan. 'Dat geeft de afperser geen motief om Molnes te vermoorden.'

'Misschien dreigde Molnes hem aan te geven bij de politie.'

'De afperser aangeven en zelf veroordeeld worden voor pedofilie?' Rangsan sloeg zijn ogen ten hemel en Sunthorn en Nho deden pogingen om hun lach te verbergen.

Harry stak zijn armen in de lucht.

'Zoals ik al zei, het is een theorie en ik ben het met jullie eens dat we die laten vallen. Een tweede theorie is dat Molnes de afperser is...'

'...en dat Brekke de dader is.' Liz legde haar kin op haar hand en staarde nadenkend voor zich uit. 'Tja, Molnes had geld nodig en het geeft Brekke een motief voor moord. Maar dat had hij al, dus dat brengt ons niet verder. Wat denk jij, Rangsan, is het mogelijk om uit te sluiten dat het Brekke is die we op de foto's zien?'

Hij schudde zijn hoofd.

'De foto's zijn zo onscherp dat we niemand kunnen uitsluiten, tenzij Brekke speciale kenmerken heeft.'

'Wie meldt zich vrijwillig om de kont van Brekke te checken?' vroeg Liz en ze oogstte gelach.

Sunthorn kuchte discreet en zei: 'Als Brekke Molnes heeft

vermoord vanwege de foto's, waarom heeft hij ze dan achtergelaten?'

Het was een poos stil.

'Ben ik de enige die vindt dat we hier maar wat zitten te babbelen?' vroeg Liz ten slotte.

De airconditioning rochelde en Harry dacht dat de dag net zo lang als heet zou worden.

Harry bleef op de drempel van de terrasdeur naar de tuin van de ambassadeurswoning staan.

'Harry?' Runa knipperde water uit haar ogen en klom uit het zwembad.

'Hallo,' zei hij. 'Je moeder slaapt.'

Ze haalde haar schouders op.

'We hebben Jens Brekke gearresteerd.'

Hij wachtte tot ze iets zou zeggen, zou vragen waarom, maar ze zei niets. Hij zuchtte. 'Ik wil je niet plagen met deze dingen, Runa. Maar ik zit er middenin en jij ook, dus ik stel voor dat we elkaar een beetje proberen te helpen.'

'Juist,' zei ze. Harry probeerde haar toon te interpreteren. Hij besloot direct ter zake te komen.

'Ik moet proberen iets meer over hem te weten te komen, wat voor soort man hij is, of hij is voor wie hij zich uitgeeft enzovoorts. Ik ben van plan te starten met de verhouding die hij met je moeder heeft. Ik bedoel, er is sprake van een groot leeftijdsverschil.'

'Je vraagt je af of hij haar gebruikt?'

'Zoiets, ja.'

'Mijn moeder gebruikt hem misschien, maar of dat omgekeerd het geval is?'

Harry ging op de stoel onder de boom zitten, maar zij bleef staan.

'Moeder vindt het niet prettig als ik in de buurt ben als ze samen zijn, dus ik heb hem nooit echt leren kennen.'

'Jij kent hem beter dan ik.'

'Is dat zo? Hm. Hij lijkt tamelijk glad, maar misschien is dat alleen de buitenkant. Hij probeert in elk geval aardig tegen me te zijn, het was bijvoorbeeld zijn idee om me op thaiboksen te doen. Ik geloof dat hij denkt dat ik in sport ben geïnteresseerd omdat ik duik. Of hij haar gebruikt? Ik weet het niet. Het spijt me, ik kan je niet echt helpen, maar ik weet niet hoe mannen op die leeftijd denken, jullie laten niet zoveel van je gevoelens zien.'

Harry zette zijn zonnebril recht. 'Bedankt, het is in ieder geval iets, Runa. Wil je je moeder vragen me te bellen als ze wakker is?'

Ze ging bij de zwembadrand staan, met haar rug naar het water, sprong op en tekende, met haar hoofd achterover en een holle rug, een parabool voor hem. Hij zag de bubbels op het oppervlak uit elkaar spatten toen hij zich omdraaide om weg te gaan.

Brekkes chef bij Barclays Thailand had een kale kop en rimpels van de zorgen in zijn gezicht. Hij hoestte een paar maal en vroeg Harry drie keer zijn naam te zeggen. Harry keek rond in het kantoor en stelde vast dat Brekke niet had gelogen. Het was kleiner dan dat van hem.

'Brekke is een van onze beste handelaren,' zei de chef. 'Goed geheugen voor getallen.'

'Juist.'

'Geslepen, ja. Dat is zijn werk.'

'Oké.'

'Sommigen beweren dat hij soms brutaal is, maar geen van onze klanten heeft hem er ooit van beschuldigd unfair te zijn.'

'Hoe is hij als persoon?'

'Heb ik u dat niet zojuist verteld?'

Harry belde op het politiebureau Tore Bø, de chef van de valuta-afdeling van Den norske Bank – de DnB. Hij vertelde dat Brekke een korte verhouding had met een secretaresse op zijn afdeling maar dat die ineens was beëindigd, kennelijk op haar initiatief.

Hij nam aan dat dat een van de redenen kon zijn dat Brekke kort daarna ontslag had genomen en de baan in Bangkok had geaccepteerd.

'Maar de extra premie en het hogere salaris hebben natuurlijk ook meegespeeld,' voegde hij eraan toe.

Na de lunch namen Harry en Nho de lift naar de eerste verdieping, waar Brekke nog steeds in een arrestantencel zat in afwachting van transport naar Pratunam, waar hij in voorlopige hechtenis zou worden genomen.

Brekke had nog steeds het pak aan waarin hij was gearresteerd, maar hij had de bovenste knoopjes van zijn overhemd opengedaan en de mouwen opgerold en zag er niet meer uit als een valutahandelaar. Zijn haar, dat nat was van het zweet, plakte op zijn voorhoofd en hij staarde haast verbaasd naar zijn handen die werkloos op de tafel voor hem lagen.

'Dit is Nho, een collega van me,' zei Harry.

Brekke keek op, glimlachte dapper en knikte.

'Ik heb eigenlijk maar één vraag,' zei Nho. 'Ben jij op maandag 3 januari om 17.00 uur met de ambassadeur meegelopen naar de parkeergarage waar zijn auto stond geparkeerd?'

Brekke keek Harry aan en toen Nho.

'Ja,' zei hij.

Nho keek naar Harry en knikte.

'Bedankt,' zei Harry. 'Dat was alles.'

Het verkeer bewoog zich in een slakkengang, Harry had hoofdpijn en de airconditioning floot angstaanjagend. Nho was gestopt voor het hokje van de parkeerwachter van Barclays Thailand, had het raampje naar beneden gedraaid en van een Thailander met een plat gezicht gehoord dat Jim Love niet op het werk was.

Nho liet zijn politie-insigne zien en legde uit dat ze graag naar een van de videobanden wilden kijken, maar de parkeerwacht schudde afwijzend zijn hoofd en zei dat ze de beveiligingsdienst moesten bellen. Nho draaide zich om naar Harry en haalde zijn schouders op.

'Vertel hem dat het om een moordzaak gaat,' zei Harry.

'Dat heb ik al gedaan.'

'Dan moeten we het hem nog beter uitleggen.'

Harry stapte uit de auto. De warmte en vochtigheid sloegen in zijn gezicht, het leek op het openen van een pan met kokend water. Hij rekte zich uit, liep langzaam rond de auto en was al een beetje duizelig. De parkeerwacht fronste zijn voorhoofd toen een bijna twee meter lange roodverbrande *farang* dichterbij kwam met zijn hand op zijn pistoolholster.

Harry ging voor hem staan, liet zijn tanden zien en pakte met zijn linkerhand de riem van de parkeerwachter vast. De man kwam met een schreeuw uit het hokje, maar had geen tijd om zich te verweren voor Harry de riem helemaal had losgetrokken en zijn rechterhand naar binnen had gestoken. De parkeerwacht werd van de grond opgetild terwijl Harry rukte. De onderbroek scheurde krakend in tweeën. Nho riep iets, maar het was al te laat. Harry stond al triomfantelijk met een witte boxershort boven zijn hoofd te zwaaien. Het volgende ogenblik zeilde de onderbroek over het hokje en belandde in de struiken. Toen liep Harry om de auto heen en ging weer zitten.

'Oude truc van het gymnasium,' zei hij tegen Nho, die hem met grote ogen aankeek. 'Jij mag de onderhandelingen nu overnemen. Verdomme, wat is het warm.'

Nho sprong uit de auto en na een korte bespreking stak hij zijn hoofd in de auto en knikte, waarop de twee voor Harry uit liepen naar de kelder, de parkeerwacht met een woedende blik en op gepaste afstand van Harry.

Het mechanisme van de videoapparatuur zoemde en Harry stak een sigaret op. Hij had het idee dat nicotine in dergelijke situaties de gedachtegang stimuleerde.

'Juist,' zei Harry. 'Jij denkt dus dat Brekke de waarheid spreekt?'

'Dat denk jij ook,' zei Nho. 'Als dat niet zo was, had je me niet hierheen gesleept.'

'Inderdaad.' De rook prikte in Harry's ogen. 'En hier zie je dus waarom ik denk dat hij de waarheid spreekt.'

Nho keek naar de beelden, maar moest het opgeven en schudde zijn hoofd.

'Deze cassette is van maandag 10 januari,' zei Harry. 'Rond tien uur 's avonds.'

'Fout,' zei Nho. 'Dit is dezelfde opname die we laatst hebben gezien, van de dag van de moord, 3 januari. De datum staat zelfs daar onderaan.'

Harry blies een kringetje, maar het tochtte ergens, dus de rook verdween direct.

'Dit is dezelfde opname, maar de datum is de hele tijd verkeerd geweest. Ik vraag me af of onze onderbroekloze vriend hier kan bevestigen of het inderdaad een koud kunstje is om de opnameapparatuur zo te programmeren dat de datum en het tijdstip onder aan het beeld veranderen.'

Nho keek de parkeerwacht aan, die zijn schouders ophaalde en knikte.

'Maar dat verklaart niet hoe je weet van wanneer deze opnamen zijn,' zei Nho.

Harry knikte naar het beeld. 'Ik realiseerde het me vanmorgen toen ik wakker werd van het verkeerslawaai op de Taksinbrug, vlak bij mijn flat,' zei hij. 'Dat er te weinig verkeer was. Dit is een parkeergarage met zes verdiepingen in een druk bedrijvengebouw, het is tussen vier en vijf uur en we zien in een uur slechts twee auto's langskomen.'

Harry tikte de as van zijn sigaret. 'Het volgende wat me opviel was dit.'

Hij stond op en wees naar de zwarte strepen op het cement. 'Sporen van natte banden. Van beide auto's. Wanneer waren de wegen in Bangkok voor het laatst nat?'

'Twee maanden geleden op zijn minst.'

'Fout. Vier dagen geleden, op 10 januari, tussen tien en halfelf 's avonds was er een mangobui. Ik weet dat omdat ik het grootste deel over me heen heb gekregen.'

'Verrek, je hebt gelijk,' zei Nho. Hij fronste zijn voorhoofd. 'Maar deze videocamera's nemen constant op. Als deze opname niet van 3 januari is, maar van 10 januari, dan moet dat toch betekenen dat de cassette waarop dat eigenlijk had moeten staan uit de apparatuur is gehaald.'

Harry vroeg de parkeerwachter de cassette op te zoeken waarop 10 januari stond en dertig seconden later konden ze constateren dat de opnames op de cassette stopten om 21.30 uur. Daarna volgden vijf seconden sneeuw voor het beeld weer stabiel werd.

'Hier werd de cassette eruit gehaald,' zei Harry. 'De beelden die we nu zien, stonden al eerder op de cassette.'

Hij wees naar de datum. '1 januari 05.25 uur.'

Harry vroeg de parkeerwacht het beeld stop te zetten en ze bleven ernaar zitten kijken terwijl Harry zijn sigaret oprookte.

Nho vouwde zijn handen. 'Dus iemand heeft met de cassette gerommeld zodat het lijkt of de ambassadeursauto nooit in de parkeergarage heeft gestaan. Waarom?'

Harry gaf geen antwoord. Hij keek naar het tijdstip. 05.25 uur. Vijfendertig minuten voor het nieuwe jaar in Oslo. Waar was hij toen, wat had hij gedaan? Had hij bij Schrøder gezeten? Nee, dat was vast dicht. Hij had waarschijnlijk geslapen. Hij kon zich in elk geval geen vuurwerk herinneren.

De beveiligingsdienst kon bevestigen dat Jim Love op 10 januari nachtdienst had en ze gaven zonder problemen zijn adres en telefoonnummer. Nho belde om te zien of er iemand thuis was bij Love, maar tevergeefs.

'Stuur er een surveillancewagen heen om te checken,' zei Liz. Ze leek opgewekt omdat ze eindelijk iets concreets hadden om aan te werken.

Sunthorn kwam het kantoor binnen en gaf haar een map.

'Jim Love heeft geen strafblad,' zei hij. 'Men Maisan, een van de undercovers van Drugs, herkende zijn beschrijving. Als het om dezelfde kerel gaat, is hij verscheidene malen bij Miss Duyen's gezien.'

'Wat wil dat zeggen?' vroeg Harry.

'Dat hij misschien toch niet zo onschuldig was in die opiumzaak waarover hij vertelde,' zei Nho.

'Miss Duyen's is een opiumkit in Chinatown,' legde Liz uit.

'Een opiumkit? Is dat niet... eh, verboden?'

'Uiteraard.'

'Sorry, domme vraag,' zei Harry. 'Ik dacht eigenlijk dat de politie daartegen optrad.'

'Ik weet niet hoe het is waar jij vandaan komt, Harry, maar hier proberen we het een beetje pragmatisch te bekijken. We kunnen Miss Duyen's natuurlijk sluiten, maar een week later gaat er ergens anders een opiumkit open. Of de stakkers gaan door op straat. Het voordeel met Miss Duyen's is dat we er zicht op hebben, dat onze undercovers kunnen komen en gaan wanneer ze willen en dat degenen die ervoor hebben gekozen hun hersenen kapot te maken met opium dat in een enigszins fatsoenlijke omgeving kunnen doen.'

Iemand hoestte.

'Plus dat Miss Duyen's er vast goed voor wordt betaald,' werd er gemompeld achter de *Bangkok Post*.

Liz deed alsof ze dat niet gehoord had.

'Aangezien hij vandaag niet is verschenen op zijn werk en ook niet thuis is, neem ik aan dat hij op een van de bamboematjes bij Miss Duyen's ligt. Ik stel voor dat Harry en jij daar even gaan kijken, Nho. Praat met Maisan, hij kan jullie helpen. Kan interessant zijn voor onze toerist om daar te gaan kijken.'

Maisan en Harry liepen door een smal steegje waar een gloeiend hete bries rondslingerend vuil langs de vervallen huisgevels blies. Nho was in de auto blijven zitten omdat Maisan vond dat hij al van verre naar een smeris rook. Bovendien was hij bang dat men bij Miss Duyen's argwaan zou krijgen als ze met hun drieën binnenkwamen.

'Het roken van opium is geen sociale bezigheid,' legde Maisan met een flink Amerikaans accent uit. Harry vroeg zich af of dat accent en het T-shirt van The Doors ook niet een beetje te veel waren voor een undercover. Maisan bleef staan voor de openstaande smeedijzeren poort die als deur fungeerde en probeerde zijn peuk met zijn rechterhak door het asfalt te drukken voor hij naar binnen dook.

De overgang van de zon buiten naar het donker binnen maakte dat Harry eerst niets zag, maar hij hoorde zachte, mompelende stemmen en zag vaag de contouren van twee ruggen.

'Verdomme!' Harry stootte zijn hoofd tegen de deurpost en draaide zich om toen hij een bekende lach hoorde. In het donker bij de muur dacht hij een enorme gedaante te zien, maar het kon zijn dat hij zich vergiste. Hij haastte zich achter de twee ruggen aan. Ze verdwenen een trap af en Harry sprintte achter hen aan. Een paar geldbiljetten wisselden van hand en de deur ging open, net genoeg om hen naar binnen te laten glippen.

Binnen stonk het naar aarde, pies, rook en zoete opium.

Harry's vage voorstelling van een opiumkit kwam uit een Sergio Leone-film waarin Robert De Niro in bleekgeel licht op een bed met dikke kussens zich laat verwennen door vrouwen in zijden sarongs. Het licht gaf het geheel een haast sacrale sfeer. Zo herinnerde hij zich het in elk geval. Afgezien van het feit dat het licht hier ook gedempt was, was er weinig wat hem deed denken aan Hollywood. Het stof dat in de lucht hing maakte het ademhalen moeilijk en behalve op een paar britsen langs de muur lagen de bezoekers op tapijten en bamboematjes op de hard aangestampte grond.

Het donker en de bedompte lucht, waarin zacht gehoest en gerochel weerklonken, maakten dat Harry eerst dacht dat er maar een handjevol mensen binnen was, maar toen zijn ogen langzaam gewend waren aan het donker zag hij dat het een grote, open ruimte was en dat er zeker een paar honderd mensen, bijna allemaal mannen, binnen waren. Behalve het hoesten was het er wonderlijk stil. De meeste mannen leken te slapen, een paar maakten wat bewegingen. Hij zag een oude man die met beide handen het mondstuk van de pijp vasthield, terwijl hij zo hard zoog dat de verschrompelde huid rond zijn jukbeenderen strak kwam te staan.

De waanzin was goed georganiseerd, ze lagen keurig in rijen, onderverdeeld in vierkanten waartussen je nog kon lopen, ongeveer net zoals op een kerkhof. Harry liep achter Maisan aan langs de rijen en probeerde zijn adem in te houden.

'Zie jij jouw man?' fluisterde de undercover.

Harry schudde zijn hoofd. 'Het is hier zo verdomde donker.'

Maisan grinnikte even. 'Ze hebben een poosje tl-buizen opgehangen om een eind te maken aan al het stelen. Maar toen kwamen de mensen niet meer. De meesten zijn zelf ook dieven.'

Maisan liep verder door de ruimte. Na een poosje dook hij weer op in het donker en wees naar de uitgang. 'Ik heb net gehoord dat de neger soms ook naar Yupa House gaat, aan het eind van deze straat. Sommige mensen nemen hun eigen opium mee om die daar te roken. De eigenaar laat hen daar met rust.'

Net toen Harry's pupillen genoeg opengesperd waren om iets te kunnen zien in het donker, werden ze weer blootgesteld aan de grote tandartslamp die buiten nog steeds trouw aan de hemel hing. Hij deed zo snel mogelijk zijn zonnebril op.

'Zeg, ik weet een plek waar je goedkope...'

'Nee bedankt, deze is goed.'

Ze haalden Nho op. Yupa House zou een Thais politie-insigne

willen zien en Maisan wilde zich in deze buurt niet identificeren.

'Bedankt,' zei Harry.

'Doe voorzichtig,' zei Maisan en hij verdween in de schaduw.

HOOFDSTUK 31

De receptionist van Yupa House zag eruit als het spiegelbeeld in een lachspiegel die mensen dunner maakt. Op de smalle, hangende schouders zat een langwerpig gezicht op een gierennek. Hij had pluizig haar, ogen die schuin naar onderen getrokken werden en een smalle hangsnor. Hij was zeer formeel en beleefd en ook omdat hij een zwart pak droeg moest Harry denken aan een begrafenisondernemer.

Hij verzekerde Harry en Nho dat er niemand met de naam Love aanwezig was. Toen ze hem beschreven, werd zijn lach nog breder en schudde hij zijn hoofd. Boven de balie hing een bordje waarop de eenvoudige regels van het hotel stonden: geen wapens, geen stinkende objecten en niet roken in bed.

'Een ogenblik alstublieft,' zei Harry tegen de receptionist en hij trok Nho naar de deuropening.

'En?'

'Moeilijk,' zei Nho. 'Hij is een Vietnamees.'

'En wat dan nog?'

'Heb je niet gehoord wat Nguyen Cao Ky tijdens de Vietnamoorlog over zijn landgenoten zei? Hij zei dat Vietnamezen geboren leugenaars zijn, dat het in hun genen zit, dat ze al generaties lang geleerd hebben dat de waarheid ongeluk brengt.'

'Zeg je dat hij liegt?'

'Ik zeg dat ik geen idee heb. Hij is goed.'

Harry draaide zich om, liep naar de balie en vroeg om de loper. De receptionist lachte onzeker. Harry verhief zijn stem een beetje, spelde *master key* voor hem en lachte verbeten.

'We zullen kamer voor kamer doorzoeken, begrijp je? Natuurlijk zullen we genoodzaakt zijn het hotel voor nader onderzoek te sluiten als we iets vinden wat niet door de beugel kan, wat hier wel geen probleem zal zijn.'

De receptionist schudde zijn hoofd en had ineens grote problemen met het verstaan van Engels.

‘Ik zeg dat het nauwelijks een probleem zal zijn omdat er op het bordje boven de balie staat dat het verboden is om te roken in bed.’

Harry rukte het bordje los en smeet het op de balie.

De Vietnamees keek lang naar het bordje. Er bewoog iets onder de huid van de gierennek.

‘Op kamer 304 logeert een man die Jones heet,’ zei hij. ‘Misschien zoeken jullie hem?’

Harry draaide zich lachend om naar Nho, die zijn schouders ophaalde.

‘Is meneer Jones op zijn kamer?’

‘Hij heeft zijn kamer sinds zijn aankomst niet verlaten.’

De receptionist ging met hen mee naar boven. Ze klopten aan, maar er werd niet opengedaan. Nho gaf de receptionist een teken dat hij de deur moest openmaken en hij haalde zijn zwarte .35 mm-Beretta uit de holster, die hij laadde en ontgrendelde. Het hoofd van de receptionist begon een beetje te schudden, ongeveer net zoals bij een kip. Hij draaide de sleutel om en deed snel twee passen naar achteren. Harry duwde de deur langzaam open. De gordijnen waren dicht en het was binnen bijna donker. Hij stak een hand naar binnen en deed het licht aan. Op het bed lag Jim Love, onbeweeglijk, met gesloten ogen en met zijn koptelefoon op. Een ventilator bromde aan het plafond en deed de gordijnen zacht wapperen. De waterpijp stond op een laag tafeltje naast het bed.

‘Jim Love!’ riep Harry, maar Jim Love reageerde niet.

Hij slaapt of zijn walkman staat heel hard, dacht Harry en hij keek de kamer rond om er zeker van te zijn dat Jim alleen was. Pas toen hij zag hoe een vlieg ongehinderd uit Jims neusgat kroop, begreep hij dat Jim Love niet meer ademde. Harry liep naar het bed en legde een hand op zijn voorhoofd. Dat was zo koud als marmer.

Harry zat op een slechte stoel in de hotelkamer en wachtte. Hij neuriede een nummer, maar kon zich niet herinneren wat de titel was.

De arts kwam en stelde vast dat Love al meer dan twaalf uur dood was, iets wat Harry hem zelf al had kunnen vertellen. En toen de arts werd gevraagd hoe lang ze moesten wachten op het resultaat van de obductie en hij zijn schouders ophaalde, begreep Harry dat het antwoord hetzelfde was: meer dan twaalf uur.

Iedereen, Rangsan uitgezonderd, kwam die avond bij elkaar in het kantoor van Liz. Het goede humeur dat de inspecteur die ochtend had was verdwenen.

'Vertel me dat jullie iets hebben,' zei ze dreigend.

'De technisch rechercheurs hebben een heleboel gevonden,' zei Nho. 'Ze hebben met drie man op de plaats delict onderzoek gedaan en een hele hoop vingerafdrukken, haren en vezels gevonden. Ze denken dat er in Yupa House al een halfjaar niet is schoongemaakt.'

Sunthorn en Harry lachten, maar Liz keek hen knorrig aan.

'Geen sporen die iets met de moord te maken hebben?'

'We weten nog niet eens of het om moord gaat,' zei Harry.

'Jawel, verdomme,' snauwde Liz. 'Mensen die verdacht worden van medeplichtigheid aan een moord sterven niet toevallig een paar uur voor we ze aan de tand willen voelen aan een overdosis.'

'Wie voor de galg geboren is, zal niet snel verdrinken,' zei Harry.

'Wat zeg je?'

'Ik zeg dat je gelijk hebt.'

Nho voegde daaraan toe dat een overdosis onder opiumrokers zelden voorkwam. Meestal verloren ze hun bewustzijn voor ze te veel konden consumeren. De deur ging open en Rangsan kwam binnen.

'Nieuws,' zei hij, hij ging zitten en pakte zijn krant. 'Ze hebben de doodsoorzaak gevonden.'

'Ik dacht dat het resultaat van de obductie niet voor morgen kwam,' zei Nho.

'Niet nodig. De jongen van de technische recherche heeft blauwzuur in de opium gevonden, een dun laagje. Die kerel moet na de eerste keer inhaleren al dood zijn gegaan.'

Het was een ogenblik stil rond de tafel.

'Haal Maisan op!' Liz was weer helemaal terug. 'We moeten uitzoeken waar Love zijn opium vandaan haalde.'

'Ik zou niet al te optimistisch zijn,' waarschuwde Rangsan, 'Maisan heeft met de vaste dealer van Love gesproken en hij had hem al een hele tijd niet gezien.'

'Goed,' zei Harry, 'maar het is nu in elk geval wel duidelijk dat iemand bewust heeft getracht Brekke als de moordenaar aan te wijzen.'

'Dat helpt ons niet verder,' zei Liz.

'Daar zou ik niet zo zeker van zijn,' zei Harry. 'Het is niet zeker dat Brekke toevallig gekozen is als zondebok, misschien had de moordenaar een motief om Brekke als schuldige aan te wijzen, had hij nog een rekening te vereffenen.'

'Sorry,' zei Liz. Ze staarde naar de tafel. 'We houden Brekke nog vast.'

'Wat?' Harry kon zijn oren niet geloven.

'Orders van de commissaris.'

'Maar...'

'Zo is het.'

'Bovendien hebben we een nieuwe aanwijzing die in de richting van Noorwegen wijst,' zei Rangsan. 'De technische recherche heeft het resultaat van de analyses van het vet op het lemmet van het mes naar zijn Noorse collega's gestuurd om te zien wat zij ervan vonden. Zij ontdekten dat het om vet van een rendier gaat en dat is hier in Thailand niet gebruikelijk. Iemand van de technische recherche heeft voorgesteld om de Kerstman te arresteren.' Nho en Sunthorn grinnikten.

'Maar Oslo vertelde dat rendiervet door de Samen wordt gebruikt om hun messen te beschermen.'

'Thais mes en Noors vet,' zei Liz. 'Het wordt steeds interessanter.'

Ze stond plotseling op. 'Welterusten allemaal, ik hoop dat iedereen morgen uitgerust verschijnt.'

Harry hield haar bij de lift staande en vroeg om een verklaring.

'Luister, Harry, dit is Thailand en daar gelden iets andere regels. Onze commissaris heeft zich ermee bemoeid en tegen Oslo gezegd dat we de moordenaar hebben gevonden. Hij gelooft dat het Brekke is en toen ik hem op de hoogte bracht van de laatste ontwikkelingen, werd hij erg chagrijnig en stond hij erop dat Brekke in verzekerde bewaring werd gehouden. Totdat hij een alibi heeft.'

'Maar...'

'Gezichtsverlies, Harry, gezichtsverlies. Je moet niet vergeten dat men in Thailand zo wordt opgevoed dat je nooit een fout toegeeft.'

'En als iedereen weet wie de fout heeft gemaakt?'

'Dan helpt iedereen mee zodat het er niet uitziet als een fout.'

Gelukkig sloten de liftdeuren achter Liz voor Harry de kans kreeg om te zeggen wat hij daarvan dacht. In plaats daarvan schoot hem te binnen hoe het nummer heette dat door zijn hoofd spookte. 'All Along The Watchtower'. En nu herinnerde hij zich de tekst ook: *There must be some way out of here, said the joker to the chief.*

Als dat eens zo mocht zijn.

Voor de deur van zijn flat lag een brief, hij zag dat Runa's naam op de achterkant stond.

Hij knoopte zijn overhemd open, het zweet lag als een fijn olielaagje op zijn borst en buik. Hij probeerde zich te herinneren hoe hij was toen hij zeventien was. Was hij toen verliefd? Vast.

Hij legde de brief op zijn nachtkastje, ongeopend. Zo zou hij hem ook teruggeven. Toen ging hij op bed liggen en een half miljoen auto's en een airconditioning probeerden hem in slaap te wiegen.

Hij dacht aan Birgitta. Het Zweedse meisje dat hij in Australië had ontmoet en dat had gezegd dat ze van hem hield. Wat had

Aune ook alweer gezegd? Dat hij bang was om zich aan andere mensen te binden. De laatste gedachte die hij zich herinnerde was dat je moest boeten voor iedere bevrijding.

Het leek of Jens Brekke niet had geslapen sinds Harry hem voor het laatst had gezien. Hij had bloeddoorlopen ogen en zijn handen bewogen doelloos heen en weer over de tafel voor zich.

'Dus je herinnert je niet die donkere parkeerwacht met zijn afrokapsel?' vroeg Harry.

Brekke schudde zijn hoofd. 'Zoals ik al zei, maak ik nooit gebruik van die garage.'

'We vergeten Jim Love voorlopig,' zei Harry. 'Laten we ons concentreren op de vraag wie jou achter de tralies wil hebben.'

'Wat bedoel je?'

'Iemand heeft heel veel moeite gedaan om jouw alibi te vernietigen.'

Jens trok zijn wenkbrauwen zo hoog op dat ze bijna zijn haargrens raakten.

'Op 10 januari heeft iemand de videocassette van 3 januari in de videorecorder gedaan en daarmee een opname gewist waarop te zien is dat jij met de ambassadeur bent meegelopen naar zijn auto.'

Jens' wenkbrauwen zakten weer en vormden een m. 'Hè?'

'Denk na.'

'Of ik vijanden heb, bedoel je?'

'Misschien. Of misschien was het gewoon praktisch om een zondebok te hebben.'

Jens wreef in zijn nek. 'Vijanden? Ik kan niemand bedenken, geen echte vijanden.' Hij veerde op. 'Maar dat betekent toch dat ik vrij ben?'

'Sorry, maar je wordt nog steeds verdacht.'

'Ja maar, je zei net dat jullie...'

'De commissaris wil je niet vrijlaten voor we een alibi hebben. Daarom vraag ik je goed na te denken. Was er iemand, wie dan ook, die jou heeft gezien nadat je afscheid hebt genomen van de ambassadeur en voordat je naar huis bent gegaan? Iemand in de garage, toen je je kantoor verliet of toen je een taxi nam, ben je nog in een winkel geweest? Wat dan ook?'

Jens zette zijn vingertoppen tegen zijn voorhoofd. Harry stak een sigaret op.

'Verdomme, Harry! Je hebt me zo in de war gebracht met dat verhaal over die video, ik kan niet meer helder denken.'

Jens kreunde en sloeg met zijn hand op tafel. 'Weet je wat er vannacht gebeurde? Ik droomde dat ik de ambassadeur vermoordde. Dat we door de hoofdingang het gebouw verlieten en in zijn auto naar een motel reden waar ik een enorm slagersmes in zijn rug stak. Ik probeerde te stoppen, maar ik was geen meester over mijn eigen lichaam, ik leek opgesloten te zitten in een robot en die stak en stak, en ik...'

Hij zweeg.

Harry zei niets, gunde hem de tijd die hij nodig had.

'De kwestie is dat ik het niet verdraag opgesloten te zijn,' zei Jens. 'Ik heb daar nooit tegen gekund. Mijn vader...'

Hij slikte en balde zijn rechterhand tot een vuist. Harry zag dat zijn knokkels wit werden. Jens fluisterde bijna toen hij verderging: 'Als iemand binnen zou komen met een bekentenis en tegen me zou zeggen dat ik kon gaan als ik die ondertekende dan zou ik verdomd niet weten wat ik zou doen.'

Harry stond op. 'Probeer goed na te denken. Nu we het videobewijs uit de wereld hebben, kun je misschien helderder denken.'

Hij liep naar de deur.

'Harry?'

Harry vroeg zich af waarom mensen toch altijd zo spraakzaam werden als je hun je rug toekeerde.

'Hm?'

'Waarom denk jij dat ik onschuldig ben, terwijl iedereen overtuigd is van het tegenovergestelde?'

Harry gaf antwoord zonder zich om te draaien. 'Vooral omdat we geen enkel bewijs tegen je hebben, alleen een ontbrekend alibi en een tamelijk vaag motief.'

'En verder?'

Harry grinnikte en draaide zich om. 'Omdat ik je al de eerste keer dat ik je ontmoette een klootzak vond.'

'Dus?'

'Ik heb extreem weinig mensenkennis. Een prettige dag nog.'

Bjarne Møller opende een oog, tuurde naar de wekker op het nachtkastje en vroeg zich af wie in godsnaam dacht dat zes uur in de ochtend een goede tijd was om te bellen.

'Ik weet hoe laat het is,' zei Harry voor Møller ook maar iets kon zeggen. 'Luister, je moet een kerel voor me checken. Niets concreets, slechts een onderbuikgevoel.'

'Een onderbuikgevoel?' Møllers stem leek op een stuk karton dat tegen de spaken van een fietswiel sloeg.

'Ja, ik wil er wat om verwedden. Ik denk dat we op zoek zijn naar een Noor en dat beperkt het aantal gegadigden aanzienlijk.'

Møller rochelde uitvoerig en haalde een emmer vol slijm omhoog. 'Waarom een Noor?'

'Nou, op het colbert van Molnes vonden we sporen van rendiervet, waarschijnlijk afkomstig van het mes. En de hoek van de messteek duidt erop dat de dader tamelijk lang geweest moet zijn geweest. De Thailanders zijn over het algemeen tamelijk klein, zoals je misschien weet.'

'Oké, maar kon je daar niet een paar uur mee wachten, Hole?'

'Uiteraard,' zei Harry. Er viel een stilte.

'Dus waarom heb je dat niet gedaan?'

'Omdat er hier vijf rechercheurs en een commissaris zitten te wachten tot jij je lijf in beweging brengt, chef.'

Twee uur later belde Møller terug.

'Hole, hoe ben je op het idee gekomen om juist die kerel te laten controleren?'

'Nou, ik dacht zoals gezegd dat iemand die rendiervet op zijn mes smeert in Noord-Noorwegen moet zijn geweest. Toen herinnerde ik me dat een paar vrienden die terugkwamen uit militaire dienst in Finnmark echte grote Samen-messen hadden gekocht. Ivar Løken is een paar jaar in dienst geweest en was in Vardø gestationeerd. Bovendien heb ik het gevoel dat hij weet hoe hij een mes moet gebruiken.'

'Dat kan heel goed kloppen,' zei Møller. 'Wat weet je nog meer van hem?'

'Niet zoveel. Tonje Wiig denkt dat hij hier tot zijn pensioen is geparkeerd.'

'Nou, we hebben niets over hem in het strafregister.' Møller zweeg even.

'Maar?'

'We hebben hier wel een bestand over hem.'

'Wat bedoel je?'

'Zijn naam kwam op het scherm, maar ik kon het bestand niet openen. Een uur later kreeg ik een telefoontje van de Militaire Inlichtingendienst in Huseby omdat men zich afvroeg waarom ik had geprobeerd zijn bestand te openen.'

'Jezus.'

'Ze vroegen me een schriftelijk verzoek in te dienen als ik inlichtingen wilde over Ivar Løken.'

'Laat dan maar zitten.'

'Dat heb ik al gedaan, Harry, we komen daar toch niet verder mee.'

'Heb je met Hammervoll van de afdeling Zedendelicten gesproken?'

'Ja.'

'Wat zei hij?'

'Dat er uiteraard geen archief is van pedofiele Noren in Thailand.'

'Dat dacht ik al. Dat verrekte datatoezicht.'

'Daar heeft het niets mee te maken.'

'O?'

'We hebben een paar jaar geleden een lijst gemaakt, maar moesten het voornemen om die up-to-date te houden opgeven. Het waren er gewoon te veel.'

Toen Harry Tonje Wiig had opgebeld met het verzoek haar zo snel mogelijk te mogen spreken, had ze erop gestaan af te spreken in de Author's Lounge in het Oriental Hotel om daar thee te drinken.

'Iedereen gaat daarheen,' zei ze.

Harry constateerde dat 'iedereen' blank, welvarend en goed gekleed was.

'Welkom in het beste hotel ter wereld, Harry,' kwetterde Tonje vanuit de diepte van een leunstoel in de lobby.

Ze droeg een blauwe katoenen jurk en op haar schoot lag een strohoed, waardoor ze, net als de andere mensen in de lobby, ouderwets, onbezorgd kolonialisme uitstraalde.

Ze betraden de auteursloge, kregen hun thee en knikten beleefd terug naar de andere blanken, die kennelijk van mening waren dat ras alleen al een reden was om te groeten. Harry rommelde nerveus met het porselein.

'Misschien niet een plek voor jou, Harry?' Het lukte Tonje gelijktijdig van haar thee te nippen en hem schalks toe te lachen.

'Ik probeer te begrijpen waarom ik glimlach naar Amerikanen in golfkleding.'

Ze lachte haar trillende lach. 'Ach, een beetje beschaafde omgeving zal je geen kwaad doen.'

'Sinds wanneer zijn geruite broeken beschaafd?'

'Nou ja, beschaafde mensen, bedoel ik.'

Harry stelde vast dat Fredrikstad weinig had bijgedragen aan de ontwikkeling van de vrouw die voor hem zat. Hij dacht aan Sanphet, de oude Thailander die een pas gestreken overhemd en een lange broek had aangetrokken toen hij bezoek kreeg en die hen had ontvangen in de brandende zon zodat niemand eronder zou lijden hoe eenvoudig hij woonde. Dat was beschaafder dan wat hij tot nu toe had gezien onder de blanken in Bangkok.

Harry vroeg wat Tonje wist over pedofielen.

'Niet veel meer dan dat Thailand er veel aantrekt. Zoals je je zeker kunt herinneren, is vorig jaar in Pattaya een Noor gepakt met letterlijk zijn broek op zijn enkels. In de Noorse kranten stond een keurig gearrangeerde foto van drie jongetjes die hem aangaven bij de politie. Het gezicht van de man was onherkenbaar gemaakt, dat van de jongetjes niet. In de Engelstalige uitgave van *Pattaya Mail* was het omgekeerd. Bovendien gebruikten ze in de lead de volledige naam van die kerel, waarna ze consequent van *The Norwegian* spraken.' Tonje schudde haar hoofd.

'Mensen hier die nog nooit eerder van Noorwegen hadden gehoord, wisten ineens dat Oslo de hoofdstad was omdat er stond dat de Noorse overheid gevraagd had de man op een vliegtuig naar Oslo te zetten. Iedereen vroeg zich af waarom ze hem terug wilden hebben. Hier zouden ze hem een flink aantal jaren achter slot en grendel hebben gezet.'

'Als de straffen hier zo streng zijn, waarom zijn er dan zoveel pedofielen in Thailand?'

'De Thaise overheid zou graag het stempel van eldorado voor pedofielen kwijt zijn want het is schadelijk voor het toerisme dat niets te maken heeft met seks. Maar binnen de politie heeft onderzoek daarnaar niet de hoogste prioriteit omdat het arresteren van buitenlanders altijd tot veel extra werk leidt. De pedofielen komen over het algemeen uit de rijke Europese landen, Japan en de VS, die gelijk hun hele machinerie in werking zetten met eisen om uitlevering. Dat leidt weer tot veel ambassademensen op het politiebureau en beschuldigingen van steekpenningen enzovoorts.'

'Dus het resultaat is dat de overheden elkaar tegenwerken?'

Tonjes gezicht liet een stralende lach zien en Harry begreep dat die niet voor hem was bedoeld, maar voor iemand van 'iedereen' die achter zijn rug langsliep.

'Niet alleen maar,' zei ze. 'Soms is er sprake van samenwerking. De overheden van Zweden en Denemarken bijvoorbeeld hebben afgesproken met de Thaise overheid dat ze toestemming hebben om eigen politiemensen hier te stationeren die zaken waarbij Zweedse en Deense pedofielen zijn betrokken onderzoeken. Bovendien zijn er wetswijzigingen aangenomen waardoor Deense en Zweedse staatsburgers veroordeeld kunnen worden in hun respectieve vaderlanden voor misbruik van kinderen in Thailand.'

'En Noorwegen?'

Tonje haalde haar schouders op. 'Wij hebben geen afspraken met Thailand. Ik weet dat de Noorse politie heeft geijverd voor dezelfde aanpak, maar ik geloof dat de Noorse overheid geen juist beeld heeft van de omvang van wat er zich in Pattaya en Bangkok afspeelt. Heb je kinderen gezien die kauwgom verkopen?'

Harry knikte. Het krioelde ervan rond de gogobars in Patpong.

'Dat is een zogenaamde geheime code. Kauwgom betekent dat ze te koop zijn.'

Harry bedacht huiverend dat hij een pakje Wrigley's van een jongetje op blote voeten had gekocht. Het jongetje had hem met zijn donkere ogen doodsbang aangekeken, maar Harry had gedacht dat het kwam omdat er zoveel mensen waren en er zo geschreeuwd werd.

'Kun je me iets vertellen over de fotohobby van Ivar Løken, heb jij foto's van hem gezien?'

'Nee, maar ik heb zijn apparatuur gezien en die was imponerend genoeg.'

Ze bloosde een beetje toen ze begreep waarom Harry onwillekeurig moest lachen.

'En die reizen door Indochina, weet je zeker dat hij daar is geweest?'

'Weten, weten, waarom zou hij daarover liegen?'

'Heb jij een idee?'

Ze sloeg haar armen over elkaar alsof ze het ineens koud had gekregen. 'Eigenlijk niet. Hoe smaakt de thee?'

'Ik moet je om een gunst vragen, Tonje.'

‘O ja?’

‘Een uitnodiging voor een diner.’

Ze keek verrast naar hem op.

‘Als je tijd hebt,’ voegde hij eraan toe.

Ze had even nodig om haar gezicht in de plooi te trekken, maar uiteindelijk kreeg ze dat schalkse lachje weer. ‘Mijn afsprakenagenda is leeg wat jou betreft, Harry. Wanneer je maar wilt.’

‘Mooi.’ Harry zoog lucht tussen zijn tanden door. ‘Ik vroeg me af of je Ivar Løken voor vanavond tussen zeven en tien uur kunt uitnodigen.’

Ze had voldoende training om haar masker op te houden en ervoor te zorgen dat het niet al te pijnlijk werd. Nadat hij de achterliggende redenen aan haar had uitgelegd, stemde ze zelfs toe. Harry maakte nog wat herrie met het porselein, zei dat hij moest gaan en vertrok plotseling en stuntelig.

Iedereen kan in een huis inbreken, het is gewoon een kwestie van ter hoogte van het slot een koevoet plaatsen tussen de deur en de deurlijst, kracht uitoefenen en wachten tot het hout versplintert. Maar inbreken met de nadruk op ‘in’ en niet op ‘breken’, zodat de bewoner nooit zal merken dat hij ongenode gasten heeft gehad, is een kunst op zich. Een kunst die Sunthorn volkomen beheerste, zoals zou blijken.

Ivar Løken woonde in een appartementencomplex aan de andere kant van de Phra Pinklao-brug en Sunthorn en Harry stonden al een uur voor het gebouw geparkeerd toen ze hem eindelijk naar buiten zagen komen. Ze wachtten tien minuten tot ze er zeker van waren dat Løken niet terugkwam omdat hij iets vergeten was.

De bewakers leken zich niet al te druk te maken. De twee mannen in uniform stonden bij de ingang naar de garage met elkaar te praten, keken op, registreerden dat een blanke man en een tamelijk goed geklede Thaise man naar de lift liepen en hervatten hun gesprek.

Toen Harry en Sunthorn voor Løkens deur op de twaalfde verdieping stonden, pakte Sunthorn twee haarspelden, in iedere hand één, en stak die in het slot. Hij trok ze er bijna direct weer uit.

‘Doe maar rustig aan,’ fluisterde Harry. ‘Niet stressen, we hebben alle tijd van de wereld. Probeer een andere loper.’

‘Ik heb geen andere.’

Sunthorn glimlachte en duwde de deur open.

Harry kon zijn ogen niet geloven. Misschien was het toch geen grapje geweest toen Nho toespelingen maakte op de broodwinning van Sunthorn voor hij bij de politie kwam. Maar al was Sunthorn vroeger geen wetsovertreder, dan was hij het nu wel, dacht Harry, terwijl hij zijn schoenen uitdeed en de stikdonkere flat betrad. Liz had uitgelegd dat ze voor een huiszoekingsbevel toestemming van de landsadvocaat nodig hadden en in dit geval had dat betekend dat ze de commissaris moesten inlichten. Ze meende dat dat problematisch kon worden omdat hij uitdrukkelijk had bevolen dat het onderzoek zich moest richten op Jens Brekke. Harry had erop gewezen dat hij geen ondergeschikte was van de commissaris en dat hij een beetje wilde rondhangen bij de flat van Løken om te kijken wat er gebeurde. Ze had de hint begrepen en gezegd dat ze zo min mogelijk wilde weten van Harry's plannen. Maar dat Sunthorn vaak goed gezelschap was.

'Ga naar de auto en wacht,' fluisterde Harry tegen Sunthorn. 'Als Løken opduikt, bel je zijn huistelefoon met de mobiel in de auto en laat hem drie keer overgaan voor je ophangt, oké?'

Sunthorn knikte en was weg.

Harry deed het licht aan nadat hij had gecontroleerd dat er geen ramen aan de straatkant zaten, hij vond de telefoon en controleerde de zoemtoon. Het was een vrijgezellenflat, geen onnodige spullen en geen warmte. Drie kale muren, tegen de vierde zaten boekenplanken, volgepakt met staande en liggende boeken en een bescheiden draagbare televisie. Het natuurlijke centrum van de grote, lege kamer was een massief houten tafel op bokken met daarboven een lamp die architecten boven hun tekentafel hebben hangen.

In een hoek stonden twee fototassen en een camerastatief stond tegen de muur geleund. De tafel lag vol met papiersnippers, kennelijk had hij ergens randjes van afgeknipt want midden op tafel lagen een grote en een kleine schaar.

Twee camera's, een Leica en een Nikon F5 met telelens, staarden Harry blind aan. Naast de camera's lag een nachtkijker. Harry had er eerder een gezien, hij was van Israëlische makelij en ze hadden hem indertijd gebruikt bij een observatieklus. Batterijen versterkten het weinige binnenvallende licht, waardoor je iets kon zien in wat voor het blote oog slechts donker leek.

De andere deur in de flat leidde naar de slaapkamer. Het bed was niet opgemaakt, dus hij nam aan dat Løken behoorde tot de kleine minderheid van buitenlanders die geen werkster hadden. Ze kostten niet veel en Harry had begrepen dat het bijna van buitenlanders werd verwacht dat je op die manier bijdroeg aan de welvaart van het land.

In de slaapkamer was de deur naar de badkamer.

Harry deed het licht aan en begreep onmiddellijk waarom Løken geen werkster had.

De badkamer deed duidelijk dienst als donkere kamer, het stonk er naar chemicaliën en de wanden waren bedekt met zwart-witfoto's. Aan een lijn boven het bad hing een rij foto's te drogen. Op de foto's stond een man, van opzij gefotografeerd, zijn gezicht was niet te zien, alleen zijn borstpartij, buik en onderlichaam. Harry kon nu zien dat het niet het raamkozijn was dat verhinderde dat je de hele persoon zag, maar het bovenste deel van een raam dat bestond uit een glasmozaïek met sierlijke lotus- en boeddhamotieven.

Een jongen van nauwelijks tien jaar oud pijpte hem en de camera was zo ver ingezoomd dat je het gezicht van de jongen kon zien. Dat was uitdrukkingsloos, afwezig en hij keek ogenschijnlijk nergens naar. Hij droeg een T-shirt met het overbekende Nike-logo.

'*Just do it*,' mompelde Harry voor zich uit. Hij probeerde zich voor te stellen wat de jongen dacht.

Afgezien van het T-shirt was de jongen naakt. Harry ging dichter naar de grofkorrelige foto toe.

De man had een hand op zijn heup en de andere op het hoofd van de jongen. Harry zag de schaduw van een profiel achter het glasmozaïek, maar het was onmogelijk om gelaatstrekken te ontdekken. Plotseling leek het of de smalle, stinkende badkamer kromp en de foto's aan de muur op hem af kwamen. Harry volgde zijn impuls en rukte, half in razernij, half in wanhoop, alle foto's van de muren, terwijl het bloed in zijn slapen bonkte. Hij zag zijn gezicht in een spiegel voordat hij duizelig de badkamer uit wankelde met een stapel foto's onder zijn armen. Hij plofte neer op een stoel.

'Verrekte amateur!' riep hij toen hij weer normaal kon ademhalen.

Dit was volkomen in strijd met hun plan. Omdat ze geen huiszoekingsbevel hadden, waren ze het erover eens dat ze geen sporen moesten achterlaten, alleen maar moesten kijken wat er in de flat was en als ze iets vonden, later terugkomen met een huiszoekingsbevel.

Harry probeerde een plek op de muur te vinden waarop hij zich kon focussen zodat hij zichzelf kon overtuigen van het feit dat hij concrete bewijzen moest meenemen om die stijfkop van een commissaris te kunnen overtuigen. Als ze snel waren, konden ze vanavond al een landsadvocaat optrommelen en met de noodzakelijke papieren klaarstaan als Løken terugkwam van zijn dinerafspraak. Terwijl hij met zichzelf overlegde, pakte hij de nachtkijker, deed hem aan en keek uit het raam. Het raam keek uit op een binnenplaats en onbewust ging hij op zoek naar een raamkozijn met een glasmozaïek, maar het enige wat hij zag waren witgekalkte muren die baadden in het groenige licht van de nachtkijker.

Harry keek op zijn horloge. Hij had besloten dat hij de foto's weer moest ophangen. De commissaris moest maar genoegen nemen met zijn mondelinge verslag. Op hetzelfde ogenblik verstijfde hij.

Hij hoorde een geluid. Dat wil zeggen, hij hoorde duizenden geluiden, maar het ene geluid hoorde niet thuis in de zo langzamerhand welbekende kakofonie van de straat. Bovendien kwam het van de galerij. Het was een gladde klik. Olie en metaal. Toen hij de tocht voelde en begreep dat iemand de deur had geopend, dacht hij eerst aan Sunthorn, maar toen besefte hij dat degene die binnen was gekomen, had geprobeerd zo stil mogelijk te zijn. Van waar hij zat kon hij de deur niet zien en hij hield zijn adem in, terwijl zijn hersenen in razende vaart door de bibliotheek van geluiden gingen. Een geluidsexpert in Australië had hem verteld dat het membraan in het oor het drukverschil van een miljoen verschillende frequenties registreren kan. En dit was niet het geluid van een deurslot dat werd opengedraaid, maar van een pas geolied pistool dat werd geladen.

Harry stond als een levende schietschijf voor een van de witte kamermuren en het lichtknopje zat aan de overkant, naast de deur. Hij pakte de grote schaar van tafel, bukte en volgde de kabel van de architectenlamp naar het stopcontact. Hij rukte de kabel los en ramde met alle macht de schaar in het harde plastic van het stopcontact. Er kwam een blauwe steekvlam uit het stopcontact, gevolgd door een gedempte knal. Toen was het stikdonker.

De elektrische schok verlamde zijn arm en met de geur van verbrand plastic en metaal in zijn neus zakte hij kreunend langs de muur naar beneden.

Hij luisterde, maar het enige wat hij hoorde was het verkeer en het gebonk van zijn eigen hart. Het bonkte zo dat hij het kon voelen, het leek op het zitten op een paard dat galoppeerde. Hij hoorde dat iemand voor de deur iets voorzichtig neerzette en hij begreep dat de betreffende persoon zijn schoenen had uitgedaan. Hij had nog steeds de schaar in zijn handen. Zag hij een schaduw bewegen? Het was onmogelijk te zeggen, het was zo donker dat zelfs de witte muren weg waren. De slaapkamerdeur piepte, gevolgd door een klik. Harry begreep dat de persoon geprobeerd had het licht aan te doen, maar de kortsluiting betrof kennelijk de hele flat. Het vertelde hem in elk geval dat de persoon binnen bekend was. Maar als het Løken was dan had Sunthorn toch gebeld? Of? Het beeld van Sunthorn geleund tegen het zijraampje met een gaatje achter zijn oor schoot even door zijn hoofd.

Harry overwoog even of hij zou proberen weg te glippen door de deur, maar iets zei hem dat de ander daar nu juist op zat te wachten. Op het moment dat hij de deur opende zou zijn silhouet een van de schietschijven in de schiethal van Økern worden. Verdomme! Hij zat nu waarschijnlijk ergens op de grond en hield de deur onder schot.

Kon hij Sunthorn maar waarschuwen! Ineens realiseerde

Harry zich dat hij de nachtkijker nog om zijn nek had. Hij zette hem voor zijn ogen, maar hij zag slechts groene soep, alsof iemand snot op de lens had gesmeerd. Hij probeerde scherp te stellen. Dat lukte niet helemaal, maar hij kon de omtrekken van een persoon zien bij de muur aan de andere kant van de tafel. Hij hield zijn arm gebogen en het pistool wees naar het plafond. Het was misschien twee meter van de rand van de tafel tot de muur.

Harry concentreerde zich, greep de tafelrand met beide handen vast en schoof de tafel als een stormram voor zich uit. Hij hoorde een kreun en de klap van een pistool dat op de grond viel, hij schoof over de tafel en kreeg iets te pakken wat op een hoofd leek. Hij legde een arm rond de nek en drukte.

'Politie,' riep hij en de ander verstijfde toen Harry de brede kant van het koude staal van de schaar tegen de warme wang legde. Even zaten ze zo, aan elkaar vast, twee vreemde mannen in het donker, beiden met een hijgende adem alsof ze een marathon hadden gelopen.

'Hole?' kreunde de ander.

Harry besefte dat hij in paniek in het Noors had geroepen.

'Het zou fijn zijn als je me nu losliet. Ik ben Ivar Løken en ik zal niets proberen.'

HOOFDSTUK 34

Løken stak een kaars aan en Harry bestudeerde Løkens pistool, een bijzondere Glock 31. Hij had het magazijn eruit gehaald en in zijn zak gestopt. Het pistool was echter zwaarder dan alle andere die Harry ooit in zijn hand had gehad.

'Ik heb dat pistool aangeschaft toen ik in Korea gestationeerd was,' zei Løken.

'O ja, Korea. Wat heb je daar gedaan?'

Løken legde de lucifers in een la en ging tegenover Harry aan tafel zitten.

'Noorwegen had daar een veldhospitaal onder leiding van de VN en ik was een jonge sergeant die dacht dat hij van spanning hield. Na de vrede in 1953 bleef ik voor de VN werken, voor het pas opgerichte Hoge Commissariaat voor de Vluchtelingen. Er kwam een grote stroom vluchtelingen over de grens van Noord-Korea en er was sprake van een enorme wetteloosheid. Ik sliep met dat ding onder mijn kussen.' Hij wees naar het pistool.

'Jezus. Wat heb je daarna gedaan?'

'Bangladesh en Vietnam. Honger, oorlog en bootvluchtelingen. Daarna leek het leven in Noorwegen ongelooflijk triviaal, dus ik hield het maar een paar jaar thuis uit en moest toen weer weg. Je weet wel.'

Harry wist het niet. Hij wist niet wat hij moest denken van die magere man die tegenover hem zat. Hij zag eruit als een ouderwetse edelman met zijn gebogen neus en diepliggende, priemende ogen. Zijn haar was wit, zijn gezicht bruin en gerimpeld. Bovendien leek hij, ondanks de situatie, volkomen ontspannen, iets wat Harry extra op zijn hoede deed zijn.

'Waarom ben je teruggekomen? En hoe ben je langs mijn collega gekomen?'

De witharige Noor grijnsde sluw en in het kaarslicht blonk een gouden tand.

'De auto waarin jullie zaten hoort niet echt thuis in deze buurt, hier staan alleen maar tuktuks, taxi's en oude wrakken geparkeerd langs de kant van de weg. Ik zag twee personen in de auto, beiden met een iets te gespannen rug. Dus ik ben een café in gegaan van waaruit ik jullie kon observeren. Na een poosje zag ik dat het licht in de auto aanging en jullie stapten uit. Ik ging ervan uit dat een van jullie de wacht zou houden en ik wachtte tot je collega naar beneden kwam. Ik dronk mijn glas leeg, hield een taxi staande en liet me helemaal tot in de garage brengen, waar ik de lift naar boven heb genomen. Het was een leuk trucje met die kortsluiting...'

'Maar een normaal mens vallen geparkeerde auto's in de straat niet op. Hij is er niet op getraind en is niet extra waakzaam.'

'Nee maar, Tonje Wiig verdient nauwelijks een Oscar met haar optreden.'

'Dus waar werk jij hier nu écht aan?'

Løken gebaarde met zijn hand naar de foto's en de apparatuur die op de grond lagen.

'Leef je van zulk soort... foto's?' vroeg Harry.

'Yep.'

Harry voelde dat zijn hart sneller ging kloppen.

'Weet je hoeveel jaar je daarvoor in een Thaise gevangenis kunt belanden? Ik heb hier genoeg om je tien jaar te kunnen laten opsluiten, denk ik.'

Løken lachte kort en droog. 'Denk je dat ik dom ben, inspecteur? Je had hier niet hoeven in te breken als je een huiszoekingsbevel had gehad. Als ik echt het risico had gelopen gestraft te worden voor wat ik in mijn flat heb, dan hebben jij en je collega me nu een vrijgeleide gegeven. Elke rechter zal inzien dat bewijs dat op deze manier is verkregen, niet alleen tegen de regels is, maar zelfs onwettig. Misschien kun jij je wel verheugen op een verlenging van je verblijf hier, Hole.'

Harry sloeg met het pistool. Het leek op het opendraaien van een kraan – het bloed stroomde uit Løkens neus.

Løken verroerde zich niet, keek alleen naar beneden en zag

hoe zijn gebloemde overhemd en witte broek rood werden gekleurd.

'Dit is echte Thaise zijde, weet je,' zei hij. 'Niet goedkoop.'

Zijn geweldsuitbarsting had hem moeten kalmeren, maar in plaats daarvan voelde Harry zijn woede toenemen.

'Je zult er wel geld voor hebben, jij verrekte pederast. Ik neem aan dat ze je goed betalen voor deze rotzooi.' Harry schopte tegen de foto's op de grond.

'Nou ja, ik weet het niet,' zei Løken, een witte zakdoek tegen zijn neus duwend. 'Gewoon ambtenarentarief. Plus een buitenlandtoeslag.'

'Waar heb je het over?'

De gouden tand blonk weer en Harry merkte dat hij het pistool zo stevig vasthield dat zijn hand pijn ging doen. Hij was blij dat hij het magazijn eruit had gehaald.

'Er zijn een paar dingen die jij niet weet, Hole. Misschien had je het eerder moeten horen, maar jouw baas meende dat het niet nodig was omdat het niets met de moordzaak te maken had. Maar nu ben ik ontmaskerd, dus kun je de rest net zo goed ook weten. De commissaris en Dagfinn Torhus hebben me op de hoogte gebracht van de foto's die je in de koffer van Molnes hebt gevonden en jij hebt nu vast begrepen dat het mijn foto's waren.' Hij gebaarde met zijn hand. 'Deze en die andere foto's die je hier ziet maken deel uit van het onderzoek naar een pedofiliezaak die om verschillende redenen in het grootste geheim plaatsvindt. Ik observeer deze man al meer dan zes maanden. De foto's zijn bewijsmateriaal.'

Harry hoefde niet na te denken, hij wist dat dit de waarheid was. Alles viel op zijn plaats, alsof hij het diep vanbinnen al had geweten. Dat geheimzinnige gedoe rond het werk van Løken, de fotoapparatuur, de nachtkijker, die zogenaamde reizen naar Vietnam en Laos: alles klopte. En die bloedende man tegenover hem was ineens geen vijand meer, maar een collega, een geallieerde, en hij had zijn best gedaan om diens neus te breken.

Hij knikte langzaam en legde het pistool op tafel.

'Goed, ik geloof je. Maar waarom zo geheimzinnig doen?'

'Heb je gehoord over die afspraak van Denemarken en Zweden om hier onderzoek te mogen doen naar misbruik van kinderen?'

Harry knikte.

'Nou, Noorwegen is in onderhandeling met de Thaise overheid, maar heeft nog geen overeenkomst. In de tussentijd houd ik me bezig met een zeer officieuze taak. We hebben genoeg om hem te pakken, maar we moeten wachten. Als we hem nu arresteren, moeten we toegeven dat we zonder toestemming onderzoek hebben gedaan op Thais grondgebied en dat is politiek onacceptabel.'

'Dus voor wie werk je?'

Løken draaide zijn handpalmen naar boven. 'Voor de ambassade.'

'Dat weet ik, maar van wie krijg je je orders? Wie zit erachter? Hoe zit het met het Noorse parlement, is dat geïnformeerd?'

'Weet je zeker dat je zin hebt om veel meer te weten, Hole?'

De priemende blik kruiste die van Harry. Hij wilde iets zeggen, maar bedacht zich en schudde zijn hoofd.

'Vertel me liever wie die man is op de foto.'

'Dat kan ik niet. Het spijt me, Hole.'

'Gaat het om Atle Molnes?'

Løken keek naar de tafel en glimlachte even. 'Nee, het gaat niet om de ambassadeur. Hij heeft het initiatief genomen tot dit onderzoek.'

'Is het...'

'Zoals ik al zei, ik kan dat nu niet zeggen. Als onze zaken met elkaar in verband lijken te staan, kan daar misschien sprake van zijn, maar het is aan onze bazen om daar een beslissing over te nemen.'

Hij stond op. 'Ik ben moe.'

'Hoe ging het?' vroeg Sunthorn toen Harry in de auto stapte.

Harry vroeg om een sigaret, stak die aan en inhaleerde de rook gretig.

'Niets gevonden. We hebben ons vergist. Ik gok dat die kerel onschuldig is.'

Harry zat in zijn flat.

Hij had bijna een halfuur via de telefoon met Søs gepraat. Dat wil zeggen, zij had vooral gepraat. Het was ongelooflijk wat er in de loop van iets meer dan een week in een mensenleven kon gebeuren. Maar ze vertelde ook dat ze papa had gebeld en dat ze zondag naar hem toe zou gaan om bij hem te eten. Gehaktballen. Søs zou eten koken en ze hoopte dat papa wat zou praten. Dat hoopte Harry ook.

Daarna bladerde hij in zijn notitieboekje en toetste een ander nummer in.

'Hallo?' klonk het aan de andere kant.

Hij hield zijn adem in.

'Hallo?' herhaalde de stem.

Harry hing op. Er was bijna iets smekends in de stem van Runa geweest. Hij had echt geen idee waarom hij had gebeld. Een paar minuten later rinkelde zijn telefoon. Hij pakte de hoorn op en verwachtte haar stem. Het was Jens Brekke.

'Ik weet het,' zei hij. Zijn stem klonk enthousiast. 'Toen ik de lift van de garage naar mijn kantoor nam, stapte op de begane grond een meisje in dat er op de vierde weer uit ging. En ik geloof dat ze zich mij wel zal kunnen herinneren.'

'Waarom denk je dat?'

Er klonk een nerveus lachje. 'Omdat ik haar mee uit heb gevraagd.'

'Je hebt haar mee uit gevraagd?'

'Ja. Ze is een van de meisjes die voor McEllis werkt en ik heb haar een paar keer eerder gezien. Alleen zij en ik stonden in de lift en ze lachte zo lief dat de woorden zomaar uit mijn mond rolden.'

Er viel een stilte.

'En dat herinner je je nu pas?'

'Nee, maar ik realiseer me nu pas wannéér dat gebeurde, dat

het was nadat ik met de ambassadeur naar beneden was gegaan. Om de een of andere reden dacht ik dat het de dag daarvoor was gebeurd. Maar toen bedacht ik dat ze op de begane grond was ingestapt en dat moet betekenen dat ik uit de kelder kwam. En ik kom verder nooit in de parkeergarage.'

'En wat antwoordde ze?'

'Ze zei ja, en ik had direct spijt. Het was alleen een flirt geweest, dus ik heb om haar kaartje gevraagd en gezegd dat ik haar op zou bellen om een dag af te spreken. Daar is het uiteraard nooit van gekomen, maar ik hoop in elk geval dat ze zich me herinnert.'

'Je hebt haar kaartje ook nog?' Harry was verbijsterd.

'Ja, is het niet geweldig?'

Harry dacht na. 'Luister, Jens, het is allemaal mooi, maar zo simpel is het niet. Je hebt nog steeds geen alibi. Theoretisch had je direct weer de lift naar beneden kunnen nemen. Je kon bijvoorbeeld iets hebben opgehaald wat je vergeten was, of niet?'

'O.' Hij klonk beteuterd. 'Maar...'

Jens zweeg en Harry hoorde een zucht.

'Verdomme, je hebt gelijk, Harry.'

HOOFDSTUK 35

Harry werd met een ruk wakker. Boven het monotone gedreun van het verkeer op de Taksinbrug uit hoorde hij het gebrul van een rivierboot die op de Chao Phraya startte. Een piepende fluit en het licht deed pijn aan zijn ogen. Hij ging rechtop in bed zitten en legde zijn hoofd in zijn handen, terwijl hij wachtte tot het gepiep afgelopen was. Ineens besefte hij dat de telefoon overging en met tegenzin pakte hij de hoorn.

'Heb ik je wakker gemaakt?' Het was Jens weer.

'Is in orde,' zei Harry.

'Ik ben een idioot. Ik ben zo stom dat ik het haast niet durf te vertellen.'

'Dan doe je dat niet.'

Het werd stil, slechts het klikgeluid van een vallende munt in de telefoon was te horen.

'Ik maak een grapje. Vertel.'

'Oké, Harry, ik heb de hele nacht wakker gelegen en nagedacht. Ik heb geprobeerd me voor de geest te halen wat ik die avond gedaan heb op kantoor. Weet je, ik kan me tot op de komma nauwkeurig de valutahandel van een paar maanden geleden herinneren, maar ik ben niet in staat me simpele, feitelijke zaken te herinneren terwijl ik in de gevangenis zit op verdenking van moord. Kun je dat begrijpen?'

'Misschien juist daarom. Maar hebben we het daar al niet eerder over gehad?'

'Oké, maar er is iets gebeurd. Weet je nog dat ik vertelde dat ik de telefoon die avond had uitgeschakeld toen ik op kantoor zat? Ik lag te denken hoe klote dat was, als die niet uitgeschakeld was geweest en iemand had me gebeld, dan stond dat op de recorder en had ik kunnen bewijzen dat ik op kantoor was. Het is niet mogelijk om te rommelen met het tijdstip zoals met de opname in de parkeergarage is gebeurd.'

'Wat is jouw punt?'

'Daar kom ik nu op. Verdomme, ik realiseerde me dat ik natuurlijk wel zelf heb kunnen bellen. Ik heb de dame van de receptie gebeld en haar gevraagd de recorder te checken. En weet je, ze heeft een gesprek gevonden en toen herinnerde ik me het weer. Om acht uur heb ik mijn zus in Oslo gebeld. Probeer daar maar eens wat tegen in te brengen.'

Harry was dat niet eens van plan.

'Je zus kan je een alibi geven en jij hebt daar echt niet eerder aan gedacht?'

'Nee, en weet je waarom? Omdat ze niet thuis was. Ik heb alleen op haar antwoordapparaat ingesproken dat ik heb gebeld.'

'En daar heb je niet eerder aan gedacht?' vroeg Harry weer.

'Verdomme, Harry, dat vergeet je toch voordat je weer hebt opgehangen? Herinner jij je alle telefoontjes waarbij er niet werd opgenomen?'

Harry moest toegeven dat hij gelijk had.

'Heb je met je advocaat gesproken?'

'Vandaag nog niet. Ik wilde het eerst aan jou vertellen.'

'Oké, Jens. Bel nu je advocaat, dan zal ik iemand naar je kantoor sturen om te verifiëren wat je me hebt verteld.'

'Zo'n bandopname is rechtsgeldig tijdens een rechtszaak, weet je.' Zijn stem klonk gespannen.

'Kalm, Jens, het duurt niet lang meer. Ze zullen je moeten laten gaan.'

De telefoon kraakte toen Brekke uitademde. 'Zeg dat alsjeblieft nog een keer, Harry.'

'Ze zullen je moeten laten gaan.'

Jens liet een vreemd droog lachje horen. 'In dat geval trakteer ik je op een dinertje, inspecteur.'

'Liever niet.'

'Waarom niet?'

'Ik ben politieman.'

'Noem het een verhoor.'

'Nee, ik denk het niet, Jens.'

'Zoals je wilt.'

Beneden op straat klonk een harde klap, misschien Chinees vuurwerk of een klapband.

'Ik zal erover nadenken.'

Harry hing op, liep de badkamer in en keek in de spiegel. Hij vroeg zich af hoe het mogelijk was dat hij nog zo wit was, terwijl hij nu al geruime tijd in tropische contreien verkeerde. Hij was nooit erg dol geweest op de zon, maar het had nooit zó lang geduurd voor hij een kleurtje kreeg. Kwam het misschien door het leven dat hij het afgelopen jaar had geleid dat de productie van pigment was gestopt? Dat kon toch niet? Hij gooide wat koud water in zijn gezicht, dacht aan de bruinverbrande alcoholisten bij Schrøder en keek weer in de spiegel. Nou ja, de zon had hem in elk geval de neus van een portdrinker gegeven.

'Terug bij af,' zei Liz. 'Brekke heeft een alibi en Løken moeten we voorlopig afschrijven.'

Ze wipte achterover met haar stoel en keek naar het plafond.

'Nog ideeën, mensen? Zo niet, dan is deze ochtendbijeenkomst afgelopen, jullie kunnen verdomme doen wat jullie willen, maar er ontbreken nog steeds een paar rapporten en ik reken erop dat ik ze morgenochtend op zijn laatst binnen heb.'

Iedereen vertrok, maar Harry bleef zitten.

'Ja?' zei Liz.

'Niets,' zei hij met een niet-aangestoken sigaret wippend in een mondhoek. Het was absoluut verboden te roken in dit kantoor.

'Ik voel dat er wat is.'

Harry glimlachte. 'Dat wilde ik alleen maar, mevrouw de inspecteur. Dat je begrijpt dat er iets is.'

Ze keek hem peinzend aan met een rimpel tussen haar wenkbrauwen. 'Je moet het me zeggen als je me iets te vertellen hebt.'

Harry nam de sigaret uit zijn mondhoek en stopte hem terug in het pakje.

'Ja,' zei hij en hij stond op. 'Dat zal ik doen.'

HOOFDSTUK 36

Jens zat achterovergeleund in de stoel en lachte met rode wangen boven zijn vlinderstrikje. Harry moest onwillekeurig denken aan een jongetje op zijn eigen verjaardagsfeestje.

'Ik ben bijna blij dat ik een poosje in de bak heb gezeten, daardoor ga je simpele dingen meer waarderen. Een fles Dom Perignon 1985 bijvoorbeeld.'

Hij gebaarde naar een ober, die haastig naar hun tafeltje kwam, de druipende champagnefles uit de koeler haalde en inschonk.

'Ik vind het heerlijk als zij het doen. Je krijgt bijna het gevoel een beter mens te zijn, wat jij, Hole?'

Harry draaide het glas voor zich rond. 'Kan zijn, het is niet echt aan mij besteed.'

'We zijn verschillend, Harry.'

Jens stelde het met een lachje vast. Zijn kostuum paste hem weer. Of hij droeg nu een bijna identiek kostuum. Harry wist het niet zeker.

'Sommige mensen hebben luxe nodig zoals andere mensen lucht,' zei Jens. 'Voor mij zijn een dure auto, mooie kleren en een beetje verwend worden noodzakelijk om me goed te voelen, om te voelen dat ik besta. Begrijp je?'

Harry schudde zijn hoofd.

'Nou ja.' Jens hield het champagneglas bij de steel vast. 'Ik ben de decadentste van ons tweeën. Je moet je eerste indruk trouw blijven: ik bén een klootzak. En zolang er in deze wereld plaats is voor ons klootzakken, ben ik van plan dat te blijven. Proost.'

Hij hield de champagne even in zijn mond voor hij hem doorslikte. Toen ontblootte hij zijn tanden en kreunde van genot. Harry moest lachen en tilde zijn eigen glas op, maar Jens keek hem misprijzend aan.

'Water? Wordt het geen tijd om te gaan genieten van het leven, Harry? Het kan onmogelijk nodig zijn om zo streng voor jezelf te zijn.'

'Soms is dat het wel.'

'Onzin. Als het erop aankomt, zijn alle mensen hedonist, alleen hebben sommigen meer tijd nodig om dat te beseffen. Heb je een vrouw?'

'Nee.'

'Wordt dat geen tijd?'

'Zeker. Maar ik zie niet wat dat met het genieten van het leven te maken heeft.'

'Dat is waar.' Jens keek in zijn glas. 'Heb ik je verteld over mijn zus?'

'Die jij had gebeld?'

'Ja, ze is nog vrij.'

Harry lachte. 'Je hoeft me niet dankbaar te zijn, Jens. Ik heb niet veel gedaan, afgezien van je laten arresteren dan.'

'Ik maak geen grapje. Een geweldige meid. Ze is redacteur bij een uitgeverij, maar ik geloof dat ze te veel werkt om nog tijd te hebben om een man te zoeken. Bovendien jaagt ze mannen weg, ze is net als jij, streng, eigenzinnig en met veel doorzettingsvermogen. Is het je trouwens opgevallen dat elke Noorse Miss-nog-wat in interviews tegen journalisten zegt dat ze beschikt over doorzettingsvermogen? Verdomme, wat een inflatie van dat begrip.'

Jens keek bedenkelijk.

'Mijn zus heeft op de dag dat ze volwassen werd de meisjesnaam van mijn moeder aangenomen. En als ik zeg volwassen, dan bedoel ik ook volwassen.'

'Ik ben er niet van overtuigd dat zij en ik werkelijk zo'n goede match zullen zijn.'

'Waarom niet?'

'Nou, ik ben een lafaard. Waar ik naar op zoek ben, is een meisje dat zich volkomen wegcijfert, werkt in de zorg en zo mooi is dat niemand dat nog tegen haar heeft durven zeggen.'

Jens lachte. 'Je kunt rustig met mijn zus trouwen. Het maakt niet uit als je haar niet leuk vindt, ze werkt zoveel dat je haar toch niet veel zult zien.'

'Maar waarom heb je haar dan thuis gebeld en niet op het werk? Het was in Noorwegen twee uur in de middag toen je belde.'

Jens schudde zijn hoofd. 'Zeg het tegen niemand, maar het lukt me maar niet om dat tijdsverschil onder de knie te krijgen. Of ik de uren erbij op moet tellen of ervan af moet trekken, bedoel ik. Het is pijnlijk, mijn vader vindt dat ik al seniel word, hij denkt dat het van moederskant komt.'

Hij haastte zich Harry te verzekeren dat zijn zus geen tekenen daarvan vertoonde, eerder het tegendeel.

'Het is goed, Jens, vertel me liever hoe het met jezelf is, denk jij al aan trouwen?'

'Sst, zeg dat woord niet hardop, ik krijg al hartkloppingen bij de gedachte. Huwelijk...' Jens rilde. 'Aan de ene kant is het probleem dat ik niet geschapen ben voor monogamie, maar aan de andere kant ben ik een romanticus. Als ik eenmaal getrouwd ben, mag ik niet met anderen rommelen, begrijp je? En de gedachte dat je nooit van je leven seks met een andere vrouw zult hebben is tamelijk overweldigend, vind je niet?'

Harry probeerde het zich voor te stellen.

'Neem bijvoorbeeld dat meisje dat ik in de lift heb uitgenodigd, waar komt dat vandaan? Pure paniek, toch? Ik wilde alleen maar voor mezelf bewijzen dat ik nog in staat ben andere vrouwen voor me te interesseren. Tamelijk zielig, eigenlijk. Hilde is...'

Jens zocht naar de juiste woorden.

'Zij heeft iets wat ik bij andere vrouwen niet heb gevonden. En ik heb gezocht, geloof me. Ik weet niet of ik kan uitleggen wat het is, maar ik wil het niet kwijt, want ik weet dat ik het niet zo snel terug zal vinden.'

Harry dacht dat het net zo'n goede reden was als alle andere redenen die hij had gehoord. Jens draaide zijn glas rond en glimlachte even.

'Dat verblijf in de gevangenis heeft duidelijk sporen bij me achtergelaten, het is niet iets voor mij om over dergelijke zaken te praten. Beloof me dat je het niet verder vertelt aan mijn vrienden.'

De ober kwam naar hun tafel en maakte een gebaar.

'Kom, het is al begonnen,' zei Jens.

'Wat is begonnen?'

De ober ging hen voor door het restaurant, door de keuken en een smalle trap op. Zakken met was stonden in de gang op elkaar gestapeld en een oude vrouw zat op een stoel en grijnsde met zwarte tanden naar hen.

'Betelnoten,' zei Jens. 'Vreselijke gewoonte. Ze kauwen ze tot hun hersenen wegrotten en hun tanden eruit vallen.'

Achter een deur hoorde Harry schreeuwende stemmen. De ober opende de deur en toen waren ze op een grote zolder zonder ramen. Zo'n dertig man vormden een dichte kring. Handen gebaarden en wezen, terwijl verkreukelde biljetten geteld werden en in razende vaart rondgingen. De meeste mannen waren blank, sommigen droegen lichtgekleurde katoenen kostuums. Harry meende een gezicht te herkennen uit de Author's Loge van het Oriental Hotel.

'Hanengevecht,' legde Jens uit. 'Privégevecht.'

'Waarom?' Harry moest roepen in deze herrie. 'Ik dacht gelezen te hebben dat hanengevechten in Thailand nog steeds zijn toegestaan.'

'In principe wel. De overheid staat een mildere vorm toe waarbij de sporen aan de achterkant van de poten worden afgeplakt zodat ze elkaar niet kunnen verwonden. Bovendien mag de wedstrijd maar van beperkte duur zijn en geen strijd van leven op dood. Hier gelden de oude regels. En er is geen limiet aan de inleg. Zullen we dichterbij gaan staan?'

Harry torende boven de mannen voor hem uit en keek in de ring. Twee hanen, beide roodbruin en oranje, stapten rond met schuddende koppen en leken opvallend weinig in elkaar geïnteresseerd.

'Hoe krijgen ze de beesten zover dat ze gaan vechten?' vroeg Harry.

'Maak je geen zorgen. Die twee hanen haten elkaar meer dan jij en ik ooit zullen kunnen.'

'Waarom dan?'

Jens keek hem aan. 'Ze staan in dezelfde ring. Het zijn hanen.'

Toen, als op een signaal, stoven ze op elkaar af. Het enige wat Harry kon zien waren flapperende vleugels en rondvliegende veren. De mannen schreeuwden van opwinding en sommigen sprongen op en neer. Er hing een wonderlijke, bitterzoete geur van adrenaline en zweet in de ruimte.

'Zie je die haan met zijn gesplitste kam?' vroeg Jens.

Harry zag niets.

'Dat is de winnaar.'

'Hoe zie je dat?'

'Ik zie dat niet. Ik weet het. Ik wist dat van tevoren al.'

'Hoe...'

'Niet vragen.' Jens grinnikte.

Het geschreeuw verstomde ineens.

Er lag één haan in de ring. Er kreunde iemand, een man in een grijs linnen pak smeet zijn hoed woedend op de grond. Harry keek naar de stervende haan. Onder de veren trokken spieren samen, toen lag hij roerloos. Het was absurd, het had eruitgezien als een soort spel, alleen maar een heleboel vleugels, poten en geschreeuw.

Een bloederige veer zeilde voor zijn gezicht langs. De haan werd door een Thailander met een wijde broek uit de ring gehaald. Het leek of hij wilde gaan huilen. De andere haan stapte weer rond. Harry zag nu ook de gesplitste kam.

De ober kwam met een stapel biljetten in zijn hand op Jens afgelopen. Een aantal mannen keek naar hem, een paar knikten, maar niemand zei iets.

'Komt het wel eens voor dat je verliest?' vroeg Harry toen ze weer aan een tafeltje in het restaurant zaten. Jens had een sigaar aangestoken en een cognac besteld, een oude Richard Hennessy 40 procent. De ober vroeg wel twee keer of hij dat goed had verstaan. Het was moeilijk voor te stellen dat dit dezelfde man was die Harry de dag daarvoor nog via de telefoon moed in moest spreken.

'Weet je waarom gokken een ziekte en geen beroep is, Harry? Dat is omdat de gokker van risico houdt. Hij leeft en ademt voor het zinderende gevoel van onzekerheid.'

Hij blies dikke kringen.

'Bij mij is het omgekeerd, ik ben bereid extreme uitdagingen aan te gaan om het risico te elimineren. Wat je me vandaag hebt zien winnen dekt net mijn onkosten en mijn eigen inzet, en die was niet gering, geloof me.'

'Maar je verliest nooit?'

'Ik haal een behoorlijke winst.'

'Behoorlijke winst? Je zei toch dat gokkers vroeg of laat alles wat ze bezitten moeten belenen?'

'Zoiets.'

'Maar verliest het spel niet iets van zijn spanning als je de uitkomst op voorhand al weet?'

'Spanning?' Jens hield de stapel bankbiljetten omhoog. 'Ik geloof dat dit al spannend genoeg is. Het verschaft me dit.' Hij gebaarde met zijn hand.

'Ik ben een simpel mens.' Hij bestudeerde de as van zijn sigaar. 'Of laten we het zeggen zoals het is. Ik ben een beetje klein.'

Hij barstte ineens uit in een bulderende lach. Harry moest ook lachen.

Jens keek op zijn horloge en sprong op.

'De VS gaat open. Enorme turbulentie. We spreken elkaar nog. Denk aan dat met mijn zus.'

Hij was de deur al uit en Harry bleef zitten roken en dacht na over de zus. Toen nam hij een taxi naar Patpong. Hij wist niet waarnaar hij op zoek was, maar hij ging een gogobar binnen, bestelde bijna een pilsje en ging weer snel naar buiten. In Le Boucheron at hij kikkerbilletjes en de eigenaar kwam naar hem toe en legde in slecht Engels uit dat hij terugverlangde naar Normandië. Harry vertelde dat zijn grootvader mee had gedaan aan D-day. Dat was niet helemaal waar, maar de Fransman werd in elk geval iets vrolijker.

Harry betaalde en ging een andere bar binnen. Een meisje op belachelijk hoge hakken ging naast hem zitten, keek hem met grote bruine ogen aan en vroeg of ze hem zou pijpen. Verdomme, natuurlijk wil ik gepijpt worden, dacht Harry en hij schudde zijn hoofd. Hij stelde vast dat Manchester United te zien was op de televisie die boven de spiegel van de bar hing. In de spiegel zag hij meisjes dansen op het kleine, intieme podium recht achter hem. Ze hadden gouden sterretjes op hun tepels geplakt, net voldoende om niet de wet op de onzedelijkheid te overtreden. En op hun minuscule onderbroekjes hadden ze een nummer geplakt waar de politie niet naar vroeg, maar waarvan iedereen wist dat het diende om misverstanden te voorkomen als de klant een bepaald meisje in de bar wilde vrijkopen. Harry had haar al gezien. Nummer twintig. Dim was de meest linkse van de vier meisjes die stonden te dansen en haar vermoeide blik ging als een radar over de mannen aan de bar. Af en toe trok er een snel lachje over haar gezicht, maar zonder dat het leven in haar ogen bracht. Het leek of ze contact had gemaakt met een magere man in een soort tropenuniform. Een Duitser, gokte Harry, zonder te weten waarom. Hij keek naar haar heupen die sloom heen en weer bewogen, haar glimmende, zwarte haar dat danste op haar rug wanneer ze zich omdraaide en haar gladde, gloeiende huid die van binnenuit leek te worden beschenen. Zonder deze ogen was ze knap geweest, dacht Harry.

Een fractie van een seconde ontmoetten hun blikken elkaar in de spiegel en Harry voelde zich direct ongemakkelijk. Ze leek hem niet te herkennen, maar hij keek naar het televisiescherm waarop de rug van een speler te zien was die net werd gewisseld. Hetzelfde nummer. 'Solskjær' stond er boven aan het shirt. Harry leek wakker te worden uit een droom.

'Wel verdomme!' riep hij, terwijl hij zijn glas per ongeluk omstootte en de cola over de schoot van zijn standvastige courtisane klotste. Harry baande zich een weg naar buiten en hoorde haar woedende stem '*You not my friend!*' roepen.

Toen hij Ivar Løken thuis niet te pakken kon krijgen, belde hij Tonje Wiig.

'Harry, ik heb geprobeerd je te pakken te krijgen!' zei ze. 'Løken is die avond helemaal niet gekomen en vandaag zei hij dat hij zich had vergist in het restaurant en dat hij een poos in een ander op me had zitten wachten. Wat is er allemaal aan de hand?'

'Een andere keer,' zei Harry. 'Weet je waar Løken nu is?'

'Nee. Of ja, wacht, het is woensdag vandaag. Hij en een paar anderen van de ambassade zouden naar een thema-avond van FCCT gaan. Dat is een club voor buitenlandse correspondenten in Bangkok, maar veel andere expats zijn daar lid van.'

'Expats?'

'O, sorry, Harry. *Expatriates.* Buitenlanders die hier wonen en werken.'

'Immigranten dus?'

Ze lachte even. 'Zo noemen we ons dus niet.'

'Wanneer begon die bijeenkomst?' vroeg Harry.

'Negen over zeven.'

'Negen over?'

'Dat is iets boeddhistisch. Negen is een geluksgetal.'

'Jezus.'

'Dat is nog niks, je moet eens zien als er iets echt belangrijks aan de hand is. Voordat ze vanuit Hongkong hierheen kwamen om het BERTS-akkoord te tekenen, hadden vier waarzeggers twee weken nodig om de gunstigste datum en tijd van de ondertekening te bepalen. Niets verkeerds over Aziaten, ze werken hard en zijn aardig, maar op sommige gebieden kun je merken dat ze het oerwoud nog niet zo lang geleden hebben verlaten.'

'Interessant, maar ik moet...'

'Ik moet rennen, Harry, kunnen we de rest niet later bespreken?'

Toen Harry ophing, schudde hij zijn hoofd om zoveel gekte in de wereld. In dat verband leek een geluksgetal nog niet zo absurd.

Hij belde het politiebureau en kreeg Rangsan te pakken, die hem het privénummer van de professor van het Benchamabophit-museum gaf.

Twee in het groen geklede mannen stormden door de struiken, één liep gebogen met een gewonde kameraad over zijn schouders. Ze legden hem achter een omgevallen boom, terwijl ze zelf hun geweren trokken, aanlegden en door het dichte struikgewas vuurden. Een droge stem vertelde dat het om de hopeloze oorlog van de Oost-Timorezen tegen president Soeharto en zijn terreurregime ging.

Op het podium bladerde iemand nerveus door zijn papieren. Hij had stad en land afgereisd om over zijn land te spreken en vanavond was het een belangrijke avond. Misschien zaten er niet zoveel mensen in de zaal van de Foreign Correspondents Club Thailand, zo'n vijftig slechts, maar ze waren belangrijk, misschien konden ze samen de boodschap doorgeven aan miljoenen lezers. De film die ze lieten zien had hij al honderd keer gezien en hij wist dat hij over precies twee minuten voor de leeuwen werd geworpen.

Ivar Løken schoot onwillekeurig iets omhoog toen hij een hand op zijn schouder voelde en een stem in zijn oor fluisterde: 'We moeten met elkaar praten. Direct.'

In het halfdonker kon hij het gezicht van Harry Hole zien. Hij stond op en samen verlieten ze de zaal, terwijl een guerrillasoldaat met een half verbrand gezicht dat verstijfd was tot een masker, vertelde waarom hij acht jaar van zijn leven in de Indonesische jungle had doorgebracht.

'Hoe heb je me gevonden?' vroeg hij toen ze de zaal hadden verlaten.

'Ik heb met Tonje Wiig gesproken. Kom je hier vaker?'

'Nou, vaak. Ik blijf graag op de hoogte. Bovendien is het voor mij nuttig dat ik hier met bepaalde mensen kan spreken.'

'Zoals mensen van de Deense en Zweedse ambassade?'

Er blonk een gouden tand.

'Zoals ik al zei, ik blijf graag op de hoogte. Wat wil je weten?'

'Alles.'

'O ja?'

'Ik weet wie jullie in de gaten houden. En ik weet dat de zaken met elkaar verband houden.'

De lach van Løken verdween.

'Het merkwaardige is dat ik me een van de eerste dagen dat ik hier was op een steenworp afstand bevond van de plek waar jij hem observeerde.'

'Is dat zo?' Het was moeilijk uit te maken of er sarcasme in Løkens stem doorklonk.

'Inspecteur Crumley besloot dat ik een boottochtje met haar moest maken over de rivier. Ze liet me het huis zien van een Noor die helemaal vanuit Birma naar Bangkok een tempel heeft laten verhuizen. Je kent Ove Klipra, toch?'

Løken gaf geen antwoord.

'Nou, ik zag het verband niet voor ik gisteravond een voetbalwedstrijd zag.'

'Een voetbalwedstrijd?'

'De beroemdste Noorse voetballer ter wereld speelt in het favoriete team van Klipra.'

'En wat dan nog?'

'Weet je met welk nummer Ole Gunnar Solskjær speelt?'

'Nee, hoe zou ik dat in godsnaam weten?'

'Nou, jongens over de hele wereld weten dat en je kunt zijn shirt van Kaapstad tot Vancouver in sportwinkels kopen. Het komt wel voor dat volwassenen het ook kopen.'

Løken knikte terwijl hij Harry's blik fixeerde. 'Nummer twintig,' zei hij.

'Net als op de foto. Toen begreep ik ook een aantal andere zaken. Het heft van het mes dat we in de rug van Molnes hebben aangetroffen had een speciaal glasmozaïek en een professor in de kunstgeschiedenis kon ons vertellen dat het om een erg oud mes ging uit Noord-Thailand, waarschijnlijk gemaakt door een lid van het Shan-volk. Ik heb eerder deze avond met de professor gesproken. Hij vertelde me dat de Shan ook in delen van Birma woonden, waar ze onder andere tempels hebben gebouwd. Opvallend aan deze tempels is dat de ramen en deuren versierd waren met hetzelfde type mozaïek als op het mes. Ik heb op weg hierheen de professor een bezoekje gebracht om hem een van jouw foto's te laten zien. Hij twijfelde er niet aan dat het om een raam uit een Shan-tempel gaat, Løken.'

Ze konden horen dat de toespraak binnen nu begonnen was. De stem klonk metalig en scherp door de geluidsinstallatie.

'Goed werk, Hole. Wat gaat er nu verder gebeuren?'

'Nu vertel je me alles wat er achter de coulissen gebeurt en dan neem ik het onderzoek verder over.'

Løken lachte schaterend. 'Je maakt een grapje, toch?'

Maar Harry maakte geen grapje.

'Een interessant voorstel, Hole, maar ik geloof niet dat het gaat. Mijn chefs...'

'Ik geloof niet dat "voorstel" het juiste woord is, Løken. Probeer "ultimatum".'

Løken lachte nog luider. 'Je hebt ballen, Hole, dat moet ik je nageven. Wat precies maakt dat jij denkt dat je in de positie bent om mij ultimatums te stellen?'

'Dat jullie een ongelooflijk probleem hebben als ik mijn Thaise politiecommissaris vertel wat er aan de hand is.'

'Je zult ontslag krijgen, Hole.'

'Om wat voor reden dan? Ten eerste heb ik hier het mandaat gekregen om een moord te onderzoeken, niet om de ballen van een paar Noorse bureaucraten te redden. Ik heb er persoonlijk niets op tegen als jullie proberen een pederast achter slot en grendel te krijgen, maar dat is mijn verantwoordelijkheid niet. En als het Storting te horen krijgt dat men niet is geïnformeerd over een illegaal onderzoek, dan gok ik dat anderen groter gevaar lopen de laan te worden uit gestuurd. Zoals ik het zie, is de kans om werkloos te worden voor mij groter als ik mijn mond houd en medeschuldig word. Een sigaret?'

Harry hield hem een nieuw pakje Camel voor, Løken schudde zijn hoofd, maar bedacht zich. Harry gaf hun beiden vuur en ze namen plaats op een van de stoelen die langs de muur stonden. Binnen werd er luid geapplaudisseerd.

'Waarom heb je het niet laten zitten, Hole? Je hebt allang begrepen dat het niet jouw taak is om die moord op te lossen, dus waarom kun je niet met de wind meewaaien en jezelf en anderen een hoop problemen besparen?'

Harry inhaleerde diep en liet de lucht in een lange uitademing ontsnappen. De meeste rook bleef echter binnen.

'Ik ben afgelopen herfst weer begonnen met Camel roken,' zei Harry, terwijl hij op zijn broekzak klopte. 'Ik had ooit een vriendin die Camel rookte. Ik mocht nooit een sigaret bij haar bietsen want ze was bang dat het een gewoonte zou worden. We waren op vakantie met InterRail en in de trein tussen Pamplona en Cannes ontdekte ik dat ik geen sigaretten meer had. Zij vond dat het een goede les voor me was. Het was een reis van bijna tien uur en uiteindelijk moest ik andere mensen in de coupé om een sigaret vragen, terwijl zij de ene na de andere wegpafte. Raar hè?'

Hij hield de sigaret omhoog en blies op de gloeiende punt.

'Goed, ik bleef van vreemde mensen bietsen toen we in Cannes waren. In het begin vond ze het grappig. Toen ik in Parijs van tafeltje naar tafeltje begon te gaan in restaurants, vond ze het al minder grappig en zei ze dat ik uit haar pakje kon nemen, maar ik bedankte voor die eer. Toen ze in Amsterdam bekenden uit Noorwegen trof en ik van hen begon te bietsen, terwijl ze een pakje van twintig sigaretten voor zich had liggen, vond ze dat ik kinderachtig deed. Ze kocht een pakje sigaretten voor me en zei dat ik die niet moest weggeven. Maar ik liet het pakje op de hotelkamer liggen. Toen we terug waren in Oslo en ik ermee doorging, zei ze dat ik ziek was.'

'Heeft dit verhaal ook een eind?'

'Jazeker. Ze stopte met roken.'

Løken kuchte. 'Happy end dus.'

'Ongeveer in dezelfde tijd verhuisde ze met een muzikant naar Londen.'

Løken verslikte zich.

'Je was dus te ver gegaan?'

'Uiteraard.'

'Maar je hebt er niet veel van geleerd?'

'Nee.'

Ze rookten zwijgend verder.

'Ik begrijp het,' zei Løken, die zijn sigaret uitdrukte. Er kwamen mensen uit de zaal.

'Laten we ergens een pilsje gaan drinken, dan vertel ik je het hele verhaal.'

'Ove Klipra bouwt wegen. Behalve dat weten we niet veel over hem. We weten dat hij als vijfentwintigjarige naar Thailand is gekomen met een halve ingenieursopleiding en een slechte naam en dat hij zijn naam van Pedersen in Klipra heeft veranderd, dat was kennelijk de naam van het stadsdeel in Ålesund waar hij woonde.'

Ze zaten op een diepe leren bank en voor hen stonden een stereo-installatie, een televisie en een tafel met bier, een fles water, twee microfoons en een boek met songteksten. Harry dacht eerst dat Løken een grapje maakte toen hij zei dat ze naar een karaokebar gingen, tot hij de reden begreep. Je huurde een geluiddichte ruimte voor een uur, gaf geen naam, bestelde wat je wilde drinken en verder werd je met rust gelaten. Bovendien waren er voldoende mensen die in- en uitliepen om niet op te vallen. Het was eigenlijk de ultieme plek om heimelijk mensen te ontmoeten en het was duidelijk niet de eerste keer dat Løken hier kwam.

'Wat voor slechte naam?' vroeg Harry.

'Toen we in de zaak begonnen te spitten, bleken er in Ålesund een paar kwesties geweest te zijn met minderjarige jongens. Er zijn geen aangiftes gedaan, maar de geruchten deden de ronde en het leek hem verstandig om te verhuizen. Toen hij hier kwam, liet hij een ingenieursbureau registreren, visitekaartjes drukken waarop hij zich voordeed als ingenieur en begon hij op deuren te kloppen met de boodschap dat hij wegen kon bouwen. Toen, twintig jaar geleden, kon je feitelijk maar op twee manier wegenbouwprojecten in Thailand in de wacht slepen: of door familie te zijn van iemand uit de regering of door rijk genoeg te zijn voor het betalen van steekpenningen. Klipra was geen van beide en had uiteraard de schijn tegen. Maar hij leerde twee dingen die hem gegarandeerd geholpen hebben aan het vermogen waarop hij nu zit: Thailanders doorgronden en de kunst van steekpenningen geven. Dat met die steekpenningen heb ik niet zelf ontdekt, daar schept hij zelf over op tegen Noren die hier wonen. Hij beweert dat hij zo goed is geworden in stroopsmeren dat sommige Thailanders er zelfs genoeg van hebben. Bovendien deelt hij de interesse voor jonge jongens met een aantal politici met wie hij omgaat. Het is onduidelijk of dat een voordeel was toen de opdracht voor de uitbreiding van het zogenaamde Hopewell Bangkok Elevated Road and Train System vergeven moest worden.'

'Wegen en treinverkeer?'

'Yep. Het is je vast opgevallen dat er overal in de stad zware stalen pilaren de grond in worden geramd.'

Harry knikte.

'Voorlopig gaat het om zesduizend pilaren, maar het zullen er nog meer worden. En die zijn niet alleen voor de autoweg, maar ook voor de nieuwe trein. We hebben het hier over een supermoderne autoweg van vijftig kilometer en zestig kilometer spoorrails van vijfentwintig miljard kronen, die de stad moeten redden van de wurggreep waarin die zich bevindt. Begrijp je? Dit project is waarschijnlijk het grootste wegenproject in welke stad ooit, het is de Messias in asfalt en rails.'

'En Klipra heeft een vinger in de pap?'

'Niemand schijnt precies te weten wie meewerkt aan het project en wie niet. Wat wel duidelijk is, is dat de oorspronkelijke hoofdondernemer uit Hongkong zich heeft teruggetrokken en dat men het budget en het tijdsschema kan vergeten.'

'Budgetoverschrijding? Ik ben geschokt,' zei Harry droog.

'Maar dat betekent in elk geval dat de anderen meer te doen hebben en ik gok dat Klipra al een heel dikke vinger in de pap heeft. Als iemand uit een project stapt, moeten politici accepteren dat de andere deelnemers hun offerte bijstellen. Als Klipra de financiële capaciteit heeft om het allemaal te behappen, zal hij snel een van de machtigste ondernemers van de regio worden.'

'Juist, maar wat heeft dat met misbruik van kinderen te maken?'

'Alleen dat machtige mannen in staat zijn de regels van de wet om te buigen in hun voordeel. Ik heb geen reden te twijfelen aan de integriteit van de huidige regering, maar de kans op uitlevering wordt zeker niet groter als de man politieke invloed heeft en een arrestatie zou het wegenproject aanzienlijk vertragen.'

'Dus wat gaan jullie doen?'

'Er zijn al zaken in gang gezet. Na de kwestie van de Noor die eerder dit jaar in Pattaya is opgepakt, zijn politici in ons vaderland wakker geworden en er wordt gewerkt aan eenzelfde soort afspraak als met Zweden en Denemarken. Als die er is, wachten we nog even en dan arresteren we Klipra en leggen de Thaise overheid uit dat de foto's uiteraard genomen zijn nadat de afspraak een feit was.'

'En wordt hij veroordeeld voor ontucht met minderjarigen?'

'Plus een moord, misschien.'

Harry schoot overeind in zijn stoel.

'Jij dacht misschien dat je de enige bent die het mes in verband heeft gebracht met Klipra, inspecteur?' zei Løken, terwijl hij zijn pijp probeerde aan te steken.

'Wat weet jij over het mes?'

'Ik heb Tonje Wiig geëscorteerd toen zij in het motel was om de ambassadeur te identificeren. Ik heb een paar foto's kunnen maken.'

'Onder de ogen van een stoet politiemensen?'

'Nou ja, het ging om een kleine camera. Ter grootte van een horloge.' Løken grinnikte. 'Die kun je niet in de winkel kopen.'

‘En toen heb je het glasmozaïek gekoppeld aan het huis van Klipra?’

‘Ik heb contact gezocht met iemand die betrokken was bij Klipra’s koop van de tempel, een *pongyi* bij het Mahasi-centrum in Rangoon. Het mes hoorde bij de inboedel van de tempel. Volgens de monnik zijn er twee identieke messen gemaakt. Er moet nog zo’n mes zijn.’

‘Wacht even,’ zei Harry. ‘Aangezien jij contact hebt gezocht met die monnik moet je al op voorhand hebben gedacht dat het mes iets met Birmese tempels te maken had.’

Løken haalde zijn schouders op.

‘Vooruit,’ zei Harry. ‘Je bent geen kunsthistoricus. We hadden een professor nodig om vast te stellen dat het met Shan-nog-wat te maken had. Je verdacht Klipra al voordat je het had nagevraagd.’

Løken brandde zijn vingers en gooide geïrriteerd de afgebrande lucifer weg.

‘Ik had redenen om aan te nemen dat Klipra iets met de moord te maken had. Ik zat namelijk op de dag dat de ambassadeur werd vermoord recht tegenover de woning van Klipra.’

‘En?’

‘Atle Molnes kwam daar rond zeven uur aan. Om acht uur zijn hij en Klipra in de ambassadeauto vertrokken.’

‘Ben je er zeker van dat zij het waren? Ik heb de auto gezien en zoals zo vaak met ambassadeauto’s heeft die donkere, ondoorzichtige ramen.’

‘Ik zag Klipra door de lens van de camera toen de auto aan kwam rijden. De auto parkeerde in de garage en van daaruit gaat er een deur direct naar het huis, eerst zag ik dat Klipra opstond en naar de deur liep. Toen zag ik een poosje niemand, maar toen zag ik de ambassadeur ijsberen in de kamer. Het volgende wat ik zag was dat de auto weer wegreed en dat Klipra weg was.’

‘Je kunt niet weten dat het de ambassadeur was,’ stelde Harry vast.

'Waarom niet?'

'Omdat vanaf het punt waar jij zat je alleen zijn rug en zijn onderlichaam kunt zien, de rest zit verscholen achter het glasmozaïek.'

Løken lachte.

'Nou, dat was meer dan genoeg,' zei hij en hij kreeg eindelijk zijn pijp aan de gang. Hij pafte tevreden. 'Omdat er maar één persoon in Thailand was die zo'n geel pak droeg.'

Onder andere omstandigheden had Harry misschien even gelachen, maar nu waren er te veel andere dingen die in zijn hoofd rondspookten.

'Waarom zijn Torhus en de hoofdcommissaris in Oslo daarvan niet op de hoogte gebracht?'

'Wie zegt dat dat niet is gebeurd?'

Harry voelde iets achter zijn ogen drukken. Hij keek rond of hij iets kapot kon maken.

Bjarne Møller stond bij het raam en keek naar buiten. Het leek er niet op dat de kou zich snel gewonnen zou geven. De jongens vonden het geweldig en kwamen 's avonds met verkleumde handen en rode wangen aan tafel, terwijl ze ruziemaakten over wie op de ski's het verst was gesprongen.

De tijd ging snel, het was nog niet eens zo lang geleden dat hij ze tussen zijn ski's hield en van Grefsenkollen af suisde. Gisteravond was hij naar hen toe gegaan met de vraag of hij iets zou voorlezen, maar ze hadden hem slechts vreemd aangekeken.

Trine had gezegd dat hij er moe uitzag. Was hij dat? Misschien. Hij had veel om over na te denken, meer misschien dan hij had gedacht toen hij deze baan als commissaris accepteerde. Als het geen rapporten, vergaderingen of begrotingen waren dan was het wel een van zijn mensen die aanklopte met een probleem dat hij niet kon oplossen – dat hun vrouw wilde scheiden, dat de huur te hoog werd of dat ze last kregen van hun zenuwen.

Het politiewerk waarop hij zich had verheugd toen hij deze baan aannam, was bijzaak geworden. En hij kon ook niet echt uit de voeten met de verborgen agenda, het tussen de regels door lezen, het carrièrespel. Af en toe vroeg hij zich af of hij niet liever terugging naar zijn oude baan, maar hij wist dat Trine prijs stelde op zijn hogere salaris. En de jongens wilden springski's. En misschien werd het ook tijd die pc te kopen waar ze al zo lang om zeurden. Kleine sneeuwvlokjes dwarrelden voor het raam. Hij was verdomme een goede politieman geweest.

De telefoon ging.

'Møller.'

'Met Hole. Heb jij het de hele tijd geweten?'

'Hallo? Harry, ben jij het?'

'Wist jij dat ik speciaal ben uitgekozen om er zeker van te zijn dat dit onderzoek tot niks zou leiden?'

Møller liet zijn stem zakken. Vergeten waren de springski's en de pc. 'Ik geloof dat ik nu niet helemaal begrijp waar jij het over hebt.'

'Ik wil je alleen horen zeggen dat je niet wist dat mensen in Oslo al vanaf het begin een verdachte voor de moord hadden.'

'Oké Harry, ik wist het niet… ik bedoel, ik heb geen flauw idee waar je het over hebt.'

'De hoofdcommissaris en Dagfinn Torhus wisten al direct na de moord dat een Noor met de naam Ove Klipra en de ambassadeur een halfuur voordat de ambassadeur in het motel aankwam zijn weggereden in dezelfde auto. Zij weten ook dat Klipra een verrekt goed motief had om de ambassadeur te vermoorden.'

Møller zuchtte diep.

'En dat is?'

'Klipra is een van de rijkste mannen in Bangkok, de ambassadeur had schulden. Op zijn initiatief is er een hoogst illegaal onderzoek gestart naar kindermisbruik door Klipra en toen hij dood werd aangetroffen had hij foto's van Klipra met een jongen bij zich in zijn koffer. Het is niet erg moeilijk te bedenken waar het bezoek aan Klipra om ging. Het moet Molnes zijn gelukt Klipra ervan te overtuigen dat het om een soloactie van hem ging, dat hij zelf de foto's had genomen. Dus waarschijnlijk heeft hij een prijs gevraagd voor alle negatieven. Het is uiteraard moeilijk na te gaan hoeveel afdrukken Molnes heeft gehad, dus het is ook niet moeilijk te bedenken dat Klipra begrepen moet hebben dat zijn afperser, een ongelukkige gokker als de ambassadeur, gegarandeerd weer bij hem zou aankloppen. En weer. Dus Klipra heeft misschien voorgesteld een eindje te gaan rijden, is uitgestapt bij een bank en heeft Molnes gezegd een motel te nemen waar hij ook zou komen met het geld. Toen Klipra daar arriveerde, hoefde hij niet naar de kamer te zoeken, hij zag de auto van de ambassade al staan, toch? Verdomme, het was die kerel zelfs gelukt om het mes in verband te brengen met Klipra.'

'Welke kerel?'

'Løken. Ivar Løken. Een ex-geheim agent die al vele jaren in deze regio werkzaam is. Aangesteld door de VN, hij zegt dat hij voor een vluchtelingenorganisatie werkt, maar dat kun je vergeten. Ik gok dat hij vooral betaald wordt door de NAVO of zoiets. Hij bespioneert Klipra al maanden.'

'Wist de ambassadeur dat niet? Ik dacht dat je zei dat hij daartoe het initiatief had genomen.'

'Wat bedoel je?'

'Jij beweert dat de ambassadeur Klipra wilde chanteren, hoewel hij wist dat die geheim agent hem observeerde.'

'Natuurlijk wist hij dat, hij kreeg immers kopieën van die foto's van Løken. En wat dan nog? Het is toch niet verdacht als de Noorse ambassadeur een beleefdheidsbezoekje aflegt aan de rijkste Noor in Bangkok?'

'Misschien niet. Wat heeft die Løken nog meer verteld?'

'Hij vertelde de ware reden dat ik gekozen ben om hierheen te komen.'

'En die is?'

'Wacht even.'

Møller hoorde dat een hand op de hoorn werd gelegd, gevolgd door geïrriteerde uitroepen in het Noors en Engels. Toen was Harry weer terug.

'Het spijt me, Møller, we zitten hier boven op elkaar. Mijn buurman had zijn stoel op de telefoonkabel gezet. Waar waren we?'

'De reden dat jij bent gekozen.'

'O ja. Iedereen die op de hoogte is van het onderzoek naar Klipra, loopt een behoorlijk risico. Als het uitkomt, zijn de poppen aan het dansen, een politieke rel, koppen die rollen, of niet? Dus toen de ambassadeur werd vermoord en ze misschien een sterk vermoeden hadden wie daarvoor verantwoordelijk was, moesten ze ervoor zorgen dat het moordonderzoek niet hun onderzoek zou ontmaskeren. Ze moesten een gulden middenweg vinden, iets doen, maar niet zoveel dat er te veel stof opwaaide. Door een Noorse politieman te sturen konden ze er niet van worden beschuldigd dat ze niets deden. Ik kreeg te horen dat ze geen team wilden sturen omdat de Thailanders dat verkeerd zouden opvatten.'

Harry's gelach vermengde zich met een ander gesprek dat zich ergens tussen de aarde en de satelliet bevond.

'In plaats daarvan kozen ze een man van wie ze niet verwachtten dat hij ook maar iets zou ontdekken hier. Dagfinn Torhus had de perfecte kandidaat gevonden, iemand die gegarandeerd niet voor al te veel problemen zou zorgen. Omdat hij waarschijnlijk de avonden zou doorbrengen met een kratje bier en overdag half in een roes zou verkeren. Harry Hole was perfect omdat hij functioneert, maar meer ook niet. De keus konden ze verantwoorden, als die vraag zou opduiken, met goede getuigschriften van de betreffende persoon aangaande een soortgelijke klus in Australië. En dat niet alleen, commissaris Møller had zelfs lovend over hem gesproken en hij kon het immers het beste weten?'

Møller vond het niet prettig wat hij hoorde. Al helemaal niet toen hij het helder voor zich zag, de blik over tafel van de hoofdcommissaris toen de vraag werd gesteld, het bijna onmerkbaar optillen van de wenkbrauw. Het was een bevel geweest.

'Maar waarom zouden Torhus en de hoofdcommissaris hun positie op het spel zetten voor een zielige pederast?'

'Goeie vraag.'

Het werd stil. Geen van beiden durfde hardop te zeggen wat hij dacht.

'Dus wat gebeurt er nu, Harry?'

'Nu krijgen we operatie *save ass*.'

'En dat betekent?'

'Dat wil zeggen dat niemand met de zwartepiet wil blijven zitten. Løken niet en ik ook niet. De afspraak is dat hij en ik voorlopig onze mond houden en samen Klipra inrekenen. Ik reken erop dat jij de zaak daarna over zult nemen, chef. Ga misschien direct naar het Storting. Jij moet ook je hachje redden, of niet?'

Møller dacht na. Hij wist niet of hij gered wilde worden. Het ergste wat hem kon overkomen was dat hij weer gewoon politiewerk moest gaan doen.

'Dit gaat om *heavy* zaken, Harry. Ik moet erover nadenken, ik bel je terug, oké?'

'Oké.'

Ze ontvingen zwakke signalen van een ander gesprek ergens in het heelal die meteen weer verstomden. Ze zwegen een poosje en luisterden naar het geluid van de sterren.

'Harry?'

'Ja?'

'Ik heb schijt aan het nadenken. Ik doe met jou mee.'

'Daar rekende ik eigenlijk al op, chef.'

'Bel me als jullie hem hebben gearresteerd.'

'O ja, dat ben ik nog vergeten te zeggen. Niemand heeft Klipra nog gezien sinds de ambassadeur werd vermoord.'

Toen kwam er zo'n dag waarop Harry helemaal niets deed.

Hij tekende cirkeltjes en keek of ze ergens op leken.

Jens belde en vroeg hoe het onderzoek verliep, Harry zei dat dat een staatsgeheim was, en Jens zei dat hij het begreep, maar dat hij beter zou slapen als er een andere hoofdverdachte was. Toen vertelde Jens een mop die hij zojuist via de telefoon had gehoord, over een gynaecoloog die tegen een collega zei dat een van zijn patiënten een clitoris als een stuk bacon had. 'Zo groot?' vroeg de collega. 'Nee,' antwoordde de gynaecoloog: 'Zo zout.'

Jens verontschuldigde zich ervoor dat er alleen maar smerige moppen rondgingen in het financiële milieu.

Daarna probeerde Harry de mop door te vertellen aan Nho, maar zijn of Nho's Engels was te slecht, of de mop was gewoon te gênant.

Toen ging hij naar Liz en vroeg of het goed was dat hij er alleen maar een beetje zat. Na een uur kreeg ze genoeg van zijn zwijgende aanwezigheid en vroeg hem te vertrekken.

Hij at weer in Le Boucheron. De Fransman sprak in het Frans tegen hem en Harry glimlachte en antwoordde in het Noors.

Het was bijna elf uur toen hij thuiskwam.

'Je hebt bezoek,' zei de bewaker bij de poort.

Harry nam de lift omhoog, ging naast de zwembadrand op zijn rug liggen en hoorde het ritmische, langzame gespetter van Runa's zwemslagen.

'Je moet naar huis,' zei hij na een poosje. Ze gaf geen antwoord en hij stond op en liep de trappen op naar zijn flat.

HOOFDSTUK 39

Løken gaf de nachtkijker door aan Harry.

'Het is duidelijk,' zei hij. 'Ik ken de routine. Nu gaat de bewaker naar zijn huisje bij de poort aan het begin van de oprit. De volgende ronde maakt hij pas over twintig minuten.'

Ze zaten op de zolderkamer van een huis op ongeveer honderd meter afstand van Klipra's enorme huis. Het raam was dichtgetimmerd, maar tussen twee planken door was er net genoeg plaats voor een kijker. Of een fototoestel. Tussen de zolderkamer en Klipra's teakhouten huis dat versierd was met drakenkoppen zaten een rij lage schuurtjes, een weg en een muur met prikkeldraad erbovenop.

'Geen probleem,' zei Løken.

'Het enige probleem in deze stad is dat er overal en altijd mensen zijn. We moeten daarom omlopen en over de muur aan de achterkant van dat schuurtje klauteren.'

Hij wees en Harry keek door de kijker.

Løken had hem gevraagd strak zittende, donkere, onopvallende kleding aan te trekken. De keuze was gevallen op een zwarte spijkerbroek en zijn oude, zwarte Joy Division-T-shirt. Hij had aan Kristin gedacht toen hij het shirt aantrok, dat dit het enige T-shirt was geweest waarvan ze had gehouden. Hij bedacht dat dat misschien opwoog tegen het feit dat ze stopte met het roken van Camel-sigaretten.

'Laten we gaan,' zei Løken.

De lucht buiten stond stil en stof zweefde boven de grindweg. Een groepje jongens had het druk met het spelen van *takraw*, ze stonden in een cirkel, hielden een kleine rubberen bal met hun voeten in de lucht en hadden geen aandacht voor de twee in het zwart geklede *farangs*. Ze staken de straat over, verdwenen tussen twee schuurtjes en bereikten ongezien de muur. De bedompte avondhemel reflecteerde vuilgeel licht van miljoenen kleine en grote lichtbronnen die maakten dat Bangkok 's nachts nooit helemaal donker werd. Løken gooide de kleine rugzak over de muur en rolde een smalle, dunne rubberen mat uit, die hij over het prikkeldraad gooide.

'Jij eerst,' zei hij en hij ging met zijn rug tegen de muur staan en maakte van zijn handen een stijgbeugel.

'En jij dan?'

'Maak je over mij geen zorgen, vooruit.'

Hij tilde Harry op zodat hij een van de ijzeren punten op de muur kon vastgrijpen. Harry sloeg een voet over de mat en hoorde het prikkeldraad onder zijn kruis in het rubber schrapen, terwijl hij de andere voet bijtrok. Hij probeerde niet te denken aan de jongen die tijdens de jaarmarkt in Romsdal in de vlaggenmast was geklommen en naar beneden roetsjte zonder aan de haak te denken waaraan de vlag was bevestigd. Grootvader beweerde dat je de castratieschreeuw aan de andere kant van de fjord kon horen.

Løken stond naast hem.

'Jezus, dat ging snel,' fluisterde Harry.

'Dagelijks seniorengymnastiek.'

Met de senior voorop renden ze kromgebogen over het grasveld langs de huismuur en bleven staan bij de hoek. Løken pakte de nachtkijker en wachtte tot hij er zeker van was dat de bewaker de andere kant op keek.

'Nu!'

Harry rende en probeerde zich in te beelden dat hij onzichtbaar was. Het was niet ver naar de garage, maar dat deel werd verlicht en was goed te zien vanuit het wachthuisje. Løken kwam vlak achter hem aan.

Harry dacht dat er niet veel manieren waren om in een huis in te breken, maar Løken had erop gestaan alles tot in de details te plannen. Toen hij benadrukte dat ze het laatste kritische stuk dicht bij elkaar moesten rennen, had Harry gevraagd of het niet slimmer was om een voor een te lopen, terwijl de ander op wacht stond.

'Op wacht voor wie dan?' had Løken geïrriteerd geantwoord.

'We merken het wel als we worden ontdekt. Als we niet tegelijk lopen, is de kans om ontdekt te worden dubbel zo groot. Zeg, leren jullie bij de politie tegenwoordig dan niets?' Harry had geen bezwaren gehad tegen de rest van het plan.

Een witte Lincoln Continental stond in de garage te pronken en inderdaad gaf van daaruit een deur rechtstreeks toegang tot het huis. Løken was van mening geweest dat dat slot makkelijker te kraken moest zijn dan dat van de hoofdingang, bovendien konden ze niet gezien worden vanaf de poort.

Hij pakte de loper en ging aan de slag.

'Neem jij de tijd op?' fluisterde hij en Harry knikte. Volgens het schema was het nog zestien minuten voor de volgende ronde.

Na twaalf minuten voelde Harry dat hij jeuk kreeg over zijn hele lichaam.

Na dertien minuten begon hij te hopen dat Sunthorn even toevallig voorbijkwam.

Na veertien minuten begreep hij dat ze de operatie moesten afbreken.

'We gaan weg!' fluisterde hij.

'Nog even,' zei Løken, die over het slot gebogen stond.

'We hebben geen tijd meer.'

'Nog een paar seconden.'

'Nu!' siste Harry tussen zijn op elkaar geklemde tanden.

Løken gaf geen antwoord. Harry ademde in en legde een arm rond Løkens schouder. Løken draaide zich naar hem om en hun blikken kruisten elkaar. Er blonk een gouden tand. 'Open,' fluisterde Løken.

De deur gleed geluidloos open. Ze glipten naar binnen en deden de deur zacht achter zich dicht. Op dat moment hoorden ze voetstappen in de garage, ze zagen het licht van een lantaarn door een raam en ineens hoorden ze iemand stevig aan de deurklink rukken. Ze stonden met hun rug tegen de muur. Harry hield zijn adem in, terwijl zijn hart zo snel sloeg dat het bonkte in zijn hersenen. Toen verdwenen de voetstappen weer.

Harry had moeite om zacht te praten. 'Twintig minuten, zei je!'

Løken trok zijn schouders op. 'Een paar minuten meer of minder.'

Harry telde in zichzelf en haalde adem door zijn open mond.

Ze deden beiden hun zaklantaarn aan en wilden weglopen toen Harry iets onder zijn schoenen hoorde kraken.

'Wat is dat?' Hij scheen op de vloer. Er lagen een paar witte klontjes op het donkere parket.

Løken scheen op de witgekalkte muur.

'Nee maar, Klipra heeft gelogen. Dit huis zou volledig van teakhout zijn gebouwd. Nee, nu verlies ik echt mijn respect voor die kerel,' zei hij sarcastisch. 'Kom, Harry, de tijd tikt door.' Snel en systematisch doorzochten ze het huis op Løkens aanwijzingen. Harry concentreerde zich om het zo te doen als hem was opgedragen: goed onthouden waar alle dingen lagen voor hij ze verschoof, geen vingerafdrukken achterlaten en voor hij een lade opentrok kijken of er geen plakband op zat. Na bijna drie uur gingen ze aan de keukentafel zitten. Løken had een paar kinderpornoblaadjes aangetroffen en een revolver die eruitzag alsof hij al jaren niet was gebruikt. Hij had van beide vondsten foto's gemaakt.

'Die kerel is in grote haast vertrokken,' zei hij. 'Er staan twee lege koffers in zijn slaapkamer, zijn toilettas ligt nog in de badkamer en de klerenkasten zitten propvol.'

'Misschien had hij een derde koffer?' suggereerde Harry.

Løken keek hem aan met een mengsel van walging en superioriteit. Zoals hij naar een bereidwillige, maar niet bijster intelligente rekruut zou kijken, dacht Harry.

'Niemand heeft twee toilettassen, Hole.'

Rekruut, dacht Harry.

'Er is nog een kamer,' zei Løken. 'Het kantoor op de eerste verdieping zit op slot en het slot is van Duitse makelij en niet open te peuteren.' Hij trok een koevoet uit de rugzak. 'Ik had gehoopt dat we deze niet nodig zouden hebben,' zei hij. 'Er zal na ons vertrek een flink gat in de deur zitten.'

'Dat hindert niet,' zei Harry. 'Volgens mij heb ik zijn pantoffels toch al op de verkeerde plank teruggezet.'

Løken gromde.

Ze gebruikten de koevoet bij de scharnieren en niet bij het slot. Harry reageerde te laat en de zware deur klapte met veel kabaal de kamer in. Ze bleven een paar seconden stilstaan en wachtten op geroep van de bewakers.

'Denk je dat ze iets gehoord kunnen hebben?' vroeg Harry.

'Nuh. Er worden per inwoner van deze stad zoveel decibellen geproduceerd dat een klap meer of minder niet opvalt.'

Hun lichtbundels liepen als gele kakkerlakken over de muren.

Aan de muur boven het bureau hing de rood-witte vlag van Manchester United boven een ingelijste foto van het team. Daaronder het wapen van de stad in rood en wit met een driemaster erop, uitgehakt in hout.

De lantaarn stopte bij een foto. Er stond een man op met een brede grijns op zijn gezicht, een solide dubbele onderkin en een paar lichtelijk uitpuilende ogen die glommen van de pret. Ove Klipra leek een goedlachse man. Hij had blonde krullen die dansten in de wind. Wellicht was de foto aan boord van een schip genomen.

'Hij ziet er niet uit zoals ik me een pedøfiel voorstel,' zei Harry.

'Dat doen pedofielen zelden,' zei Løken. Harry wierp een blik op hem, maar hij werd verblind door het licht. 'Wat is dat voor iets?'

Harry draaide zich om. Løken scheen op een grijze metalen box in de hoek van de kamer. Harry herkende het ding onmiddellijk.

'Nou, dat zal ik je vertellen,' zei hij, blij dat hij eindelijk een bijdrage kon leveren. 'Dat is een bandrecorder van een half miljoen kronen. Precies zo een heb ik in het kantoor van Brekke gezien. Daarmee kun je telefoongesprekken opnemen en de opname en tijdscode kunnen niet gemanipuleerd worden, dus de opnames zijn rechtsgeldig.'

'Belangrijk, wanneer je zakendoet met mensen in de corruptste branche in het corruptste land ter wereld,' zei Løken.

Harry bladerde snel door de papieren die op het bureau lagen. Hij zag brieflogo's met Japanse en Amerikaanse firmanamen, afspraken, contracten, ontwerpen en veranderingen van ontwerpen. BERTS werd in meerdere papieren genoemd. Zijn oog viel op een mapje met daarop Barclays Thailand. Het ging kennelijk om een analyse van een bedrijf dat Phuridell heette. Hij ging weer verder met zijn lantaarn. Ineens stopte hij toen het licht iets ving wat aan de muur hing.

'Bingo! Kijk hier, Løken. Dat moet het tweelingmes zijn waarover jij het had.'

Løken gaf geen antwoord, hij stond met zijn rug naar hem toe.

'Heb je gehoord wat ik...'

'We moeten hier weg, Harry. Nu!'

Harry draaide zich om en zag dat Løkens lantaarn een klein doosje tegen de muur bescheen waarop een rood lampje knipperde. Op hetzelfde moment leek het of er een breinaald in zijn oor werd gestoken. Het hoogfrequente geluid was zo schel dat hij onmiddellijk half doof was.

'Alarm met tijdsvertraging!' riep Løken en hij rende al. 'Doe je lantaarn uit!'

Harry stortte zich achter hem aan de trap af. Ze renden naar de zijdeur van de garage. Løken stopte Harry op het moment dat hij zijn hand op de deurklink legde.

'Wacht.'

Buiten hoorden ze stemmen en gerinkel van sleutels.

'Ze staan bij de hoofdentree,' zei Løken.

'Laten we maken dat we wegkomen!'

'Nee, ze zien ons als we naar buiten stappen,' fluisterde Løken. 'Als zij naar binnen gaan, gaan wij naar buiten, oké?'

Harry knikte. Een streep maanlicht, gekleurd door het glasmozaïek boven de deur, viel op het parket voor hen.

'Waar ben je mee bezig?'

Harry zat op zijn knieën en met zijn handen veegde hij de

stukjes kalk van de grond. Hij had geen tijd om te antwoorden want op hetzelfde ogenblik ging de hoofddeur open. Løken opende de deur en Harry rende naar buiten. Het volgende ogenblik renden ze kromgebogen over het gras, terwijl het hysterische gejank van het alarm achter hen steeds zwakker werd.

'*Close call*,' zei Løken toen ze aan de andere kant van de muur stonden. Harry keek hem aan. Het maanlicht blonk op zijn gouden tand. Hij was niet eens buiten adem.

De leiding bleek tot in de muur doorgebrand toen Harry de schaar in het stopcontact had geramd, daarom zaten ze weer bij het flakkerende licht van een kaars. Løken had zojuist een fles Jim Beam geopend.

'Waarom trek je je neus op, Hole? Hou je niet van de lucht?'

'Er is niets verkeerds aan die lucht.'

'En de smaak?'

'De smaak is goed. Jim Beam en ik zijn oude vrienden.'

'Juist.' Løken schonk alleen voor zichzelf een borrel in. 'Misschien nu niet meer zulke goede vrienden.'

'Ze zeggen dat hij een slechte invloed op me heeft.'

'Wie houdt jou dan nu gezelschap?'

Harry tilde zijn flesje cola op. 'De Amerikaanse cultuurimperialist.'

'Totale drooglegging?'

'In de herfst heb ik het nodige bier gedronken.'

Løken bromde goedmoedig.

'Nu begrijp ik het beter. Ik heb me al afgevraagd waarom Torhus jou in godsnaam heeft uitgekozen.'

Harry begreep dat het indirect een compliment was, dat hij bedoelde dat Torhus ergere idioten had kunnen vragen. Aan zijn kwaliteiten als politieman kon het niet liggen.

Harry knikte naar de fles. 'Verdooft dat de misselijkheid?'

Løken keek hem vragend aan.

'Doet het je je werk een poosje vergeten? Ik bedoel de jongens, de foto's, de hele zooi?'

Løken spoelde de drank weg en schonk een nieuw glas in. Hij nam een slok en leunde achterover in zijn stoel.

'Ik heb bijzondere kwalificaties voor dit werk, Harry.'

Harry had een vaag voorgevoel wat hij bedoelde.

'Ik weet hoe ze denken, wat hen bezighoudt, waar ze een kick van krijgen, welke verleidingen ze kunnen weerstaan en welke niet.' Hij pakte zijn pijp. 'Ik begrijp ze, al zo lang als ik me herinneren kan.'

Harry wist niet wat hij moest zeggen, dus hij hield zijn mond.

'Maar, drooggelegd dus? Kun je dat goed, Hole? Verleidingen weerstaan? Zoals dat verhaal met die sigaretten, dat je een besluit neemt en daaraan vasthoudt, wat er ook gebeurt?'

'Nou, ja, ik denk van wel,' zei Harry. 'Het probleem is dat het besluit niet altijd goed is.'

Løken gromde weer. Harry dacht aan een oude vriend die op dezelfde manier had gegromd. Hij had hem in Sydney begraven, maar die vriend was nog vaak 's nachts bij Harry op bezoek gekomen.

'Dan lijken we op elkaar,' zei Løken. 'Ik heb nog nooit van mijn leven een kind aangeraakt. Ik heb erover gedroomd, erover gefantaseerd, erom gehuild, maar het nooit gedaan. Kun je dat begrijpen?'

Harry slikte. Er schoten allerlei tegenstrijdige gedachten door zijn hoofd.

'Ik weet niet hoe oud ik precies was toen mijn stiefvader mij voor het eerst misbruikte, maar ik denk dat ik niet ouder was dan vijf jaar. Toen ik dertien jaar was, heb ik hem met een bijl in zijn dijbeen geslagen. Ik trof een slagader, hij raakte in shock en legde bijna het loodje. Hij overleefde het, maar belandde wel in een rolstoel. Hij zei dat het een ongeluk was, dat de bijl was uitgeschoten toen hij houthakte. Hij vond kennelijk dat we quitte stonden.'

Løken tilde zijn glas op en keek misprijzend naar het bruine vocht. 'Jij vindt het vast een krankzinnige paradox dat kinderen die zijn misbruikt, statistisch gezien de grootste kans hebben om zelf ontuchtplegers te worden, of niet?'

Harry grijnsde even.

'Het is waar,' zei Løken. 'Pedofielen weten vaak precies aan welke ellende ze de kinderen blootstellen, veel daders hebben zelf de angst, de verwarring en het schuldgevoel meegemaakt. Wist je dat meerdere psychologen menen dat er grote overeenkomsten zijn tussen seksuele opwinding en verlangen naar de dood?'

Harry schudde zijn hoofd. Løken goot de inhoud van zijn glas in zijn keel en trok zijn lippen omhoog.

'Het is als de beet van een vampier. Je denkt dat je dood bent en dan word je wakker en ben je zelf een vampier geworden. Onsterfelijk en met een onlesbare dorst naar bloed.'

'En met een eeuwig verlangen naar de dood?'

'Precies.'

'En wat maakt jou anders?'

'Iedereen is anders, Hole.' Løken stopte zijn pijp en legde hem op tafel. Hij had zijn zwarte coltrui uitgetrokken en het zweet glom op zijn naakte bovenlijf. Hij was gespierd en goedgebouwd, maar de slappe huid en de uitgerekte spieren verklapten dat hij oud was geworden en misschien toch op een dag dood zou gaan.

'Toen ze in de kazerne in Vardø een tijdschrift met kinderporno aantroffen in mijn kast, werd ik op het matje geroepen bij de commandant. Ik geloof dat ik van geluk mag spreken: ik werd niet aangegeven omdat ze geen reden hadden me van iets anders te verdenken dan van het feit dat ik ervan hield naar die foto's te kijken. Daarom kwam er ook niets op mijn strafblad, alleen maar de aanbeveling ontslag te nemen bij de luchtmacht. Via het inlichtingenwerk was ik in contact gekomen met de Special Services, de voorloper van de CIA. Ze meldden me aan voor een cursus in Amerika en stuurden me vervolgens naar Korea, ik zou zogenaamd gaan werken voor het Noorse veldhospitaal.'

'En voor wie werk je nu precies?'

Løken haalde zijn schouders op om aan te geven dat het niet belangrijk was.

'Schaam je je niet?' vroeg Harry.

'Jazeker,' zei Løken en hij lachte mat. 'Iedere dag. Dat is een zwakte die ik heb.'

'Maar waarom vertel je me dit allemaal?' vroeg Harry.

'Nou, ten eerste omdat ik te oud ben om met dit geheim rond

te lopen. Ten tweede omdat ik alleen mezelf verantwoording schuldig ben. En ten derde omdat schaamte meer iets gevoelsmatigs is dan iets intellectueels.'

De ene mondhoek trok omhoog en hij liet een sarcastisch lachje zien.

'Vroeger was ik geabonneerd op *Archives of Sexual Behavior* om te kunnen lezen of het wetenschappers gelukt was vast te stellen wat voor monster ik ben. Dat was meer uit nieuwsgierigheid dan uit schaamte. Ik las daarin een artikel over een pedofiele monnik in Zwitserland die ook nooit iets had gedaan, maar halverwege het artikel bleek dat hij zich had opgesloten in zijn kamer en levertraan met glassplinters had gedronken, dus dat artikel heb ik nooit uitgelezen. Ik geef er de voorkeur aan om mezelf als product van mijn opvoeding en milieu, maar ondanks alles toch als een morele persoon te zien. Het lukt me met mezelf te leven, Hole.'

'Maar hoe kun jij als pedofiel werken met kinderprostitutie? Jij raakt daar toch opgewonden van?'

Løken staarde nadenkend naar de tafel.

'Heb jij er ooit over gefantaseerd om een vrouw te verkrachten, Hole? Je hoeft niet te antwoorden, ik weet dat je dat hebt gedaan. Dat betekent echter niet dat je de wens hebt om iemand te verkrachten, of wel? En dat betekent ook niet dat je ongeschikt bent om te werken aan verkrachtingszaken, toch? Zelfs als je kunt begrijpen dat mannen hun zelfbeheersing kunnen verliezen, is het eigenlijk doodsimpel. Het is verkeerd. Het is tegen de wet. Het zwijn moet worden gepakt.'

De derde borrel werd naar binnen gegoten. Hij was nu bij het etiket van de fles.

Harry schudde zijn hoofd. 'Het spijt me, Løken, maar ik heb er echt problemen mee. Je koopt kinderporno, dus je maakt er deel van uit. Zonder mensen zoals jij was er geen markt voor dergelijke smeerlapperij.'

'Dat is waar.' Løkens blik was omfloerst. 'Ik ben geen heilige. Het is waar dat ik ertoe heb bijgedragen dat de wereld dit tranendal is geworden. Dus wat moet ik zeggen? Het is zoals in die song: als het regent, wordt iedereen nat.'

Harry voelde zich ineens oud. Oud en moe.

'Maar waarom nam je die stukjes kalk mee?' Løken haalde zijn neus op.

'Gewoon een ingeving. Ik vond dat ze een beetje leken op het kalkstof dat we op de schroevendraaier in Molnes' kofferbak vonden. Gelig haast, niet helemaal wit zoals bij gewone kalk. Ik zal de stukjes laten analyseren en vergelijken met het kalkstof uit de auto.'

'En wat zou dat kunnen betekenen?'

Harry haalde zijn schouders op. 'Je weet nooit wat iets betekent. Negenennegentig procent van alle informatie die je verzamelt tijdens een onderzoek is waardeloos. Je mag alleen hopen dat je wakker genoeg bent als dat ene procent onder je neus opduikt.'

'Dat is helemaal waar.' Løken sloot zijn ogen en zakte achterover op zijn stoel.

Harry ging naar beneden, de straat op, en kocht bij een tandeloze man met een Liverpool-pet noedelsoep met koningsgarnalen. Hij schepte de soep uit een zwarte pan in een plastic zak, maakte een knoop in de zak en lachte de stompjes bloot. In de keuken vond Harry twee soepborden. Løken ontwaakte met een schok toen Harry hem door elkaar schudde en ze aten in stilte.

'Ik geloof dat ik weet wie opdracht gaf tot het onderzoek,' zei Harry.

Løken antwoordde niet.

'Ik begrijp waarom jullie niet konden wachten met het observeren tot de afspraak met Thailand rond was. Het had haast, of niet? Jullie moesten snel resultaat hebben, daarom zijn jullie alvast begonnen.'

'Jij geeft niet op, hè?'

'Maakt dat nu nog iets uit?'

Løken blies op zijn lepel soep.

'Het kan lang duren voor je bewijzen hebt,' zei hij. 'Misschien wel jaren. Het tijdsaspect was belangrijker dan wat dan ook.'

'Ik neem aan dat er geen schriftelijk document bestaat waaruit blijkt wie de initiatiefnemer was, dus als het fout gaat staat Torhus alleen. Heb ik gelijk?'

Løken tilde een lepel met een garnaal op tot vlak voor zijn gezicht en sprak ertegen: 'Goede politici zorgen er altijd voor dat hun straatje schoon is, of niet? Ze hebben hun staatssecretarissen die de vuile zaakjes mogen opknappen. En staatssecretarissen geven geen orders. Ze melden slechts aan hun chef de bureau wat er nodig is om een stagnerende carrière weer vlot te trekken.'

'Askildsen?'

Løken stak de garnaal in zijn mond en kauwde zwijgend.

'Dus wat werd Torhus in het vooruitzicht gesteld als hij deze operatie leidde? Een baan als onderdirecteur?'

'Ik weet het niet. Daar hebben we het niet over.'

'En hoe zit het met de hoofdcommissaris, die riskeert ook wel wat.'

'Ik neem aan dat ze een goede sociaaldemocraat is.'

'Politieke ambities?'

'Misschien. Maar misschien riskeert niemand zoveel als jij denkt. Dat ik een kantoor heb in hetzelfde gebouw als waar de ambassade zit, betekent nog niet...'

'Dat je op hun loonlijst staat? Dus voor wie werk je? Ben je freelancer?'

Løken lachte naar zijn spiegelbeeld in de soep. 'Vertel me eens, wat gebeurde er met jouw vriendin, Hole?'

Harry keek hem in verwarring aan.

'Dat meisje dat met roken was gestopt.'

'Dat heb ik je verteld. Ze ging naar Engeland met een muzikant.'

'Maar daarna?'

'Wie zegt dat er daarna iets gebeurde?'

'Jij. De manier waarop je over haar sprak.' Løken lachte. Hij had zijn lepel neergelegd en zakte onderuit in zijn stoel. 'Vooruit, Hole. Stopte ze echt met roken? Voorgoed?'

'Nee,' zei Harry langzaam. 'Maar nu is ze gestopt. Voorgoed.'

Hij keek naar de Jim Beam-fles, sloot zijn ogen en probeerde zich de warmte te herinneren van alleen die eerste slok.

Harry bleef zitten tot Løken in slaap viel. Toen hielp hij hem naar bed, legde een plaid over hem heen en vertrok.

De bewaker bij de poort van River Garden sliep ook. Harry overwoog hem wakker te maken, maar bedacht zich – iedereen moest 's nachts toch een beetje slapen. Er was een brief onder zijn deur door geschoven. Harry legde hem ongeopend bij de andere op zijn nachtkastje en ging bij het raam staan. Hij zag een vrachtboot zwart en geluidloos onder de Taksinbrug door glijden.

Het was al bijna tien uur toen Harry op het bureau kwam. Hij kwam Nho tegen, die op weg was naar buiten.

'Heb je het al gehoord?'

'Wat?' vroeg Harry gapend.

'Het bericht van de commissaris?'

Harry schudde zijn hoofd.

'We hebben het vandaag tijdens de ochtendbijeenkomst gehoord. De hoge heren hebben met elkaar gesproken.'

Liz schoot omhoog uit haar stoel toen Harry zonder verdere plichtplegingen kwam binnengestormd.

'Een goede morgen, Harry?'

'Niet echt. Ik lag pas om vijf uur in mijn bed. Wat hoor ik, moet het onderzoek op een lager pitje worden gezet?'

Liz zuchtte.

'Het lijkt erop dat onze chefs weer met elkaar hebben gesproken. Jouw hoofdcommissaris had het over krappe budgetten en tekort aan mankracht en wil je graag weer terug hebben, terwijl onze commissaris steeds meer onder druk komt te staan omdat het onderzoek in een paar andere moordzaken bijna stilligt door de Molnes-zaak. Er is natuurlijk geen sprake van dat we de zaak verder laten rusten, maar de moord heeft niet meer de hoogste prioriteit.'

'En dat betekent?'

'Dat betekent dat ik de opdracht heb gekregen je binnen een paar dagen op een vliegtuig naar huis te zetten.'

'En?'

'Ik heb verteld dat de vliegtuigen in januari meestal zijn volgeboekt, dat het minstens een week kan duren.'

'Dus we hebben nog een week?'

'Nee, als de economyclass vol zat, moest ik een ticket boeken voor de businessclass.'

Harry lachte. 'Dertigduizend kronen? Krap budget? O nee,

zeg, ze beginnen nerveus te worden.'

Er klonk gekraak toen Liz achteroverleunde.

'Wil je erover praten, Harry?'

'Wil jij dat?' vroeg hij.

'Ik weet niet of ik dat wil,' zei ze. 'Sommige dingen kun je maar het best laten rusten, vind je niet?'

Ze draaide haar hoofd, opende de jaloezieën en keek naar buiten. Van waar Harry zat leek het of de zon haar kale schedel een witte stralenkrans gaf.

'Weet jij wat het gemiddelde salaris van een rekruut bij het Nationale Politiedepartement is, Harry? Honderdvijfig dollar per maand. In het departement werken honderdtwintigduizend politiemensen die proberen voor hun families te zorgen, maar wij zijn niet eens in staat zoveel te betalen dat ze voor zichzelf kunnen zorgen. Vind jij het vreemd dat een deel van hen probeert hun salaris wat op te krikken door sommige zaken te laten rusten?'

'Nee.'

Ze zuchtte.

'Persoonlijk is het me nooit gelukt om zaken te laten rusten. God weet dat ik het extra geld goed kan gebruiken, maar het zit gewoon niet in me. Het klinkt vast als een scoutingbelofte, maar iemand moet het werk doen.'

'Bovendien is het jouw...'

'...verantwoordelijkheid, ja.' Ze glimlachte vermoeid. 'Een kruis dat je moet dragen.'

Harry begon te praten. Zij haalde koffie, meldde aan de telefooncentrale dat ze geen binnenkomende telefoontjes aannam, noteerde, haalde meer koffie, keek naar het plafond, vloekte en zei uiteindelijk dat Harry moest vertrekken omdat ze na moest denken.

Een uur later riep ze hem weer. Ze was woedend.

'Verdomme, Harry, weet je eigenlijk wat je van me verlangt?'

'Ja, en ik zie dat jij dat ook begrepen hebt.'

'Ik riskeer mijn baan als ik jou en die Løken dek.'

'Welkom bij de club.'
'De duivel moge je halen!'
Harry grinnikte.

De dame die de telefoon opnam bij de Kamer van Koophandel hing op toen Harry in het Engels begon te spreken. Hij vroeg Nho voor hem te bellen en spelde de naam die op de voorkant van de map stond die hij in Klipra's kantoor had zien liggen. 'Zoek gewoon uit wat het bedrijf doet, wie de eigenaar is et cetera.'

Nho verdween, en Harry bleef een poosje op het bureaublad zitten trommelen voor hij belde.

'Hole,' klonk het in de hoorn. Dat was zijn naam ook en Harry wist dat hij dat altijd zo had gedaan, dat hij daarmee het hele gezin bedoelde. Het klonk alsof moeder nog steeds in de groene stoel zat te lezen of te borduren. Harry verdacht hem ervan dat hij weer begonnen was met haar te praten.

Vader was net opgestaan. Harry vroeg hoe hij van plan was de dag door te brengen en hij was verrast toen hij hoorde dat vader op het punt stond naar hun huisje in Rauland te vertrekken.

'Om hout te hakken,' zei hij. 'We hebben bijna niets meer.'

Hij was niet meer in het huisje geweest sinds Harry's moeder was overleden. 'Hoe gaat het?' vroeg vader.

'Goed, ik kom binnenkort naar huis. Hoe gaat het met Søs?'

'Ze redt het wel. Maar een kokkin zal ze nooit worden.'

Ze grinnikten beiden. Harry zag voor zich hoe de keuken eruit had gezien nadat Søs het eten voor de zondag had klaargemaakt.

'Ja, je moet maar iets moois voor haar meenemen.'

'Ik vind wel iets. Hoe zit het met jou, wat zou jij willen?'

Het werd stil. Harry vloekte inwendig, wist dat ze allebei hetzelfde dachten, dat Harry in Bangkok niet kon kopen wat hij wilde hebben. Zo ging het iedere keer: wanneer hij dacht dat hij vader op andere gedachten had gebracht, dan werd er iets gezegd of gedaan wat hem deed denken aan haar en was hij weer weg, terug naar die zelfopgelegde, zwijgende afzondering. Voor Søs was dat het ergst, zij en vader waren 'de dikste vrienden', zoals vader dat uitdrukte. Nu was ze dubbel alleen omdat Harry er niet was.

Vader schraapte zijn keel.

'Je zou... je zou zo'n Thais shirt mee kunnen nemen.'

'Ja?'

'Ja, dat zou fijn zijn. En een paar goede Nike-joggingschoenen, die zijn in Thailand immers zo goedkoop. Ik heb gisteren die oude eens gepakt, die zijn helemaal niets meer waard. Hoe staat het eigenlijk met jouw conditie, zullen we eens naar Hansekleiva gaan en die testen?'

Toen Harry ophing, voelde hij een merkwaardige klomp in zijn borst zitten.

Harry droomde weer over haar. Rood haar in de wind en haar rustige blik. Hij wachtte op wat altijd kwam: dat het zeewier uit haar mond en oogkassen kwam groeien, maar dat gebeurde niet.

'Met Jens.'

Harry werd wakker en begreep dat hij in zijn slaap de telefoon had gepakt.

'Jens?' Hij vroeg zich af waarom zijn hart ineens sneller ging kloppen. 'Slechte belgewoonten heb je gekregen, vind ik.'

'Het spijt me, Harry, maar het is hier crisis. Runa is verdwenen.'

Harry was onmiddellijk klaarwakker.

'Hilde is in alle staten. Runa zou thuis komen eten en nu is het drie uur 's nachts. Ik heb de politie gebeld en ze hebben de melding aan alle surveillancewagens doorgegeven, maar ik wil jou ook vragen ons te helpen.'

'Met wat dan?'

'Met wat? Ik weet het niet. Kun je niet hierheen komen? Verdomme, Hilde zit maar te huilen.'

Harry zag het voor zich en kreeg weinig zin om daarvan getuige te zijn.

‘Luister, Jens, ik kan vannacht niet veel doen. Geef haar een valiumpilletje als ze niet te veel gedronken heeft en bel alle vriendinnen van Runa.’

‘De politie zei hetzelfde. Hilde zegt dat ze geen vriendinnen heeft.’

‘Verdomme!’

‘Wat?’

Harry ging rechtop in bed zitten. Hij kon nu toch niet meer slapen. ‘Het spijt me. Ik ben er over een uur.’

‘Bedankt, Harry.’

Hilde Molnes was beslist te dronken voor valium. Eerlijk gezegd was ze te dronken voor wat dan ook, behalve dan om nog meer te drinken.

Jens leek dat niet te beseffen en rende als een opgejaagd konijn de keuken in en uit om nog meer tonic en ijs te halen.

Harry was op de bank gaan zitten en luisterde met een half oor naar haar gebrabbel.

'Ze denkt dat er iets vreselijks is gebeurd,' zei Jens.

'Breng haar aan het verstand dat meer dan tachtig procent van dergelijke verdwijningen goed afloopt doordat de vermiste gezond en wel weer opduikt,' zei Harry alsof wat hij zei vertaald moest worden in haar brabbeltaal.

'Ik heb dat al tegen haar gezegd. Maar ze gelooft dat iemand Runa iets heeft aangedaan, ze voelt het, zegt ze.'

'Nonsens!'

Jens zat op het puntje van zijn stoel en wreef in zijn handen. Hij leek totaal verlamd en keek Harry haast smekend aan: 'Runa en Hilde hebben de laatste tijd nogal eens ruzie, ik dacht dat ze...'

'...misschien is weggelopen zonder iets te zeggen om haar moeder te straffen? Niet onmogelijk.'

Hilde Molnes hoestte en kwam in beweging op de bank. Ze ging rechtop zitten en goot pure gin naar binnen. Tonic was niet meer nodig.

'Zo is ze af en toe,' zei Jens alsof ze er niet was. Dat was ze eigenlijk ook niet, constateerde Harry. Haar mond was open gezakt en ze snurkte een beetje. Jens keek naar haar.

'De eerste keer dat ik haar tegenkwam vertelde ze me dat ze tonic dronk om geen malaria te krijgen. Er zit namelijk kinine in, weet je. Maar ze vond het zo slap smaken zonder gin.' Hij glimlachte zwakjes en tilde de telefoonhoorn op om nog een keer te luisteren of hij de zoemtoon hoorde.

'Voor het geval dat ze...'

'Ik begrijp het,' zei Harry.

Ze gingen op het terras zitten en luisterden naar de stad. Door het verkeerslawaai klonk het woedende geluid van een pneumatische boor.

'De nieuwe superautobaan,' zei Jens. 'Ze werken er nu dag en nacht aan. Hij zal precies daar door de wijk gaan.' Hij wees.

'Ik heb gehoord dat er een Noor betrokken is bij dat project. Ove Klipra, ken je hem?' Harry keek Jens van opzij aan.

'Ove Klipra, ja. Jezus. Wij doen erg veel zaken met hem. Ik heb ontelbare geldtransacties voor hem gedaan.'

'O ja? Weet jij waar hij zich op het moment mee bezighoudt?'

'Tja, moeilijk te zeggen. Hij heeft de laatste tijd in elk geval een heleboel bedrijven opgekocht.'

'Wat voor bedrijven dan?'

'Vooral kleinere bouwondernemingen. Kennelijk wil hij zijn imperium uitbreiden door het opkopen van toeleveringsbedrijven om op die manier een groter aandeel te krijgen in BERTS.'

'Is dat slim?'

Jens leefde op, duidelijk opgelucht dat hij aan iets anders kon denken. 'Zolang hij het opkopen kan financieren. En zolang de ondernemingen niet failliet gaan voor ze de verwachte opdrachten krijgen.'

'Ken je een bedrijf dat Phuridell heet?'

'Ja, Jezus.' Jens lachte. 'We hebben een analyse van dat bedrijf gemaakt in opdracht van Klipra en hem aangeraden het bedrijf te kopen. De vraag is eerder hoe jij Phuridell kent.'

'Dat was niet echt een goed advies, of wel?'

'Nee, niet echt...' Jens keek hem verwonderd aan.

'Ik heb gisteren wat inlichtingen laten inwinnen over dat bedrijf en het blijkt dat het praktisch failliet is,' zei Harry.

'Het klopt wat je zegt, maar waarom heb jij interesse in Phuridell?'

'Laat ik het zo formuleren: ik ben vooral geïnteresseerd in Klipra. Jij hebt een beetje inzicht in zijn financiële situatie. Hoe hard zal dit faillissement hem treffen?'

Jens haalde zijn schouders op. 'Normaal gesproken zou dat geen probleem zijn, maar in verband met BERTS heeft hij zoveel overnames op krediet gefinancierd dat alles op een kaartenhuis lijkt. Eén windvlaag en alles valt om, als je begrijpt wat ik bedoel. En Klipra valt mee.'

'Dus hij heeft Phuridell op jullie – of misschien moet ik zeggen op jouw – aanbevelingen gekocht. Slechts drie weken later gaat het bedrijf failliet en loopt hij het risico dat alles wat hij heeft opgebouwd instort door de aanbevelingen van een analist. Ik weet niet veel over bedrijfsanalyses, maar ik weet wel dat drie weken erg kort is. Hij moet het gevoel hebben gehad dat hij een tweedehands auto zonder motor heeft gekocht. Dat schurken zoals jij achter slot en grendel horen.'

Het leek Jens te gaan dagen waar Harry naartoe wilde.

'Ove Klipra zou…? Je maakt een grapje!'

'Nou, ik heb een theorie.'

'En die luidt?'

'Dat Ove Klipra in het motel de ambassadeur heeft vermoord en ervoor heeft gezorgd dat de verdenking op jou viel.'

Jens stond op. 'Nu heb je je echt op glad ijs begeven, Harry.'

'Ga zitten en luister naar me, Jens.'

Jens zonk met een zucht terug op zijn stoel. Harry leunde op de tafel.

'Ove Klipra is een agressieve man, of niet? Een man die handelt, toch?'

'Inderdaad.' Jens zei het wat aarzelend.

'Stel je voor dat Atle Molnes iets weet over Ove Klipra en voor zijn stilzwijgen een grote som geld van hem eist. Maar Klipra heeft op dat moment al moeite genoeg om zijn hoofd boven water te houden.'

'Een grote som geld?'

'Laten we gewoon zeggen dat Molnes geld nodig heeft en dat hij materiaal in handen heeft gekregen dat erg onprettig voor Klipra kan worden. Normaal gesproken had Klipra dat misschien vlotjes kunnen afhandelen, maar door alle stress wordt de druk misschien te groot, hij voelt zich als een kat in het nauw. Kun je het nog volgen?'

Jens knikte.

'Ze verlaten de woning van Klipra en rijden samen in de auto van de ambassade naar een geheime plek omdat Klipra erop staat dat het compromitterende materiaal discreet wordt ingewisseld voor geld. Om goede redenen heeft de ambassadeur daar niets op tegen. Ik neem aan dat Klipra nog niet aan jou denkt als hij bij zijn bank uit de auto stapt en de ambassadeur alvast naar het motel stuurt. Klipra wil namelijk ongezien het motel binnenkomen. Maar dan begint hij na te denken. Dat hij misschien twee vliegen in één klap kan slaan. Hij weet dat de ambassadeur eerder die middag bij jou is geweest en dat jij hoe dan ook de interesse van de politie zult trekken. Dus hij begint met de gedachte te spelen: misschien heeft die beste Brekke geen alibi voor die avond.'

'Hoe zou hij dat in godsnaam kunnen weten?' bracht Brekke ertegen in.

'Omdat hij zelf opdracht heeft gegeven voor een analyse die de volgende dag klaar zou moeten zijn. Hij werkt al zo lang met je samen dat hij een beetje weet hoe jij werkt. Misschien belt hij je zelfs vanuit een telefooncel en krijgt hij te horen dat je geen telefoontjes aanneemt en zodoende weet hij dat anderen jou geen alibi kunnen geven. Hij ruikt bloed, en gaat nog verder om de politie te laten geloven dat jij liegt.'

'De video-opname?'

'Aangezien jij Klipra's vaste valutahandelaar bent en hij je vast meerdere malen heeft bezocht, kent hij het systeem in de garage. Misschien heeft Molnes zelfs verteld dat je met hem mee bent gelopen naar de garage en hij begrijpt dat je dat tegen de politie zult zeggen. En een slimme rechercheur zal de video-opname willen zien.'

'Dus Ove Klipra heeft steekpenningen aan de bewaker betaald en hem later omgebracht met blauwzuur? Het spijt me, Harry, maar ik kan me echt niet voorstellen dat Ove Klipra onderhandelt met een neger, opium koopt en thuis een cocktail maakt met blauwzuur.'

Harry haalde de laatste sigaret uit zijn pakje, hij had er zo lang mogelijk mee gewacht. Hij keek op zijn horloge. Voorlopig geen reden om aan te nemen dat Runa om vijf uur 's morgens zou bellen. Toch merkte hij dat hij de telefoon in de gaten hield. Jens kwam al met de aansteker voor Harry de tijd had zijn eigen pakken.

'Bedankt. Ben je op de hoogte van Klipra's verleden, Jens? Wist jij dat hij hierheen kwam met een afgebroken studie en dat hij feitelijk Noorwegen is ontvlucht omdat er geruchten over hem de ronde deden?'

'Ik weet dat hij in Noorwegen geen formele academische titel heeft, ja. Dat andere is nieuw voor mij.'

'Denk je dat een dergelijke vluchteling, iemand die al een outsider is, er problemen mee zal hebben om de middelen te gebruiken die noodzakelijk zijn om zichzelf vrij te pleiten, vooral als het middelen zijn die vrij algemeen geaccepteerd zijn? Klipra zit al meer dan dertig jaar in de corruptste branche in het corruptste land ter wereld. Ken je het liedje niet: als het regent, wordt iedereen nat?'

Jens schudde zijn hoofd.

'Ik wil alleen zeggen dat Klipra als zakenman volgens dezelfde regels werkt als iedere andere zakenman. Ze moeten er steeds op letten dat ze hun handen niet vuilmaken, daarom huren ze anderen in om hun vuile werkjes op te knappen. Ik gok dat Klipra niet eens weet waaraan Jim Love gestorven is.'

Harry trok aan zijn sigaret. Die smaakte niet zo goed als hij had gehoopt.

'Ik begrijp het,' zei Jens na een poosje. 'Maar er is een verklaring voor het faillissement, waardoor ik niet begrijp hoe hij de schuld bij mij neer zou kunnen leggen. Wat er gebeurde was dat we het bedrijf kochten van een multinational die de dollarschuld niet had afgedekt omdat ze ook dollarinkomsten hadden uit dochterondernemingen.'

'Wat zeg je?'

'Met andere woorden – op het moment dat het bedrijf werd overgenomen en in handen van Klipra kwam, schoot de dollar waanzinnig omhoog. Een dergelijke explosie is een tikkende tijdbom. Ik gaf hem opdracht onmiddellijk het dollarrisico af te dekken door dollarfutures te verkopen, maar hij zei dat hij wilde wachten, dat de dollar overgewaardeerd was. Met de normale wisselkoersschommelingen kun je zeggen dat hij een behoorlijk risico nam, maar het werd erger dan erg. Toen de dollar zich in de loop van drie weken bijna verdubbelde ten opzichte van de baht, verdubbelde de schuld dus ook. Het bedrijf ging niet in drie weken failliet, maar in drie dágen!'

In de kamer schrok Hilde Molnes op door Jens' uitroep en brabbelde iets in haar slaap. Hij keek bezorgd naar haar en wachtte tot ze op haar zij ging liggen en weer begon te snurken.

'Drie dagen!' herhaalde hij fluisterend en hij knipte met zijn duim en wijsvinger om aan te geven hoe kort dat was.

'Dus jij vindt dat het niet redelijk van hem zou zijn om jou de schuld te geven?'

Jens schudde zijn hoofd. Harry drukte de peuk uit die niet aan zijn verwachtingen had voldaan.

'Naar wat ik van Klipra heb gehoord, past "redelijk" niet in zijn vocabulaire. Je moet de menselijke neiging tot irrationeel gedrag niet onderschatten, Jens.'

'Wat bedoel je?'

'Wanneer je een spijker in de muur wilt slaan en je raakt je duim, wat smijt je dan tegen de muur?'

'De hamer?'

'Juist. Hoe voelt het om de hamer te zijn, Jens Brekke?'

Om halfzes belde Harry naar het bureau, hij werd drie keer doorverbonden voor hij iemand kreeg die acceptabel Engels sprak en hem kon vertellen dat ze niets gehoord of gezien hadden van de vermiste.

'Ze duikt vast op,' zei de man aan de telefoon.

'Vast,' zei Harry. 'Ik gok dat ze in een of ander hotel zit en nu net een ontbijt heeft besteld.'

'Wat?'

'Ik gok… laat maar. Bedankt voor de informatie.'

Jens liep met hem mee naar beneden. Harry keek op naar de hemel, de nacht was bezig te verbleken.

'Wanneer dit allemaal voorbij is, wil ik je iets vragen,' zei Jens. Hij haalde diep adem en glimlachte hulpeloos. 'Hilde heeft ja gezegd op mijn huwelijksaanzoek en ik heb een getuige nodig.'

Het duurde even voor Harry begreep waar hij op doelde. Hij was zo perplex dat hij niet wist wat hij moest zeggen.

Jens bestudeerde de punten van zijn schoenen. 'Ik weet dat het vreemd klinkt, dat we willen trouwen zo kort na de dood van haar man, maar dat heeft zijn redenen.'

'Zeker, maar ik…'

'Ik ken je nog niet zo lang? Dat weet ik, Harry, maar als jij er niet was geweest dan was ik nu geen vrij man.' Hij tilde zijn hoofd op en lachte. 'Denk er in elk geval over na.'

Toen Harry een taxi aanhield op straat werd het boven de huizen in het oosten licht. De uitlaatgassen, waarvan Harry had gedacht dat ze 's nachts verdwenen, bleken slechts tussen de huizen te hebben liggen slapen. Nu stonden ze samen met de zon op en verfden een majestueuze zonsopgang aan de hemel. Ze reden door Silom Road en de pilaren wierpen lange, zwijgende schaduwen als dinosaurussen op het roodgevlekte asfalt.

Harry zat op bed en staarde naar het nachtkastje. Pas nu was het tot hem doorgedrongen dat de brief van Runa misschien een boodschap kon bevatten over de reden van haar vertrek. Hij rukte de lade open en pakte de laatste brief, die hij opende met de sleutel van zijn flat. Misschien kwam het omdat de twee enveloppen identiek waren dat hij had aangenomen dat ze beide van Runa waren. Het bericht was op een pc getypt en geprint door een laserprinter. De inhoud was kort en bondig:

Harry Hole. Ik zie je. Kom niet dichterbij. Ze zal ongedeerd terugkomen zodra jij in het vliegtuig naar huis zit. Ik kan je overal vinden. Je bent alleen, helemaal alleen. Nummer 20.

Het leek of iemand hem bij zijn keel had gegrepen en hij moest snel opstaan om te kunnen ademen.

Dit gebeurt niet, dacht hij. Dit kán niet gebeuren – niet weer.

Ik zie je. Nummer 20.

Hij weet wat we weten. Verdomme!

Je bent alleen.

Ergens werd er gepraat. Hij nam de telefoonhoorn in zijn hand, maar hing weer op. Denk na, denk na. Woo had niets aangeraakt. Hij pakte de telefoon weer en schroefde het mondstuk los. Naast de microfoon die daar hoorde te zitten, zat een klein zwart dingetje dat er uitzag als een chip. Harry had zoiets eerder gezien. Het was een Russisch model, vast beter dan wat de CIA gebruikte.

De pijn in zijn voet verdoofde een ogenblik alle andere pijn toen hij tegen het nachtkastje schopte, dat met een klap omviel.

HOOFDSTUK 43

Liz bracht haar kopje koffie naar haar mond en slurpte zo luid dat Løken Harry met opgetrokken wenkbrauwen aankeek alsof hij wilde vragen wat voor wezen hij mee had genomen. Ze zaten in Millie's Karaoke, vanaf een foto aan de muur staarde een platinablonde Madonna hen met een hongerige blik aan, terwijl een gedigitaliseerde *sing-back*-versie van 'I Just Called To Say I Love You' er lustig op los dreunde. Harry drukte wanhopig op alle knopjes van de afstandsbediening om het geluid zachter te zetten. Ze hadden de brief gelezen en niemand had nog iets gezegd. Harry vond het juiste knopje en de muziek zweeg abrupt.

'Dat wilde ik jullie vertellen,' zei Harry. 'Zoals jullie zullen begrijpen, hebben we dus te maken met een lek binnen ons korps.'

'Hoe zit het met dat microfoontje dat Woo volgens jou in je telefoon heeft aangebracht?' vroeg Løken.

'Dat verklaart niet hoe de betreffende persoon weet dat we hem op het spoor zijn. Ik heb aan de telefoon niet zoveel gezegd. Hoe dan ook, ik stel voor dat we elkaar van nu af hier ontmoeten. Als we de informant vinden kan hij ons misschien naar Klipra leiden, maar ik geloof niet dat we daar moeten beginnen.'

'Waarom niet?' vroeg Liz.

'Ik heb het gevoel dat de mol zich net als Klipra schuilhoudt.'

'Waarom?'

'Klipra weet dat hij in de brief verraadt dat hij van binnenuit informatie krijgt. Dat zou hij nooit doen als we zijn bron hadden gevonden.'

'Waarom stel je de meest voor de hand liggende vraag niet?' vroeg Løken. 'Hoe kun je weten dat de informant niet een van ons is?'

'Dat kan ik niet weten. Maar als dat het geval is hebben we toch al verloren, dat risico moeten we dan maar nemen.'

De andere twee knikten.

'Het is niet nodig te zeggen dat de tijd niet in ons voordeel werkt, net zoals het niet nodig is te zeggen dat het er niet goed uitziet voor het meisje. Zeventig procent van dergelijke kidnapzaken eindigt ermee dat de gekidnapte wordt vermoord.' Hij probeerde het zo neutraal mogelijk te zeggen en vermeed hen aan te kijken. Hij was er zeker van dat wat hij dacht en voelde ook van hun gezichten was af te lezen.

'Dus waar beginnen we?' vroeg Liz.

'We beginnen met elimineren,' zei Harry. 'Waar is ze níét.'

'Nou, zolang hij het meisje heeft, kan hij niet de grens zijn over gegaan,' zei Løken. 'En waarschijnlijk ook niet in een hotel zitten.'

Liz was het met hem eens. 'Waarschijnlijk zit hij ergens waar hij langere tijd kan blijven.'

'Is hij alleen?' vroeg Harry.

'Klipra hoort niet bij een van de clans hier,' zei Liz. 'Hij heeft niets te maken met de georganiseerde kidnappings. Het is niet zo moeilijk om iemand te vinden die een heroïneverslaafde als Jim Love om zeep wil helpen. Iets heel anders is het organiseren van een ontvoering van een blank meisje, de dochter van de ambassadeur. Als hij heeft geprobeerd iemand in te huren heeft hij contact gehad met professionele mensen en zij zullen altijd het risico beoordelen voor ze ja zeggen. In dit geval zullen ze bijvoorbeeld begrijpen dat ze het hele politieapparaat achter zich aan krijgen als ze de klus op zich nemen.'

'Dus jij denkt dat hij dit alleen doet?'

'Zoals gezegd hoort hij niet bij een van de clans. Binnen die clans is er sprake van loyaliteit en tradities, terwijl mensen als Klipra freelancers moeten inhuren die nooit voor de volle honderd procent zijn te vertrouwen. Vroeg of laat zullen zij ontdekken waarvoor hij het meisje gebruikt en hij loopt het risico dat ze dat een volgende keer tegen hem zullen gebruiken. Dat hij Jim Love koud heeft laten maken, betekent dat hij het risico dat ze hem in de rug aanvallen wil elimineren.'

'Oké, we nemen aan dat hij alleen is. Waar?'

‘Er zijn tientallen mogelijkheden,’ zei Liz. ‘Zijn bedrijven beschikken vast over veel gebouwen en een deel daarvan staat noodzakelijkerwijs leeg.’

Løken hoestte luidruchtig, kwam weer op adem en slikte.

‘Ik heb vaak gedacht dat Klipra ergens een liefdesnestje moet hebben. Soms nam hij een of twee jongens in zijn auto mee en bleef hij tot de volgende ochtend weg. Het is me nooit gelukt die plek te vinden, er staat in elk geval geen ander huis op zijn naam geregistreerd. Maar het moet haast wel om een afgelegen plek buiten Bangkok gaan.’

‘Kunnen we een paar jongens opsporen en hen uitvragen?’ vroeg Harry.

Løken haalde zijn schouders op en keek Liz aan.

‘Het is een grote stad,’ zei ze. ‘En uit ervaring weten we dat dergelijke jongens als een dief in de nacht verdwijnen als we naar hen beginnen te zoeken. Bovendien betekent het dat we een heleboel andere mensen moeten inschakelen.’

‘Dan doen we het niet,’ zei Harry. ‘We kunnen niet het risico lopen dat Klipra op de hoogte wordt gesteld van onze activiteiten.’

Harry tikte met een pen ritmisch op de tafelrand. Tot zijn ergernis merkte hij dat ‘I Just Called To Say I Love You’ in zijn hoofd rondzoemde.

‘Laten we het even samenvatten. We gaan ervan uit dat Klipra alleen opereert en dat hij op een afgelegen plek op rijafstand van Bangkok zit.’

‘Dus wat doen we?’ vroeg Løken.

‘Ik ga naar Pattaya,’ zei Harry.

Roald Bork stond bij het hek toen Harry de enorme Toyota met vierwielaandrijving voor zijn huis parkeerde. Het stof daalde neer op de grindweg, terwijl Harry worstelde met de gordel en het contactsleuteltje. En weer werd Harry overvallen door de hitte die hem tegemoet sloeg toen hij het portier opende, en hij hapte onwillekeurig naar lucht. Die smaakte naar zout omdat vlak achter de lage heuvels de zee lag.

'Ik hoorde je aan komen rijden,' zei Bork. 'Wat een auto, zeg.'

'Ik heb de grootste die ze te huur hadden,' zei Harry. 'Ik heb ontdekt dat je tot op zekere hoogte voorrang krijgt met zo'n bak. Dat is wel nodig, want die gekken rijden hier links.'

Bork lachte. 'Heb je de nieuwe autoweg gevonden waarover ik het had?'

'Jazeker. Hij is alleen niet helemaal klaar, dus op sommige plaatsen is de weg afgesloten met zandzakken. Iedereen reed er echter gewoon overheen, dus dat heb ik ook maar gedaan.'

'Dat is heel normaal,' zei Bork. 'Het is niet toegestaan, maar ook niet verboden. Is het vreemd dat je verliefd wordt op dit land?'

Ze deden hun schoenen uit en liepen het huis in. De aangenaam koude vloer gaf Harry een tintelend gevoel in zijn blote voeten. In de kamer hingen foto's van Fridtjof Nansen, Henrik Ibsen en de koninklijke familie. Op een foto op het dressoir tuurde een jongen naar de camera. Hij leek rond de tien jaar oud en had een voetbal onder zijn arm. Op de eetkamertafel en de piano lagen papieren en kranten, geordend in keurige stapels.

'Ik probeer mijn leven een beetje te archiveren,' zei Bork. 'Ik probeer uit te zoeken wat er is gebeurd en waarom.'

Hij wees naar een van de stapels. 'De papieren van de scheiding. Ik staar ernaar en probeer het me te herinneren.'

Er kwam een meisje binnen met een dienblad. Harry proefde van de koffie die ze inschonk en keek vragend naar haar op toen hij merkte dat die ijskoud was.

'Ben je getrouwd, Hole?' vroeg Bork.

Harry schudde zijn hoofd.

'Goed zo. Hou dat zo. Vroeg of laat proberen ze je tot op je laatste hemd uit te kleden. Ik heb een ex-vrouw die me heeft geruïneerd en een volwassen zoon die nu hetzelfde probeert. En ik begrijp niet wat ik hen heb aangedaan.'

'Hoe ben je hier terechtgekomen?' vroeg Harry en hij nam

weer een slok. Eigenlijk smaakte het niet eens zo slecht.

'Ik heb hier een opdracht voor Televerket uitgevoerd, die te maken had met de bouw van een paar centrales voor het Thaise telefoonnetwerk. Na mijn derde reis hierheen ben ik niet meer teruggegaan.'

'Nooit meer?'

'Ik was gescheiden en had hier alles wat ik nodig had. Een poosje heb ik nog gedacht dat ik terugverlangde naar de Noorse zomers, de fjorden en de bergen, naar, nou ja, dat daar.' Hij knikte naar de foto's alsof die de rest konden vertellen.

'Dus ik ben twee keer naar Noorwegen teruggegaan, maar beide keren was ik binnen een week terug. Ik hield het er niet uit; op het moment dat ik voet op Noorse bodem zette, verlangde ik naar Thailand. Ik heb nu begrepen dat ik hier thuishoor.'

'Wat doe je hier?'

'Ik ga binnenkort met pensioen, nu neem ik af en toe een opdracht aan van de telecommunicatiebedrijven, maar niet te vaak. Ik probeer uit te rekenen hoeveel tijd ik nog heb en hoeveel geld ik nodig heb. Er moet geen øre overblijven voor de gieren.'

Hij lachte en zwaaide met zijn hand in de richting van de scheidingspapieren alsof hij een nare geur wilde verdrijven.

'Hoe zit het met Ove Klipra, waarom is hij nog steeds hier?'

'Klipra? Tja, hij zal je wel een soortgelijk verhaal te vertellen hebben, denk ik. Geen van ons heeft genoeg goede redenen om terug te gaan.'

'Klipra heeft juist genoeg goede redenen om niet terug te gaan.'

'Bah, ik weet waar je op doelt,' zei Bork. 'Dat is allemaal geklets. Als Ove zich met dergelijke zaken bezighield, zou ik toch nooit met hem omgaan.'

'Ben je daar zeker van?'

Borks ogen bliksemden. 'Natuurlijk zijn er een paar Noren geweest die om de verkeerde redenen naar Pattaya zijn gekomen. Zoals je weet, ben ik een soort nestor in het Noorse milieu van deze stad en we voelen ons in zekere zin verantwoordelijk voor wat onze landgenoten in deze stad uitspoken. De meesten van ons zijn fatsoenlijke mensen en we hebben gedaan wat we moesten doen. Die pedofiele schurken hebben de naam van Pattaya zo bezoedeld dat sommige Noren zeggen dat ze in Naklua of Jomtien wonen als hun in Noorwegen wordt gevraagd waar ze wonen.'

'Wat bedoel je met "we hebben gedaan wat we moesten doen"?' vroeg Harry.

'Laat ik het zo zeggen: twee van hen wilden naar huis gaan en de ene is niet zo ver gekomen.'

'Hij is misschien uit het raam geduwd?' suggereerde Harry.

Bork lachte bulderend. 'Nee, zover gaan we niet. Maar ik gok dat de politie voor het eerst een tip in het Thai met een Noors accent heeft gekregen.'

Harry lachte.

'Jouw zoon?' Harry knikte naar de foto op het dressoir.

Bork zag er een beetje treurig uit, maar knikte bevestigend.

'Hij lijkt me een leuke jongen.'

'Dat was hij.'

Bork glimlachte met treurige ogen en herhaalde: 'Dat was hij.'

Harry keek op zijn horloge. De rit van Bangkok hierheen had bijna drie uur geduurd, maar in het begin had hij als een slak gereden, pas de laatste kilometers was hij zich wat veiliger gaan voelen in het verkeer en sneller gaan rijden. Misschien zou hij over de terugweg iets meer dan twee uur doen. Hij haalde drie foto's uit de map en legde ze op tafel. Løken had ze vergroot tot een formaat van vierentwintig bij dertig centimeter om het maximale shockeffect te bereiken.

'We denken dat Ove Klipra ergens in de buurt van Bangkok een verblijfplaats heeft. Wil jij ons helpen?'

Søs klonk vrolijk aan de telefoon. Ze had een jongen ontmoet, Anders. Hij was net verhuisd naar Sogn, woonde op dezelfde galerij als zij en was een jaar jonger.

'En hij draagt een bril. Maar dat hindert niks want hij is superslim.'

Harry lachte en zag de nieuwe Einstein van Søs voor zich.

'Hij is echt gek. Hij denkt dat ze het goed zullen vinden dat we kinderen krijgen. Stel je voor.'

Harry dacht erover na en begreep dat er in de toekomst nog een paar moeilijke gesprekken zouden komen. Maar nu was hij alleen maar blij dat Søs zo vrolijk klonk.

'Waarom ben je verdrietig?' De vraag kwam in één adem na de nieuwtjes over vader en zijn bezoek aan haar.

'Ben ik verdrietig?' vroeg Harry, wel wetend dat ze altijd zijn gemoedstoestand beter aanvoelde dan hijzelf.

'Ja, je bent ergens verdrietig over. Is het die Zweedse?'

'Nee, het is niet Birgitta. Ik heb hier te maken met een paar verdrietige dingen, maar dat komt wel weer goed. Ik zal het wel regelen.'

'Mooi.'

Er viel een ongebruikelijke pauze waarin Søs niets zei. Harry zei dat hij moest ophangen.

'Zeg, Harry?'

'Ja, Søs?'

Hij hoorde dat ze zich schrap zette. 'Denk je dat we die toestand nu kunnen vergeten?'

'Welke toestand?'

'Die toestand met die man. Anders en ik, we... we hebben het zo leuk. Ik heb geen zin meer om erover na te denken.'

Harry werd stil. Toen haalde hij diep adem.

'Hij heeft je gesneden, Søs.'

Direct hoorde hij de tranen al in haar stem.

‘Ik weet het. Je hoeft dat niet steeds te zeggen. Maar ik wil er niet meer aan denken, zeg ik je.’

Ze snikte en Harry voelde een steek in zijn borst.

‘Alsjeblieft, Harry?’

Hij voelde dat hij in de telefoonhoorn kneep. ‘Denk er niet meer aan. Denk er niet meer aan, Søs. Het komt allemaal goed.’

Ze lagen al bijna twee uur in het hoge olifantsgras te wachten tot de zon onderging. Honderd meter van hen vandaan, aan de bosrand, stond een huisje, in de traditionele Thaise stijl gebouwd van bamboe en hout met een open patio in het midden. Er was geen hek, alleen een grindpaadje dat naar de voordeur leidde. Voor het huis stond iets wat op een kleurrijke vogelkooi op een paal leek. Het was een *phra phum*, een huisje voor de kwade geesten dat de woning moest beschermen.

‘De eigenaar moet een huis voor hen maken zodat ze niet verhuizen naar het hoofdgebouw,’ zei Liz en ze rekte zich uit. ‘Ze moeten eten offeren, wierook branden en sigaretten of iets dergelijks geven om hen tevreden te houden.’

‘En dat is genoeg?’

‘Niet altijd.’

Ze hadden geen teken van leven gezien of gehoord. Harry probeerde aan iets anders te denken, niet aan wat zich daar binnen zou kunnen afspelen. Het was maar een uur rijden geweest vanaf Bangkok, maar toch leek het of ze in een andere wereld waren gekomen. Ze hadden hun auto achter een huisje langs de weg geparkeerd, naast een varkenskot. Via een pad dat steil omhoogging over de beboste helling waren ze op het plateau gekomen waar volgens Roald Bork het huisje van Klipra lag. Het bos was onwaarschijnlijk groen, de hemel helderblauw en vogels in alle kleuren van de regenboog zweefden boven Harry’s hoofd, terwijl hij op zijn rug luisterde naar de stilte. Eerst had hij het gevoel dat hij doppen in zijn oren had, tot hij besefte dat het niet meer zo stil om hem heen was geweest sinds zijn vertrek uit Oslo.

Toen de duisternis viel, was het afgelopen. Het begon met hier en daar geknars en gezoem, als een symfonieorkest dat zijn instrumenten nog moest stemmen. Toen startte het concert met gekwaak en gekakel, dat overging in een crescendo toen gehuil en fel, hartverscheurend geschreeuw uit de bomen zich aansloten bij het orkest.

'Waren al deze dieren hier al die tijd al?' vroeg Harry.

'Dat moet je mij niet vragen,' zei Liz. 'Ik ben een stadsmeisje.'

Harry voelde iets kouds langs zijn huid glijden en trok zijn hand bliksemsnel in.

Løken grinnikte.

'Het zijn slechts de kikkers die beginnen aan hun avondwandeling,' zei hij. En inderdaad, even later sprongen er overal om hen heen kikkers ogenschijnlijk doelloos heen en weer.

'Jaja, zolang hier slechts kikkers grazen, vind ik het best,' zei Harry.

'Kikkers zijn ook voedsel,' zei Løken. Hij trok zijn zwarte capuchon over zijn hoofd. 'Waar kikkers zijn, zijn ook slangen.'

'Je maakt een grapje!'

Løken haalde zijn schouders op.

Harry had geen zin om het te vragen, maar kon het niet laten. 'Wat voor soort slangen dan?'

'Zo'n zes soorten cobra's, groene adders, Russells adders plus nog een stel andere. Pas goed op, ze zeggen dat van de dertig meest voorkomende soorten in Thailand er zesentwintig giftig zijn.'

'Verdomme,' liet Harry zich ontvallen. 'Hoe weet je welke giftig is?'

Løken keek hem weer aan met zijn arme-rekruutblik.

'Harry, met een dergelijke verhouding moet je er maar van uitgaan dat ze allemaal giftig zijn.'

Het werd acht uur.

'Ik ben er klaar voor,' zei Liz en voor de derde keer checkte ze of haar Smith & Wesson 650 geladen en gezekerd was.

'Bang?' vroeg Løken.

'Alleen dat we dit niet achter de rug hebben voor de hoofdcommissaris in de gaten heeft wat er aan de hand is,' zei ze. 'Weten jullie wat de gemiddelde leeftijd is van een verkeersagent in Bangkok?'

Løken legde een hand op haar schouder.

'Oké. We gaan erop af.'

Liz rende kromgebogen door het hoge gras en verdween in het donker.

Løken observeerde het huis door de nachtkijker, terwijl Harry de gevel onder schot hield met een geweer geschikt voor de olifantenjacht dat Liz had gerekwireerd uit het politiedepot, samen met een Ruger SP-101 die in een beenholster zat. Een onwennig gevoel, vond Harry, maar een schouderholster werd in dit land, waar het dragen van een jack onpraktisch was, niet gebruikt. De volle maan stond hoog aan de hemel en gaf in elk geval voldoende licht om de contouren van ramen en deuren te onderscheiden.

Liz knipperde een keer met haar lantaarn, het signaal dat ze in positie zat onder het ene raam.

'Jouw beurt, Harry,' zei Løken toen hij zag dat Harry aarzelde.

'Verdomme, moest je dat nu zeggen over die slangen?' zei Harry en hij checkte of hij een mes aan zijn riem had.

'Hou je niet van die beesten?'

'Nou, de ene keer dat ik ze heb gezien, heeft geen goede indruk achtergelaten.'

'Als je gebeten wordt, zorg er dan gewoon voor dat je de slang te pakken krijgt zodat je het juiste serum krijgt toegediend. Het maakt eigenlijk niet zoveel uit of je nóg een keer gebeten wordt.'

Harry kon niet zien of Løken in het donker glimlachte, maar hij vermoedde van wel.

In het donker leek het huis groter te worden toen Harry erop afrende. Omdat hij rende, kreeg hij het idee dat de gapende drakenkop op de nok van het dak bewoog. Toch zag het huis er verrekte verlaten uit. De steel van de moker die hij in zijn rugzak had bonkte tegen zijn rug. Hij was gestopt met het denken aan de slangen.

Hij kwam bij het andere raam, seinde Løken en hurkte. Het was een poos geleden dat hij zo had gerend, waarschijnlijk dat zijn hart daarom zo tekeerging. Hij hoorde een licht gehijg achter zich. Dat was Løken.

Harry had traangas voorgesteld, maar Løken had dat nadrukkelijk afgewezen. Het was zo donker dat ze dan niets konden zien en er was weinig reden om aan te nemen dat Klipra hen zat op te wachten met een mes tegen Runa's keel gedrukt.

Løken stak een vuist op naar Harry, het teken dat hij moest beginnen.

Harry knikte en voelde dat zijn mond droog was geworden, een duidelijk teken dat de adrenaline in ruime mate in zijn bloed aanwezig was. Het pistool was klam geworden in zijn hand. Hij controleerde of de deur naar binnen opengging, gaf de moker aan Løken, die hem optilde.

Het maanlicht werd gereflecteerd in het ijzer en een ogenblik zag hij eruit als een serverende tennisser voor de moker met volle kracht en een luide knal het slot raakte.

Op hetzelfde moment was Harry al binnen en de lichtbundel van zijn lantaarn zwaaide door de kamer. Hij zag haar direct, maar het licht ging verder, haast alsof het vanzelf ging. Keukenkasten, een koelkast, een bank, een crucifix. Hij hoorde de dierengeluiden niet meer, alleen het geluid van kettingen, de golven die tegen de boot sloegen in de jachthaven van Sydney en de meeuwen die krijsten, misschien omdat Birgitta op het dek lag en oneindig dood was.

Een tafel met vier stoelen, een kast, twee bierflesjes, een man op de grond, roerloos, bloed onder zijn hoofd, zijn hand lag verstopt onder haar haren, een pistool onder de stoel, een schilderij van een fruitschaal en een lege vaas. Stilleven. Onbeweeglijk leven. *Nature morte.* Het licht gleed over haar heen en hij zag het: de hand, leunend tegen de tafelpoot, wees naar boven. Hij hoorde haar stem weer: 'Kun je het voelen? Je kunt eeuwig leven krijgen!' Het leek of ze haar laatste energie had verzameld als een protest tegen de dood. Een deur, een diepvries, een spiegel.

Voor hij werd verblind, zag hij een glimp van zichzelf – een gedaante in zwarte kleding met een muts over zijn hoofd. Hij zag eruit als een beul. Harry liet zijn lantaarn vallen.

'Ben je oké?' Liz had een hand op zijn schouder gelegd. Hij wilde antwoorden, opende zijn mond, maar er kwam niets uit.

'Dit is inderdaad Ove Klipra, ja,' zei Løken. Hij zat op zijn hurken bij de dode, een kaal peertje aan het plafond bescheen het tafereel. 'Vreemd, ik heb die kerel maandenlang geobserveerd.'

Hij legde zijn hand op Klipra's voorhoofd.

'Niet aanraken!'

Harry pakte Løken bij zijn kraag en trok hem omhoog. 'Niet...!' Hij liet hem abrupt los. 'Het spijt me, ik... niets aanraken. Nog niet.'

Løken zei niets, keek hem alleen aan. Liz had die diepe rimpel boven haar wenkbrauwen weer gekregen.

'Harry?'

Hij plofte neer op een stoel.

'Het is nu voorbij, Harry. Het spijt me, het spijt ons allemaal, maar het is voorbij.'

Harry schudde zijn hoofd.

'Probeer je me iets te vertellen, Harry?'

Ze stond over hem heen gebogen en had een grote, warme hand in zijn nek gelegd. Net zoals moeder dat altijd deed. Verdomme, verdomme.

Hij stond op, duwde haar opzij en liep naar buiten. Liz en Løken fluisterden binnen door. Hij keek op naar de hemel, zocht naar een ster, maar kon er geen vinden.

Het was al bijna middernacht toen Harry aanbelde. Hilde Molnes deed open. Hij keek naar de grond, maar hij hoorde aan haar ademhaling dat ze op het punt stond in snikken uit te barsten. Hij had haar niet eerst opgebeld.

Ze gingen tegenover elkaar in de kamer zitten. Hij zag geen

fles met gin en ze leek helder. Ze droogde haar tranen. 'Ze wilde schoonspringster worden, wist u dat?'

Hij knikte.

'Maar ze wilden haar niet mee laten doen aan de reguliere wedstrijden. Ze zeiden dat de jury niet zou weten hoe ze haar moesten beoordelen. Sommige mensen zeiden zelfs dat het een voordeel is om maar met één arm te duiken, dat het niet eerlijk was.'

'Het spijt me,' zei hij. Het was het eerste wat hij zei sinds hij hier was.

'Ze wist het niet,' zei ze. 'Als ze het had geweten, zou ze niet zo tegen me hebben gepraat.' Haar gezicht vertrok, ze hikte en de tranen stroomden als beekjes door de rimpels rond haar mond.

'Wat wist, mevrouw Molnes?'

'Dat ik ziek ben!' riep ze en ze legde haar hoofd in haar handen.

'Ziek?'

'Waarom denkt u anders dat ik me steeds verdoof? Mijn lichaam is binnenkort opgegeten, het is slechts een rottende materie van dode cellen.'

Harry zei niets.

'Ik wilde het haar vertellen,' fluisterde ze tussen haar vingers door. 'Dat de artsen me zes maanden hebben gegeven. Maar ik wilde het op een goede dag vertellen.'

Ze was nauwelijks te verstaan. 'Er kwamen alleen geen goede dagen.'

Harry stond op, hij kon gewoon niet blijven zitten. Hij liep naar het grote raam dat uitkeek op de tuin, hij vermeed het naar de gezinsfoto's aan de muur te kijken want hij wist welke ogen hem zouden aankijken. De maan weerspiegelde in het zwembad.

'Hebben ze teruggebeld, de mannen aan wie uw man geld schuldig was?'

Ze haalde haar handen weg. Haar ogen waren opgezwollen en lelijk van het huilen.

'Ze hebben gebeld toen Jens hier was en hij heeft met ze gesproken. Sindsdien heb ik niets meer gehoord.'

'Dus hij past op u?'

Harry vroeg zich af waarom hij juist dat had gevraagd. Misschien was het een klungelige manier van troosten, om haar eraan te herinneren dat ze nog iemand had.

Ze knikte stom.

'En nu gaan jullie trouwen?'

'Hebt u daar iets op tegen?'

Harry draaide zich naar haar om. 'Nee, waarom zou ik?'

'Runa...' Verder kwam ze niet en de tranen begonnen weer over haar wangen te stromen.

'Ik heb niet veel liefde gekregen in mijn leven, Hole. Zijn een paar maanden geluk voor het is afgelopen te veel verlangd? Kon ze me dat niet gunnen?'

Harry zag dat er een lila bloemblaadje in het zwembad dreef. Hij dacht aan de vrachtschepen naar Maleisië.

'Houdt u van hem, mevrouw Molnes?'

In de stilte die volgde, luisterde hij naar trompetgeschal.

'Van hem houden? Wat voor rol speelt dat? Het lukt me om mezelf in te beelden dat ik van hem hou, ik geloof dat ik van iedereen kan houden die van mij houdt. Begrijpt u?'

Harry keek naar het barmeubel. Slechts drie stappen. Drie stappen, twee ijsklontjes en een glas. Hij sloot zijn ogen en kon de ijsklontjes horen tinkelen en dansen in het glas, kon de fles horen klokken als het bruine vocht in het glas wordt geschonken en ten slotte het sissende geluid als het spuitwater zich vermengt met de alcohol.

HOOFDSTUK 45

Het was zeven uur in de ochtend toen Harry weer terugkeerde naar de plaats delict. Om vijf uur had hij zijn pogingen om te slapen opgegeven en zich aangekleed. Hij was naar de huurauto gegaan die nog steeds in de garage stond en weggereden. Er was niemand anders, de technische recherche had tot diep in de nacht doorgewerkt en zou op z'n vroegst pas over een uur komen. Hij trok het oranje afzetlint kapot en ging naar binnen.

Bij daglicht zag het er heel anders uit, vredig en goed verzorgd. Alleen het bloed en de omtrekken in krijt van beide lichamen op de grove houten vloer getuigden dat dit dezelfde kamer was als waarin hij de avond daarvoor was geweest.

Ze hadden geen brief gevonden, toch was er niemand die twijfelde aan de toedracht. De vraag was vooral waarom Ove Klipra haar en zichzelf had doodgeschoten. Had hij begrepen dat het spel uit was? Als dat het geval was, waarom had hij haar dan niet gewoon laten gaan? Misschien was dit niet gepland, misschien had hij haar neergeschoten bij een vluchtpoging of omdat ze iets had gezegd wat hem uit zijn evenwicht had gebracht. En daarna had hij zichzelf doodgeschoten? Harry krabde zich op zijn hoofd.

Hij keek naar de krijttekening van haar en het bloed dat nog niet was opgeruimd. Hij had haar in haar nek geschoten met het pistool dat ze hadden gevonden, een Dan Wesson. De kogel was dwars door haar nek gegaan en had de slagader doorboord, waardoor het bloed helemaal op het aanrecht was gespat voor het hart was gestopt met pompen. De arts had gezegd dat ze onmiddellijk het bewustzijn had verloren omdat de hersenen geen zuurstof hadden gekregen en dat het hart nog hoogstens vier keer had kunnen kloppen voor ze overleed. Een gat in de ruit liet zien waar Ove Klipra had gestaan toen hij haar doodschoot. Harry ging in de omtrek van Klipra's lichaam staan. Het klopte met de hoek.

Hij keek naar de grond.

Het bloed had een gestolde, zwarte stralenkrans getekend waar zijn hoofd had gelegen. Dat was alles. Hij had zich door zijn mond geschoten. Harry zag dat de technische recherche met krijt op de muur had aangegeven waar de kogel door de dubbele bamboewand was gegaan. Hij zag voor zich waar Klipra was gaan liggen, hoe hij zijn hoofd naar haar had gedraaid en naar haar had gekeken, misschien had hij zich afgevraagd waar ze was voor hij de trekker overhaalde.

Hij liep naar de andere kamer en vond het kogelgat in de tussenwand. Hij keek erdoorheen en zag het schilderij aan de muur. Het stilleven. Vreemd, hij had gedacht dat hij de omtrekken van Klipra zou zien. Hij liep naar de plek waar ze de avond daarvoor in het gras hadden gelegen, hij stampte nadrukkelijk om eventueel ongedierte weg te jagen en bleef staan bij het huis voor de geesten. Een klein, lachend boeddhafiguurtje met een kogelronde buik troonde in het huisje, verder stonden er een paar verlepte bloemen in een vaas, een paar bijna opgebrande kaarsen en er lagen vier sigaretten. Een klein wit gaatje in de kleurrijke wand toonde waar de kogel moest zitten. Harry pakte zijn Zwitserse zakmes en peuterde het vervormde loodklompje eruit. Hij keek om naar het huis. De kogel was in een rechte horizontale lijn gegaan. Klipra had natuurlijk gestaan toen hij zichzelf doodschoot. Waarom had hij gedacht dat hij lag?

Hij liep terug naar het huis. Er klopte iets niet. Alles was keurig en netjes. Hij opende de koelkast. Leeg, niets om twee mensen in leven te houden. Een stofzuiger viel naar buiten en trof zijn grote teen toen hij de keukenkast opendeed. Hij vloekte en duwde de stofzuiger terug in de kast, maar hij viel direct weer terug nog voor hij de deur dicht had kunnen doen. Toen hij beter keek, zag hij een haak waaraan de stofzuiger vastgemaakt kon worden.

Systeem, dacht hij. Er zit een systeem in. Maar iemand had ermee gerommeld.

Hij schoof de bierflesjes voor de diepvries aan de kant en opende hem. Bleek, rood vlees staarde hem aan. Het was niet ingepakt, maar slechts in grote brokken ingevroren en op sommige plaatsen was het bloed tot zwarte klontjes bevroren. Hij pakte een stuk op en bestudeerde het, voor hij zijn morbide fantasie vervloekte en het teruglegde. Het zag eruit als gewoon, normaal varkensvlees.

Harry hoorde een geluid en draaide zich bliksemsnel om. Een gedaante verstijfde in de deuropening. Het was Løken.

'Verdomme, Harry, wat heb je me laten schrikken. Ik was ervan overtuigd dat er niemand zou zijn. Wat doe je hier?'

'Niets. Rondkijken. En jij?'

'Ik wilde kijken of er papieren waren die we konden gebruiken in de pedofiliezaak.'

'Waarom dat? Die zaak is immers afgesloten, nu de dader dood is.'

Løken haalde zijn schouders op.

'We hebben bewijzen nodig om aan te tonen dat onze werkwijze gerechtvaardigd was. De observaties zullen nu wel aan het licht komen.'

Harry keek naar Løken. Zag hij er een beetje gespannen uit?

'Mijn god, man, je hebt toch de foto's. Hoeveel beter moet het bewijs worden?'

Løken lachte, maar niet zo breed dat Harry zijn gouden tand kon zien. 'Je hebt gelijk, Harry. Ik ben kennelijk een beetje benauwd, een oude man die helemaal zeker van zijn zaak wil zijn. Heb jij iets gevonden?'

'Alleen dit.' Harry hield de kogel omhoog.

'Hm,' zei Løken en hij bestudeerde hem. 'Waar heb je die gevonden?'

'In het huis voor de geesten. En volgens mij klopt er iets niet.'

'Waarom niet?'

'Dat betekent dat Klipra moet hebben gestaan toen hij zichzelf doodschoot.'

'Ja, en?'

'Dan had het bloed toch over de hele keukenvloer moeten spuiten. Maar er is geen bloed van hem te zien, behalve dan op de plek waar hij lag. En zelfs dat is maar een beetje.'

Løken hield de kogel tussen zijn vingertoppen. 'Heb je nooit gehoord van het vacuümeffect bij een mondschot?'

'Dat is?'

'Wanneer het slachtoffer eerst uitademt en zijn mond rond de loop sluit, zal er een vacuüm optreden waardoor het bloed in de mond loopt in plaats van uit de wond te spuiten. Van daaruit loopt het door naar de maag en op die manier ontstaat zo'n mysterie.'

Harry keek Løken sceptisch aan. 'Dat is nieuw voor mij.'

'Het zou maar saai zijn als je alles al wist op je dertigste.'

Tonje Wiig had gebeld en verteld dat alle grote Noorse kranten contact hadden opgenomen en dat de bloeddorstigste hun komst in Bangkok hadden aangekondigd. In Noorwegen was de focus in de krantenkoppen alleen gericht op de dochter van de onlangs overleden ambassadeur. Ove Klipra was, ondanks zijn positie in Bangkok, een onbekende naam in Noorwegen. Het tijdschrift *Kapital* had weliswaar een paar jaar geleden een interview met hem gepubliceerd, maar aangezien hij nooit te gast was geweest in de populaire talkshows, wisten maar weinig mensen wie hij was.

'De ambassadeursdochter' en 'de onbekende Noorse magnaat' waren beiden volgens de berichten doodgeschoten, hoogstwaarschijnlijk door inbrekers of overvallers.

In de Thaise kranten daarentegen domineerden foto's van Klipra de voorpagina's. De journalist van de *Bangkok Post* zette bovendien vraagtekens bij de theorie van de politie dat het om een overval ging. Hij schreef dat niet kon worden uitgesloten dat Klipra eerst Runa Molnes had doodgeschoten en daarna zelfmoord had gepleegd. De krant speculeerde ook openlijk over de gevolgen die dit kon hebben voor de voortgang van het BERTS-project. Harry was geïmponeerd.

De kranten uit beide landen benadrukten dat de Thaise politie weinig losliet.

Harry reed door tot het hek van Klipra's woning en toeterde. Hij moest bekennen dat hij de zwarte Toyota-jeep was gaan waarderen. De bewaker kwam naar buiten en Harry deed het raampje naar beneden.

'Ik ben van de politie, ik heb gebeld,' zei hij.

De bewaker wierp een obligate bewakersblik op hem voor hij het hek opende.

'Wil je de voordeur voor me openmaken?' vroeg Harry.

De bewaker sprong op de treeplank van de jeep en Harry voelde zijn blik op zich gericht. Hij parkeerde in de garage. De bewaker rinkelde met de sleutelbos.

'De hoofdingang zit aan de andere kant,' zei hij en Harry wilde bijna zeggen dat hij dat wist. Op het moment dat de bewaker de sleutel in het slot stak, draaide hij zich om naar Harry en vroeg: 'Heb ik u al eerder gezien, *sil*?'

Harry lachte. Wat kon het zijn? De aftershave? Het douchespul dat hij gebruikte? Ze zeggen dat de hersenen geuren het best onthouden.

'Kan ik me niet voorstellen.'

De bewaker lachte terug. 'Het spijt me, *sil*. Dan was het iemand anders. Ik zie geen verschil tussen jullie *farangs*.'

Harry sloeg zijn ogen ten hemel, maar toen bleef hij staan. 'Zeg, herinner je je misschien een blauwe ambassadeauto die hier was vlak voor Klipra op reis ging?'

De bewaker knikte. 'Ik heb nooit problemen met het herinneren van auto's. Daar zat ook een *farang* in.'

'Hoe zag hij eruit?'

De bewaker lachte weer. 'Zoals ik al zei...'

'Wat had hij aan?'

Hij schudde zijn hoofd.

'Een pak?'

'Ik geloof het wel.'

‘Een geel pak? Geel als van een kuiken?’

De bewaker fronste zijn voorhoofd en keek hem aan. ‘Een kuiken? Niemand heeft toch een pak in de kleur van een kuiken?’

Harry haalde zijn schouders op. ‘Nou ja, iemand wel.’

Hij stond weer in de gang waar hij met Løken ook had gestaan en hij keek naar het kleine gaatje in de muur. Het leek of iemand had geprobeerd een foto op te hangen, maar dat het hem niet was gelukt de schroef erin te krijgen. Of het was iets anders.

Hij liep naar het kantoor, bladerde door de papieren, zette de pc aan, eigenlijk op goed geluk, en werd gevraagd om een password. Hij probeerde MAN U. Incorrect. Fout.

Beleefde taal, dat Engels.

OLD TRAFFORD. Weer incorrect.

Een laatste poging voor hij automatisch geweigerd zou worden. Hij keek rond om een aanknopingspunt te vinden in de kamer. Welk woord gebruikte hij zelf? Hij grinnikte. Uiteraard. Het gebruikelijkste Noorse password. Zorgvuldig toetste hij de letters van PASSWORD in voor hij op ENTER drukte.

Het leek of het apparaat even aarzelde. Toen sloeg het af, hij kreeg niet eens een beleefde melding dat de toegang hem was geweigerd.

‘Verdomme.’

Hij probeerde het apparaat weer aan te zetten, maar kreeg slechts een wit scherm.

Hij bladerde in meer papieren, vond een vrij recente lijst van aandeelhouders van Phuridell. Een nieuwe aandeelhouder, Ellem Ltd, stond vermeld met drie procent van de aandelen. Ellem. Een woeste gedachte schoot door Harry’s hoofd, maar hij verwierp haar weer.

Onder in een la vond hij de handleiding van het antwoordapparaat. Hij keek op de klok en zuchtte. Het was gewoon een kwestie van op pagina één beginnen te lezen. Na een halfuur was hij zover dat hij de opname kon afspelen. Klipra’s stem zeurde het grootste deel in het Thai, maar hij hoorde dat Phuridell meerdere malen werd genoemd. Na drie uur gaf hij het op. Het gesprek met de ambassadeur was gewoon niet opgenomen. Geen enkel gesprek van de moorddag trouwens. Hij stopte de banden in zijn zak, deed het licht uit en vergat niet om bij het verlaten van de kamer een schop te geven tegen de pc.

HOOFDSTUK 46

Hij voelde niet veel. Aanwezig zijn bij deze begrafenis was als het kijken naar een programma in herhaling. Dezelfde plaats, dezelfde priester, dezelfde rituelen, dezelfde shock voor de ogen wanneer je daarna weer buiten in de zon kwam en dezelfde mensen die boven aan de trap stonden en elkaar onzeker aankeken. Bijna dezelfde mensen. Harry begroette Roald Bork.

'Jullie hebben ze gevonden,' zei hij slechts. De levendige ogen hadden een grijs waas gekregen, hij leek veranderd, alsof dat wat er was gebeurd jaren aan zijn leeftijd had toegevoegd.

'Wij hebben ze gevonden.'

'Ze was nog zo jong.' Het klonk als een vraag. Alsof hij wilde dat iemand aan hem uitlegde hoe dat kon gebeuren.

'Warm,' zei Harry om van onderwerp te veranderen.

'Niet zo warm als waar Ove nu is.' Hij zei het onverschillig, maar zijn stem had een harde, bittere klank gekregen. Hij veegde zijn voorhoofd af met een zakdoek. 'Ik heb trouwens gemerkt dat ik even genoeg heb van deze warmte, ik heb een reis naar huis geboekt.'

'Naar huis?'

'Ja, naar Noorwegen. Zo snel mogelijk. Ik heb mijn jongen gebeld en gezegd dat ik hem wil zien. Het duurde even voor ik begreep dat ik hem niet aan de telefoon had, maar zijn zoon. Haha. Ik begin seniel te worden. Een seniele grootvader, dat is toch wat.'

In de schaduw van de kerk, apart van de anderen, stonden Sanphet en Ao. Harry liep op hen af en beantwoordde hun *wai.*

'Kan ik je een korte vraag stellen, Ao?'

Haar blik schoot naar Sanphet voor ze knikte.

'Jij sorteert toch de post voor de ambassade? Kun je je herinneren of er post binnenkwam van een bedrijf dat Phuridell heet?'

Ze dacht even na voor ze een verontschuldigend lachje liet

zien: 'Ik herinner me het niet, er komen zoveel brieven binnen. Ik kan morgen in het kantoor van de ambassadeur zoeken, als u dat wilt. Het kan even duren want hij was niet zo netjes.'

'Ik denk niet aan de ambassadeur.'

Ze keek hem in verwarring aan.

Harry zuchtte. 'Ik weet niet eens of het belangrijk is, maar wil je contact met me opnemen als je iets ziet?' vroeg hij.

Ze keek naar Sanphet.

'Dat zal ze doen, inspecteur,' zei hij.

Harry zat in haar kantoor te wachten toen Liz buiten adem binnen kwam vallen. Er stonden zweetdruppels op haar voorhoofd.

'Mijn god,' zei ze. 'Je kunt het asfalt dwars door je schoenen heen voelen.'

'Hoe ging de briefing?'

'Goed. De chefs feliciteerden ons met de oplossing van de zaak en stelden geen diepgaande vragen over het rapport. Ze accepteerden zelfs onze uitleg dat we Klipra zijn gaan verdenken na een anonieme tip. Als de hoofdcommissaris al vraagtekens zet bij hoe het is gegaan, dan lijkt hij niet van plan om toestanden te gaan maken.'

'Daar had ik al op gerekend. Hij heeft daar immers niets mee te winnen.'

'Hoor ik daar enig sarcasme, meneer Hole?'

'Absoluut niet, juffrouw Crumley. Alleen een jonge, naïeve inspecteur die de regels van het spel begint te leren.'

'Misschien. Maar alle partijen zijn ongelooflijk blij dat Klipra dood is. Een rechtszaak had een heleboel onplezierige zaken naar boven gehaald, niet alleen voor een paar chefs binnen de politie, maar ook voor de overheden in onze landen.'

Liz schopte haar schoenen uit en leunde tevreden achterover. De vering van de stoel kraakte en tegelijkertijd verspreidde zich een zweetvoetenlucht door de kamer.

'Ja, het komt een aantal mensen opmerkelijk goed uit, vind je niet?' zei Harry.

‘Wat bedoel je?’

‘Ik weet het niet,’ zei Harry. ‘Ik vind alleen dat het stinkt.’

Liz keek naar haar tenen en keek Harry argwanend aan.

‘Heeft iemand je al eens verteld dat je aan paranoia lijdt, Harry?’

‘Ja, Jezus. Maar dat hoeft toch niet te betekenen dat de kleine, groene mensjes niet achter je aan zitten, toch?’

Ze keek hem vol onbegrip aan. ‘Kalmeer eens een beetje, Harry.’

‘Ik zal het proberen.’

‘Wanneer vertrek je?’

‘Zodra ik met de arts en de technische recherche heb gesproken.’

‘Wat wil je van hen?’

‘Ik wil van mijn paranoia af. Je snapt het wel… een paar gekke ideeën die in mijn hoofd zitten.’

‘Jaja,’ zei Liz. ‘Heb je al gegeten?’

‘Ja,’ loog Harry.

‘Verdomme, ik haat het om alleen te eten. Kun je me niet gewoon gezelschap houden?’

‘Een andere keer, oké?’

Harry kwam overeind en verliet het kantoor.

De jonge politiearts stond zijn bril te poetsen terwijl hij sprak. De pauzes tussen de woorden duurden af en toe zo lang dat Harry zich enkele keren afvroeg of de traag stromende woordenvloed helemaal tot stilstand was gekomen. Maar dan kwam er weer een nieuw woord, dan weer eentje, de prop werd verwijderd en er kwam een hele stroom. Het leek wel of hij bang was dat Harry iets op zijn Engels zou hebben aan te merken.

‘De man heeft er op z’n hoogst twee dagen gelegen,’ zei de arts. ‘Iets langer in die warmte en zijn lichaam zou…’

Hij blies zijn wangen op en gebaarde met zijn armen.

‘…zijn opgeblazen als een grote gasballon. En jullie zouden het hebben geroken. Wat het meisje betreft…’

Hij keek Harry aan en blies opnieuw zijn wangen op.

'...hetzelfde.'

'Hoe snel stierf Klipra na het schot?'

De arts bevochtigde zijn lippen en Harry had het idee dat hij de tijd kon voelen wegtikken.

'Snel.'

'En zij?'

De politiearts stopte zijn zakdoek in zijn zak.

'Onmiddellijk. Het ruggenmerg was doormidden.'

'Ik bedoel, kan een van hen nog hebben bewogen na het schot, stuiptrekkingen hebben gekregen?'

De arts zette zijn bril op, controleerde of hij recht stond en nam hem weer af.

'Nee.'

'Ik heb gelezen dat tijdens de Franse Revolutie de ter dood veroordeelden voor ze onder de guillotine gingen liggen, te horen kregen dat het soms misging en dat ze in dat geval, als het hen lukte om op te staan en het schavot te verlaten, vrij waren. Kennelijk is het meerdere veroordeelden gelukt zonder hoofd op te staan en een paar passen te lopen voor ze in elkaar zakten. Uiteraard tot grote vreugde van het publiek. Als ik het me goed herinner, heeft een wetenschapper uitgelegd dat de hersenen tot op zekere hoogte kunnen worden voorgeprogrammeerd en dat de spieren overuren maken omdat er grote hoeveelheden adrenaline door het hart worden rondgepompt voor het hoofd wordt afgehakt. Dat dat ook kan gebeuren als je bij kippen de kop er afhakt.'

De arts lachte zuur.

'Leuk, inspecteur. Maar ik ben bang dat het een broodjeaapverhaal is.'

'Hoe verklaart u dit dan?'

Hij gaf de arts een foto waarop Klipra en Runa liggend op de grond te zien waren. De arts keek lang naar de foto voor hij zijn bril opzette en nog aandachtiger keek.

'Wat moet ik verklaren?'

Harry wees op de foto. 'Kijk hier. Zijn hand is bedekt door haar haren.'

De arts knipperde met zijn ogen, alsof een sluier voor zijn ogen hem verhinderde te begrijpen wat Harry bedoelde.

Harry wuifde een vlieg weg. 'Luister, je weet hoe de hersenen automatisch een conclusie kunnen trekken, of niet?'

De arts haalde zijn schouders op.

'Nou, zonder dat ik het besefte, trokken mijn hersenen de conclusie dat Klipra moet hebben gelegen voor hij zichzelf doodschoot, omdat dat de enige manier is waarop zijn hand onder het haar van Runa kon komen. Begrijp je? Maar de hoek van het schot toont aan dat hij stond. Hoe kan hij haar en zichzelf hebben doodgeschoten en toch haar haren op, en niet onder, zijn hand hebben gekregen?'

De arts nam zijn bril weer af en hervatte het poetsen.

'Misschien heeft zij hen beiden doodgeschoten?' zei hij, maar toen was Harry al vertrokken.

Harry zette zijn zonnebril af en zocht met branderige ogen het schemerige restaurant af. Er zwaaide een hand in de lucht, achterin zag hij iemand aan een tafeltje onder een palmboom. Een streep zonlicht weerkaatste in het stalen montuur toen de man opstond.

'Je hebt het bericht gekregen, begrijp ik,' zei Dagfinn Torhus. Zijn overhemd had grote, donkere kringen onder de armen en zijn colbert hing over de rugleuning van de stoel.

'Inspecteur Crumley zei dat je had gebeld. Wat brengt je hier?' vroeg Harry en hij schudde de uitgestoken hand.

'Administratieve rompslomp op de ambassade. Ik ben vanmorgen aangekomen om diverse papieren op te ruimen. En we moeten een nieuwe ambassadeur aanstellen.'

'Tonje Wiig?'

Torhus glimlachte even. 'We zullen zien. We moeten met vele zaken rekening houden. Wat serveren ze hier?'

Er stond al een ober bij hun tafel en Harry keek vragend omhoog.

'Aal,' zei de ober. 'Vietnamese specialiteit. Met Vietnamese rosé en...'

'Nee, bedankt,' zei Harry, hij keek op de menukaart en wees naar de kokosmelksoep. 'Met mineraalwater.'

Torhus haalde zijn schouders op en knikte instemmend.

'Gefeliciteerd.' Torhus stak een tandenstoker tussen zijn tanden. 'Wanneer vertrek je?'

'Bedankt, maar ik ben bang dat ik nu nog niet kan vertrekken, Torhus. Er zijn nog een paar losse eindjes.'

Torus hield op met peuteren. 'Een paar losse eindjes? Je hoeft het niet perfect af te leveren, Hole. Je moet gewoon je spullen pakken en zorgen dat je thuiskomt.'

'Zo simpel is het niet.'

De harde, blauwe bureaucratenogen bliksemden. 'Het is voorbij, begrijp je? De zaak is opgelost. De kranten in Oslo hadden het allemaal op de voorpagina staan dat Klipra de ambassadeur en zijn dochter heeft vermoord. Maar we overleven het, Hole. Er wordt verwezen naar de hoofdcommissaris in Bangkok, die zegt dat er geen sprake is van een duidelijk motief, dat het mogelijk is dat Klipra jaloers was. Zó simpel en zó totaal onvoorstelbaar. Het belangrijkste is dat de mensen het slikken. En dat doen ze.'

'Dus het schandaal is een feit geworden?'

'Ja en nee. Het is ons gelukt om dat met het motel geheim te houden. Het belangrijkste is dat de minister-president geen schade oploopt. Nu moeten we aan andere dingen denken. De kranten bellen nu met de vraag waarom het niet eerder bekend is gemaakt dat de ambassadeur is vermoord.'

'En wat antwoord je dan?'

'Wat kan ik verdomme antwoorden? Problemen met de taal en misverstanden, dat de politie ons in eerste instantie van gebrekkige informatie heeft voorzien, dat soort dingen.'

'En dat wordt geslikt?'

'Nee, niet echt. Maar ze kunnen ons er ook niet op pakken dat we hen verkeerd hebben geïnformeerd. In het persbericht staat dat de ambassadeur dood is aangetroffen in een hotel, en dat klopt immers. Waar hebben jullie Klipra en de dochter van de ambassadeur gevonden, zei je?'

'Ik heb dat niet gezegd.' Harry haalde een paar keer diep adem. 'Luister, Torhus, ik heb een paar pornoblaadjes bij Klipra thuis gevonden waaruit blijkt dat hij pedofiel was. Dat wordt niet genoemd in de politierapporten.'

'Niet? Tja.' Zijn stem verraadde geen moment dat hij loog. 'Hoe dan ook, je hebt geen mandaat meer in Thailand, en Møller zegt dat hij je zo spoedig mogelijk terug wil hebben.'

Gloeiend hete kokosmelksoep werd op tafel gezet en Torhus keek sceptisch in zijn kom. Zijn bril besloeg.

'VG zal vast een mooie foto van je maken als je landt op het vliegveld,' zei hij zuur.

'Proef een van die rode daar eens,' zei Harry en hij wees in de soep.

HOOFDSTUK 47

Supawadee was, volgens Liz, de persoon in Thailand die de meeste moordzaken had opgelost. Zijn belangrijkste gereedschappen waren zijn microscoop, een paar glazen kolven en lakmoespapier. Hij straalde als een zon toen hij voor Harry zat.

'Het klopt, *Hally*. De stukjes kalk die je ons hebt gegeven bevatten dezelfde kleurstof als het stof dat aan de schroevendraaier zat die in de kofferbak van de ambassadeursauto is gevonden.'

In plaats van ja of nee te antwoorden op de vraag van Harry, herhaalde hij de hele vraag zodat er geen misverstanden konden ontstaan. De reden was dat Supawadee goed was in taal, hij wist dat men in het Engels om de een of andere reden dubbele ontkenningen gebruikte. Als Harry in Thailand in de verkeerde bus zou zijn gestapt, was gaan twijfelen en aan een medepassagier had gevraagd: 'Is dit niet de bus naar Hualamphong?' dan zou de betreffende Thailander waarschijnlijk antwoorden met 'ja', in de betekenis 'ja, het klopt wat je zegt, dit is niet de bus naar Hualamphong'. *Farangs* die een beetje Thai kennen, weten dat, maar er kunnen misverstanden ontstaan als een Thailander die het Engels behoorlijk beheerst 'nee' antwoordt. Supawadees ervaring was dat de meeste *farangs* er niets van begrepen als hij iets probeerde uit te leggen, daarom had hij gemerkt dat het beter was om hen te antwoorden alsof hij met minder intelligente wezens te maken had.

'Wat ook klopt, *Hally*, was dat de inhoud van de stofzuiger uit het huisje van Klipra bijzonder interessant was. Daarin zaten vezels die van het tapijt uit de kofferbak van de ambassadeursauto, het kostuum van de ambassadeur en ook van Klipra's jas kwamen.'

Harry noteerde het met toenemend enthousiasme. 'Hoe zit het met de twee banden die ik je heb gestuurd? Heb je ze naar Sydney kunnen sturen?'

De lach van Supawadee werd nog breder want dit was het deel waar hij het meest tevreden over was.

'Ook hier beschikken we over moderne middelen, inspecteur, we stúren geen banden op, dan zijn ze er over vier dagen nog niet. We hebben ze op een DAT-tape gedigitaliseerd en de opnames per e-mail naar jouw geluidsexpert opgestuurd.'

'Jezus, is dat mogelijk?' vroeg Harry, half om Supawadee te plezieren en half verbaasd. Een computerfreak gaf hem altijd het gevoel oud te zijn. 'En wat zei Jesús Marguez?'

'Ik had hem gezegd dat het onmogelijk moest zijn om iets te weten te komen over de kamer van waaruit de persoon belt omdat het om een opname van een antwoordapparaat gaat. Maar jouw vriend maakte een erg overtuigende indruk, hij had het over frequentiebereik en hertz en dat was voor mij erg leerzaam. Wist je bijvoorbeeld dat het oor in een microseconde onderscheid kan maken tussen één miljoen verschillende geluiden? Ik geloof dat hij en ik...'

'De conclusie, Supawadee?'

'Hij is tot de conclusie gekomen dat de opnames van twee verschillende personen stammen, maar dat ze hoogstwaarschijnlijk in dezelfde kamer zijn opgenomen.'

Harry voelde dat zijn hart sneller ging kloppen.

'Hoe zit het met het vlees in de diepvries? Was het varkensvlees?'

'Het klopt wat je zegt, *Hally*. Het vlees in de diepvries was varkensvlees.'

Supawadee knipperde met zijn ogen en gromde van geluk. Harry begreep dat er meer was.

'Maar?'

'Maar het bloed was niet alleen varkensbloed. Een deel was mensenbloed.'

'Weet je van wie?'

'Nou, het duurt een paar dagen voor het uiteindelijke resultaat van de DNA-test binnen is, dus voorlopig kan ik negentig procent zekerheid geven.'

Als Supawadee een trompet had gehad dan had hij vast eerst een fanfare geblazen.

'Het bloed stamt van onze vriend, *nai* Klipra.'

Harry werd eindelijk doorverbonden met het kantoor van Jens.

'Hoe gaat het, Jens?'

'Het gaat.'

'Weet je dat zeker?'

'Wat bedoel je?'

'Je klinkt zo...' Harry kon niet op de juiste woorden komen.

'Je klinkt verdrietig,' zei hij.

'Ja. Nee. Het is allemaal niet eenvoudig. Ze is haar hele gezin kwijt.'

Zijn stem brak.

'En jij?'

'Laat maar.'

'Vooruit, Jens.'

'Als ik al ooit zin had gehad om af te zien van het huwelijk, dan is dat nu onmogelijk geworden.'

'Waarom dan?'

'Mijn god, ik ben de enige die ze nog heeft, Harry. Ik weet dat ik aan haar moet denken en aan alles wat ze mee moet maken, maar in plaats daarvan denk ik aan mezelf en waar ik me in begeef. Ik ben vast een slecht mens, maar ik word doodsbang bij de gedachte, kun je dat begrijpen?'

'Ik geloof het wel.'

'Verdomme. Als het nu om geld ging. Dat is tenminste iets wat ik begrijp. Maar deze...' Hij zocht naar het woord.

'Gevoelens?' stelde Harry voor.

'Precies. Dat is toch vreselijk.' Hij lachte zonder overtuiging. 'Hoe dan ook, ik heb me voorgenomen dat ik voor één keer in mijn leven iets doe wat niet alleen om mijzelf draait. En ik wil dat jij erbij aanwezig bent en me een schop onder mijn kont geeft als je ook maar het geringste teken van twijfel bespeurt. Hilde moet aan iets anders kunnen denken, dus we hebben al een datum geprikt. 4 april. Pasen in Bangkok, hoe klinkt dat? Ze lijkt al een beetje positiever, ze is half van plan te stoppen met drinken. Ik stuur je vliegticket per post naar je op, Harry. Denk eraan dat ik op je reken, je trekt je verdomme niet terug.'

'Als ik de beste kandidaat ben om je getuige te zijn dan durf ik me geen voorstelling te maken van de toestand van je sociale leven, Jens.'

'Iedereen die ik ken, heb ik minstens één keer besodemieterd. Zulke verhalen hoor je niet graag terug in de toespraak van je getuige, toch?'

Harry lachte. 'Prima, je moet me nog een paar dagen geven om erover na te denken. Maar ik heb je gebeld om je om een gunst te vragen. Ik probeer iets te vinden over een van de eigenaars van Phuridell, een bedrijf dat Ellem Limited heet, maar in het bedrijvenregister kan ik alleen een postbusadres in Bangkok vinden en een bevestiging dat het aandelenkapitaal is betaald.'

'Dat moet om een relatief nieuwe eigenaar gaan, ik heb die naam nog nooit gehoord. Ik kan natuurlijk een paar telefoontjes plegen en kijken wat ik vinden kan. Ik bel je terug.'

'Nee, Jens, dit is zeer vertrouwelijk, alleen Liz, Løken en ik weten ervan, dus je kunt het er niet met anderen over hebben. Zelfs binnen de politie weet niemand ervan. Wij drieën treffen elkaar op een geheime locatie, dus het zou fijn zijn als je dan iets hebt. Ik bel je daarvandaan, oké?'

'Ja, jemig, dat klinkt serieus, ik dacht dat de zaak was afgesloten?'

'Die wordt vanavond afgesloten.'

Het geluid van de pneumatische boor in de steen was oorverdovend.

'Bent u George Walters?' riep Harry in het oor van een man met een gele helm die door de groep mannen in overall was aangewezen.

Hij draaide zich naar hem om. 'Ja, wie bent u?'

Tien meter onder hen kroop het verkeer verder. Het leek weer een middag met verkeerschaos te worden.

'Inspecteur Hole. Noorse politie.'

Walters rolde een tekening op en gaf die aan een van de twee mannen die naast hem stonden.

'O ja. Klipra?'

Hij maakte een time-outteken naar de man met de pneumatische boor en na het uitschakelen van de boor legde de relatieve stilte zich als een filter op hun trommelvliezen.

'Wacker-apparaat,' zei Harry. 'LHV5.'

'O? Hebt u daar verstand van?'

'Ik had een paar jaar een vakantiebaantje in de wegenbouw. Ik mocht mijn nieren een beetje opschudden met die boor daar.'

Walters knikte. Zijn wenkbrauwen waren gebleekt door de zon en hij zag er moe uit. De rimpels trokken al flinke sporen in zijn gezicht, hoewel hij niet oud was.

Harry wees naar de betonnen weg die als een Romeins aquaduct door de steenwoestijn van huizen en wolkenkrabbers liep. 'Dus dit is BERTS, de redding van Bangkok?'

'Ja,' zei Walters en hij keek in dezelfde richting als Harry. 'U staat er nu op.'

De plechtige klank in zijn stem, plus het feit dat hij hier was en niet op kantoor, vertelde Harry dat de chef van Phuridell misschien meer hield van het ingenieursvak dan van het financiële beheer van het project. Dat hij het spannender vond om de voortgang van het project te zien dan zich te bemoeien met wat er gedaan moest worden met de dollarschuld van de firma.

'Het doet je denken aan de Chinese Muur,' zei Harry.

'Deze weg moet de mensen bij elkaar brengen en niet buitensluiten.'

'Ik ben gekomen om wat vragen te stellen over Klipra en dit project. En Phuridell.'

'Tragisch,' zei Walters zonder te specificeren op welk onderdeel hij doelde.

'Kende u Klipra, meneer Walters?'

'Zo zou ik het niet uit willen drukken. We hebben tijdens een aantal vergaderingen met elkaar gesproken en hij heeft me een paar keer gebeld.' Walters zette een zonnebril op. 'Dat was alles.'

'Hij heeft een paar keer gebeld? Phuridell is toch een enorm bedrijf?'

'Meer dan achthonderd werknemers.'

'En u als chef hebt nauwelijks gesproken met de eigenaar van het bedrijf?'

'Welkom in de zakenwereld.' Walters keek naar de weg en de stad, alsof al het andere hem niet aanging.

'Hij heeft behoorlijk veel geld voor Phuridell betaald. Bedoelt u dat hij verder geen interesse had?'

'Kennelijk had hij er geen probleem mee hoe het bedrijf werd geleid.'

'Kent u een bedrijf dat Ellem Limited heet?'

'Ik heb die naam zien opduiken op de lijst van aandeelhouders. We hebben de laatste tijd echter andere dingen aan ons hoofd.'

'Bijvoorbeeld hoe dat probleem met de dollarschuld moet worden opgelost?'

Walters draaide zich weer naar Harry om. Hij zag een verwrongen spiegelbeeld van zichzelf in de zonnebrilglazen.

'Wat weet u daarover, *mister*?'

'Ik weet dat uw bedrijf herfinanciering nodig heeft om aan het werk te kunnen blijven. Jullie hebben geen informatieplicht meer aangezien het bedrijf niet meer beursgenoteerd is, dus jullie kunnen de problemen voorlopig nog verborgen houden voor de buitenwereld, terwijl jullie ondertussen hopen dat er een nieuwe geldschieter opduikt. Het zou immers verdomd beroerd zijn als jullie de handdoek in de ring moesten werpen op het moment dat jullie in het kader van BERTS andere grote projecten zouden kunnen binnenhalen, of niet?'

Walters maakte een gebaar naar de ingenieurs dat hij ze niet meer nodig had.

'Mijn gok is dat die geldschieter gaat opduiken,' ging Harry verder. 'De betreffende persoon zal het bedrijf voor een zacht prijsje kunnen kopen en waarschijnlijk wordt hij steenrijk wanneer de contracten binnenstromen. Hoeveel mensen kennen de situatie van het bedrijf?'

'Luister, *mister...*'

'Inspecteur. Het bestuur, uiteraard. Nog anderen?'

'We hebben alle aandeelhouders geïnformeerd, maar afgezien van hen zien we geen reden om Jan en alleman op de hoogte te stellen.'

'Wie zal volgens u het bedrijf kopen, meneer Walters?'

'Ik ben slechts uitvoerend directeur,' zei Walters bruusk. 'Ik ben aangesteld door de aandeelhouders, ik bemoei me niet met de kwestie rond de eigenaar.'

'Zelfs als dat tot ontslag van u en achthonderd anderen zal kunnen leiden? Zelfs als jullie hier niet verder aan mee kunnen werken?' zei Harry en hij knikte naar het beton dat in de verte verdween.

Walters gaf geen antwoord.

'Mooi,' zei Harry. 'Het doet je denken aan de beroemde weg in *De tovenaar van Oz*, vindt u niet?'

George Walters knikte langzaam.

'Luister, Walters, ik heb de advocaat van Klipra gebeld en een paar van de overgebleven kleinere aandeelhouders. Ellem Limited heeft de afgelopen dagen hun aandelen in Phuridell opgekocht. Geen van de anderen zou het lukken om Phuridell volledig op te kopen, dus ze waren alleen maar blij dat ze uit het bedrijf zijn zonder dat ze heel hun investering kwijt zijn. U zegt dat de wisseling van eigenaar u verder niet aangaat, maar u lijkt me een verantwoordelijk man, meneer Walters. En Ellem is uw nieuwe eigenaar.'

Walters zette zijn zonnebril af en wreef met zijn handpalm in zijn ogen.

'Kunt u me vertellen wie er achter Ellem zit, meneer Walters?'

De pneumatische boor ging weer aan het werk en Harry moest voorover leunen om het antwoord te horen.

Harry knikte. 'Dat wilde ik van u horen,' riep hij terug.

HOOFDSTUK 48

Harry kon niet slapen. Het kraakte en ritselde, maar als hij het licht aandeed was het weg. Hij zuchtte, leunde uit bed en drukte op de knop van het antwoordapparaat. Haar nasale stem kwaakte weer uit de luidspreker: 'Hallo, dit is Tonje. Ik had gewoon even zin om je stem te horen.'

Het was zeker voor de tiende keer dat hij dit bericht afspeelde, maar iedere keer gruwde hij ervan: het leek wel of ze deze zin uit een romannetje had geplukt. Hij deed het licht weer uit. Er verstreek een minuut.

'Verdomme,' zei hij terwijl hij het licht weer aan klapte.

Het was na middernacht toen een taxi stopte voor een klein, statig huisje met een lage, witte muur eromheen. Tonje Wiig klonk verrast door de intercom en haar wangen waren al heftig rood toen ze de deur opende. Ze ging maar door over de rommel in haar flat, hoewel Harry al bezig was haar kleren uit te trekken. Ze was mager, krijtwit en hij kon haar hart snel en bang in haar hals zien kloppen. Toen ze klaar was met praten, wees ze zwijgend naar de slaapkamerdeur. Hij had haar opgetild en ze liet haar hoofd bevallig achterovervallen zodat haar haren boven het parket dansten. Ze jammerde zacht toen hij haar op bed legde, snakte naar adem toen hij zijn broek open knoopte en protesteerde zwak toen hij op zijn knieën ging zitten en haar naar zich toe trok.

'Kus me,' fluisterde ze, maar Harry sloeg er geen acht op en penetreerde haar met gesloten ogen.

Ze kreeg zijn broek te pakken, wilde dat hij hem uitdeed, maar hij duwde haar handen weg. Op het nachtkastje stond een foto van een ouder echtpaar, waarschijnlijk haar ouders. Harry beet op zijn tanden, voelde het knetteren achter zijn oogleden en probeerde haar voor zich te zien.

'Wat zei je?' vroeg ze en ze tilde haar hoofd op, maar ze kon zijn gemompel niet verstaan. Ze probeerde zijn bewegingen te volgen, te kreunen, maar hij drukte alle lucht uit haar alsof ze een rodeoruiter was die hij afwisselend vasthield en van zich af probeerde te werpen.

Hij kwam met een ongearticuleerde brul klaar en op dat moment sloeg ze haar nagels in zijn rug door het T-shirt heen, kromde zich en gilde. Toen trok ze hem naar zich toe en hij legde zijn hoofd onder haar kin.

'Dat was heerlijk,' zei ze, maar de woorden bleven in de lucht hangen als een absurde, onnodige leugen en hij gaf geen antwoord.

Toen hij hoorde dat ze gelijkmatig ademhaalde, stond hij op en kleedde zich zachtjes aan. Ze wisten beiden dat ze beiden wisten dat ze niet sliep. Toen vertrok hij.

Het was gaan waaien. Hij liep over het grindpad voor haar huis, terwijl haar geur van hem werd afgeblazen. De lijn tikte driftig tegen de vlaggenstok bij de ingang. Misschien kwam de moesson vroeg dit jaar, misschien was dit El Niño. Of misschien was dit een normale verandering in het weer.

Bij de uitgang herkende hij de donkere auto. Hij meende de omtrekken van een persoon te zien achter de donkere ruit, maar was er niet zeker van tot hij het elektrische gezoem van een raampje dat naar beneden gleed hoorde en de zwakke klanken van Griegs symfonie in C-mineur.

'Moet u naar huis, meneer Hole?'

Harry knikte, er ging een portier open en hij stapte in. De chauffeur ging rechtop zitten.

'Wat doe je hier zo laat, Sanphet?'

'Ik heb zojuist meneer Torhus gereden. Het heeft geen zin om naar huis te rijden om te slapen, over een paar uur moet ik toch juffrouw Wiig weer ophalen.' Hij startte de auto en ze zoefden door de nachtstille straten van de villawijk.

'En waar moest Torhus zo laat nog heen?' vroeg Harry.

'Hij wilde Patpong zien.'

'Juist. Heb je wat bars aangeraden?'

'Nee, het leek of hij wist waarheen hij wilde. Ieder mens weet het best welk medicijn hij nodig heeft.' Harry ontmoette zijn blik in het spiegeltje.

'Daar heb je gelijk in,' zei hij en hij keek uit het raam.

Ze reden op Rama v en het verkeer was gestopt. Een oude, tandeloze vrouw staarde hen aan vanuit de laadbak van een pick-up. Harry vond dat ze iets bekends had en ineens lachte ze. Het duurde even voor hij doorhad dat ze niet naar binnen kon kijken, dat ze slechts haar spiegelbeeld in de donkere ruiten zag.

HOOFDSTUK 49

Ivar Løken wist dat het voorbij was. Geen vezel in zijn lichaam had het opgegeven, maar het was voorbij. De paniek kwam in golven, spoelde over hem heen en trok zich weer terug. En de hele tijd wist hij dat hij zou sterven. Het was een puur intellectuele conclusie, maar die zekerheid sijpelde als ijswater door zijn aderen. Die keer dat hij in My Lai in een boobytrap was gestapt, waarbij een naar fecaliën stinkende bamboepunt zich dwars door zijn dijbeen had geboord en een tweede door zijn voetzool helemaal tot aan zijn knie, had hij niet gedacht aan de dood. Toen hij met koorts in Japan in een ziekenhuis lag en ze zeiden dat zijn voet moest worden geamputeerd, had hij gezegd dat hij liever doodging, maar hij wist dat de dood geen alternatief was, dat die onmogelijk was. Toen ze met de verdoving waren gekomen, had hij de injectienaald uit de hand van de verpleegkundige geslagen.

Idioot. Toen hadden ze hem zijn voet laten behouden. 'Zolang er pijn is, is er leven,' had hij in de muur boven zijn bed gekrast. Bijna een jaar had hij in het ziekenhuis van Okabe gelegen voor hij de strijd tegen zijn geïnfecteerde bloed had gewonnen.

Hij zei tegen zichzelf dat hij een lang leven had gehad. Lang. Dat was toch iets. En hij had immers mensen gezien die het slechter hadden dan hij. Dus waarom tegenstribbelen, dacht hij. En hij stribbelde tegen. Zijn lichaam weigerde, zoals hijzelf zijn hele leven had gedaan. Hij had geweigerd over de grens te gaan toen de begeerte hem van achteren had aangevallen, had geweigerd kapot te gaan toen het leger hem ontslagen had, had geweigerd medelijden met zichzelf te hebben toen ze hem vernederden zodat zijn oude wonden weer werden opengereten. Maar in de eerste plaats had hij geweigerd zijn ogen dicht te doen. Daarom had hij alles ook meegemaakt, de oorlogen, het lijden, de gruwelijkheden, de moed en de menselijkheid. Hij had zoveel meegemaakt dat hij met een gerust hart kon zeggen dat hij een lang leven had geleid. Zelfs nu deed hij zijn ogen niet dicht, hij knipperde slechts. Løken wist dat hij doodging. Als hij tranen had gehad, had hij gehuild.

Liz keek op de klok. Het was halfnegen en Harry en zij zaten al minstens een uur in Millie's Karaoke. Zelfs Madonna op de foto keek eerder ongeduldig dan hongerig.

'Waar blijft hij toch?' vroeg ze.

'Løken komt wel,' zei Harry. Hij stond bij het raam, had de jaloezieën omhooggetrokken en zag hoe zijn eigen spiegelbeeld door de koplampen op Silom Road werd doorboord.

'Wanneer heb je hem gesproken?'

'Gelijk nadat ik met jou had gesproken. Hij was thuis en was bezig de foto's en zijn apparatuur op te ruimen. Løken komt wel.'

Hij duwde zijn handpalmen tegen zijn ogen. Ze waren rood en geïrriteerd toen hij vanmorgen wakker werd.

'Laten we maar beginnen,' zei hij.

'Waarmee? Je hebt nog niet gezegd wat we hier doen.'

'We zullen alles nogmaals doornemen,' zei Harry. 'Een laatste reconstructie.'

'Mij best. Maar waarom?'

'Omdat we het de hele tijd al verkeerd zien.'

Hij liet het koord van de jaloezieën los en het leek of er heel veel bladeren naar beneden vielen.

Løken zat in een stoel. Voor hem op tafel lag een rij messen. Elk van deze messen was in staat om in een paar seconden een man te vermoorden. Het was eigenlijk verbazingwekkend hoe simpel het was een mens te doden. Zo simpel dat het af en toe haast ongelooflijk was dat de meeste mensen zo oud werden. Een cirkelvormige beweging, alsof je een sinaasappel schilt, en de keel was doorgesneden. Het bloed werd met zo'n tempo naar buiten gepompt dat de dood binnen enkele seconden intrad. In elk geval als de moord door iemand werd uitgevoerd die zijn vak verstond.

Een messteek in de rug vereiste meer precisie. Je kon dertig keer steken zonder iets vitaals te raken, slechts doelloos in mensenvlees hakken. Maar als je op de hoogte was van de anatomie van een mens en je wist hoe je een long of een hart lek moest prikken, dan was er geen kunst aan. Als je van voren toestak dan kon je het best laag steken met het mes omhoog gericht, zodat je onder de ribben kwam en de vitale organen bereikte. Maar in de rug was het makkelijker, slechts een kwestie van iets naast de ruggengraat steken.

Hoe simpel was het om een mens dood te schieten? Erg simpel. In Korea had hij voor het eerst iemand doodgeschoten, met een halfautomatisch geweer. Hij had gemikt, de trekker overgehaald en een mens zien vallen. Dat was het. Nooit last van zijn geweten, nachtmerries of angstaanvallen. Misschien omdat het oorlog was, maar hij geloofde niet dat dat alles verklaarde. Misschien had hij geen empathie? Een psycholoog had hem uitgelegd dat hij een pedofiel was omdat zijn ziel gewond was. Hij had net zo goed kunnen zeggen dat hij slecht was.

'Oké, luister goed.' Harry was tegenover Liz gaan zitten. 'Op de dag van de moord kwam de auto van de ambassadeur om zeven uur bij het huis van Ove Klipra aan, maar de ambassadeur zat niet achter het stuur.'

'Niet?'

'Niet. De bewaker kon zich geen geel kostuum herinneren.'

'Nou en?'

'Je hebt het kostuum gezien, Liz, daarbij vergeleken is een benzinestation discreet. Denk je dat iemand zo'n kostuum vergeet?'

Ze schudde langzaam haar hoofd en Harry ging verder: 'Degene die de auto de garage in reed, heeft bij de zijdeur aangebeld en toen Klipra opendeed, keek hij waarschijnlijk recht in de pistoolloop. De bezoeker kwam binnen, sloot de deur en verzocht Klipra beleefd om zijn mond te openen.'

'Beleefd?'

'Ik probeer het verhaal slechts een leuk vernisje te geven, oké?'

Liz perste haar lippen op elkaar en ging veelzeggend met haar vinger over haar lippen.

'Toen stak hij het pistool in Klipra's mond, commandeerde Klipra zijn lippen stijf opeen te drukken en haalde over. Koud en genadeloos. De moordenaar ruimde het bloed op en... ja, je weet hoe het eruit zou hebben gezien.'

Liz knikte en gebaarde hem verder te gaan. 'Ten slotte haalde hij een schroevendraaier uit de kofferbak en peuterde daarmee de kogel uit de muur.'

'Hoe weet je dat?'

'Ik heb kalk op de grond gevonden en sporen van de inslag van een kogel. De technische recherche kan aantonen dat die kalk dezelfde is als op de schroevendraaier uit de kofferbak.'

'En dus?'

'Daarna ging de moordenaar terug naar de auto en duwde het lijk van de ambassadeur iets aan de kant om de schroevendraaier terug te kunnen leggen.'

'Hij had de ambassadeur al vermoord?'

'Daar kom ik later op terug. De moordenaar trok zijn eigen kleding uit en trok die van de ambassadeur aan, toen ging hij naar het kantoor van Klipra, pakte een van de twee Shan-messen en de sleutels van het huisje. Hij belde ook even vanuit het kantoor en nam de opname van dat gesprek mee. Toen kiepte hij het lijk van Klipra in de kofferbak en reed om acht uur weg.'

'Dit is allemaal een beetje verwarrend, Harry.'

'Om halfnegen nam hij een kamer bij Wang Lee.'

'Kom op zeg, Harry. Wang Lee heeft gezegd dat de ambassadeur incheckte.'

'Wang Lee had geen reden om te denken dat de dode man op het bed niet dezelfde was als de man die had ingecheckt. Het enige wat hij had gezien was een *farang* in een geel kostuum. Voor hem zien...'

'...alle *farangs* er hetzelfde uit. Verdomme zeg!'

'Vooral als ze zich verstoppen achter een zonnebril. En bedenk dat de ambassadeur iets uit zijn rug had steken wat hem tamelijk afleidde: dat mes. Dat maakte de identificatie niet makkelijker.'

'Ja, hoe zit het met dat mes?'

'De ambassadeur werd inderdaad met een mes vermoord, maar lang voordat hij in het motel kwam. Door een mes van de Samen, omdat het was ingesmeerd met rendiervet. Zulke messen kun je overal kopen in Finnmark.'

'Maar de arts zei dat de wond overeenkwam met het Shan-mes.'

'Het punt is dat het Shan-mes langer en breder is dan het mes van de Samen, dus is het onmogelijk om te zien dat er eerst een ander mes is gebruikt. Let nu goed op. De moordenaar is met twee lijken in de kofferbak bij het motel aangekomen, heeft om een kamer gevraagd die zo ver mogelijk van de receptie lag zodat hij de auto dicht bij de deur kon parkeren en Molnes ongezien een paar meter kon dragen. Hij vroeg ook niet gestoord te worden voor hij zich meldde. In de kamer kleedde hij zich weer om en trok de ambassadeur weer zijn eigen pak aan. Maar hij was gehaast en lette niet goed op. Weet je nog dat ik zei dat de ambassadeur kennelijk op een vrouw wachtte omdat zijn broekriem niet op het gebruikelijke gaatje zat?'

Liz klakte met haar tong en zei: 'De moordenaar heeft niet gekeken naar de gaatjes in de riem.'

'Een onbeduidend foutje, maar wel een van de vele kleine aanwijzingen dat deze optelsom klopt. Terwijl Molnes op bed lag, duwde hij het Shan-mes voorzichtig in de oude messteek, veegde het heft schoon en verwijderde alle andere sporen.'

'Dat verklaart waarom er zo weinig bloed in de motelkamer was, hij is ergens anders vermoord. Waarom hebben de artsen daar niet op gereageerd?'

'Het is altijd moeilijk te zeggen hoe heftig je bloedt na zo'n messteek, dat hangt af van welke aders er worden geraakt en in hoeverre het mes het bloed tegenhoudt. Niets is direct abnormaal. Rond negen uur verliet hij het motel met Klipra in de kofferbak en vertrok hij naar het huisje van Klipra.'

'Hij wist waar dat huisje lag? Dan moet hij Klipra goed hebben gekend.'

'Hij kende hem goed.'

Er viel een schaduw over de tafel en een man ging tegenover Løken op een stoel zitten. De balkondeur stond open en het oorverdovende lawaai van het verkeer drong naar binnen, de hele kamer stonk al naar uitlaatgassen.

'Ben je klaar?' vroeg Løken.

De reus met de paardenstaart keek hem aan, duidelijk verrast door het feit dat hij Thai sprak.

'Ik ben klaar,' antwoordde hij.

Løken glimlachte flauw. Hij voelde zich oneindig moe.

'Waar wacht je dan nog op. Begin.'

'Toen hij bij het huisje arriveerde, is hij naar binnen gegaan en heeft hij Klipra in de diepvries gestopt. Hij zoog en poetste de kofferbak zodat we geen sporen van hen zouden vinden.'

'Best mogelijk, maar hoe wéét je dit?'

'De technische recherche heeft bloed van Ove Klipra in de diepvries gevonden en vezels uit de kofferbak en de kleren van de twee doden in de stofzuigerzak.'

'Mijn god, dus het was niet de ambassadeur, zoals jij beweerde toen we zijn auto onderzochten, die zo keurig had opgeruimd.'

Harry lachte. 'Ik begreep dat de ambassadeur helemaal niet netjes was toen ik zijn kantoor zag.'

'Hoor ik dat goed? Zeg je nu dat je je hebt vergist?'

'Inderdaad.' Harry tilde zijn wijsvinger op. 'Maar Klipra was netjes. Alles in zijn huisje was zo netjes, zo systematisch opgeborgen, herinner je je dat? Er was zelfs een haak in de kast om de stofzuiger aan vast te maken. Maar toen ik die kast de dag daarna opende, viel de stofzuiger eruit. Alsof iemand die daar niet bekend was, de stofzuiger voor het laatst had gebruikt. Om die reden besloot ik de inhoud van de stofzuigerzak door de technische recherche te laten onderzoeken.'

Liz schudde langzaam haar hoofd, terwijl Harry verderging: 'Toen ik al dat vlees in de diepvries zag, besefte ik dat je daarin best een paar weken een lijk kon bewaren zonder dat het...'

Harry blies zijn wangen op en gebaarde met zijn armen.

'Jij bent niet helemaal in orde,' zei Liz. 'Je zou eens naar een dokter moeten.'

'Wil je de rest nog horen of niet?'

Dat wilde ze.

'Daarna reed hij naar het motel, parkeerde daar de auto en ging de kamer in, waar hij de autosleutels in het colbertjasje van Molnes stopte. Toen verdween hij spoorloos in de nacht. Letterlijk.'

'Wacht eens even! Toen wij naar het huisje reden, hadden we toch anderhalf uur nodig om daar te komen? Onze vriendin Dim ontdekte hem om halftwaalf, dus ongeveer tweeënhalf uur nadat volgens jou de moordenaar het motel heeft verlaten. Hij kan onmogelijk terug zijn geweest in het motel voor Molnes werd ontdekt. Of ben je dat vergeten?'

'Nee hoor. Ik heb de afstand zelfs opnieuw gereden en heb een halfuur bij het huisje gewacht en ben toen teruggereden.'

'En?'

'Ik was om kwart over twaalf terug.'

'Je ziet het, het klopt niet.'

'Herinner je je wat Dim over de auto zei toen we haar verhoorden?'

Liz beet op haar bovenlip.

'Ze kon zich geen auto herinneren,' zei Harry. 'Omdat die er niet was. Om kwart over twaalf stonden ze in de receptie op de politie te wachten en ze zagen niet dat de ambassadeauto kwam aangezoefd.'

'Jezus, ik dacht dat we te maken hadden met een voorzichtige moordenaar. Hij liep immers het risico dat de politie er al was als hij terugkwam.'

'Hij was voorzichtig, maar hij kon niet voorzien dat de moord werd ontdekt voor hij terugkwam. De afspraak met Dim was immers dat ze niet naar de kamer zou komen voor Molnes had gebeld, of niet? Maar Wang Lee werd ongeduldig en had het hele plan bijna om zeep geholpen. De moordenaar dacht dat alles in orde was toen hij de sleutels in de zak van Molnes stopte.'

'Dus puur geluk?'

'Ik zou het liever een gelukje bij een ongeluk noemen. Die man gaat niet uit van geluk.'

Hij moest uit Mantsjoerije komen, dacht Løken. Misschien uit de provincie Jilin. Tijdens de Korea-oorlog had hij gehoord dat het Rode Leger veel van zijn soldaten daar rekruteerde, omdat ze zo lang waren. Welke logica daar ook achter mocht zitten: ze zakten dieper weg in de modder en waren duidelijker schietschijven. De tweede persoon in de kamer stond achter hem en neuriede een liedje. Løken durfde er niet op te zweren, maar hij dacht dat het 'I Want To Hold Your Hand' was.

De Chinees had een van de messen van tafel gepakt, als je een kromzwaard van zeventig centimeter een mes kunt noemen. Hij woog het in zijn handen, als een honkbalspeler die de knuppel weegt voor hij die zonder een woord te zeggen boven zijn hoofd tilt. Løken beet zijn tanden op elkaar. Op hetzelfde moment verliet de prettige roes van het barbituraat zijn lichaam, zijn bloed bevroor in zijn aderen en hij verloor zijn zelfbeheersing. Terwijl hij schreeuwend rukte aan de leren riemen die zijn handen aan de tafel vastgebonden hielden, naderde het geneurie hem van achteren. Een hand greep zijn haren vast, trok zijn hoofd achterover en er werd een tennisbal in zijn mond geduwd. Hij kon het harige oppervlak tegen zijn tong en gehemelte voelen, het nam zijn speeksel als een vloeipapiertje op en het geschreeuw werd hulpeloos gekreun.

De tourniquet zat zo strak om zijn onderarm dat hij allang het gevoel in zijn hand kwijt was, dus toen het zwaard met een droge klap neerkwam en hij niks voelde, dacht hij dat de man gemist had. Toen zag hij zijn rechterhand aan de andere kant van het lemmet. De hand was tot een vuist gebald geweest, maar opende zich nu langzaam. Het snijvlak was schoon en keurig. Hij kon twee witte botten zien. Radius en ulna. Hij had ze bij andere mensen gezien, maar nooit bij zichzelf. Door de tourniquet was er maar weinig bloed. Het is niet waar wat ze zeggen, dat een plotselinge amputatie geen pijn doet. De pijn was niet om uit te houden. Hij wachtte op de shock, de verlammende toestand van het niets, maar ze sloten die vluchtroute onmiddellijk. De neuriënde man duwde een spuit in zijn bovenarm, dwars door zijn shirt heen, hij probeerde niet eens een ader te vinden. Dat is het prettige aan morfine, het werkt, waar je het ook inspuit. Hij wist dat hij dit kon overleven. Tamelijk lang zelfs, zo lang als zij wilden.

'Hoe zit het met Runa Molnes?' Liz peuterde met een lucifer tussen haar tanden.

'Hij kan haar waar dan ook hebben opgepikt,' zei Harry. 'Op weg naar school bijvoorbeeld.'

'En daarna heeft hij haar meegenomen naar het huisje van Klipra. En wat gebeurde er toen?'

'Het bloed en het kogelgat duiden erop dat ze binnen is doodgeschoten. Waarschijnlijk direct toen ze er waren.'

Het was bijna niet moeilijk om zo over haar te praten, als over een moordslachtoffer.

'Dat begrijp ik niet,' zei Liz. 'Waarom zou hij haar kidnappen en direct vermoorden? Ik dacht dat de opzet was om haar te gebruiken om jou te dwingen het onderzoek te stoppen. Dat kon hij slechts bereiken zolang Runa Molnes in leven was. Hij kon er immers van uitgaan dat jij een bewijs van leven zou verlangen voordat je zijn eisen inwilligde?'

'En hoe zou ik zijn eis kunnen inwilligen?' vroeg Harry. 'Weggaan? En daarna zou Runa blij en tevreden naar huis rennen? En de moordenaar zou opgelucht ademhalen, hoewel hij geen chantagemiddel meer had, omdat ik hem had beloofd dat ik hem met rust zou laten. Zie je dat zo voor je? Dacht je echt dat hij haar zou laten…'

Harry zag Liz' blik en merkte dat hij luider was gaan praten. Hij klapte zijn mond dicht.

'Ik denk dat niet, ik zeg wat de moordenaar gedacht kan hebben,' zei Liz, nog steeds met haar ogen op hem gericht. Ze had die bezorgde rimpel tussen haar ogen weer gekregen.

'Het spijt me, Liz.' Hij drukte zijn vingertoppen tegen zijn jukbeenderen. 'Ik denk dat ik moe ben.'

Hij stond op en liep weer naar het raam. De kou binnen en de warme, vochtige lucht buiten hadden gezorgd voor een fijn, grijs laagje condens op de ruit.

'Hij heeft haar niet gekidnapt omdat hij bang was dat ik meer ging begrijpen dan ik mocht. Daar had hij geen reden toe, ik snapte er namelijk geen barst van.'

'Wat was dan het motief van de kidnapping? Om onze theorie te bevestigen: dat het Klipra was die achter de moorden op de ambassadeur en Jim Love zat?'

'Dat was het secundaire motief,' zei hij met zijn rug naar haar toe. 'Het primaire was dat hij haar ook moest vermoorden. Toen ik...'

Er klonken zwakke bastonen uit de kamer naast hen.

'Ja, Harry?'

'Toen ik haar voor het eerst zag, was ze al ten dode opgeschreven.'

Liz haalde diep adem. 'Het is bijna negen uur, Harry. Misschien moet je me toch vertellen wie de moordenaar is? Ook nu Løken er nog niet is.'

Løken had om zeven uur de deur van zijn appartement op slot gedraaid en was naar beneden gegaan om een taxi te nemen naar Millie's Karaoke. De auto was hem direct opgevallen. Het was een Toyota Corolla en de man achter het stuur leek de hele auto te vullen. Op de stoel naast hem zag hij echter de omtrekken van nog een persoon. Hij overwoog naar de auto toe te gaan om te vragen wat ze wilden, maar hij besloot ze eerst te testen. Hij meende te weten wat ze wilden en wie hen had gestuurd.

Løken hield een taxi aan en nadat ze een paar rondjes hadden gereden zag hij dat de Corolla hen op de voet volgde.

De taxichauffeur had instinctief door dat de *farang* op de achterbank geen toerist was en liet het aanbod van een massage maar zitten. Maar toen Løken hem vroeg wat om te rijden, herzag hij zijn mening. Løken zag zijn blik in de spiegel.

'Sightseeing, *sil*?'

'Ja, sightseeing.'

Na tien minuten was er geen twijfel meer mogelijk. Het was duidelijk de bedoeling dat Løken de twee politiemannen naar de geheime ontmoeting zou leiden. Løken vroeg zich alleen af hoe de hoofdcommissaris lucht had gekregen van de ontmoeting. En waarom hij zo negatief reageerde op het feit dat een van zijn inspecteurs een beetje illegaal met buitenlanders samenwerkte. Het was misschien niet allemaal volgens het boekje, maar het had wel resultaat gehad.

Op Sua Pa Road kwam het verkeer tot stilstand. De chauffeur perste de taxi tussen twee bussen en wees op de betonnen pilaren die men tussen de twee rijbanen aanbracht. Vorige week was er nog tijdens de wegwerkzaamheden een stalen balk naar beneden gevallen, waarbij een automobilist om het leven was gekomen. Løken had erover gelezen. Ze hadden er ook foto's bij afgedrukt. De chauffeur schudde zijn hoofd, pakte een doek en veegde het dashboard, de ramen, het boeddhafiguurtje en de foto van de koninklijke familie schoon, voor hij met een zucht *Thai Rath* op zijn stuur uitspreidde en doorbladerde naar het sportkatern.

Løken keek door de achterruit. Er zaten maar twee auto's tussen hen en de Corolla. Hij keek op zijn horloge. Halfacht. Hij zou te laat komen, ook zonder dat hij deze twee idioten van zich af moest schudden. Løken nam een besluit en tikte de chauffeur op zijn schouder.

'Ik zie een bekende,' zei hij in het Engels en gebaarde naar achteren.

De chauffeur keek sceptisch, hij verdacht de *farang* er waarschijnlijk van weg te willen gaan zonder de taxirit te betalen.

'Zo weer terug,' zei Løken en hij wurmde zich uit de auto.

Eén dag minder te leven, dacht hij toen hij kooldioxidewaarden inademde die voldoende waren om een rattenfamilie het bewustzijn te laten verliezen. Hij liep kalm op de Corolla af. De ene koplamp had kennelijk ergens tegenaan gezeten want die scheen recht in zijn gezicht. Hij bedacht wat hij zou zeggen, verheugde zich al op hun lange gezichten. Løken was nog maar een paar meter van hun auto en zag de omtrekken in de auto. Hij werd ineens onzeker. Er klopte iets niet met het beeld. Hoewel politiemannen over het algemeen niet de slimsten waren, hadden ze wel begrepen dat discreet handelen het eerste gebod is bij het schaduwen van personen. De man naast de chauffeur had een zonnebril op, terwijl de zon allang onder was gegaan en hoewel het niet ongebruikelijk was dat Chinezen in Bangkok een paardenstaart hadden, was de reus achter het stuur wel erg opvallend. Løken wilde al omdraaien, toen het portier van de Corolla openging.

'*Mistel*,' zei een zachte stem. Dit was fout. Løken probeerde terug te lopen naar de taxi, maar een auto had zich ertussen gedrukt en versperde de weg. Hij draaide zich om naar de Corolla. De Chinees liep op hem af. '*Mistel*,' herhaalde hij, terwijl de auto's in de file naast hen de motor startten. Het klonk als een fluistering in een orkaan.

Løken had ooit een man gedood met zijn blote handen. Hij had zijn strottenhoofd door een forse klap met de zijkant van zijn hand gebroken, precies zoals hem was geleerd tijdens een trainingskamp in Wisconsin. Maar dat was lang geleden, toen hij nog jong was. En doodsbang. Nu was hij niet doodsbang, alleen maar pissig.

Vermoedelijk had dat geen verschil gemaakt.

Toen hij de twee armen om zich heen voelde en zijn benen de grond niet meer raakten, wist hij dat het niets had uitgemaakt. Hij probeerde om hulp te roepen, maar de lucht die zijn stembanden nodig hadden om te vibreren, was uit hem gedrukt. Hij zag de sterrenhemel langzaam ronddraaien, voor die verdween onder een autodak.

Hij voelde een warme, prikkende adem tegen zijn nek en keek door de voorruit van de Corolla. De man met de zonnebril stond bij de taxi en stak een paar biljetten door het raampje. De greep verslapte iets en Løken dronk in een lange, bevende ademtocht de vuile lucht als bronwater op.

Het raampje van de taxi werd omhoog gedraaid en de man met de zonnebril liep naar hen terug. Dat wil zeggen, hij had zojuist zijn zonnebril afgezet en op het moment dat hij in het licht stapte van de kapotte koplamp, herkende Løken hem.

'Jens Brekke?' fluisterde hij verbaasd.

HOOFDSTUK 50

'Jens Brekke?' riep Liz uit.

Harry knikte.

'Onmogelijk! Hij heeft immers een alibi, hij heeft immers dat verrekte bandje dat bewijst dat hij zijn zus om kwart over acht heeft gebeld.'

'Dat klopt, maar hij heeft niet vanuit zijn eigen kantoor gebeld. Ik heb hem gevraagd waarom hij in hemelsnaam zijn aan werk verslaafde zus onder werktijd heeft geprobeerd te bellen. Hij zei dat hij vergeten was hoe laat het was in Noorwegen.'

'Dus?'

'Heb je ooit gehoord van een beurshandelaar die "vergeet" hoe laat het is in andere landen?'

'Misschien niet, maar wat heeft dat met de zaak te maken?'

'Hij heeft naar haar antwoordapparaat gebeld omdat hij geen tijd had om met haar te praten en ook niets had om met haar over te praten.'

'Dat begrijp ik niet.'

'Ik realiseerde het me toen ik zag dat Klipra hetzelfde antwoordapparaat had als Brekke. Nadat hij Klipra had doodgeschoten, belde hij haar vanuit Klipra's kantoor en nam daarna het bandje mee. Daarop staat wanneer hij belde, maar niet waarvandaan. We hebben er nooit aan gedacht dat het bandje uit een ander apparaat kon komen. Maar ik kan bewijzen dat er een bandje is verdwenen uit Klipra's kantoor.'

'Hoe dan?'

'Herinner je je dat op het mobieltje van de ambassadeur een gesprek staat geregistreerd met Klipra? Dat gesprek vond vroeg op de ochtend van 3 januari plaats. Daarvan staat niets op de bandjes in zijn kantoor.'

Liz moest hard lachen.

'Je bent knettergek, Harry. Die kerel heeft voor een waterdicht alibi gezorgd, is in de gevangenis gezet en heeft gewacht met het uitspelen van zijn troefkaart zodat het extra overtuigend zou zijn!'

'Ik meen enthousiasme in je stem te horen, inspecteur.'

'Puur professioneel. Denk jij dat dit vanaf het begin zo is gepland?'

Harry keek op zijn horloge. Zijn hersenen begonnen hem een bericht te seinen dat er iets niet klopte.

'Als ik ergens van overtuigd ben, dan is het dat Brekke alles vooraf gepland heeft. Hij heeft niets aan het toeval overgelaten.'

'Hoe kun je dat zo zeker weten?'

'Nou,' zei hij en hij drukte een leeg glas tegen zijn voorhoofd. 'Hij heeft me dat verteld. Dat hij risico's haat, dat hij niet speelt als hij niet weet dat hij zal winnen.'

'Ik gok dat je ook al hebt uitgedacht hoe hij de ambassadeur heeft vermoord?'

'Hij is eerst met de ambassadeur meegegaan naar de parkeergarage, dat kan de receptioniste bevestigen. Vervolgens heeft hij weer de lift naar boven genomen, dat kan dat meisje dat de lift in stapte en dat hij mee uit had gevraagd, getuigen. Waarschijnlijk heeft hij de ambassadeur in de parkeergarage gedood, hij stak hem in zijn rug met het Samen-mes op het moment dat hij zich omdraaide om in de auto te stappen. Hij pakte zijn sleutels, stopte de ambassadeur in de kofferbak, liep terug naar de lift en wachtte tot iemand op het liftknopje drukte zodat hij er zeker van kon zijn dat hij een getuige had op weg naar boven.'

'Hij vroeg haar zelfs mee uit zodat ze hem niet zou vergeten.'

'Precies. Als er iemand anders was ingestapt, had hij wel iets anders verzonnen. Toen zorgde hij ervoor dat hij geen binnenkomende gesprekken kreeg om de indruk te wekken dat hij aan het werk was, nam de lift naar beneden en reed met de auto van de ambassadeur naar Klipra.'

'Maar als hij de ambassadeur in de garage heeft vermoord, dan werd dat toch opgenomen?'

'Waarom denk jij dat de band is verdwenen? Uiteraard was er niemand bezig Brekkes alibi om zeep te helpen, hij heeft zelf

Jim Love zover gekregen hem de band te geven. Die avond dat we hem bij die bokswedstrijd tegenkwamen had hij zo'n haast om op kantoor te komen. Niet om met Amerikaanse cliënten te spreken, maar omdat hij een afspraak had met Jim om hem binnen te laten zodat hij de opname van de moord op de ambassadeur kon vernietigen. En om de klok op de timer te herprogrammeren zodat het zou lijken alsof iemand probeerde zijn alibi om zeep te helpen.'

'Waarom heeft hij niet gewoon de originele band vernietigd?'

'Hij is een perfectionist. Hij wist dat een opmerkzame rechercheur vroeg of laat zou ontdekken dat de band en de opname niet met elkaar klopten.'

'Hoe dan?'

'Omdat hij een opname van een andere avond gebruikte om de ontbrekende opname mee te vervangen, zou de politie vroeg of laat met de werknemers in het gebouw gaan praten die konden getuigen dat zij op het bewuste tijdstip, op 3 januari tussen vijf uur en halfzes, langs de camera zijn gereden. Het bewijs dat er met de band is geknoeid, is natuurlijk dat ze niet op de opname staan. Door de regen en de natte bandensporen ontdekten we dat alleen iets eerder dan we anders zouden hebben gedaan.'

'Dus je was niet slimmer dan hij wilde dat je was?'

Harry haalde zijn schouders op. 'Nee, maar daar kan ik mee leven. Dat kon Jim Love niet. Hij werd uitbetaald in zijn vergif opium.'

'Omdat hij een getuige was?'

'Brekke houdt zoals gezegd niet van risico's.'

'Maar hoe zit het met het motief?'

Harry blies door zijn neus, het klonk als het sissen van de hydraulische remmen van een vrachtwagen.

'Herinner je je dat we ons hebben afgevraagd of vijftig miljoen kronen in zes jaar genoeg motief was om de ambassadeur te vermoorden? Dat was het niet. Maar om daar voor de rest van je leven over te kunnen beschikken was genoeg motief voor Jens Brekke om drie mensen te vermoorden. Volgens het testament zou Runa het geld erven als ze meerderjarig was, maar aangezien er niet vastgelegd was wat er moest gebeuren als ze stierf, zal de normale procedure voor het erfrecht worden gevolgd. Dat betekent dat Hilde Molnes het vermogen erft. Uit het testament blijkt ook niet dat ze niet nu over het geld mag beschikken.'

'En hoe zal Brekke haar zover krijgen om het geld af te staan?'

'Hij hoeft helemaal niets te doen. Hilde Molnes heeft nog zes maanden te leven. Lang genoeg om nog met hem te kunnen trouwen, maar niet zo lang dat Brekke het niet op kan brengen de perfecte gentleman te spelen.'

'Hij heeft haar man en dochter uit de weg geruimd om het vermogen te kunnen erven als ze doodgaat?'

'Dat niet alleen,' zei Harry. 'Hij heeft het geld al gebruikt.'

Liz keek hem vragend aan.

'Hij heeft een bijna failliete onderneming met de naam Phuridell overgenomen. Als het gaat zoals Barclays Thailand verwacht, kan de onderneming over een paar jaar het twintigvoudige waard zijn van wat hij nu heeft betaald.'

'Dus waarom wordt de onderneming dan verkocht?'

'Volgens George Walters, bedrijfsleider van Phuridell, wilden een paar kleinere aandeelhouders hun aandelen niet aan Ove Klipra verkopen omdat ze in de gaten hadden dat er "iets groots" stond te gebeuren. Maar nadat Klipra verdween, kreeg men te horen dat de dollarschuld bezig was de onderneming de das om te doen, dus toen gingen ze gretig in op Brekkes aanbod. Datzelfde geldt voor het advocatenkantoor dat de nalatenschap van Klipra beheert. De totale koopsom bedraagt rond de honderd miljoen kronen.'

'Maar Brekke heeft het geld toch nog niet?'

'Walters heeft me verteld dat de helft van het bedrag nu betaald dient te worden, en de andere helft over zes maanden. Hoe hij van plan is de eerste helft te betalen, weet ik niet, hij moet op een andere manier aan geld zijn gekomen.'

'En wat nu als ze niet binnen zes maanden sterft?'

'Ik heb zo'n idee dat Brekke er wel voor zal zorgen dat dat gebeurt. Hij mixt haar drankjes.'

Liz staarde nadenkend voor zich uit. 'Was hij niet bang dat het een beetje verdacht kon zijn als hij ineens opdook als de nieuwe eigenaar van Phuridell?'

'Jazeker, daarom heeft hij aandelen gekocht op naam van een onderneming die Ellem Limited heet.'

'Men zou kunnen ontdekken dat hij daarachter zit.'

'Dat gebeurt niet. De onderneming is opgericht op Hilde Molnes' naam. Maar hij erft die uiteraard ook als ze doodgaat.'

Liz vormde haar lippen tot een geluidloos 'o'.

'En dat heb je allemaal zelf ontdekt?'

'Met behulp van Walters. Maar ik kreeg argwaan toen ik de lijst van aandeelhouders bij Klipra vond.'

'O ja?'

'Ellem.' Harry lachte. 'Eigenlijk verdacht ik door die naam eerst Ivar Løken. Zijn bijnaam tijdens de Vietnamoorlog was namelijk LM. Maar de verklaring is nog banaler.'

Liz legde haar handen achter haar hoofd. 'Ik geef het op.'

'Als je Ellem omdraait, krijg je Melle. Dat is de meisjesnaam van Hilde Molnes.'

Liz keek Harry aan alsof hij een attractie in een dierentuin was.

'Verdomme, jij bent echt niet normaal,' mompelde ze.

Jens keek naar de papaja die hij in zijn hand hield.

'Weet je, Løken? Als je net in een papaja bijt, dan smaakt hij naar kots. Is je dat wel eens opgevallen?'

Hij zette zijn tanden in het vruchtvlees. Het sap liep langs zijn kin.

'En hij smaakt naar een kut.' Hij legde zijn hoofd in zijn nek en lachte.

'Weet je, een papaja kost hier in Chinatown vijf baht – bijna niks. Iedereen kan er een kopen, het eten van een papaja behoort tot de eenvoudige pleziertjes van het leven. En net zoals met de meeste eenvoudige pleziertjes stel je dat pas op prijs als je het niet meer kunt. Het is als...' Jens gebaarde met zijn hand alsof hij op zoek was naar een juiste analogie.

'...je kont afvegen. Je aftrekken. Het enige wat je nodig hebt is één intacte hand.'

Hij tilde de afgehakte hand op aan de middelvinger en hield hem voor Løkens gezicht.

'Je hebt er nog steeds eentje. Denk daaraan. En denk eens aan alles wat je niet meer kunt doen zonder handen. Ik heb er al een beetje over nagedacht, dus laat ik je even helpen. Je kunt geen sinaasappel meer schillen, je kunt geen aas meer aan de haak van je hengel doen, je kunt geen vrouwenlijf meer strelen of je eigen broek dichtknopen. Ja, je kunt niet eens jezelf doodschieten, voor het geval je daar zin in zou hebben. Je moet bij alles hulp hebben. Bij alles, denk daar eens over na.'

Bloeddruppels drupten uit de hand, spatten uit elkaar op de tafelrand en Løkens overhemd kreeg kleine, rode vlekjes. Jens legde de hand weer neer. De vingers zakten langzaam terug op tafel.

'Aan de andere kant zijn er geen grenzen aan wat je met twee gezonde handen kunt doen. Je kunt een gehate persoon wurgen, die pot die op tafel staat naar je toe trekken, een golfstick vasthouden. Weet je hoe ver de medische wetenschap al is?'

Jens wachtte tot hij zeker wist dat Løken geen antwoord zou geven.

'Ze kunnen een hand aannaaien zonder ook maar een zenuw kapot te maken. Ze gaan een heel eind je arm in en trekken de zenuwen als elastiekjes naar beneden. Na zes maanden zul je amper nog merken dat de hand er ooit af is geweest. Dat is natuurlijk wel afhankelijk van hoe snel je bij de dokter bent en of je eraan denkt je hand mee te nemen.'

Hij ging achter de stoel van Løken staan, legde zijn kin op zijn schouder en fluisterde in zijn oor: 'Kijk eens, wat een mooie hand, vind je ook niet? Bijna als de hand in het schilderij van Michelangelo, hoe heet het ook alweer?'

Løken gaf geen antwoord.

'Uit die Levi's-reclame, die ken je toch wel?'

Løken staarde naar een punt voor zich. Jens zuchtte.

'We zijn kennelijk geen grote kunstkenners, of wel? Nou, misschien koop ik als dit allemaal voorbij is wel een paar schilderijen om mijn interesse te stimuleren. Als we het toch over "voorbij" hebben, hoeveel tijd heb je voor het te laat is om je hand aan te naaien? Een halfuur? Een uur? Misschien langer als we hem op ijs hadden gelegd, maar helaas hebben we dat vandaag niet. Gelukkig voor jou duurt het maar een kwartier om naar het Answut-hospitaal te rijden.'

Hij haalde adem, drukte zijn mond tegen Løkens oor en brulde: 'WAAR ZIJN HOLE EN DIE VROUW?'

Løken schrok en opende zijn mond in een verkrampte grijns.

'Het spijt me,' zei Jens. Hij plukte een stukje oranje vruchtvlees van Løkens wang. 'Het is alleen dat het een beetje belangrijk voor me is om hen te pakken te krijgen. Jullie drieën zijn immers de enigen die begrepen hebben hoe het allemaal zit, of niet?'

Er kwam een hees gefluister over de lippen van de man: 'Je hebt gelijk...'

'Wat?' zei Jens. Hij leunde voorover en bracht zijn oor voor Løkens mond. 'Wat zeg je? Praat, man!'

'Je hebt gelijk wat betreft die papaja. Hij stinkt naar kots.'

Liz legde haar handen op haar hoofd.

'Zeg, bij die moord op Jim Love kan ik me niet voorstellen dat Brekke zelf in de keuken heeft gestaan om blauwzuur door het opium te mengen.'

Harry lachte even. 'Datzelfde zei Brekke over Klipra. Maar je hebt gelijk, hij had iemand die hem hielp, een profi.'

'Maar zulke mensen adverteren niet in de krant.'

'Nee.'

'Misschien is hij toevallig met zo iemand in contact gekomen. Hij frequenteerde immers het lichtschuwe gokmilieu? Of...'

Ze stopte toen ze zag hoe hij naar haar keek. 'Ja?' zei ze. 'Wat is er?'

'Is dat niet overduidelijk? Het is onze oude vriend Woo. Hij en Jens werken de hele tijd al samen. Jens heeft hem de opdracht gegeven om die microfoon in mijn telefoon te plaatsen.'

'Het is alleen een beetje erg toevallig dat dezelfde man die voor Molnes' schuldeiser werkte ook zou werken voor Jens.'

'Natuurlijk is dat geen toeval. Hilde Molnes heeft me verteld dat de geldeisers haar hadden gebeld nadat de ambassadeur dood was en dat ze zonder problemen hadden toegegeven nadat ze met Jens hadden gesproken. Ik betwijfel het of dat kwam omdat hij ze een doodschrik had aangejaagd. Toen we Thai Indo Travellers bezochten, zei meneer Sorensen dat Molnes hem geen geld schuldig was. Waarschijnlijk sprak hij de waarheid, ik gok dat Brekke de schulden van de ambassadeur heeft betaald. Natuurlijk verlangde hij daar wat voor terug.'

'De diensten van Woo.'

'Precies.' Harry keek op zijn horloge. 'Verdomme, verdomme. Waar blijft Løken?'

Liz stond op en zuchtte. 'We moeten hem bellen. Misschien heeft hij zich verslapen.'

Harry krabde zich nadenkend over zijn kin.

'Misschien.'

Løken voelde pijn in zijn borst. Hij had nooit hartproblemen gehad, maar wist wel iets over de symptomen. Als het een infarct was hoopte hij dat het zo zwaar was dat hij eraan overleed. Hij zou toch doodgaan, dus des te beter dat hij Brekke dat plezier niet hoefde te gunnen. Hoewel, wie weet had hij er helemaal geen plezier in. Misschien was het voor Brekke hetzelfde als het voor hem was geweest – een klus die gedaan diende te worden. Een schot, een man valt en dat was dat. Hij keek naar Brekke. Hij zag zijn mond bewegen en hij besefte tot zijn verrassing dat hij niets hoorde.

'Dus toen Ove Klipra me verzocht het dollarrisico van Phuridell af te dekken, deed hij dat tijdens een lunch in plaats van via de telefoon,' zei Jens. 'Ik kon niet geloven dat het waar was. Een order van rond een half miljard kronen en hij geeft me die mondeling zonder dat het op band staat! Op zo'n kans kun je je hele leven wachten zonder dat die komt.' Jens veegde zijn mond af met een servet.

'Toen ik terugkeerde op kantoor, kocht ik de dollarfutures op mijn eigen naam. Als de dollarkoers zou dalen, kon ik later de handel naar Phuridell overboeken en zeggen dat dit de afdekking van het dollarrisico was zoals we die hadden afgesproken. Als de koers omhoogging, kon ik de winst in eigen zak steken en glashard ontkennen dat Klipra me gevraagd had dollarfutures te kopen. Hij kon niets bewijzen. Raad eens wat er gebeurde, Ivar? Is het goed dat ik je Ivar noem?'

Hij maakte een prop van zijn servet en mikte op een prullenbak bij de deur.

'Nou, Klipra dreigde met de kwestie naar de leiding van Barclays Thailand te gaan. Ik legde hem uit dat áls Barclays Thailand hem gelijk zou geven, zij ook zijn verlies moesten compenseren. En dat ze hun beste handelaar kwijt zouden raken. Met andere woorden: ze konden het zich niet permitteren het niet met me eens te zijn. Toen dreigde hij zijn politieke invloed te gebruiken. En weet je? Zover kwam hij niet meer. Ik begreep dat ik me kon ontdoen van een probleem, Ove Klipra, en tegelijkertijd zijn bedrijf Phuridell kon overnemen, een bedrijf dat als een raket omhoog zou schieten. En als ik dat zeg, is het niet omdat ik dat geloof en hoop, zoals die pathetische aandelenspeculanten doen, maar omdat ik het wéét. Ik zal daarvoor zorgen. Dat zal gebeuren.'

Jens' ogen schitterden.

'Net zoals ik weet dat Harry Hole en dat kaalhoofdige vrouwspersoon nog vanavond zullen sterven. Dat zal gebeuren.' Hij keek op zijn horloge. 'Het spijt me van dit melodrama, maar de tijd tikt door, Ivar. Het is tijd dat je aan je eigen welzijn gaat denken, of niet?'

Løken keek hem met een lege blik aan.

'Je bent niet bang, hè? Een stoere kerel?' Brekke trok ietwat verrast aan een los draadje van een knoopsgat. 'Zal ik je vertellen hoe ze gevonden zullen worden, Ivar? Allebei vastgebonden aan een paal in de rivier met een kogel in hun lijf en met een "gorillamasker". Ken je die uitdrukking, Ivar? Niet? Misschien werd die uitdrukking niet gebruikt toen jij jong was. Ik begreep nooit wat daarmee werd bedoeld. Totdat mijn vriend Woo hier me vertelde dat een bootpropeller letterlijk de huid van het gezicht van een mens afstroopt, het rode vlees daaronder wordt zichtbaar, begrijp je? Het mooiste is dat het een maffiamethode is. De mensen zullen zich uiteraard afvragen wat die twee hebben gedaan dat de maffia deze methode gebruikt, maar daar zullen ze nooit antwoord op krijgen, of wel? Vooral niet van jou, die een gratis operatie en vijf miljoen dollar krijgt als je me vertelt waar ze zijn. Je bent immers goed getraind in verdwijnen, je een nieuwe identiteit verschaffen en zo.'

Ivar Løken zag de lippen van Jens bewegen en hoorde in de verte een echo van een stem. Woorden als bootpropeller, vijf miljoen en nieuwe identiteit fladderden voorbij. In zijn eigen ogen was hij nooit een held geweest en hij had ook geen uitgesproken wens om als een held te sterven. Maar hij kende het verschil tussen goed en kwaad en binnen de grenzen van het redelijke had hij ernaar gestreefd te doen wat goed was. Niemand anders dan Brekke en Woo zou ooit weten of hij de dood met opgeheven hoofd of niet tegemoet was getreden, niemand zou onder het genot van een biertje spreken over die oude Løken, niemand van de oude veteranen in de inlichtingendienst of BuZa. En dat interesseerde Løken ook geen bal. Wat had hij aan roem na zijn dood? Zijn leven was een goed bewaard geheim geweest en daarom was het slechts natuurlijk dat hij net zo zou sterven. Dit moment bood geen ruimte voor grootse gebaren, het enige wat hij zou bereiken als hij Brekke gaf wat hij wilde hebben, was een snellere dood. Maar hij had geen pijn meer. Dus het was het niet waard. Als Løken de details van Brekkes voorstel had gehoord dan had het geen verschil gemaakt. Niets had een verschil gemaakt. Want op dat moment begon het mobieltje dat vastzat aan zijn riem te piepen.

HOOFDSTUK 51

Toen Harry de verbinding al wilde verbreken, hoorde hij een klik en daarna een andere beltoon en hij begreep dat hij was doorgeschakeld naar Løkens mobieltje. Hij wachtte, liet de telefoon zeven keer overgaan en bedankte toen het meisje met het Mickey Mouse-haar achter de balie voor het lenen van de telefoon.

'We hebben een probleem,' zei hij toen hij weer terugkwam. Liz had haar schoenen uitgedaan en inspecteerde een stukje droge huid.

'Het is het verkeer,' zei ze. 'Het is altijd het verkeer.'

'Ik werd doorgeschakeld naar zijn mobieltje, maar dat nam hij ook niet op. Ik heb er geen goed gevoel over.'

'Kalmeer. Wat kan hem gebeuren in dit vredige Bangkok? Hij heeft vast zijn mobieltje thuis laten liggen.'

'Ik heb een blunder begaan,' zei Harry. 'Ik heb Brekke verteld dat we elkaar vanavond zouden ontmoeten en hem gevraagd uit te zoeken wie er achter Ellem Limited zit.'

'Wát heb je gedaan?' Liz haalde haar voeten van tafel.

Harry sloeg met zijn vuist op tafel zodat de koffiekopjes rammelden. 'Verdomme, verdomme! Ik wilde zien hoe hij reageerde.'

'Reageerde? Jezus, Harry, het is geen spelletje!'

'Ik speel geen spelletje. Ik heb met hem afgesproken dat ik hem zou bellen zodat we een afspraak konden maken om elkaar te ontmoeten. Mijn plan was Lemon Grass.'

'Het restaurant waar we zijn geweest?'

'Dat is vlakbij en het is beter dan het risico bij hem thuis in een val te lopen. We zouden met ons drieën zijn, dus ik had een arrestatie à la Woo in gedachten.'

'En je hebt hem afgeschrikt door Ellem te noemen?' zei Liz met een kreun.

'Brekke is niet gek. Hij heeft al een poos geleden lont geroken.

Hij begon er weer over dat ik zijn getuige moest zijn, hij testte me, wilde checken of ik hem in de gaten hield.'

Liz snoof. 'Wat een bullshit! Dus jullie hebben in de privésfeer ook nog met elkaar te maken, dat is toch niet te geloven! Verdomme, Harry, ik dacht dat je daar te professioneel voor zou zijn.'

Harry gaf geen antwoord. Hij wist dat ze gelijk had, hij had zich als een amateur gedragen. Waarom was hij in godsnaam over Ellem Limited begonnen? Hij had honderd andere redenen voor een ontmoeting kunnen bedenken. Misschien had Brekke wel een beetje gelijk toen hij had gezegd dat mensen van risico houden om het risico, misschien was hij slechts een van die gokkers die Brekke zo pathetisch vond. Nee, dat was het niet. Niet alleen, in elk geval. Grootvader had hem eens uitgelegd waarom hij nooit op sneeuwhoenders schoot als ze op de grond zaten: 'Dat is niet eerlijk.'

Was het daarom? Een soort overgeërfde jachttactiek, je schrikt je buit op om die in de vlucht te kunnen schieten, je geeft een symbolische mogelijkheid om te vluchten?

Liz onderbrak zijn gedachtegang.

'Dus wat doen we nu, inspecteur?'

'We wachten,' zei Harry. 'We geven Løken nog een halfuur. Als hij dan niet is opgedoken, bel ik Brekke.'

'En als Brekke niet opneemt?'

Harry haalde diep adem. 'Dan bellen we de commissaris en zetten we de machinerie in werking.'

Liz mompelde een paar vloeken met opeengeklemde lippen. 'Heb ik je al eens over die verkeerspolitieagent verteld?'

Jens keek op de display van Løkens mobieltje en grinnikte. Het ging niet meer over.

'Mooie telefoon heb je, Ivar,' zei hij. 'Ericsson heeft een mooi dingetje afgeleverd, of niet? Je kunt het nummer zien van degene die heeft gebeld. Dus als het iemand is met wie je niet wilt praten, dan neem je gewoon niet op. Als ik me niet vergis, begint iemand zich af te vragen waarom jij nog niet bent opgedoken. Want je hebt niet zoveel vrienden die je op dit uur van de dag bellen, toch, Ivar?'

Hij gooide de telefoon over zijn schouder en Woo stapte snel opzij en ving het ding op.

'Bel inlichtingen en vraag van wie dat nummer is en waar de persoon met dat toestel nu is.'

Jens ging naast Løken zitten. 'De tijd gaat nu dringen voor die operatie van jou, Ivar.'

Hij kneep zijn neus dicht en keek naar de grond, waar zich een plas had gevormd rond de stoel. 'Maar Ivar, toch.'

'Millie's Karaoke,' klonk het achter hen in staccato Engels. 'Ik weet waar het is.'

Jens klopte Løken op zijn schouder.

'Sorry, maar we moeten nu gaan, Ivar. We gaan wel naar het ziekenhuis als ik terug ben. Dat beloof ik, oké?'

Løken voelde de trilling van voetstappen die zich verwijderden en hij wachtte op de klap van de deur die dicht werd gesmeten. Die kwam niet. In plaats daarvan hoorde hij in de verte een echo vlak bij zijn oor: 'O ja, dat was ik bijna vergeten, Ivar.' Hij voelde de warme adem tegen zijn slaap.

'We hebben iets nodig om hen aan de paal te binden. Kan ik deze tourniquet van je lenen? Je krijgt die terug, dat beloof ik je.'

Løken opende zijn mond en voelde hoe de slijmlaag in zijn hals werd opengescheurd toen hij brulde. Iemand anders had het commando in zijn hersenen overgenomen en hij voelde de ruk aan de leren riem en zag het bloed over de tafel stromen en de mouw van zijn overhemd dronk er gulzig van terwijl het overal rood werd. Hij voelde de klap van de deur niet.

Harry sprong op toen er licht op de deur werd geklopt.

Hij grijnsde onwillekeurig toen het niet Løken was, maar het meisje met het Mickey Mouse-haar.

'*You Hally, sil*?'

Hij knikte.

'*Telephone.*'
'Wat zei ik je?' zei Liz. 'Honderd baht dat het door het verkeer komt.'
Hij liep achter het meisje aan naar de receptie, noteerde onbewust dat ze hetzelfde ravenzwarte haar en dezelfde slanke nek als Runa had. Hij staarde naar de kleine, zwarte haartjes in haar nek. Ze draaide zich om, lachte even en stak hem een hand toe. Hij knikte en pakte de hoorn.
'Ja?'
'Harry? Met mij.'
Harry dacht dat hij zijn aderen voelde opzwellen toen zijn hart het bloed sneller door zijn lichaam begon te pompen. Hij haalde diep adem voor hij rustig en duidelijk zei: 'Waar is Løken, Jens?'
'Ivar? Ach, hij had zijn handen vol en kon niet komen.'
Harry kon aan zijn stem horen dat het toneelspel voorbij was, het was Jens Brekke die nu sprak, dezelfde persoon die hij voor het eerst op zijn kantoor had gesproken. Diezelfde plagerige, uitdagende toon van een man die weet dat hij wint, maar die daarvan wil genieten voordat hij de genadestoot uitdeelt. Harry dacht razendsnel na hoe hij het lot weer kon keren.
'Ik heb op je telefoontje gewacht, Harry.' Dit was niet de stem van een wanhopige man, maar van iemand die achter het stuur zat, nonchalant sturend met slechts één hand.
'Nou, je bent me voor, Jens.'
Jens lachte hees. 'Ik ben je kennelijk altijd voor, Harry, of niet? Hoe voelt dat?'
'Vermoeiend. Waar is Løken?'
'Wil je weten wat Runa zei voor ze stierf?'
Harry voelde zijn hoofdhuid prikken.
'Nee,' hoorde hij zichzelf zeggen. 'Ik wil alleen weten waar Løken is, wat je met hem hebt gedaan en waar we hem kunnen vinden.'
'Ja zeg, dat zijn drie vragen in één keer!'
Het membraan in de telefoon trilde door zijn gelach. Maar er

was iets anders wat zijn aandacht probeerde te trekken, iets wat hij niet kon thuisbrengen. Het gelach stopte abrupt.

'Weet je hoeveel opoffering het vergt om een dergelijk plan door te voeren, Harry? Alles driedubbel te controleren, alle omwegen te maken om alles waterdicht te krijgen? Om maar niet te spreken over het fysieke onbehagen. Moorden is één ding, maar denk je dat ik het leuk vond om een paar dagen in de nor te zitten? Je gelooft me misschien niet, maar het is de waarheid wat ik zei over opgesloten zitten.'

'Dus waarom maakte je al die omwegen?'

'Ik heb je al eerder verteld dat het niet goedkoop is alle risico te elimineren, maar het is het waard, het is het altijd waard. Bijvoorbeeld al het werk dat ik heb verricht om Klipra als schuldige aan te wijzen.'

'Dus waarom het niet simpel gehouden? Ze neermaaien en de maffia de schuld geven?'

'Jij denkt aan die losers op wie je gewoonlijk jacht maakt, Harry. Jullie zijn net gokkers, jullie vergeten de helft, jullie vergeten wat er daarna nog zal komen. Natuurlijk had ik Molnes, Klipra en Runa op eenvoudiger manieren kunnen vermoorden, ik hoefde er alleen voor te zorgen dat ik geen sporen achterliet. Maar dat was niet genoeg geweest. Want als ik Molnes' vermogen had gekregen en Phuridell had overgenomen, dan was het tamelijk duidelijk geweest dat ik een motief had om hen alle drie te doden, toch? Drie moorden en één persoon met voor alle drie een motief, zelfs de politie zou dat kunnen zien, denk je niet? Zelfs als jullie geen overtuigende bewijzen hadden gevonden, hadden jullie mijn leven tamelijk onplezierig kunnen maken. Dus ik moest een alternatief scenario voor jullie verzinnen, waarbij een van de doden zelf de schuldige was. Een oplossing die niet zo moeilijk was te begrijpen dat jullie haar niet zouden zien, maar ook weer niet zo makkelijk dat jullie er niet in konden geloven. Je zou me eigenlijk moeten bedanken, Harry, ik heb ervoor gezorgd dat je slim leek toen je op het spoor van Klipra kwam, is dat niet zo?'

Harry luisterde maar half, hij was een jaar terug in de tijd. Toen hij ook de stem van de moordenaar in zijn oor had. Die keer was er op de achtergrond water geweest dat hem had verraden, nu hoorde Harry slechts een zwak gebrom van muziek dat overal vandaan kon komen.

'Wat wil je, Jens?'

'Wat ik wil? Tja, wat wil ik? Een beetje praten, neem ik aan.'

Tegenhouden, dacht Harry. Hij wil me tegenhouden. Waarom? Zacht tromgeroffel en een klarinet op de achtergrond.

'Maar als je het precies wilt weten, bel ik alleen om te zeggen...'

'I Just Called To Say I Love You'!

'...dat je collega echt een facelift kan gebruiken. Vind je ook niet, Harry? Harry?'

De telefoonhoorn maakte een boog voordat hij heen en weer slingerde boven de grond.

Harry voelde de zoete adrenalinestoot als een injectie in zijn bloed terwijl hij door de gang rende. Het meisje met het Mickey Mouse-haar was verschrikt achteruitgedeinsd toen hij de hoorn liet vallen, zijn geleende Ruger SP-101 uit zijn beenholster trok en die in een vloeiende beweging laadde. Had ze het meegekregen dat hij had geroepen dat ze de politie moest bellen? Geen tijd om daar nu aan te denken, hij was hier nu. Harry trapte de eerste deur open en keek over zijn pistool recht in vier verschrikte gezichten.

'Het spijt me.'

In de volgende kamer schoot hij bijna uit pure schrik. Midden in de kamer stond een kleine, donkere Thailander gekleed in een zilvergrijs broekpak, met een pooierzonnebril op en wijd gespreide benen. Het duurde een paar seconden voor Harry begreep waar hij mee bezig was, maar toen was de rest van 'Hound Dog' allang in de keel van de Thai-Elvis blijven steken.

Harry staarde de gang in. Er waren minstens vijftig kamers. Zou hij Liz ophalen? Er was een alarmbel afgegaan in zijn hoofd, maar zijn hersenen waren al zo overbelast dat hij geprobeerd had die uit te schakelen. Nu hoorde hij hem echter luid en duidelijk. Liz! Verdomme, verdomme, Jens had hem tegengehouden.

Hij stormde door de gang en op het moment dat hij de hoek omsloeg zag hij de deur van hun kamer openstaan. Hij dacht niet meer na, hoopte niet meer, rende alleen en wist dat hij een grens was gepasseerd waar het doden van een mens moeilijk was. Het was geen slechte droom meer waarin je door het water moest rennen voor je leven. Hij stormde door de deuropening en zag Liz ineengedoken achter de bank zitten. Hij draaide rond met zijn pistool, maar het was te laat. Iemand trof hem onder zijn nieren, alle lucht werd uit hem geperst en het volgende ogenblik voelde hij hoe zijn keel werd dichtgesnoerd. In zijn ooghoek zag hij de ineengekronkelde kabel van de microfoon en de geur van de kerrieadem was overweldigend.

Harry stootte met zijn elleboog naar achteren, voelde dat hij iets raakte en hoorde een kreun.

'*Tay*,' zei een stem en er kwam een vuist van achteren die hem vlak onder zijn oor trof, waardoor het zwart werd voor zijn ogen. Hij voelde direct dat er iets ernstigs aan de hand was met zijn kaak. Toen werd de kabel rond zijn nek strakker aangetrokken. Hij probeerde er een vinger tussen te krijgen, maar dat had geen zin. Zijn gevoelloze tong stak uit zijn mond. Misschien zou hem deze tandartsrekening bespaard blijven want hij verloor al bijna het bewustzijn.

Harry had bruispoeder in zijn hoofd. Het lukte hem niet echt, hij probeerde toe te geven aan de dood, maar zijn lichaam stribbelde tegen. Automatisch stak hij een arm omhoog, maar deze keer was er geen schepnet dat hem kon redden. Het was slechts een gebed, alsof hij op de brug boven Siam Square stond en bad om eeuwig leven.

'Stop!'

De kabel rond zijn nek kwam losser te zitten en de zuurstof stroomde naar zijn longen. Meer, hij moest meer hebben! Het leek of er in de kamer niet genoeg lucht was en hij had het gevoel dat zijn longen uit zijn borstkas barstten.

'Laat hem los!' Liz was op haar knieën gaan zitten en wees naar Harry met haar Smith & Wesson 650.

Harry voelde hoe Woo achter hem kroop terwijl hij de kabel weer aantrok, maar deze keer had Harry zijn linkerhand achter de kabel kunnen krijgen.

'Schiet hem neer.' Harry had een Donald Duck-stem gekregen.

'Los! Nu!' Liz' pupillen waren zwart van angst en woede. Er liep een straaltje bloed van haar oor over haar kaak haar hals in.

'Hij zal niet loslaten, je moet hem neerschieten,' fluisterde Harry.

'Nu!' schreeuwde Liz.

'Schiet!' brulde Harry.

'Houd je bek!' Liz zwaaide met haar pistool om in evenwicht te blijven.

Harry leunde achterover, tegen Woo aan. Het leek of hij tegen een muur leunde. Liz had tranen in haar ogen en haar hoofd knakte naar voren. Harry had het eerder gezien. Ze had een zware hersenschudding en ze hadden nog maar weinig tijd.

'Liz. Luister naar me!'

De kabel werd strakker getrokken en Harry hoorde hoe de huid op de rug van zijn hand kapot schuurde.

'Je pupillen staan wijd open, je staat op het punt in shock te raken, Liz! Hoor je me! Je moet schieten voor het te laat is. Je bent bezig het bewustzijn te verliezen, Liz!'

Er kwam een snik over haar lippen.

'De duivel moge je halen, Harry! Ik kan het niet! Ik...'

De kabel ging door zijn vlees als was het boter. Hij probeerde zijn vuist te ballen, maar een paar zenuwen moesten zijn doorgesneden.

'Liz! Kijk me aan, Liz.'

Liz knipperde en knipperde en keek hem aan met ronddraaiende ogen.

'Het zal ontzettend goed gaan, Liz. Kun jij begrijpen waarom ze die Noord-Chinezen voor het leger rekruteren? Verdomme, er bestaan op de wereld geen grotere schietschijven. Kijk naar die kerel, Liz. Als het je lukt om mij niet te raken, dan raak je hem vast!'

Ze keek hem met openhangende mond aan, toen liet ze het pistool zakken en barstte in lachen uit. Harry probeerde Woo tegen te houden, die bezig was naar voren te lopen, maar het leek op het tegenhouden van een locomotief. Ze waren vlak bij haar toen er iets explodeerde in het gezicht van Harry. Een stekende pijn schoot door zijn zenuwbanen, een nieuwe pijn, brandend deze keer. Hij rook haar parfum, hij voelde hoe haar lichaam meegaf toen Woo hen drieën tegen de grond drukte. De echo van de donder rolde uit de openstaande deur naar de gang. Toen werd het stil.

Harry haalde adem. Hij lag tussen Liz en Woo ingeklemd, maar hij voelde dat zijn borst op en neer kon gaan. Er druppelde iets. Hij probeerde de gedachte weg te duwen, hij had daar nu geen tijd voor, het natte touw, koude, zwarte druppels op het dek. Dit was Sydney niet. Ze vielen op het voorhoofd van Liz, op haar oogleden. Toen hoorde hij haar droge lach. De ogen van Liz gingen open en werden twee zwarte ramen met witte kozijnen in een rode muur. Grootvaders bijlslagen, droge, doffe klappen als het hout de harde grond raakte. De lucht was blauw, het gras kriebelde in je oor, een meeuw zeilde in en uit je gezichtsveld. Hij had zin om te gaan slapen, maar zijn gezicht stond in vuur en vlam, hij rook de geur van zijn eigen verbrande vlees waarin het kruit in zijn poriën was getrokken.

Met een kreun rolde hij zich uit de menselijke sandwich. Liz lachte nog steeds, haar ogen waren wijd opengesperd en hij liet haar lachen.

Hij draaide Woo op zijn rug. Zijn gezicht was verstijfd in een verbaasde uitdrukking, zijn mond was halfopen alsof hij wilde protesteren tegen het zwarte gat in zijn voorhoofd. Hij had Woo weggetrokken, maar hij kon het gedruppel nog steeds horen. Hij draaide zich om naar de muur achter zich en zag dat hij het zich niet inbeeldde. Madonna had weer een andere haarkleur gekregen. Woos vlecht zat boven aan de lijst vastgekleefd en had haar een zwart punkkapsel gegeven, er droop een mengsel van roerei en rode sap uit. Het spatte uiteen op het dikke tapijt.

Liz bleef maar lachen.

'Dus jullie houden hier een feestje?' hoorde hij een stem in de deuropening zeggen. 'En jullie hebben Jens niet uitgenodigd? Ik dacht dat we vrienden waren.'

Harry draaide zich niet om, zijn ogen schoten over de vloer in een wanhopige poging zijn pistool te vinden. Het moest onder de tafel liggen of achter de stoel zijn gevallen toen Woo hem in de rug aanviel.

'Zoek je hiernaar, Harry?'

Uiteraard. Hij draaide zich langzaam om en staarde in zijn eigen Ruger SP-101. Hij wilde zijn mond openen om iets te zeggen toen hij het zag. Jens wilde schieten. Hij hield het pistool met beide handen vast, leunde al iets naar voren om de terugslag op te vangen.

Hij zag de politieman voor zich die in Schrøder op een stoel had gezeten, de natte lippen, het minachtende lachje dat hij niet lachte, maar dat er toch was. Hetzelfde onzichtbare lachje wanneer de hoofdcommissaris een minuut stilte voor Harry Hole zou vragen.

'Het spel is uit, Jens,' hoorde hij zichzelf zeggen. 'Hiermee kom je niet weg.'

'Het spel is uit? Zegt men echt zulke dingen?' Jens zuchtte en schudde zijn hoofd. 'Je hebt te veel slechte misdaadfilms gezien, Harry.'

De vinger kromde zich rond de trekker.

'Maar, oké, je hebt gelijk – het is uit. Jullie hebben kans gezien de zaak er nog beter voor me uit te laten zien dan ik had gepland. Wie denk je dat de schuld zal krijgen als ze een van de handlangers van de maffia en twee politiemensen vinden, gedood door elkaars kogels?'

Jens kneep een oog dicht, nauwelijks nodig op een afstand van drie meter. Geen gokker, dacht Harry, hij sloot zijn ogen en haalde onbewust adem om de kogel in ontvangst te kunnen nemen.

Zijn trommelvlies leek bijna te scheuren. Drie keer. Geen gokker. Harry voelde dat hij met zijn rug tegen de muur smakte, hij zakte op de grond, hij wist niks en de cordietlucht prikte in zijn neus. Cordietlucht. Hij begreep er niets van. Had Jens niet drie keer geschoten en was het niet allang te laat om ook nog maar iets te ruiken?

'Verdomme!' Het klonk alsof iemand vanonder een deken iets riep.

De rook trok op en hij zag Liz, geleund tegen de muur met een rokend pistool in een hand, en met haar andere duwend tegen haar buik.

'Verdomme, hij heeft me geraakt! Ben je daar nog, Harry?'

Ben ik dat, dacht Harry. Hij herinnerde zich vaag de trap tegen zijn heup waardoor hij half was omgedraaid.

'Wat is er gebeurd?' riep Harry, nog steeds half doof.

'Ik heb eerst geschoten. Ik schoot raak. Ik weet dat ik raak heb geschoten, Harry. Verdomme, hoe heeft hij weg kunnen komen?'

Harry probeerde op te staan, de tafel kiepte half en de kopjes vielen op de grond, maar hij kreeg zijn benen onder zich. Zijn linkerbeen leek te slapen. Te slapen? Hij legde zijn hand op zijn heup en voelde dat de broek doornat was. Hij wilde niet kijken. Stak zijn hand uit.

'Geef me je pistool, Liz.'

Zijn blik was op de deuropening gevestigd. Bloed. Er lag bloed op het linoleum. Die kant op. Die kant op naar buiten, Hole. Volg gewoon het spoor. Hij keek naar Liz. Op haar blauwe blouse groeide een rode roos tussen haar vingers. Verdomme, verdomme!

Ze kreunde en gaf hem haar Smith & Wesson 650.
'Apporte, Harry.'
Hij aarzelde.
'Dat is een bevel, verdomme!'

Bij iedere stap gooide hij zijn been voor zich uit, hopend dat het niet plotseling zou bezwijken. Het draaide voor zijn ogen en hij wist dat zijn hersenen probeerden te vluchten voor de pijn. Hij liep langs het meisje bij de receptie, ze zag eruit alsof ze poseerde voor *De Schreeuw*, ze stond onbeweeglijk en er kwam geen geluid over haar lippen.

'Bel een ambulance!' schreeuwde Harry en ze leek wakker te worden. 'Dokter!'

Toen stond hij buiten. Het was gestopt met waaien, het was alleen warm, drukkend warm. Er stond een auto dwars over de weg, op het asfalt zaten remsporen, het portier stond open en de chauffeur was uitgestapt en gebaarde druk. Hij wees steeds omhoog. Harry stak zijn armen op en liep verder, hij keek niet naar de andere mensen op straat want hij wist dat die hem misschien tegen zouden houden. Er klonk gepiep van rubber. Hij staarde omhoog, naar waar de man had gewezen. Een karavaan grijze olifanten stak af tegen de sterrenhemel. Zijn hersenen sprongen aan en uit als een slechte autoradio en eenzaam trompetgeschal vulde de nacht. Tot de rand. Harry voelde de zuigkracht van de vrachtwagens die bijna de kleren van zijn lichaam rukte terwijl ze voorbijdenderden.

Hij was weer terug, zijn ogen zochten de betonnen pilaren. *Yellow brick road.* BERTS. Waarom niet? Ergens was het ook wel logisch.

Een ijzeren trap leidde naar een gat in het beton zo'n twintig meter boven hem. Door het gat kon hij de sikkel van de maan zien. Hij stopte de kolf van het pistool tussen zijn tanden, stelde vast dat zijn riem kapot was en probeerde er niet aan te denken wat een kogel die het gelukt was een riem aan flarden te schieten met zijn heup had kunnen doen. Hij trok zich aan zijn armen omhoog de trap op. Het staal sneed in zijn wonden.

Ik voel niks, dacht Harry, en hij vloekte toen het bloed, dat als een rood washandje op zijn hand zat, ervoor zorgde dat die glad werd. Hij kreeg zijn rechtervoet op een tree, sprong op, vond opnieuw steun en sprong weer op. Het ging nu beter. Als hij maar niet het bewustzijn verloor. Hij keek naar beneden. Was het tien meter? Hij moest beslist niet het bewustzijn verliezen. Verder. Het werd donker. Hij dacht eerst dat het zwart voor zijn ogen was geworden, maar toen hij stopte met klauteren en naar beneden keek, zag hij de auto's en hoorde hij een politiesirene die als een zaagblad door de lucht sneed. Hij keek weer omhoog. Het gat waar de trap eindigde was zwart geworden, hij zag de maan niet meer. Was het bewolkt geworden? Een druppel spatte uiteen op de pistoolkolf. Een nieuwe mangobui? Harry probeerde opnieuw op te springen, voelde zijn hart wild kloppen, een paar keer overslaan en toen weer verder kloppen. Het deed kennelijk wat het kon.

Wat had het voor zin, dacht hij en hij keek naar beneden. Zo meteen zou hier de politieauto zijn. Jens was vast al over deze spookweg gerend en klauterde ergens aan de andere kant, twee wijken verderop, de trap weer af, brullend van het lachen. En verdween in de mensenmassa. Die verrekte tovenaar van Oz.

De druppel liep over de kolf en kwam op Harry's op elkaar geklemde tanden terecht.

Er kwamen onmiddellijk drie gedachten bij hem op. De eerste was dat als Jens hem levend uit Millie's Karaoke had zien komen, hij dan niet was gevlucht, hij had geen keus, hij moest de klus afmaken.

De tweede gedachte was dat regendruppels niet metalig en zoet smaakten.

En de derde was dat het niet bewolkt was geworden, maar dat iets het gat afsloot, iets wat bloedde.

En toen ging alles heel snel.

Hij hoopte dat hij genoeg zenuwen in zijn linkerhand overhad om de trap stevig vast te kunnen houden, hij trok met zijn rechterhand het pistool uit zijn mond, zag de vonken langs de trap gaan, hoorde het gefluit van het projectiel, voelde iets langs zijn broekspijp gaan terwijl hij zijn pistool richtte op het zwarte gat en de terugslag in de kapotte zenuwen van zijn hand gewaarwerd. Ook boven hem zag hij vlammen uit een pistoolloop komen en Harry schoot tot zijn magazijn leeg was. Hij haalde nog een keer over en hoorde een metalige klik. Verrekte amateur.

Hij kon de maan weer zien, liet het pistool vallen en voor het de grond raakte was hij alweer een tree hoger gekomen. Toen was hij boven. De weg, de gereedschapskisten en de wegenbouwmachines baadden in het gele licht van een belachelijk grote ronde lamp boven hem. Jens zat op een heuvel zand, zijn armen over zijn buik gevouwen, heen en weer te wiegen, terwijl hij kreunend lachte.

'Verdomme, Harry, nu heb je het voor elkaar. Kijk eens.'

Hij haalde zijn arm weg. Het golfde naar buiten, dik en glanzend.

'Zwart bloed. Dat betekent dat je de lever hebt geraakt, Harry. We lopen het risico dat mijn dokter me verbiedt nog alcohol te drinken. Niet zo mooi.'

De politiesirenes klonken luider. Harry probeerde zijn ademhaling onder controle te krijgen.

'Als ik jou was, zou ik daar niet zo zwaar aan tillen, Jens. Ik heb gehoord dat de cognac die ze in Thaise gevangenissen schenken erg slecht is.'

Hinkend liep hij op Jens af, die zijn pistool op hem richtte.

'Nou nou, nu niet overmoedig worden, Harry, het doet alleen maar een beetje pijn, niet iets wat geld niet kan regelen.'

'Je hebt geen kogels meer,' zei Harry en hij bleef doorlopen.

Jens lachte en hoestte.

'Leuke poging, Harry, maar jij hebt geen kogels meer, ben ik bang. Ik kan namelijk tellen.'

'Kun je dat echt?'

'Haha, ik dacht dat ik je dat al had uitgelegd. Getallen. Ik leef van dergelijke zaken.'

Hij stak de vingers van zijn vrije hand omhoog.

'Twee voor jou, een voor die griet in de karaokebar en drie

langs de trap. Blijft er één over voor jou, Harry. Het loont de moeite om een beetje te sparen voor een regenachtige dag.'

Harry was nog maar twee stappen van hem verwijderd.

'Je hebt te veel slechte krimi's gezien, Jens.'

'De beroemde laatste woorden.'

Jens trok een verontschuldigend gezicht en haalde de trekker over. De klik was oorverdovend. Jens' gezichtsuitdrukking veranderde in puur ongeloof.

'Alleen in slechte krimi's hebben pistolen zes kogels, Jens. Dat is een Ruger SP-101. Vijf.'

'Vijf?' Jens staarde naar het pistool. 'Vijf? Hoe wist je dat?'

'Ik leef omdat ik dat soort dingen weet.'

Harry kon het blauwe zwaailicht op de weg onder hen zien. 'Het is beter dat je dat ding aan me geeft, Jens. Politiemensen hebben de neiging te gaan schieten als ze pistolen zien.'

De verwarring was van Jens' gezicht af te lezen toen hij Harry het pistool gaf en die het onder zijn broekband duwde. Misschien kwam het doordat de riem er niet meer zat dat het pistool langs zijn broekspijp naar beneden zakte, misschien was hij gewoon moe, misschien ontspande hij even nu hij de capitulatie in Jens' ogen zag. Overrompeld door de snelle beweging van Jens smakte hij voor hij wist wat er gebeurde op de grond omdat zijn linkerbeen het begaf, en hij klapte met zijn achterhoofd op het beton.

Hij was een ogenblik weg. Dat moest niet. De radio zocht wanhopig naar een zender. Het eerste wat hij zag was een glimmende gouden tand. Harry knipperde met zijn ogen. Het was geen gouden tand, het was de maan die weerspiegelde in het lemmet van het Samen-mes. Toen kwam het bloeddorstige staal op hem af.

Harry zou nooit antwoord krijgen op de vraag of hij instinctief had gehandeld of dat er een gedachte zat achter wat hij deed. Zijn linkerhand kwam met gespreide vingers omhoog, recht op het blinkende staal af. Het mes gleed zacht en makkelijk door zijn handpalm. Toen het mes er helemaal doorheen was, trok

Harry zijn hand naar zich toe en schopte omhoog met zijn gezonde been. Hij raakte hem ergens in het zwarte bloed, Jens klapte dubbel, kreunde en viel op zijn zij in het zand. Harry hees zich op zijn knieën. Jens kroop in een foetushouding en drukte beide handen tegen zijn buik. Hij jammerde. Van het lachen of van de pijn, dat was niet goed te zeggen.

'Verdomme, Harry. Het doet zo'n pijn dat het gewoon fantastisch is.'

Hij rochelde, kreunde en lachte afwisselend.

Harry krabbelde overeind. Hij keek naar het mes dat dwars door zijn hand stak, onzeker over wat hij moest doen: het eruit trekken of de kurk laten zitten. Hij hoorde dat er iets geroepen werd door een megafoon.

'Weet je wat er nu gebeurt, Harry?' Jens had zijn ogen gesloten.

'Niet echt.'

Jens zweeg even om zichzelf weer onder controle te krijgen. 'Laat ik je uitleggen wat er gaat gebeuren, Harry. Nu is het betaaldag voor een heleboel politiemensen, juristen en rechters. De duivel moge je halen, Harry, dit gaat me geld kosten.'

'Wat bedoel je?'

'Wat ik bedoel? Speel je nu weer voor Noorse scout, Harry? Alles is te koop. Als je geld hebt. Ik heb geld. Bovendien...' Hij hoestte.

'...zijn er een paar politici met belangen in de wegenaanleg die graag zullen zien dat BERTS niet naar de verdommenis gaat.'

Harry schudde zijn hoofd. 'Deze keer niet, Jens. Deze keer niet.'

Jens ontblootte zijn tanden in een pijnlijk mengsel van een lach en een grimas.

'Zullen we wedden?'

Ga weg, dacht Harry. Doe niets waar je later spijt van krijgt, Hole. Hij keek op zijn horloge, een beroepsreflex. Het tijdstip van de arrestatie voor het rapport.

'Ik vraag me één ding af, Jens. Inspecteur Crumley vond dat

ik te veel verraadde toen ik je vroeg naar Ellem Limited. Misschien is dat wel zo. Maar je had toch allang begrepen dat ik wist dat jij het was?'

Jens probeerde Harry strak aan te kijken.

'Een poosje. Daarom begreep ik ook niet waarom je zoveel moeite deed om me uit de voorlopige hechtenis te krijgen.'

Harry merkte dat hij duizelig werd en ging zitten op een gereedschapskist.

'Nou, misschien was het me toch niet helemaal duidelijk dat jij het moest zijn. Misschien wilde ik zien welke troef jij zou spelen. Misschien wilde ik je schrik aanjagen, ik weet het niet. Waardoor begreep je dat ik het wist?'

'Iemand heeft het me verteld.'

'Onmogelijk, ik heb tot vanavond tegen niemand een woord gezegd.'

'Iemand begreep het zonder dat je iets zei.'

'Runa?'

Jens' wangen trilden en er zat wit speeksel in zijn mondhoeken. 'Weet je, Harry? Runa had iets wat ze intuïtie noemen. Ik noem het observatievermogen. Je moet leren beter te verbergen wat je denkt, Harry. Je moet je niet blootgeven aan de vijand. Want het is onvoorstelbaar wat een vrouw bereid is te vertellen als je dreigt met het afsnijden van wat haar een vrouw maakt. Ja, want ze was een vrouw geworden, is het niet, Harry? Je...'

'Waarmee heb je haar gedreigd?'

'Haar tepels. Haar tepels af te snijden. Wat vind je daarvan, Harry?'

Harry tilde zijn gezicht op naar de hemel en sloot zijn ogen, alsof hij wachtte op regen.

'Zei ik iets verkeerds, Harry?'

Harry voelde de warme lucht door zijn neusgaten stromen.

'Ze wachtte op je, Harry.'

'In welk hotel logeer je als je in Oslo bent?' fluisterde Harry.

'Runa zei dat je haar zou komen redden, dat je wist wie haar had meegenomen. Ze huilde als een kind en sloeg met die prothese om zich heen, het was tamelijk grappig. Toen...'

Het geluid van metaal dat trilde. Kling, kling. Ze waren op weg naar boven. Harry keek naar het mes dat in zijn hand stond. Nee. Hij keek rond. Jens' stem schraapte in zijn oor. Een zoet gekriebel begon ergens in zijn buik, in zijn hoofd voelde hij een licht gesuis, als een champagneroes. Doe het niet, Hole, hou je vast. Maar hij kon het extatische gevoel van een vrije val al voelen. Hij liet los.

Het slot van de gereedschapskist bezweek bij de tweede trap. De drilboor was een Wacker, licht, zeker niet meer dan twintig kilo en hij startte direct toen hij op de knop drukte. Jens' kaken klapten abrupt dicht en zijn ogen werden groter toen heel langzaam tot hem doordrong wat er stond te gebeuren.

'Harry, je kunt niet...'

'Mond open,' zei Harry.

Het geschreeuw van het springende staal verdrong het verkeerslawaai onder hen, de kwade megafoon en de dansende stalen buizen. Harry leunde voorover, stond wijdbeens, met zijn gezicht nog steeds opgeheven naar de hemel en met zijn ogen dicht. Het regende.

Harry liet zich in het zand vallen. Hij lag op zijn rug en keek op naar de hemel, lag op het strand, ze vroeg of hij haar rug wilde insmeren, ze had zo'n gevoelige huid. Wilde niet verbranden. Niet verbranden. Toen waren ze er, roepende stemmen, laarzen op het beton en het gladde geluid van het laden van geweren. Hij deed zijn ogen open en werd verblind door een lantaarn die op zijn gezicht werd gericht. Toen zwaaide het licht weer weg en hij zag de omtrekken van Rangsan.

'En?'

'Geen gaatjes,' zei Harry en hij rook de geur van zijn eigen gal voor de inhoud van zijn maag zijn mond en neus vulde.

Liz werd wakker en wist dat ze, als ze haar ogen opendeed, het gele plafond zou zien met de T-vormige scheur in het pleisterwerk. Al twee weken staarde ze ernaar. Vanwege de schedelbreuk mocht ze niet lezen, geen televisie kijken en maar af en toe naar de radio luisteren. De schotwonden zouden snel genezen, zeiden ze, er waren geen vitale organen geraakt.

Niet vitaal voor haar, in elk geval.

Er was een arts bij haar geweest die had gevraagd of ze plannen had om kinderen te krijgen. Ze had haar hoofd geschud en wilde de rest niet horen en hij had haar verder met rust gelaten. Later was er nog genoeg tijd voor slecht nieuws, nu probeerde ze zich te concentreren op het goede nieuws. Bijvoorbeeld dat ze de komende jaren geen verkeersagent hoefde te worden. En dat de hoofdcommissaris langs was geweest en had gezegd dat ze een paar weken vakantie moest nemen.

Ze liet haar blik naar het raam glijden. Probeerde haar hoofd te draaien, maar ze hadden iets over haar hoofd gemonteerd wat op een boortoren leek waardoor bewegen onmogelijk werd.

Ze hield er niet van alleen te zijn, daar had ze nooit van gehouden. Tonje Wiig was gisteren op bezoek geweest en had gevraagd of zij wist waar Harry was. Alsof hij langs telepathische weg contact had opgenomen, terwijl Liz in coma lag. Maar Liz had begrepen dat Wiigs bezorgdheid meer dan alleen professioneel was en had geen commentaar gegeven, ze had alleen gezegd dat hij wel weer op zou duiken.

Ze had er eenzaam en verloren uitgezien, Tonje Wiig, alsof ze net had doorgekregen dat haar trein was vertrokken. Nou ja, ze zou zich wel redden. Zo zag ze er wel uit. Ze had gehoord dat zij met ingang van 1 mei de nieuwe ambassadeur zou worden.

Er werd een keel geschraapt. Ze opende haar ogen.

'Hoe gaat het?' zei een hese stem.

'Harry?'

Een aansteker klikte en ze rook de geur van een brandende sigaret.

'Dus je bent terug?' zei ze.

'Het lukt me om mijn hoofd boven water te houden.'

'Waar ben je mee bezig?'

'Met experimenten,' zei hij. 'Ik zoek naar de ultieme manier om bewusteloos te worden.'

'Ze zeiden dat je het ziekenhuis bent uit gemarcheerd.'

'Ze konden niets meer voor me doen.'

Ze lachte voorzichtig door korte stootjes lucht te laten ontsnappen.

'Wat zei hij?' vroeg Harry.

'Bjarne Møller? Dat het regende in Oslo, dat het erop lijkt dat jullie een vroege lente krijgen. Verder is alles bij het oude, hij vroeg me je de groeten te doen. Iedereen is blij en tevreden en haalt opgelucht adem. Torhus is langs geweest met bloemen voor me en vroeg naar jou. Hij heeft me gevraagd je te feliciteren.'

'Wat zei Møller?' herhaalde Harry.

Liz zuchtte.

'Oké, ik heb je bericht doorgegeven en hij heeft het uitgezocht.'

'En?'

'Je weet hoe klein de kans is dat Brekke iets te maken heeft gehad met die verkrachtingszaak, of niet?'

'Jazeker.' Ze kon het knetteren van de tabak horen toen hij een trek nam.

'Misschien moet je die zaak vergeten, Harry.'

'Waarom?'

'Die ex-vriendin van Brekke begreep de vragen niet. Ze had hem gedumpt omdat ze hem zo saai vond, om geen enkele andere reden. En...'

Ze haalde adem.

'En hij was niet eens in Oslo toen dat met je zus gebeurde.'

Omdat ze hem niet kon zien, probeerde ze te horen hoe hij het nieuws opnam.

'Het spijt me,' zei ze.

Ze hoorde de sigaret vallen en een rubberen hak werd over de stenen vloer gedraaid.

'Goed, ik wilde alleen even zien hoe het ervoor stond,' zei hij. Stoelpoten schraapten over de vloer.

'Harry?'

'Ik ben hier.'

'Nog één ding. Kom terug, beloof je me dat? Blijf niet weg.'

Ze hoorde dat hij diep inademde.

'Ik kom terug,' zei hij toonloos, alsof het een refrein was waar hij genoeg van had.

HOOFDSTUK 54

Hij zag het stof dansen in de eenzame streep licht die door de kier in de houten vloer boven hen viel. Zijn shirt plakte aan hem vast als een doodsbange vrouw, het zweet brandde op zijn lippen en van de stank van de aarden vloer werd hij misselijk. Maar toen kreeg hij de pijp, hij trok en inhaleerde en alles kreeg al minder scherpe kantjes. Na de tweede trek kwamen ze: Ivar Løken, Jim Love en Hilde Molnes. Bij de derde kwam de rest. Maar één persoon ontbrak. Hij zoog de rook naar zijn longen, hield die daar tot hij dacht dat ze uit elkaar zouden barsten en toen kwam ze eindelijk. Ze stond bij de terrasdeur en de zon bescheen een deel van haar gezicht. Twee stappen, toen zweefde ze door de lucht, zwart en licht gebogen van voetzool tot vingertop als een soepel getekende streep, oneindig zacht, ze doorbrak het wateroppervlak in een weke kus, drong steeds dieper in het water dat zich achter haar sloot. Het borrelde een beetje, een golf stroomde over de zwembadrand. Toen werd het stil en het groene water weerspiegelde de hemel weer alsof ze nooit had bestaan. Hij inhaleerde een laatste keer, ging weer op de bamboemat liggen en sloot zijn ogen. Toen hoorde hij het zwakke geplons van zwemslagen.